AF208939

Herzlichen Dank an Franziska und Sophia Baumann, Lukas Siegemund sowie Franziska und Uwe Luschas für ihre Unterstützung zur Entstehung dieses Buches.

Über die Autorin:

Geboren in Neustadt a.d. Aisch, verheiratet, zwei inzwischen erwachsene Töchter. Sie lebte viele Jahre in Portugal und Österreich. Seit 2010 Heilpraktikerin für Psychotherapie in eigener Praxis.

Sie schreibt einen Blog, der sich auf ihr Arbeitsfeld bezieht: www.bettina-baumann-hp-psy.de

Bettina Baumann

Feiersbrunst
Feuersbrunst

Ein Kriminalroman aus Mittelfranken

Verlag Books on Demand GmbH

Bibliografische Information der Deutschen Nationalbibliothek:

Die Deutsche Nationalbibliothek verzeichnet diese Publikation in der Deutschen Nationalbibliografie; detaillierte bibliografische Daten sind im Internet über http://dnb.dnb.de abrufbar.

Impressum:

© *2016 Bettina Baumann*

Illustration: Franziska Baumann

Herstellung und Verlag: BoD – Books on Demand, Norderstedt

ISBN 978-3-8423-8482-8

Tief im Fränkischen, in einem kleinen Dorf, verließen ein Mann und eine Frau splitterfasernackt und hysterisch kichernd, das kleine Haus. Den Kindern erklärten sie, sie würden jetzt Flugzeuge fangen gehen. So torkelten sie nach draußen, lehnten eine Leiter an die Giebelseite und stiegen auf das Dach. Ganz oben setzten sie sich auf den First und begannen wild mit ihren Armen zu fuchteln. Dabei brüllten sie vor Lachen. Der Mond und die Sterne betrachteten von oben das bizarre Spiel.

Wenig später fiel dem Mann wohl ein neues Spiel ein. Er kletterte hinunter und schwankte durch den Garten. Sein Hintern leuchtete und verlosch, als er im Weizenfeld verschwand, das zu dieser Zeit schon sehr hoch stand. Danach kippte die Stimmung, die bis jetzt nur albern war, sehr schnell ins Bedrohliche. Die Frau auf dem Dach bekam Angst. Bei jeder Bewegung, die sie machte, drohte sie den Halt zu verlieren. Sie weinte, klammerte und rief um Hilfe. Die Leiter schien unerreichbar. Aus Angst wurde Panik, sie schrie aus Leibeskräften. Das ging so lange, bis auf dem angrenzenden Bauernhof ein Fenster geöffnet wurde. Der Mann verschwendete keine Zeit darauf, sich zu wundern. Er erkannte die Lage und weckte seinen ältesten Sohn. Mit einer zweiten Leiter traten sie in Aktion. Es dauerte eine lange Weile, bis sie die vor Angst völlig verkrampfte Frau über den Schultern nach unten tragen konnten. „Der Oarsch von der Rosi, der im Mondlicht geschiena hat", war über ein ganzes Jahr der Lieblingsgag im sonst so ruhigen Dorf.

Für seine Verhältnisse war Horst spät unterwegs. Er hatte etwas sehr Spezielles vor. Er ging die Straße von Eggensee Richtung der Bundesstraße 8 entlang. Die Straßenführung war erst vor wenigen Jahren aufwendig geändert worden, im Bankett links und rechts lag noch viel Schotter. Er suchte besondere Kieselsteine, weiß mussten sie sein.

Die Idee kam ihm in der letzten Nacht. Er wollte ein Glas mit weißen Kieselsteinen befüllen und in seiner Hütte ans Fenster stellen. Darauf würde das Mondlicht fallen und die Steine zum Leuchten bringen. Eine Lampe! Horst liebte solche Ideen. Er war ganz besessen von dem Gedanken, ohne Strom und sonstigen Schnickschnack leben zu können. Total unabhängig. Frei wie ein Reh.

Heute war Vollmond und somit die ideale Nacht für diese Mission. Seine Augen und all seine Aufmerksamkeit hefteten am Boden, als es in der Ferne zwei Mal laut knallte. Horst hob den Kopf und sah über dem kleinen Wäldchen auf der anderen Seite der Bundesstraße einen Feuerschein. „Ui, Feuer", entwich es ihm. Im nächsten Moment spürte er einige Regentropfen auf seiner Haut, es nieselte. Der nächtliche Wanderer blickte nach oben und sah die aufziehenden Wolken am sonst so klaren Nachthimmel. Dann guckte er in seinen Beutel und befand, dass er genug Steine hatte. „Jetzt muss ich aber weiter!", spornte er sich selbst an und kehrte auf dem Absatz um.

Horst wusste sehr genau, dass er auf seinen Schlafrhythmus gut achten musste. Immer genug schlafen, zur gleichen Zeit, wenigstens sieben Stunden und am besten, an einem Stück. Ganz wichtig! Die Oktobernacht war frisch und die Feuchtigkeit ließ ihn frösteln. Seine Haare durften nicht nass werden und erkälten durfte er sich auch nicht. Ganz schlecht! Horst beschleunigte seinen Schritt.

E s war Montagmorgen, gerade mal 6.00 Uhr, als Ernst Schader seinen Traktor aus der Scheune fuhr. Seine Frau trat aus dem Haus und wollte wissen, wann er wieder zurückkommen würde. „Bis Middoch bin i widder do", rief er ihr zu und tuckerte los durch das kleine Dorf Eggensee. In den Häusern brannte Licht und aus den Ställen war Geklapper zu hören, das Muhen der Kühe, die gerade gefüttert wurden. Alles war wie immer, ein verlässlich funktionierender Mikrokosmos in ländlicher Idylle. Schader hatte den Stall voller Kühe und einige Felder, aber seine Leidenschaft war der Wald. Die Bäume und das Holz. Er sah sich als Waldbauer. Dort verbrachte er die meiste Zeit. Die körperliche Arbeit, die frische Luft, der Geruch von feuchtem Holz und Moos waren sein Lebenselixier. Seine Frau sagte oft: „Irgetwann miss mer dich zwischer die Bammer rauszieng." Er antwortete darauf: „Ich wer hunnerd Joar ald!"

Es war noch stockfinster, sein Traktor warf einen schwachen Schein auf die Straße. Mit der Höchstgeschwindigkeit von 35 km/h verließ er Eggensee, unterquerte die B 8 und bog in den Feldweg ab. Aber was war das? Gleich vorne, wo der Wald begann, stand mitten auf dem Weg ein Auto, ausgebrannt. Schader stieg in die Bremsen und sprang vom Traktor. Der alte Bauer sah durch die zerborstenen Scheiben des Wagens: „Ich glaab, ich spinn! Wos isn etz des?" Plötzlich schreckte er zurück. Auf dem Beifahrersitz, war das eine Leiche? Ein Kohlenstück in menschlicher Form. Arme und Beine in unnatürlicher Position verrenkt. Sein Herz schlug schneller, er schob die Kappe zurück und kratzte sich am Kopf: „Etz könnt ich werkli ä Handy braung." Die schaurige Szene im Morgengrauen machte dem Waldbauer Angst. Der Brandgeruch schlug ihm auf den Magen. Er wollte weg von hier, so schnell als möglich. Hastig stieg er auf seinen Traktor und legte den Rückwärtsgang ein.

N ach fünfzehn Minuten traf der erste Streifenwagen am Wäldchen ein, die Beamten sicherten den Tatort. Bis die Hauptkommissarin Strauch und ihr junger Kollege Bachmann eintrafen, war die Spurensuche schon in vollem Gange. Bachmann schritt zügig auf den ausgebrannten Wagen zu. Er war ein sportlicher, schlanker Mann voller Energie. Seine Vorgesetzte trottete verschlafen hinterher. Der Pathologe rief schon von weitem: „Sieht nicht gut aus!" „Pah!", entfuhr es Bachmann „Ist das ekelig!" HK Strauch schloss die Knöpfe ihres olivgrünen Parkas und warf nur einen flüchtigen Blick in den Wagen: „Ich hasse den Geruch. Guten Morgen übrigens, Dr. Ritter." „Guten Morgen, meine Liebe. Ja, verschmortes Plastik plus verschmortes Fleisch ergeben eine besondere Duftnote." „Ist das ein Selbstmord?", wollte Bachmann wissen. Dr. Ritter runzelte die Stirn: „Wie Sie sehen, sitzt das Opfer auf dem Beifahrersitz und ist vorschriftsmäßig angeschnallt." Bachmann und der Pathologe brachen in Gelächter aus,

beinahe hätte sich der Beamte dabei am Pkw abge-
stützt. Strauch musste ebenfalls grinsen, meinte dann:
„Gesetzestreue Bürger finde ich toll, aber mir wäre es
lieber, sie würden daheim im Bett an Altersschwäche
sterben." „Tja, Altersschwäche ist hier nicht die Todes-
ursache", stellte Dr. Ritter trocken fest.

Strauch wandte sich an den jungen Polizisten in Uniform: „Kennen wir die Identität des Opfers?" Polizeiobermeister Kleinlein war nicht groß, aber drahtig, er
stellte sich kurz vor und erstattete Bericht: „Das Kenn-
zeichen ist noch leserlich. Wenn das Opfer der Halter
des Wagens ist, handelt es sich um Manfred Liebig, 53
Jahre alt, wohnhaft in Fürth." „Danke Kleinlein. Einer
sollte in Fürth nachsehen, ob der Mann in seinem Bett
liegt oder er den Wagen verliehen hat." Bachmann griff
sofort nach seinem Handy.

Dr. Ritter lieferte Fakten: „Im Wageninnenbereich gibt
es viele verkohlte Gegenstände, Plastiktüten, Kleidungsstücke und einige Flaschen. Im Fußraum des Opfers
liegt eine weitere Flasche, eventuell eine Schnapsflasche
und eine verschmorte Plastikflasche, Göß meinte, es
könnte sich dabei um Spiritus handeln. Das kriegen wir
noch raus." Ein schwarzer BMW bog in den Feldweg ein,
Bachmann stöhnte: „Ach, unser Herr Staatsanwalt." Der
sonst so perfekte Haarschnitt des Staatsanwalts saß,
vielleicht aufgrund der frühen Stunde, nicht so akkurat
wie üblich. Ein Haarbüschel am Hinterkopf stand senkrecht in die Höhe. Bachmann fand das sehr amüsant.
„Guten Morgen, Dr. Bräuer!", rief Dr. Ritter, Hände wurden geschüttelt. „Was haben wir hier?", wollte Staatsanwalt Bräuer wissen und stellte den Kragen seines
grauen Mantels hoch. Die Kommissarin ergriff das Wort:

„Wir sind auch gerade erst eingetroffen, aber so wie es aussieht, ist Mord nicht ausgeschlossen. Wie Sie sehen, sitzt das Opfer auf dem Beifahrersitz." „Und ist angeschnallt!", Bachmann konnte es sich nicht verkneifen. Strauch warf einen strengen Blick auf ihren Assistenten: „Die Identität wird gerade geklärt. Äh, Kleinlein, wer hat den Toten gefunden?" Kleinlein zog seinen Notizblock aus der Brusttasche: „Ernst Schader, Bauer aus Eggensee. Das ist das Dorf gleich dort drüben. Der war gegen 6.00 Uhr auf dem Weg zum Wald. Ich habe ihn befragt, er war ziemlich fertig. Unterwegs ist ihm niemand begegnet."

„Na, was meinen Sie, ist das ein Suizid oder ein Tötungsdelikt?", fragte der Staatsanwalt. Ritter überlegte kurz: „Wenn sich der Verdacht bestätigt, dass Spiritus als Brandbeschleuniger eingesetzt wurde und das Opfer angeschnallt war, gehe ich von Mord aus. Männer zünden sich nicht an, eher ihr Haus, um die Versicherung zu kassieren. Männer werfen sich vor den Zug, hängen sich auf oder fahren gegen einen Betonpfeiler..." Der Staatsanwalt hatte genug von den Ausführungen, er hob die Hand: „Haben Sie etwas Konkretes, auf das Sie Ihre Vermutungen stützen können?" „Es gibt zwei Schuhabdrücke auf der Fahrerseite, nicht sehr deutlich, aber für mich der Beweis, dass eine zweite Person am Ort war." Jetzt wurde Leo Bachmann hellhörig: „Das wäre die Erklärung, warum der Tote nicht der Fahrer war. Jemand hat den Wagen hierher gefahren und den Beifahrer mit Spiritus übergossen und abgefackelt. Wow, das klingt interessant!" „Das wäre möglich!" Strauch dachte laut, „Aber wie ist der Mörder von hier weggekommen? Können Sie eine Tatzeit eingrenzen, Dr. Ritter?" Der Pathologe lachte, er nahm die Brille ab und fuhr sich durch sein spärliches, graumeliertes Haar: „Mit Hilfe des Wetters kann ich die Tatzeit gut bestimmen. Gegen 0.20 Uhr setzte Regen ein, zunächst ein Schauer, dann stärker. Der Brand muss kurz vorher gelegt worden sein, deshalb ist der Wagen nicht komplett ausgebrannt und noch wichtiger, das Feuer hat sich nicht weiter ausgebreitet."

Die Kommissarin war jetzt wach, ließ sich den Plastikklumpen zeigen, der einmal eine Spiritusflasche gewesen sein sollte. Theorien wurden aufgestellt: Ob das Opfer vorher betäubt, betrunken oder niedergeschlagen wurde. Sonst hätte er doch reagieren müssen. Wäre aus dem Auto gesprungen, hätte sich am Boden gewälzt um das Feuer zu ersticken.

Bachmanns Handy klingelte, er trat beiseite. Es war ein Kollege aus Fürth, der Bericht erstattete: „Also, der Manfred Liebig is die ganze Nacht net ham kumma. Ganz ehrli, bei der Frau! Außerdem hätt er um sechse in der Friehschicht onfanga solln, dort isser bis etz aa net aufdaucht. Ich denk, des is eier Moo." Der junge Kommissar war begeistert: „Super, das ging ja schnell, wir werden dann gleich nach Fürth fahren, wenn wir hier fertig sind und die Ehefrau befragen." Der Kollege am anderen Ende lachte: „Genau, macht des. Wasserstoffblond und Riesenbusen, a echter Fecher. Kannst dich frein!" Bachmann notierte die Adresse und ging zurück. Es war kalt, er zog die Schultern hoch, so dass sein Kinn in den Jackenkragen versank.

Schon dreimal hatte der Trupp das Auto umrundet, wie ein Prozessionszug. Außerdem hatte Dr. Ritter die Leiche vorsichtig bewegt. Bachmann informierte die Anwesenden: „Ich glaube, wir haben das Opfer identifiziert. Manfred Liebig, der Halter des Wagens, er hat die Nacht nicht zuhause verbracht und ist nicht zur Arbeit erschienen." Strauch zog die Hand aus der Jackentasche ihres Parkas und hob den Finger: „Sehr gut! Dr. Ritter, ich warte sehnsüchtig auf ihren Bericht oder vorab auf wichtige Details." „Liebe Frau Strauch, das ist ein komplexer Fall, das wird alles noch dauern", kündigte er an, er konnte es nicht leiden, wenn ihm Zeitdruck gemacht wurde. „Bis später im Büro. Erfolgreiche und zügige Ermittlung!", war der Abschiedsgruß von Staatsanwalt Bräuer, er zog den Schal fester um den Hals und stapfte über den feuchten Weg zurück zu seinem Auto. „Noch mehr Zeitdruck!", stöhnte der Pathologe und mischte sich unter die Kollegen der Spurensicherung, die wie weiße Marsmännchen in und um das ausgebrannte Wrack wuselten.

Bachmann fuhr das Dienstfahrzeug, einen dunkelblauen 5er BMW. Der hatte schon einige Jahre auf dem Buckel, was der Beschleunigung keinen Abbruch tat. Auf Höhe von Bräuersdorf musste er wegen einer Geschwindigkeitsbeschränkung auf 70 km/h abbremsen. Scheinbar belanglos fragte er seine Chefin, wie sie ihr Wochenende verbracht hatte. Er wusste genau, dass sie letzte Woche mit ihrem Lebensgefährten heftigen Streit hatte und hätte gerne den neuesten Stand der Beziehungslage erfahren. Mit beiden Händen wärmte sich Strauch die Ohren: „Unspektakulär, am

Samstag habe ich geputzt und Vorhänge gewaschen. Lästig. Ich werde mir eine Haushaltshilfe suchen. Bertram sagt das schon lange. Früher hat mir das nichts ausgemacht, ich habe mich sogar gefreut, wenn alles schön sauber war, aber heute geht mir die Putzerei voll auf die Nerven." „Ach, ja?", warf der junge Mitarbeiter ein, wollte er doch etwas ganz anderes hören. „Ja! Aber am Sonntag waren wir im Ansbacher Stadttheater. Eine Komödie, die hieß „Doppelzimmer", eine junge Schauspielertruppe, das Stück war lustig, leicht und witzig. Das hat mir gefallen. Ich sollte öfters ins Theater gehen", Strauch lehnte den Kopf zurück und schloss für einen Moment die Augen.

Dann fragte sie zurück: „Was ging bei Ihnen so ab? Club und One-night-stand?" „Nix Sex. Sportliche Höchstleistungen. Ich bin gestern 100 km mit dem Fahrrad durch die Fränkische Schweiz gefahren, zusammen mit ein paar Kumpels." Strauch pfiff anerkennend durch die Zähne, dabei erinnerte sie sich an die verkohlte Leiche: „Sie haben das nicht mitbekommen, die Leiche hat zwei goldene Eckzähne und eine schwere, goldene Kette um das Handgelenk. Wir können die Ehefrau danach fragen." „Goldene Zähne, goldene Kette", Bachmann verzog das Gesicht „Das klingt nach Gigolo oder der Figur aus der Operette ´Der Zigeunerbaron´!" „Oder nach Geschmacksverirrung!", Strauch lachte. Bachmann mochte es, wenn sie lachte, er musste unweigerlich mitlachen.

Das Navi leitete sie problemlos in die Blumenstraße. Es war noch nicht einmal neun Uhr und somit kein Problem, einen Parkplatz zu finden. Das Wohnhaus war ein mehrstöckiger Altbau, wie er typisch für die Fürther Innenstadt war. Die Fassade war tipptopp und der Hausflur ganz passabel, wenn man von den beschädigten Ecken und Kanten absah, die Umzüge eben hinterließen. Im ersten Stock wurden sie fündig, „Liebig" stand auf dem schmucklosen Schild. „Ich hoffe, es gibt keinen Nervenzusammenbruch", sagte Anne Strauch nüchtern bevor sie auf die Klingel drückte.

Bachmann öffnete den Reißverschluss seiner dunkelgrünen Jacke, strich sich die dunkelblonden, kurzen Haare zurecht und war einfach nur gespannt auf den „heißn Fecher", den ihm der Kollege angekündigt hatte. Es dauerte eine Weile und hinter der Wohnungstür rumpelte es. Jetzt ging die Tür auf und vor ihnen stand Frau Liebig, die Schminke vom Vortag um die trüben, roten Augen. Das blonde, stark toupierte Haar stand struppig vom Kopf. Sie trug über ihren dünnen Beinen eine dunkle Leggins, darüber eine fast durchsichtige, rosa gemusterte Bluse mit großem Ausschnitt. Der Stoff spannte über Bauch und Brust bedenklich. Bachmann klappte die Kinnlade nach unten. Strauch fing sich schneller als ihr Kollege und stellte sich vor: „Frau Liebig, mein Name ist Strauch, das ist mein Kollege Bachmann von der Kripo Ansbach, dürfen wir hereinkommen? Es geht um Ihren Mann. Ein Polizeibeamter war heute schon deswegen bei Ihnen." Den Gesichtsausdruck der Dame konnte man leicht als desorientiert bezeichnen, es dauerte einen Moment, bis sie reagierte. Dann aber: „Mein Manni, was ist mit meinem Manni?" Mit sanfter Gewalt schoben sich die Beamten durch die Tür. Frau Liebig stakste auf Pantöffelchen mit rosafarbenem Puschel und hohen, schmalen Absätzen voraus ins Wohnzimmer. Den Türrahmen touchierte sie dabei links und rechts.

„War das wirklich mein Manfred, mein Manni?", heulte Frau Liebig. „Setzen Sie sich bitte. Es gibt noch viele Fragen. Das Auto Ihres Mannes wurde heute Morgen am Waldrand in der Nähe von Eggensee, das ist ein Ortsteil von Neustadt an der Aisch, ausgebrannt gefunden. Im Wagen befand sich eine Leiche", erklärte Strauch mit ruhiger Stimme. Sie hatte viel Erfahrung in der Vermittlung von schlechten Nachrichten, die Sache mit der ruhigen Stimme hatte sich bewährt und hielt sie selbst gelassener. „O Gott, mein Mann. Was wollte der in Eggensee? Das Kaff kenn ich nicht einmal", jammerte die Gattin. „Das ist gleich bei Neustadt", erklärte Bachmann. „Mein Mann ist aus Neustadt. Aber da war er schon lange nicht mehr", erinnerte sich Rita Liebig. „Trug Ihr Mann eine goldene Armkette?", fragte die Kommissarin. „Ja, die hat er sogar zum Schlafen anbehalten. Das Ding hat einen Haufen Geld gekostet!", versicherte Frau Liebig, sie wurde immer zappeliger. Strauch fragte weiter: „Goldene Eckzähne, hatte Ihr Mann goldene Eckzähne?" Die Frau sprang vom Sofa auf und wackelte zu einem Serviertisch, der aus den Siebzigern stammen musste, weißlackiert auf Rollen und gut bestückt mit Hochprozentigem. Während sie sich einen großen Cognac einschenkte, plärrte sie: „Mein Goldzähnchen! Es ist mein Goldzähnchen, mein Manniiii!" Bis sie am Sofa angekommen war, war das Glas schon leer und so kehrte sie sofort um und füllte es aufs Neue. Sie schwankte wie ein alter Kahn auf hoher See und ließ sich auf das Sofa fallen.

Bachmann sah sich um, alle Möbel waren weiß und hochglanzpoliert, die Vorhänge rosa und goldbestickt.

Die grässlichen Kissen! Und überall hingen Bommel-
chen, er schüttelte sich, dann riss er sich aus der Betrachtung: „Frau Liebig, war ihr Mann depressiv?" „Hä?
Was?", die Dame war sichtlich überfordert, aber sie
stellte abrupt die Heulerei ein.

Die Kommissarin nutzte den Moment: „Frau Liebig, wo
war ihr Mann gestern Abend, wann verließ er das Haus?"
Frau Liebig dachte nach: „Sonntagabend ist doch sein
alberner Stammtisch, da ist er um sieben immer hin. Im
„Goldenen Krug", der ist dort unten, ganz am Ende der
Straße." „Ist er da mit dem Auto hingefahren?", wollte
Strauch wissen. „Der Manni sagt immer, die natürliche
Bewegungsart des Menschen ist Autofahren. Zu Fuß
geht der nirgendwo hin." Strauch setzte sich jetzt neben
sie: „Wissen Sie, wer noch an diesem Stammtisch sitzt?
Ich meine, die anderen Stammtischmitglieder." Die Au-
gen von Frau Liebig kreisten in der Luft, als könnte sie
die Namen dort lesen: „Also, auf jeden Fall unser blöder
Nachbar, gleich nebenan, der Hagemann. Ein totaler
Spießer, arbeiten tut der nichts, angeblich ist er krank.
Wahrscheinlich tut er bloß so, der faule Sack. Seine Alte
redet den ganzen Tag saublöd herum!" sie nippte an
ihrem Glas „Mensch, wie heißen bloß die anderen? Ah,
der Richi und der Fränki." Bachmann war das benebelte
Geplapper leid: „Hatte Ihr Mann ein Handy?" „Nein, so
einen Schrott braucht er nicht, er nimmt die Buschtrom-
meln oder das Festnetz, meint er", ein Lächeln zog sich
über ihr Gesicht.

„Danach ist er nicht nach Hause gekommen oder hat
angerufen?", bohrte Strauch weiter. Jetzt brach es aus
der Dame heraus: „Nein, ist er nicht! Und jetzt kommt
er nie mehr und ich bin ganz allein. Mein Manni! Das

pack´ ich nicht, das überlebe ich nicht!" Sie warf den Kopf hin und her, begann zu keuchen und zu schwitzen. Genervt sagte Bachmann: „Wir gehen jetzt zum Nachbarn. Hier erfahren wir nichts mehr, wir könnten morgen wieder kommen, wenn die Frau nüchtern ist." Strauch hörte gar nicht hin: „Frau Liebig, kann ich jemanden für Sie anrufen? Es wäre besser, wenn Sie nicht alleine wären." Der Zustand der Witwe änderte sich schnell, sie verdrehte die Augen und die Atmung wurde ungleichmäßig. „Bachmann, Notarzt!", forderte Strauch. Bachmann machte eine abfällige Handbewegung und meinte etwas von Rausch ausschlafen. „Notarzt, sofort!"

Frau Liebig verlor mehrmals kurz das Bewusstsein bis der Notarzt eintraf. Der diagnostizierte eine Kreislaufschwäche und zog routiniert eine Spritze auf, worauf der sonst so coole Bachmann deutlich seine Gesichtsfarbe änderte. Beide Beamten traten auf den Flur und atmeten tief durch. Dann verschärfte die Kommissarin ihren Ton: „Und Sie wären jetzt einfach so gegangen oder was?!" „Die Frau ist Alkoholikerin!", verteidigte sich Bachmann. „Na und? Sie hat ihren Mann verloren, da kann so was vorkommen, Alkoholikerin oder nicht! Sie hätte kollabieren oder einen Herzinfarkt haben können. Mann! Bachmann, Sie dürfen echt noch einiges lernen in Sachen Verantwortung und Empathie!" Strauch strich sich schnell durch das braune Haar. Sie war aufgebracht und stinksauer. „Ja, ok, tut mir Leid, aber die Alte ist ein Wrack, heruntergekommen und widerlich. Und das als Frau, ich wollte nur raus", argumentierte Bachmann. Jetzt schrie Strauch und tippte mit ihrem spitzen Zeigefinger auf die Brust des Kollegen: „Jetzt sage ich Dir mal was. Besoffene Männer sind genauso widerlich, ekelhaft und stinken. Wo soll da der Unterschied sein? Oder wieso ist eine besoffene Frau schrecklicher, als ein besoffener Mann?"

Bachmann grinste innerlich. Sie hatte es gerade wieder getan. Sie hatte ihn geduzt. Das gefiel ihm, er wartete bereits seit Monaten darauf, dass sie ihm das „Du" anbot. Äußerlich durfte er natürlich nicht grinsen, das wäre in diesem Moment ein großer Fehler, sie würde endgültig ausflippen. „Ok, Chefin", war seine knappe Antwort. Strauch stand schon vor der anderen Wohnungstür auf dem Stockwerk und holte aus um mit Schwung auf die Klingel zu drücken, unter der „Hagemann" stand.

In der Küche von Bauer Schader hatten sich einige Nachbarn versammelt. Zwei saßen auf der Eckbank, die anderen standen im Zimmer. Schader selbst saß blass über einer Tasse Kaffee am Küchentisch. Seine Frau hatte die Hand auf seine Schulter gelegt und geflüstert: „Reg dich net so auf, Ernst." „Ich reg mich doch goar net auf!" fuhr er sie an „Ich hob ober dauernd des Bild von dem dodn Moo vor meine Augn!" „Und, hast den net kennt, Ernst?", wollte der Seifert Fritz wissen. „Du bist doch ä Depp, der woar dodol verbrennt, wos hätt ich do nuch kenna solln?", schrie der alte Schader. „Halt deinen Mund, Fritz!", herrschte Sigi Haussmann, Schaders Nachbar, den unsensiblen Seifert an.

Haussmann war ein junger, stattlicher Bauer. Mit seinem Blaumann und dem dicken, grünen Pullover darunter, stand er in der bescheidenen Küche. Sigi trug die obligatorischen Gummistiefel, wie alle anderen auch.

Schader jammerte: „Des is doch ä Scheiß. In meim Leben hob ich sowos noch ni gesehn. Des woar so greislich und des in meim Wald! Wer waas, wos passiert wär, wenns nachts net gregnet hätt, dann wär mei Wald abbrennt!" Jetzt stand ihm das Wasser in den Augen. Haussmann wollte die Tränen des alten Mannes nicht sehen und meinte schnell: „Aber Ernst, Gott sei Dank, hat es ja geregnet. Und es ist deinen Bäumen nichts passiert. Hast Du nicht gesagt, dass das Auto eine Fürther Nummer gehabt hat?" Schader hob den Kopf: „Ja, Sigi, des hob ich ganz kloar gesehn. Und bestimmt woars ä Golf, ober welche Farb, des waas ich net. Und gstunkn hats, pfui Deifl!"

„Dann hom mir den net kennt", stellte Seifert definitiv fest. Darin waren sich alle Anwesenden einig. Zur Bestätigung nickten sie. Somit war das Wichtigste besprochen und die Ansammlung löste sich ohne Hektik auf, um wieder an die Arbeit zu gehen, die sich –wie jeder weiß- nicht von selbst erledigt.

Horst war heute später aufgestanden als sonst. Im Wald, umgeben von Bäumen und scheuen Tieren, mit denen er sprach, fühlte er sich wohl. In seiner Hütte gab es nur wenige Dinge. Ein Bett, einen Tisch, einen Stuhl und ein Regal, in dem er seine wenigen Kleidungsstücke untergebracht hatte. Zwei Tassen, zwei Teller, einen großen und einen kleinen Topf. An einer Wand stand ein kleiner Ofen, der den Raum erwärmte. Er füllte die weißen Kieselsteine, die er in der Nacht gesammelt hatte in ein großes Marmeladenglas und stellte es in das einzige Fenster. Er konnte kaum erwarten zu sehen, ob die Steine in der Nacht leuchten würden.

Er kämmte sorgfältig sein langes, dunkelblondes Haar und blickte in den kleinen, runden Spiegel, der auf einem Nagel hing. Ein Kindergesicht. Er fand, dass er jung aussah, nicht wie 26, eher wie 12. Feine Gesichtszüge, die schmale Nase, sanft geschwungene Lippen und ausdrucksvolle dunkle Augen. Einzig und allein der mickrige Bart über und unter seinem Mund ließ ihn etwas männlicher wirken. „Ich sehe sehr jung aus", sagte er zu seinem Spiegelbild. Horst zog seinen Parka an und machte sich auf den Weg nach Neustadt, wie jeden Tag außer sonntags. Breze kaufen. Sein Blick fiel auf das Bett. Heute musste er zum ersten Mal die zweite Bettdecke verwenden, die Nacht war kalt gewesen. Und das erinnerte ihn daran, dass er seine Hütte bald verlassen musste. Der Gedanke machte ihn traurig. Er konnte nicht hierblieben, trotz des Ofens war der Raum im Winter nicht ausreichend beheizbar. Die einfachen Holzwände waren nicht isoliert, der Boden nichts als gestampfter Lehm. Im ersten Winter hatte Horst versucht, in der Hütte zu bleiben. Dabei hatte er sich eine handfeste Erkältung zugezogen, die zu einer Lungenentzündung geworden war. Damals ging es ihm grottenschlecht und das wollte er nie wieder erleben. Deshalb würde er demnächst sein Winterquartier beziehen, auch wenn er nicht gerne hinter Mauern lebte. Er fühlte sich dann eingesperrt. Und die Luft in den Räumen war viel zu trocken.

Horst zog die Türe hinter sich zu und folgte dem Trampelpfad, der aus dem Wald auf ein Feld führte. Zum Dorf waren es nur fünf Minuten. Er sah von weitem den Sigi mit dem Schader mitten auf der Straße stehen.

„Hallo Leute!", rief Horst. „Ach, der Horst!", begrüßte Sigi Haussmann den Wanderer. Bauer Schader konnte nicht anders und platzte mit seiner grausigen Entdeckung am frühen Morgen heraus: „Mensch Horst, wasst wos ich heit frieh gefundn hob! Ä Leich, dortn auf der andern Seitn. Glei do wo mei Wald anfängt." Horst schaute etwas verwirrt. „Ä Moo, verbrennt in seim Auto. Gut, dass grengt hat, sonst hätt vielleicht mei Wald brennt! Des hat fei greislich ausgschaut!", versuchte es Schader weiter und erwartete eine Reaktion.

Horst nickte bestätigend: „Ja, es hat heute Nacht geregnet. Ich war draußen und habe Kieselsteine gesammelt. Und ein Feuer habe ich auch gesehen und zwei Mal hat es geknallt." Sigi schaute Horst erschrocken an: „Um wieviel Uhr war das?" Horst zuckte nur mit den Schultern: „Ist die Moni daheim?" „Nein, die ist gerade zum Einkaufen gefahren", meinte der Sigi. In diesem Moment kam sein Sohn kam aus dem Haus gelaufen und zog den Vater am Hosenbein. „Der Michi ist verrotzt, deswegen ist er heute nicht im Kindergarten", erklärte Sigi und fühlte die Stirn des Kindes „Morgen geht es dir bestimmt besser, Michi!", munterte Sigi seinen Sohn auf. „Der Michi gehört ins Bett, sonst kriegt er noch eine Lungenentzündung und hohes Fieber!", stellte Horst höchst besorgt fest.

„Etz soch ämol, Horst." wollte Schader wissen „Wos hastn heit Nacht nuch geseng?" „Ich war nur der Straße entlang unterwegs, wegen den Steinen. Und dann kam der Regen und ich wollte schnell heim, damit ich mich nicht erkälte.", stellte Horst emotionslos klar. „Ja und Du woarst goar net neigierig, wos do los woar, bist net schaun ganga?", der alte Bauer konnte das Desinteresse nicht begreifen. „Nö, ich wollte heim. Meine Steine hatte ich ja. Jetzt muss ich aber los! Wenn du gesund bist Michi, dann zeige ich Dir meine Kieselsteine. Tschüss!" So setzte Horst seinen Weg fort. Er hatte Appetit und es war ein ganzes Stück bis in die Stadt. Irritiert sahen Schader und Sigi ihm hinterher, der kleine Michi auf dem Arm des Vaters krähte: „Der Horst spinnt." „Ober eigentli müsst der Horst doch ä Aussag machen, bei der Polizei. Er is ja ä Zeuge!", stellte Schader fest. Sigi Haussmann schnaubte verächtlich: „Der hat doch nicht mal eine Uhr, wenn den einer fragt, wie spät es war, was soll er dann sagen? Er könnte ihm seine Kieselsteine zeigen!" „Ja, ich waas a net. Ober dei Bub hat Recht, der Horst spinnt!" Schader hob die Hand zum Gruß und ging auf seinen Hof zu. „Und den haben wir bald wieder im Haus", seufzte Haussmann und spürte, wie Verzweiflung in ihm aufstieg.

Über Ihr verantwortungsloses Verhalten unterhalten wir uns noch!", zischte die Kommissarin. Die Tür öffnete sich, „Ja, bitte?", fragte die untersetzte Frau höflich. „Frau Hagemann? Mein Name ist Strauch von der Kripo Ansbach, das ist mein Kollege Bachmann, wir hätten ein paar Fragen an Sie", sagte Strauch noch etwas schrill. Sie bemerkte es selbst, sie stand noch unter Dampf. Strauch amtete tief ein und aus und bat sehr viel sanfter darum, eintreten zu dürfen. Frau Hagemann sah sehr erschrocken aus: „Was ist da nebenan los? Ich habe den Notarzt vorfahren sehen." Sie führte die Beamten in eine geräumige Küche. Am Tisch saß ein hagerer Mann mit kleinen, trüben Augen. Die beiden durften um die 60 Jahre alt sein. „Frau Liebig hatte eine Kreislaufschwäche. Der Arzt ist bei ihr. Herr Hagemann, waren Sie gestern bei ihrem Stammtisch im Goldenen Krug?", fragte Bachmann auf seine direkte Art. Der Mann nickte wortlos. „War Herr Liebig auch anwesend?", wollte Bachmann wissen. Jetzt öffnete Hagemann den Mund: „Ja, er war anwesend. Aber wollen Sie uns nicht sagen, was passiert ist, warum Sie diese Fragen stellen?" Frau Hagemann bot den Beamten mit einer Geste Platz an, Strauch setzte sich: „So wie es aussieht, hat Herr Liebig vergangene Nacht einen gewaltsamen Tod gefunden. Wir müssen den gestrigen Abend rekonstruieren und brauchen dazu ihre Hilfe. Wann ist Liebig ins Lokal gekommen und wann gegangen?" Der Nachbar machte ein erschrockenes Gesicht, seiner Frau stand der Mund offen, dennoch begann er zu erzählen: „Der Manni ist gegen 19.30 Uhr gekommen, wie die anderen auch. Aber er ist früher gegangen als sonst. Es hat Streit gegeben." „Mit wem hat er gestritten?", hakte Bachmann sofort nach. Hagemann zögerte, gab dann zu: „Mit mir." „Aber Otto, das hast Du ja gar nicht erzählt!", die Frau war entsetzt, ihr Gesicht und Hals wurden rot.

Plötzlich schlug Hagemann mit der flachen Hand auf den Tisch: „Ich hatte so die Nase voll von seinem arroganten und dummen Gerede. Erst tat er wieder so, als würde ihm die Druckerei gehören, in der er arbeitet. Dann hat er mich mal wieder als faule Sau bezeichnet, weil ich seit fünf Jahren verrentet bin. Ich habe schweres

Rheuma! Anschließend prahlte er mit seinen geschmacklosen Weibergeschichten. Da ist mir der Kragen geplatzt und ich habe ihm gesagt, dass seine Frau mehrmals die Woche Männerbesuch bekommt, wenn er nicht zu Hause ist. Und das seit einigen Monaten." „Und das stimmt, da kommt so ein komischer Kerl zu Frau Liebig. Wer weiß, was er von dieser abscheulichen Person will, und er ist oft da", verteidigte Frau Hagemann die Worte ihres Mannes. Bachmann verzog das Gesicht: „Was? Die Frau hat einen Geliebten?" Die Reaktion ihres Machokollegen amüsierte Strauch. „Kennen Sie den Namen des heimlichen Besuchers?" Hagemann schüttelte den Kopf, seine Frau flüsterte fast: „Wenn sie ihm die Tür öffnet, säuselt sie immer: `Ach Gerd´, aber mehr weiß ich nicht." „Der Typ sieht komisch aus. Sehr blass, dunkle, kurze Haare mit akkuratem Scheitel. Stets im Hemd und Sakko, aber alles sieht so altmodisch aus", dachte Hagemann laut nach. Seine Frau sagte forsch: „Er sieht aus wie ein Kinderschänder, direkt unheimlich. Im Dunkeln möchte ich dem nicht begegnen!"

Strauch hatte kein Interesse am Klatsch und wollte zu Tatsachen zurückkehren: „Was ist nach dem Streit passiert?" „Er hat sich aufgeführt, geschrien und getobt, mit der Faust ein paar Mal auf den Tisch gedroschen. Der Manni war auch schon ordentlich angesoffen, er hatte sechs Halbe bis dahin. Mich hat er einen impotenten Spießer genannt, die anderen als Arschlöcher bezeichnet. `Ich saufe mein Bier wo anders`, hat er gebrüllt und ist raus aus der Tür. Danach habe ich ihn nicht mehr gesehen." „ Um welche Zeit war das?" Der schmale Mann zuckte mit den Schultern: „Das war gegen 22 Uhr, kurz danach bin ich auch gegangen." „Wir müssen erfahren, wohin er gegangen ist. Rufen Sie die Kollegen an, die müssen die Kneipen hier rundum abklappern. Die sollen uns ein Foto vom Toten organisieren. Oder Sie gehen nochmal zu Frau Liebig und bitten sie um ein Bild", Strauch hatte plötzlich das Gefühl, alles ginge zu langsam, „Fragen Sie noch, ob Kollegen schon am Arbeitsplatz des Opfers Befragungen durchgeführt haben."

Frau Hagemann entschuldigte sich, dass sie nicht gleich Kaffee angeboten hatte: „Das war keine Unhöflichkeit, nur der Schreck." Die Beamten nahmen dankbar an. Während einer Tasse Kaffee erfuhren sie alles über die Familie Liebig. Ihre Alkoholexzesse, Streitigkeiten, die Kinderlosigkeit. Über Freunde des Paares, Lärmbelästigung zu jeder Tages-und Nachtzeit, ihrem ordinären Auftreten und seinem ausgeprägten Jähzorn. Ganz nebenbei erwähnte das Ehepaar, dass es eigentlich aus Duisburg stammte und vor zehn Jahren nach Fürth gezogen war. Über den Grund des Umzugs waren sich die beiden jedoch nicht ganz einig.

Auf der Treppe nahm Bachmann seinen Block aus der Jackentasche und blätterte in seinen Notizen. Strauchs Handy klingelte, es war ein Fürther Kollege: „Riedl hier, Frau Kommissarin. Ich war in der Firma Wöller, wo das Opfer gearbeitet hat. Das ist ja eine Riesendruckerei, die arbeiten in drei Schichten. Ich habe mit dem Vorarbeiter gesprochen und mit den Kollegen, die jetzt Schicht haben. Keiner hat den Liebig gestern gesehen. Wenige haben ihn gemocht, andere haben ihn offen als Deppen bezeichnet. Sein Chef war mit ihm zufrieden, bloß hat es in der Nachtschicht immer Probleme gegeben, wegen der Sauferei. Gut gekannt hat ihn eigentlich nur ein Kollege." „Wie heißt der?", fragte Strauch. „Konrad Decker. Die beiden kannten sich seit Jugendzeiten." „Danke, Riedl, ich werde selbst zur Druckerei fahren. Und noch was! Das Opfer hat den „Goldenen Krug" gegen 22 Uhr verlassen und angekündigt, dass er woanders weitertrinken wollte." „Ja, der Kästner ist schon auf dem Weg und sucht die Kneipen in der Gegend ab. Sobald ich Neuigkeiten habe, ruf ich wieder an. Ade, Frau Strauch", verabschiedete sich Riedl.

Auf dem Gehsteig vor dem Haus hatten sich einige Schaulustige eingefunden, Strauch versicherte den neugierigen Nachbarn, dass sie die Lage im Griff hatten. Sie wühlte in ihrer Handtasche, fand die Packung Zigaretten und steckte sich eine an, während sie sich in der Straße umsah. Obwohl mitten im Zentrum gelegen, war es ruhig hier. Überhaupt sah Fürth aufgeräumter aus als früher. Sie überlegte den nächsten Schritt. Wohin war der wütende Liebig wohl nach dem Streit gegangen? Er war angetrunken und mit dem Auto unterwegs. Warum fuhr er soweit aus der Stadt raus, bis Eggensee? „Immerhin wissen wir, dass Liebig aus Neustadt war", ließ ihn Strauch an ihren Gedanken teilhaben. „Sie rauchen", war die Antwort des jungen Kollegen. Mit dem Zeigefinger und der Zigarette in der Hand drohte sie ihm: „Kein einziges blödes Wort mehr! Außerdem war der Kaffee bei Frau Hagemann sehr dünn." Bachmann wusste sofort was gemeint war. Seine Chefin war ein Espressofreak. Sie brauchte eine konzentrierte Koffeindosis. Er sah sich um. Die Kommissarin hatte das „Segafredo"-Schild offenbar zuerst gesehen und die beiden setzten sich in Bewegung.

Das Café war klein, aber nett eingerichtet. Noch während sie ihre Jacken auszogen, kam die Bedienung. „Was darf ich Ihnen bringen?" Dabei sah die junge Frau nur Bachmann an. Strauch war oft Zeuge dafür, wie er auf junge Frauen wirkte. Ihr Kollege legte sehr viel Wert auf sein Äußeres. Zu seiner Jeans trug er heute ein weißes T-Shirt, darüber eine dünne graue Strickjacke, alles Markenware. An seinem sportlichen Körper sah das gut aus. Sellmann aus der Dienststelle nannte ihn oft „Unser Fashionvictim". Was Bachmann kein bisschen ärgerte, im Gegenteil, er nahm es als Kompliment. Sein Kurzhaarschnitt verhinderte, dass sich die dunkelblonden Locken zur sehr kringelten. Bachmann setzte ein breites Lächeln auf und bestellte Espresso, Cappuccino und zwei Croissants. Die Kaffees wurden serviert, Bachmann deutete auf den Espresso: „Schwarz wie die Nacht." Strauch zeigte auf seinen Cappuccino: „Milchbubi." Dann schwiegen sie eine Weile. „Wie machen wir weiter?", Bachmann löffelte den Milchschaum vom Cappuccino. Strauch lehnte sich zurück: „Die Kollegen in Fürth waren in der Druckerei. Einer der Kollegen kannte den Toten offensichtlich ganz gut. Ein anderer Kollege geht gerade die Lokale ab, mit etwas Glück wissen wir bald, ob Liebig nach dem Goldenen Krug noch ein anderes Lokal aufgesucht hat."

Moni stand vor einem meterlangen Regal voller Cornflakes. Michi liebte Cornflakes. „Eigentlich ist das alles viel zu süß", dachte sie. Von mindestens zehn Packungen hatte sie die Inhaltsstoffe studiert. Was da alles drin war! „Ascorbylpalmitat, was ist das?", las sie halblaut. Sie hätte Abitur machen und Chemie studieren sollen, nur so bestand eine reelle Chance zu wissen, was man aß. Ihre Eltern hielten nichts vom Gymnasium und einem Studium. Sie waren Bauern und unfähig über den Rand des Suppentellers zu schauen. Bei dem Gedanken an die verpassten Möglichkeiten bekam Moni schlechte Laune. Raus aus dem Kuhstall, raus aus den Gummistiefeln. Sie wusste, sie hätte es schaffen können. Die Mittlere Reife befanden die Eltern als vollkommen ausreichend für ein Mädchen. Immerhin konnte Moni die Ausbildung zur Buchhalterin durchsetzen. Ihre Mutter hatte sie auf die Hauswirtschaftsschule schicken wollen. Was für ein Albtraum!

Die Jahre der Ausbildung in einer Nürnberger Steuerkanzlei waren eine wundervolle Zeit! Jetzt hatte sie tatsächlich Cornflakes ohne Zuckerzusatz gefunden. Ob Michi die essen würde? „Hi, Moni, gehst ä weng einkaafn?", ertönte eine Stimme neben ihr. Moni zuckte aus ihren Gedanken gerissen zusammen: „Mensch, Heike, hast Du mich erschreckt." Heike redete nicht lange um den heißen Brei: „Grod hob ich dei Nachbarin troffn, bei eich hats än Dodn gebn?" „Ja, aber auf der anderen Seite, am Waldrand. Der arme alte Schader hat den Toten entdeckt", berichtete Moni ihrer Freundin. „Wos isn do passiert?", fragte diese weiter. „Der ist im Auto verbrannt, hat der Schader gesagt." „Des is ja ä Hammer, woar des ä Selbstmord?" Heike kam richtig in Fahrt. „Ich glaube, die gehen eher von einem Mord aus, aber frage mich nicht warum. Der Sigi war vorhin beim Schader, der hat das erzählt. Es muss recht furchtbar ausgesehen haben", erzählte Moni. „Ja und der Dode, hast Du den kennt?" Moni kam sich vor wie ein Auskunftsschalter:

„Nein, sicher nicht. Das Auto hatte ein Fürther Nummernschild. Aber mehr weiß ich auch nicht, vielleicht steht morgen etwas in der Zeitung." Heikes Neugier war nicht zu bremsen: „Is des net schreckli, ä Mord bei uns. Ich maan, bei uns bassiert doch sunst nie wos. Sowos seng mir doch bloß im Fernseng. Und dann a nu verbrennt und net derschossn. Wer machtn sowos!" „Keine Ahnung, ich war es nicht!", sagte Moni genervt und sah auf die Uhr.

Erschrocken stellte sie fest, dass sie viel zu lange Inhaltsstoffe studiert hatte und meinte schnell: „Mensch Heike, ich muss mich beeilen. Sigi ist mit Michi allein zuhause. Außerdem brauche ich noch Waschmittel." „Is scho kloar, Moni!", meinte Heike, „Kumm doch mol widder zum Landfrauntreffn, es letzte Mol hom mer Schäuferla kocht, des woar fei lecker." Moni winkte im Gehen zurück während sie dachte: „Vielleicht im nächsten Leben." Dann sprang sie noch mal zurück und griff nach der Packung Cornflakes, die sie immer nahm. Die ganze Leserei für die Katz. In Höchstgeschwindigkeit schoss sie los in Richtung Waschmittelregal, unterwegs warf sie vier Tafeln Schokolade in ihren Einkaufswagen. Ohne Schokolade ging gar nichts. Bei den Putzmitteln stand eine andere Bekannte, Moni sah sie schon von weitem. Sie hatte keine Zeit für eine weitere Fragestunde. Als Kinder hatten sie oft gespielt, unsichtbar zu sein. Jetzt spielte sie unsichtbar, sie hielt den Atem an und glitt lautlos und zügig mit größtmöglichem Abstand an der Frau vorbei. Und wurde nicht gesehen.

Wenig später fuhr sie mit dem alten Passat in den Hof. Sigi half ihr beim Ausladen der Einkäufe. Michi weinte, es ging ihm nicht gut. Nachdem die Lebensmittel verstaut waren, nahm Moni das Kind auf den Arm. Besorgt fragte sie: „Hast Du Halsweh oder Ohrenschmerzen?" Klägliches Weinen war die Antwort. „Komm, trink einen Schluck." Michi nippte am Glas, dann schob er es von sich weg. Sie ging mit ihm nach oben in sein Zimmer und legte ihn ins Bett. Deckte ihn zu und redete leise auf ihn ein. Seine Augenlider wurden schnell schwer und er schlief ein.

Moni fühlte sich plötzlich sehr müde und legte sich neben ihren Sohn. Ihre Beine hingen aus dem Kinderbettchen. Sie spürte die Körperwärme des Kindes. Das war schön. Sie fiel in einen Halbschlaf und die Erinnerung an ihre Jugendliebe tauchte auf. Sie war so jung und verliebt gewesen. Mit ihrem schönsten Kleid und frisch gekämmt spazierte sie an seinem Haus vorbei, winkte wie zufällig, wenn er am Fenster stand. Sie war sich sicher, dass auch er sie mochte. Als er sie zum ersten Mal küsste, schwebte sie förmlich über dem Boden. Hätte er gesagt, Moni, ich liebe dich. Geh mit mir nach Kurdistan, ich habe ein Zelt, in dem können wir wohnen, sie hätte „ja" gesagt, ohne zu zögern. Für ihn hätte sie alles getan, alles aufgegeben.

Einmal hatte sie sich im Supermarkt einen knallroten Nagellack gekauft und ihre Nägel damit ungeschickt bemalt. Als ihr Vater das sah, flippte er völlig aus. Er befahl ihr das ordinäre Rot sofort zu entfernen. Aber sie hatte keinen Nagellackentferner. Ihre Mutter, die nie im Leben ihre Nägel lackiert hatte, besaß somit auch keinen. Der Vater schickte die Mutter zur Nachbarin, um von ihr Nagellackentferner zu borgen. Aber auch die hatte keinen.

Die Szene war völlig idiotisch. Natürlich hatte Moni gewusst, wer im Dorf Nagellackentferner besaß. Ihre Freundin Sabine, in ihrer supergeheimen Schublade! Darin befand sich eine kunterbunte Auswahl an Kosmetika. Oft bemalten sich die beiden wie Indianer auf dem Kriegspfad, mussten aber alles gründlich wieder abwaschen, bevor sie das Zimmer verließen. Moni musste schmunzeln und erwachte. Vorsichtig setzte sie sich auf und warf noch einen Blick auf den fiebernden Michi. Er schwitzte, blonde Strähnen klebten auf seiner Stirn. „Schlaf dich gesund, mein Schatz, Mama geht kochen", flüsterte sie und ging nach unten.

Das Gras am Wegrand war noch feucht vom nächtlichen Regen und die Luft kühl und erfrischend. Horst bog von der Straße auf den Feldweg ab und trat jetzt in das kleine Waldstück ein. Er atmete den würzigen Geruch tief in seine Lungen ein. Vom Weg aus sah er verschiedene Pilze durch Moos und Gestrüpp blitzen. Allerdings würde er hier keine Pilze sammeln. In seinem Wald kannte er eine Stelle, an der ausschließlich Steinpilze wuchsen. Steinpilze kannte er gut, da war er sich sicher, bei anderen Pilzen war er unsicher. Horst hatte Angst sich zu vergiften und die Angst war größer als der Appetit.

Er blickte vom Boden nach oben. Die Fichten waren riesig und verdeckten die freie Sicht auf den Himmel. Darum war der Wald so dunkel, wie im Märchen. Horst liebte Märchen und er wusste, dass im tiefen Wald wichtige Dinge von großer Bedeutung geschahen. Achtsam setzte er einen Schritt vor den anderen, seine Augen wanderten von links nach rechts, von rechts nach links. Neugierig und aufmerksam. Der tägliche Weg war kein einfacher Spaziergang, eher ein Bedürfnis, der wichtigste Teil seines Tages. Er erfüllte ihn mit Frieden und Sicherheit. Schon ließ er das Waldstück hinter sich und ging auf dem Feldweg zur Fußgängerbrücke über die Bundesstraße. Mitten auf der Brücke blieb er stehen und schaute auf die Aischwiesen. Ein wenig Nebel stand noch über dem Fluss, das war oft so im Herbst. Manchmal löste sich der Nebel den ganzen Tag nicht auf. Aber es sah schön aus. Nur die Autos, die unter seinen Füßen donnerten, mochte er nicht. Das Geräusch, das Aufheulen der Motoren während der Beschleunigung und dann die Geschwindigkeit! Er konnte der Geschwindigkeit nicht folgen, sie machte ihn schwindelig. Es war lange her, dass er in einem Auto gesessen hatte. Moni meinte oft: „Fahr mit mir irgendwo hin. Du musst mal etwas anderes sehen, Horst!" „Warum muss ich etwas anderes sehen?", fragte er dann. Er konnte den Sinn darin nicht erkennen.

Nun durchquerte er das Dorf Kleinerlbach, hier roch es genauso wie in Eggensee. Einige Bauern winkten ihm im Vorbeigehen zu und grüßten ihn mit einem „Servus!" Der Kleinerlbacher Weg zog sich hin, links und rechts standen Einfamilienhäuser. Eine ältere Frau fingerte mit von der Gicht verformten Händen Briefe aus ihrem Postkasten. Freundlich sprach sie ihn an: „Guten Morgen, ganz schön kalt heute. Geregnet hat es in der Nacht auch." „Ja, es hat schon geregnet, bevor ich ins Bett ging", erwiderte Horst. Die Frau trat näher an den Zaun und hielt Horst ihre Finger vor Augen: „Wissen Sie, meine Hände mögen die Kälte überhaupt nicht. Heute habe ich Schmerzen." „Ja, Schmerzen sind schlimm, das weiß ich. Jetzt muss ich aber weiter!", sagte er und wandte sich im gleichen Moment um. Die Hände der Frau interessierten ihn wenig, ja, wenn er ehrlich war, fand er sie sogar ekelig. Damit mochte er sich nicht befassen.

Flinken Schrittes bog er in die Bamberger Straße ein, die ihn schnurstracks in die Innenstadt von Neustadt führte. Vorbei am alten Brauhaus, an der Autowaschanlage, am Amtsgericht, das massiv und autoritär die Straße dominierte. Endlich war er an der Bäckerei. Die automatische Tür öffnete sich. Gott sei Dank, es war nicht viel Betrieb. „Ja, do bist ja endli, Du bist heit spät dron, Horst!", begrüßte ihn eine Verkäuferin. „Ich bin gestern später ins Bett", rechtfertigte sich Horst. „Wos? Werum? Wos hastn gmacht?", dröhnte die Verkäuferin voller Neugier. „Ich hatte etwas Wichtiges zu tun", Horst wurde das Gespräch unangenehm. Diese Frau war so laut! Eine Kollegin kam von hinten aus der Backstube: „Lass ihn in Ruhe!", sagte sie zur ihrer Kollegin, dann ging sie zum Brezenkorb und packte eine Breze mit feinem Salz in eine kleine Papiertüte: „Da hast deine Breze, Horst, macht 60 Cent." Horst legte die Münzen auf die Theke und lächelte ein klein wenig. Diese Verkäuferin war ihm viel lieber, sie war außerdem hübscher mit ihrem blonden Pferdeschwanz und den sanften, braunen Augen. „Wie ein Reh", dachte er. Auf ihrem Namensschild stand: Es bedient Sie Daniela. „Danke und tschüss bis morgen." Er wagte einen kurzen Blick in ihre Augen.

Heute hatte er keine Lust sich auf den Marktplatz zu setzen, er ging stattdessen zielstrebig Richtung Bleichweiher. Das war eine Parkanlage im Stadtzentrum, teilweise umgeben von den Überresten der historischen Stadtmauer. Dort stand ein Holzpavillion und die Sitze waren trocken. Er packte die Breze aus und biss beherzt hinein. Er hatte nicht bemerkt, wie hungrig er war. Wenige Menschen waren um diese Zeit am Bleichweiher unterwegs. Bei besserem Wetter waren die Bänke rund um den Weiher bevölkert, die Leute genossen die friedliche Atmosphäre umgeben von Bäumen und Sträuchern. Ein kleines Mädchen fuhr auf einem rosa Fahrrad an ihm vorbei, stramm trat sie in die Pedale. Die junge Mutter hatte Mühe, der Tochter hinterher zu kommen. Die Wasserfontäne mitten im Weiher warf das Wasser hoch in die Luft, die alten, großen Weiden am Ufer neigten sich jedes Jahr tiefer zum Wasser.

Bachmann saß am Steuer, die Druckerei Wöller in der Breslauer Straße war schnell gefunden. Ein großer Hof, umgeben von mehreren Hallen und Gebäuden. Lkws wurden beladen, es herrschte rege Arbeitsatmosphäre. Die Kommissare entschlossen sich, direkt in die Fertigungshalle zu gehen. Enorme Maschinen standen darin, es war laut und die Luft war stickig. Gleich nach dem Eingang war ein Büro durch Glas von der Halle getrennt, darin saß eine junge Frau am Computer. Für junge Frauen war Bachmann zuständig. Er stellte sich und seine Chefin vor. Die Angestellte blickte erstaunt: „Schon wieder Polizei? Wie kann ich Ihnen helfen?" Bachmann setzte sein charmantes Lächeln auf. „Windhund!", dachte Strauch. „Wir möchten mit Konrad Decker sprechen, könnten Sie uns den holen, Frau äh?", säuselte Bachmann. „Stefanie Reimann ist mein Name.

Vor einigen Stunden war ein Polizist in Uniform da und hat nach Liebig gefragt. Was ist mit ihm?", fragte die hübsche Frau im kurzen Rock und hohen Stiefeln. „Diese Stefanie passt genau in sein Beuteschema.", dachte Strauch. Betont leger plauderte Bachmann weiter: „Der wird wohl nicht mehr zur Arbeit kommen, Frau Reimann. Wir möchten gerne Herrn Decker befragen." „Ich hole den Decker hierher, in der Halle ist es recht laut. Ich mache solange Kaffeepause", bot Frau Reimann an. Sie stiefelte aus dem Büro. Bachmann konnte nicht anders, er sah ihrem fröhlich wippenden Pferdeschwanz lange nach. Seine Vorgesetzte brachte ihn in die Realität zurück: „Ich hoffe, Sie können sich auf die Befragung konzentrieren." „Natürlich, Frau Strauch. Aber Sie müssen zugeben, dass sie verdammt gut aussieht. Der Figur nach zu urteilen, macht sie Sport. Everything´s in place, wenn Sie wissen, was ich meine!", antwortete er. „Selbstverständlich weiß ich, was Sie meinen, Bachmann", erwiderte Strauch staubtrocken. Sie zog ihren Parka aus, zerrte an dem Rollkragen ihres Pullovers herum, steckte die Hände in die Taschen der schwarzen Cordhose und sah sich um. Vom Büro hatte man Einblick in die gesamte Halle. Sie kratzte sich am Kopf. Im undeutlichen Spiegelbild der Glasfläche versuchte sie ihren Kurzhaarschnitt zu ordnen. „Mal wieder Bad Hair Day!", dachte sie, sprach es aber nicht aus. Anne Strauch war mit ihrem Haar permanent unzufrieden, derzeit deckte der Farbton „Schokobraun" die ersten grauen Strähnen ab. Der Pony war viel zu lang, der Schnitt war herausgewachsen, einzelne Strähnen an den Seiten ragten wie Antennen in alle Richtungen. Sie musste schleunigst einen Termin beim Friseur vereinbaren.

Die Tür ging auf. „Das ist Herr Decker", sagte die junge Angestellte. Dieser trat ein, um die 50 Jahre alt, mit graumelierten, halblangen Haaren, die keine Aufmerksamkeit erfuhren. Er hatte dünne Arme und Beine aber einen kugelrunden Bauch, über dem sich ein blauer Arbeitsanzug und ein verwaschenes T-Shirt spannten. Ein echter Hingucker waren jedoch die orangeroten Cowboystiefel mit Metall auf den Spitzen und Sporen über dem Absatz. Die Kommissarin stellte sich und ihren Kollegen vor und bat ihn Platz zu nehmen: „Herr Decker, wir hätten ein paar Fragen an Sie. Es betrifft ihren Arbeitskollegen Manfred Liebig." Decker sah ehrlich betroffen aus: „Ist er wirklich tot? Das kann doch nicht sein!" „Wir müssen davon ausgehen, dass er das Opfer ist. Dem Kollegen heute Morgen haben Sie gesagt, dass Sie mit Liebig befreundet waren, stimmt das?", fragte Strauch. Decker grinste: „Klar, ich kenne den Manni schon ewig, er hat ja früher in Neustadt gewohnt, ist dort sogar aufgewachsen. Ich wohne heute noch in Neustadt. Ich fahre jeden Tag mit dem Auto zur Arbeit." Strauch horchte interessiert auf: „Ach, Sie wohnen in Neustadt! Haben Sie ihren Freund gestern gesehen?" Decker schüttelte den Kopf: „Nein, den Manni habe ich zuletzt hier am Freitag gesehen, wir haben nach Feierabend noch ein Bier miteinander getrunken." „War er anders als sonst oder hat er erzählt, was er am Wochenende vorhatte?", fragte Strauch. Darüber musste der Befragte schwer nachdenken, seine Stirn warf sich in Falten. Er begann sich am linken Arm zu kratzen, dann am rechten: „Der Manni war wie immer. Er wollte mit seiner Alten am Samstag nach Nürnberg fahren, die wollte wohl Schuhe kaufen. Wahrscheinlich ein neues Paar hochhackiger Lackpumps, die trägt sie ja meistens, die tolle Rita. Aber sonst? Ich weiß nicht, kann mich nicht erinnern." „Herr Decker, wir versuchen den Sonntagabend ihres Freundes zu rekonstruieren, bitte helfen Sie uns. Was könnte Liebig in Neustadt gewollt haben, hatte er noch Freunde oder Verwandte dort, die er regelmäßig besucht hat? Oder hatte er eine Geliebte, die er heimlich aufsuchte?", Strauch wurde eindringlicher.

„Wieso überhaupt Neustadt? Das verstehe ich nicht. Wie ist er denn gestorben?", wollte Decker wissen. Bachmann gab ihm die Antwort: „Herr Decker, ihr Manni ist in seinem Auto auf einem Feldweg nahe Eggensee verbrannt." „Hä?! Verbrannt in Eggensee?! Was soll denn der Manni in Eggensee?", Decker riss die Augen auf und war verwirrt. Oder spielte es zumindest. „War der Manni depressiv?", fragte Bachmann und setzte sich auf die Ecke des Schreibtisches. Decker schüttelte vehement den Kopf: „Der Manni war nicht depressiv, der wusste nicht mal, was das war. Der Manni war super drauf, hat gerne einen getrunken und Spaß gehabt. So war der Manni, ein Kumpel mit dem man jeden Scheiß machen kann. Gut, er konnte echt laut werden, manche der Kollegen haben ihn deshalb nicht gemocht. Mich hat es nicht gestört. Depressiv! So ein Schrott, der Manni hat gewusst wie man Spaß haben kann! Die meisten, die hier arbeiten sind die totalen Weicheier und stehen daheim unter dem Pantoffel ihrer Alten. Die hatten seit hundert Jahren keinen Spaß mehr! Wahrscheinlich sind sie bloß neidisch!" Strauch warf die Hände in die Luft: „So kommen wir nicht weiter. Hatte Liebig Freunde, Verwandte oder eine Geliebte in Neustadt oder Eggensee oder einem anderen Kaff in der Gegend?" Wieder stürzte Decker in die abstrakte Welt des Denkens: „Der Manni

33

hatte keine Geschwister, sein Vater ist schon lange tot. Ob die Mutter noch lebt, weiß ich nicht. Zuletzt war die im Heim, weil sie gaga war. Ich glaube nicht, dass er Freunde in Neustadt besucht hat. Zur Kirchweih ist er jedes Jahr gekommen, heuer auch, da haben wir richtig einen drauf gemacht..." „Und Spaß gehabt!" erriet Bachmann, „Und-hatte er nun eine Geliebte? Raus mit der Sprache, jetzt lohnt die Geheimniskrämerei nicht mehr!"

„Ach Gott, der Manni und ich mögen die Weiber, vielleicht hatte er etwas am Laufen, aber meistens war das nur für eine Nacht oder so, nicht für länger. Es ging mehr um den Spaß, wissen Sie!", Konrad Decker wurde unruhig, Bachmann sah Schweiß am Haaransatz. Die Beine, die Füße mit diesen auffälligen Stiefeln, alles wurde zappelig. „Ich weiß nicht, was Sie von mir wollen. Woher soll ich wissen, ob er in Neustadt oder Eggensee war, bei mir war er nicht. Ich habe auch keine Ahnung, ob er bei irgendwelchen Weibern unterwegs war. Ist mir auch egal. Es würde mich mehr interessieren, wer ihn umgebracht hat und das ist Ihr Job, dafür zahle ich Steuern!", Decker wurde laut. Damit hatte er einen empfindlichen Nerv bei Bachmann getroffen. „Soll ich mich bei Ihnen für mein Gehalt bedanken?", zischte er scharf. „Genau das wollen wir herausfinden, Herr Decker!" versicherte Anne Strauch und glättete die Wogen, „Sie können gehen. Es könnte sein, dass wir zu einem anderen Zeitpunkt noch Fragen an Sie haben werden." Ohne sich zu verabschieden verließ Decker das Zimmer. Als er die Tür öffnete drang der Lärm der Druckermaschinen in den Raum, der Geruch von Öl, Farbe und Papier. Strauch atmete tief ein: „Ich rieche das gerne." „Das war nicht sehr ergiebig.", meinte Bachmann. „Das war enttäuschend wenig, würde ich sagen. Aber er ist nicht der Täter, er hat das Opfer offensichtlich gemocht.", stellte Strauch fest. „Ja, das mag sein und dennoch gibt es die Motive Liebe, Eifersucht, Rache und Geld.", zitierte Bachmann die Hitliste der Mordmotive, „der Mann sieht aus, als hätte er ein 10 Literfass verschluckt und überhaupt, haben Sie seine Stiefel gesehen?"

Frau Reimann mit den hübscheren Stiefeln an den schöneren Beinen kam von der Kaffeepause zurück: „Sind Sie fertig, kann ich wieder an meinen Computer?" „Aber natürlich, Frau Reimann, vielen Dank, dass Sie ihr Büro zur Verfügung gestellt haben!" flötete Bachmann und sah ihr dabei fast unverschämt tief in die Augen, „Darf ich Sie noch um eines bitten? Ich bräuchte eine Liste der Kollegen des Mordopfers. Die würde ich mir gegen Dienstschluss persönlich abholen, wann machen Sie Feierabend?" Seine Chefin war von der unverfrorenen Vorgehensweise gleichermaßen beeindruckt und angewidert. Sie trat den Rückzug an und hörte noch, dass Frau Reimann gegen 17 Uhr nach Hause gehen würde. Die Wolken wollten heute nicht aufreißen und es nieselte wieder, schnell schloss Anne Strauch ihren Parka. Auf dem Hof zündete sie sich eine Zigarette an und überlegte.

Herr Hagemann saß noch immer am Küchentisch. Er blätterte mit seinen ungelenken Händen ohne Interesse in einer Zeitschrift, seine Frau räumte die Kaffeetassen in die Spülmaschine. „Ganz ehrlich, ich finde es nicht schade um unseren Nachbarn, ich konnte ihn nicht leiden", sagte er. Ruth Hagemann drehte sich um, trocknete die Hände an einem Geschirrtuch ab und gab ihrem Mann recht: „Als Nachbar und Mensch war er schrecklich, ein Säufer eben. Traurig bin ich auch nicht und eigentlich nicht einmal schockiert. Es wundert mich nicht, dass er ein so grausames Ende finden musste." Hagemann blätterte weiter mechanisch die Seiten um: „Im Nachhinein gesehen habe ich mir von ihm viel zu viel gefallen lassen. Seine Beschimpfungen am Stammtisch vor den anderen. Für ihn war ich ein Nichtsnutz, eine faule Sau, weil ich nicht mehr arbeiten kann." Seine Augen wurden feucht. Ruth setzte sich neben ihn und nahm seine Hand. Sie wusste, wie schwer es für ihn war, dass er nicht mehr arbeiten konnte. Das und die Schmerzen zehrten an ihrem Mann, schon all die Jahre. Die Arbeitsunfähigkeit hatte ihn seiner Würde beraubt. Er begann zu weinen: „Ich wünschte, ich hätte ihn umgebracht, den Drecksack. Ihn bei lebendigem Leib angezündet, verbrennen lassen und dabei zugesehen. Ich glaube, dann ginge es mir jetzt besser. Ich bin so ein Waschlappen, ein Weichei! Wie kannst Du es nur mit mir aushalten?" Sie drückte fest seine Hand: „Weil Du so bist. Glaubst Du, ich könnte es mit einem Mann wie Liebig aushalten? Du musst verrückt sein!" „Er hat mich immer fertig gemacht, erniedrigt und ich habe mir das gefallen lassen. Nur gestern, habe ich ihm Kontra gegeben und von den Männerbesuchen seiner Frau erzählt. Das hätte ich sonst nicht getan, er hat mich so provoziert. Ich war so wütend!", brach es aus Hagemann heraus. „Hätte ich das nicht gemacht, wäre der Manni nicht aus der Kneipe gerannt, er wäre geblieben. Verstehst Du, Ruth? Er ist gegangen und hat seinen Mörder getroffen!" „Aber Otto, du denkst, du bist schuld am Tod dieses Idioten? Das kann nicht Dein Ernst sein!", Frau Hagemann sah ihren Mann fassungslos an. „Irgendwie schon. Das klingt doch logisch, oder? Wäre er im „Goldenen Krug" geblieben, würde er wahrscheinlich heute noch leben.", er fuhr sich mit der Hand über das Gesicht und wischte sie dann an seinem Pullunder ab. Ruth Hagemann war aufgestanden, jetzt war sie schockiert. Sie trat ans Fenster und sah auf die Straße: „Otto, Du hast keine Schuld. Der Liebig hat nicht nur Dich beleidigt, er ist mit vielen so umgesprungen. Denke daran, wie er mit seiner Frau umgegangen ist." In dem Moment kam der heimliche Hausfreund der Nachbarin auf das Haus zu. „Vielleicht hat ihr der seltsame Gockel einen Gefallen getan und den Platz an ihrer Seite für sich freigeräumt. Er kommt gerade!"

Schnell waren das Elend und die Schuldgefühle vergessen: „Ruth, wo hast Du die Karte von der Kommissarin hingelegt? Wir müssen sie sofort anrufen!" Frau Hagemann fand sie schnell auf der Arbeitsfläche neben der Spüle und griff nach dem Telefon. Mühsam erhob sich Herr Hagemann von dem Stuhl und ging so flott es seine steifen Gelenke zuließen an die Wohnungstür um zu horchen. Er hörte, wie der Türöffner summte und Schritte auf der Treppe. Durch den Spion in der Tür sah er die Nachbarin, die dem Mann weinend um den Hals fiel: „Da bist du ja endlich, Gerd. Mir geht es gar nicht gut!" „Jetzt bin ich da, Rita", säuselte der Mann. Danach schloss sich die Tür. „Hast Du die Kommissarin erreicht?", fragte Otto Hagemann aufgeregt seine Frau. „Ja, die kommt sofort, hat sie gesagt. Jetzt wird es interessant", meinte sie mit triumphierendem Gesichtsausdruck.

Selbstzufrieden schlenderte Bachmann über den Hof auf das Auto zu. Strauch trat ihre Zigarette aus und rief: „Beeilung, der Hausfreund ist gerade bei der Witwe!" Im Auto meinte sie dann: „Na, hatte Ihr Balztanz Erfolg, Casanova?" Die Antwort war ein breites Grinsen. „Sind Frauen wirklich so blöd?" Es war eher eine Feststellung, als eine Frage. Bachmann warf einen kurzen Blick auf seine Vorgesetzte: „Waren Sie niemals jung?" Die Frage war ein schwerer Schlag unter die Gürtellinie, Strauch musste schlucken. Klar war sie jung gewesen und kein Kind von Traurigkeit. Ende der Siebziger war sie mächtig unterwegs, hatte getrunken und getanzt. Sie stand auf Männer mit dunklen Haaren und dunklen Augen, Latin Lover hatte sie es genannt. Bei dem Gedanken musste sie fast lachen. Aber wo war der Lebenshunger hin? Die Leichtigkeit, die Sorglosigkeit, die Freude und die Neugier? „Scheiße", dachte sie, „jetzt denkt Bachmann ich wäre schon immer alt und schlecht gelaunt gewesen." Sie betrachtete die Schuhe an ihren Füßen, die Cordjeans und den olivgrünen Parka, tarnfarben, als wollte sie sich verstecken! Alles zweckmäßig und praktisch. Genau wie ihr Kurzhaarschnitt. Nichts hübsches, kein persönlicher Ausdruck. Nur praktisch und langweilig. Früher wäre sie so nicht aus dem Haus gegangen, hatte mehr Wert auf ihr Äußeres gelegt. Sie befiel das Gefühl, dass sie etwas verloren hatte, etwas auf der Strecke geblieben war. Wütend sah sie ihren Kollegen von der Seite an. Oft traf er sie an wunden Stellen, als hätte er dafür ein Ortungssystem. Und egal was er anhatte, es sah immer gut aus, das war doch zum Kotzen! Sie nahm sich fest vor, am Samstag eine verdammt coole Winterjacke und Stiefel zu kaufen, die nicht nur praktisch, sondern auch stylish waren.

Bachmann parkte den Wagen und fragte: „Habe ich Ihnen jetzt den Tag ruiniert? Sie sind so still." „Da muss der Bäcker kommen und nicht die Semmel! Wir nehmen jetzt den Hausfreund in die Zange", Strauch stieg eilig aus dem Wagen.

Die Witwe öffnete die Tür, sie hatte neues Makeup auf das alte aufgetragen sowie eine heftige Dosis eines aufdringlichen Parfums. Sie lehnte im Türrahmen und nuschelte: „Ach, Sie schon wieder! Mir geht es nicht gut, ich habe mich hingelegt." „Tut mir Leid, Frau Liebig, ich habe noch weitere Fragen", Strauch ließ keine Diskussion aufkommen. Mit einer sanften aber bestimmten Geste machte sie sich den Weg in die Wohnung frei. Im Wohnzimmer stand er, der Hausfreund und wirkte sehr verschreckt. Strauch sah sich den Mann an. Er war tatsächlich eine seltsame Erscheinung. Er war höchstens 1,60 Meter groß und pummelig. Sein kurzes, dunkles Haar trennte sich auf der Mitte des Kopfes durch einen penibel gezogenen Scheitel. Das Haar glänzte wächsern. Er trug eine Flanellhose, deren Farbe sie nicht eindeutig ausmachen konnte. Ein Hemd, darüber einen Pullunder mit Fischgrätmuster. Auf eine gewisse Art sah er aus wie ein Kind. Ein altes Kind. „Was wollen Sie denn noch?", klagte Frau Liebig. „Legen Sie sich wieder hin und ruhen sich aus, Frau Liebig.", die Kommissarin führte die Frau zum Sofa. „Wir sind nicht wegen Ihnen da." erklärte Bachmann, „Wir sind wegen ihm da.". Er deutete auf den nervösen, kleinen Mann. „Wegen mir? Was wollen Sie von mir?", fragte der Mann kleinlaut. „Wie ist ihr

Name? In welcher Beziehung stehen Sie zu Frau Liebig?", wollte der junge Kommissar wissen.

„Gerd Wittrich heiße ich. Beziehung, ich weiß nicht, was ich sagen soll. Ich bin ein Freund des Hauses", antwortete Gerd. Bachmann musste beinahe lachen: „Sie sind der Freund des Hauses. Ach! Das hieße, Sie waren auch ein Freund von Manfred Liebig. Waren Sie denn auch sein Freund?" Der Befragte hatte sichtlich Stress, er nestelte an seinem Retropullunder: „Na ja, ich bin schon mehr mit Rita, äh, Frau Liebig befreundet. Mit Herrn Liebig weniger." Bachmann war nicht der Mensch, der um den heißen Brei herumredet: „Haben Sie Herrn Liebig überhaupt gekannt? Sind Sie ihm persönlich begegnet?" Gerd Wittrich hüstelte: „Persönlich begegnet schon, auf der Straße, aber mehr von weitem." „Sie haben ein Verhältnis mit Frau Liebig und deshalb haben Sie sicher alles getan, damit der Ehemann sie hier niemals antraf!", Bachmann wurde lauter und bestimmter. Jetzt wurde Gerd hektisch, er schwankte, als würden ihn seine Knie nicht mehr tragen wollen: „Das ist rein platonisch! Es ist eine Unverschämtheit mir und Frau Liebig so ein Verhalten zu unterstellen." „Lassen Sie den Gerd in Ruhe!", stöhnte die Witwe vom Sofa. „Was soll das denn sein „so ein Verhalten", von welchem Planeten kommen Sie denn? Für wie blöd halten Sie uns? Sie besuchen die Frau immer dann, wenn der Ehemann nicht zuhause ist. Sie haben eine sexuelle Beziehung", er schrie, was hatte er sich in den letzten Jahren anhören müssen, Lügen, Ausflüchte und nochmals Lügen. Es war, als gäbe es ein Gesetz, das verbiete, der Polizei gegenüber die Wahrheit zu sagen. Und dass alle Welt davon ausging, dass er den Mist glauben würde nahm er extrem persönlich. Durch die Aufregung wurde Gerd Wittrichs Stimme noch höher: „Das stimmt nicht. Ich bin nur ein Freund." Anne Strauch griff ein: „Herr Wittrich, wo waren Sie in der letzten Nacht gegen 24 Uhr?" „Zuhause! Ich war zuhause und habe geschlafen", piepste Wittrich. „Leben Sie alleine?" „Ja. Meine Mutter ist vor zwei Jahren gestorben, seitdem lebe ich alleine in der Wohnung", beteuerte er. „Hat Sie am Abend ein Nachbar gesehen oder haben Sie telefoniert? Oder eine E-mail geschrieben?", Strauch stand nun direkt vor ihm und sah ihm in die Augen. „Ich habe keinen Computer, ich weiß nicht, ob mich jemand im Haus gesehen hat. Ich wohne in der Marienstraße in einem großen Mietshaus. Das ist sehr anonym, jeder geht seiner Wege", antwortete Wittrich, dann erschrak er. „Sie glauben doch nicht, dass ich Ritas Mann umgebracht habe? Das könnte ich nicht, ich bin kein Mörder!" „Der Gerd könnte nichts Schlechtes machen, echt nicht. Suchen Sie den Mörder woanders, der Gerd war es nicht!", Rita Liebig fuchtelte mit den Armen. „Frau Liebig, dieser Mann besucht Sie seit einem Jahr regelmäßig, dass wir dem nachgehen müssen, ist wohl klar. Und außerdem machen wir unsere Arbeit, wir sammeln Fakten. Haben Sie einen Führerschein und ein Auto, Herr Wittrich?", fragte Strauch. „Ich habe einen Führerschein aber kein Auto, ich brauche keines. Ich fahre meistens mit dem Bus, dafür habe ich ein Monatsticket." Er zog seinen Geldbeutel aus der Manteltasche und fingerte sein Ticket heraus. Strauch winkte ab: „Ist schon in Ordnung. Waren Sie gestern hier bei Frau Liebig?" „Nein, am Wochenende komme ich nie.", Wittrich schüttelte den Kopf. „Aus verständlichen Gründen!", ergänzte Bachmann.

„Kennen Sie jemanden, der in Neustadt an der Aisch oder näherer Umgebung wohnt oder haben Sie Familie dort?", Strauch schob ein rosa Kissen beiseite und setzte sich auf den Sessel. „Nein, ich bin in Fürth geboren und aufgewachsen. Als ich noch ein Auto hatte, bin ich mit Mutti manchmal nach Bad Windsheim in die Therme gefahren, da sind wir durch Neustadt gekommen, aber kennen tue ich dort niemanden. In der Therme war ich lange nicht mehr", Wittrich atmete tief durch. „Hören Sie jetzt auf mit der Scheißfragerei! Der Gerd hat nichts gemacht!" Rita Liebig begann zu schluchzen, der Busen bebte, „Meine Nerven. Schenk mir einen Asbach ein, Gerd. Ich will, dass Sie gehen und zwar gleich. Mein Manni, er ist tot! 23 Jahre waren wir verheiratet und jetzt: Tot. Ich bin Witwe!" Gerd kam mit dem Asbach gelaufen, gierig griff sie nach dem Glas. „Mein Kollege notiert Ihren Namen und Adresse und dann sind wir weg. Auf Wiedersehen." Die Kommissarin stand auf und ging.

Hinter der benachbarten Wohnungstür herrschte Hochspannung. „Ruth, was glaubst Du, war er es?" „Wenn sie gehen, könnte ich rausgehen und fragen", sagte Frau Hagemann unverblümt. „Nein, das tust Du nicht! Wenn er es war, dann nehmen sie ihn gleich mit, das sehen wir doch!", Herrn Hagemann wäre es peinlich gewesen, wenn seine Frau ihre Neugier so offen zeigte. Als die Beamten ohne den Hausfreund die Wohnung verließen, drängte sich das Paar am Türspion. „Also war er es nicht", sagte Hagemann enttäuscht. „Oder er war es und die Polizei weiß es noch nicht!" kombinierte Frau Hagemann scharfsinnig, dann stemmte sie die Hände in die Hüften, „Zeit für das Mittagessen, ich gehe in die Küche!"

Rita Liebig lag noch immer auf dem Sofa, Gerd hatte sich neben sie gesetzt. Er war hypernervös und hielt ihre Hand: „Wie können die mich für den Mörder halten?"

„Das waren die bescheuerten Hagemanns, die haben deine Besuche mitgekriegt und den Bullen alles brühwarm erzählt. Die hängen den ganzen Tag am Fenster und an der Tür und lauschen. Diese blöden Vollidioten!", keifte Rita. „Die Polizei versteht unser Verhältnis nicht, wir haben da etwas Besonderes. Du und ich, meine Liebste", flüsterte Gerd. Rita stellte das leere Glas auf dem Tisch ab und begann mit einem Finger sein Ohr zu streicheln: „Die haben alle keine Ahnung, nur wir wissen, was wir miteinander haben. Ach Gerd, ich brauche dich so!" „Rita, Liebste, ich würde alles für dich tun, das weißt du!", seine Hand glitt über den Arm bis zu ihrem Hals, die Augen wanderten zur ihrem Busen. „Auch ich brauche dich, wie ein Fisch das Wasser" Ritas Atem ging schneller, „Lassen wir die Leute denken, was sie wollen. Mit ihrer beschissenen, kleinkarierten Fantasie." „Die sind alle krank und hässlich, sie kennen nicht die Reinheit unserer Liebe", säuselte Gerd und seine Augen wurden glasig. „Ja, die Reinheit unserer Liebe! Ich bin rein wie eine Jungfrau", Ritas linke Hand rutschte von seinem Ohr rasch über die Brust nach unten, zur Hose mit dem Fischgrätmuster. Mit der rechten Hand griff sie fest in seinen Nacken, drückte seinen Kopf zielsicher in die Mitte zwischen ihre mächtigen Brüste und stöhnte lustvoll auf.

Sie haben rosa Fussel hinten auf Ihrer Jacke." Bachmann wischte am Rücken seiner Chefin. Sie versuchte sich umzudrehen, konnte aber nichts sehen: „Das ist von dem doofen Plüschkissen. Ich kümmere mich später darum." „Haben Sie den Typen gesehen, ich glaube, der hatte Brillantine im Haar. Ich meine, wer bitte, benutzt heute noch dieses klebrige Zeug? Es gibt da wunderbare Stylingprodukte, die nicht glänzen, als hätte man sich einen Eimer Öl über den Kopf gekippt. Das sieht ja ekelhaft aus! Kann das mit der Zeit ranzig werden?", Bachmann war außer sich. Strauch musste lachen, ihr Kollege konnte sich in manche Dinge richtig hineinsteigern: „Ranzig? Igitt! Der Gerd ist ein schräger Vogel. Er ist angezogen, als würde ihm Mutti früh die Sachen hinlegen." Sie schüttelte lachend den Kopf, hob dann den Zeigefinger: „Er könnte dennoch unser Mann sein, Gerd Wittrich ist dieser Rita regelrecht hörig." Bachmann winkte ab: „Wer kann dieser Frau hörig sein?" „Der Mann mit den ranzigen Haaren!", erwiderte Strauch und grinste. Der junge Kommissar prüfte sein Bauchgefühl. „Also, ich weiß nicht. Halten Sie ihn wirklich für den Täter?" Strauch setzte ihr schlaues Gesicht auf: „Was ich in den letzten Jahren gelernt habe, ist, dass stille Wasser tief sind. Dieser Mann hat ein Bindungsproblem, er hat wohl bis zum Tod der Mutter mit ihr zusammen gewohnt. Wahrscheinlich hat er niemanden, nur Rita Liebig. Wer weiß, wie weit er gehen würde, um sich diese Frau zu halten?" „Warum nehmen wir ihn nicht gleich mit und zerlegen ihn fachkundig?", meinte Leo Bachmann. Seine Chefin öffnete die Autotür: „Der Wittrich geht uns nicht abhanden. Wenn wir ihn haben wollen, brauchen wir nur hierher zu fahren. Ich möchte mit den Stammtischlern sprechen. Ich habe noch kein rechtes Bild von dem Toten, da fehlt noch was. Und Hunger kriege ich auch."

Das Handy des jungen Kommissars klingelte: „Ah, Kollege Kästner! Ich habe übrigens den tollen Feger kennengelernt. Da haben Sie mich ganz schön verarscht, die Frau ist ein Albtraum!" Kästner lachte laut: „Da hob ich Ihna net zuviel versprochn, hä? Ä echter Fecher halt, wie mers nimmt. Ober ich ruf doch oo, weil mir endli die Kneipe gfundn hom, wo der Liebig hingangen is. Des hat so lang dauert, weil die Kneipn alle erscht später aufmachn. Er woar im „Saufaus", goar net weit vom „Goldenen Krug". Der „Saufaus" is ä typische Bierkneipn am End von der Theaterstraß, kurz vor der Fußgängerzone. Die Besitzer sin grad da, eigentlich hätten´s heit Ruhetoch. Wollt Ihr net gleich kumma?" Bachmann drehte den Autoschlüssel im Schloss: „Wir sind unterwegs. Bis gleich, Kollege!" In solchen Momenten waren Strauch und Bachmann ein geniales Team. Beider Puls und Stimmung stiegen mit der Adrenalinausschüttung.

Polizeiobermeister Karlheinz Kästner war dagegen eine ruhige Erscheinung. Er wartete vor dem Lokal und grüßte anständig. „Die Besitzer haßen Reuther. Ich hob ihna des Foto zeicht, sie hom sich glei an den Moo erinnert. Der woar gestern Abend do." Strauch war hocherfreut: „Danke, Kollege, super gemacht. Bleiben Sie doch da, vielleicht brauchen wir Sie noch."

Die Kommissarin fand die Ecke entzückend, das zweistöckige, historische Haus mit dem Fachwerk. Wenige Meter weiter eine Fußgängerzone mit kleinen Cafes und

Geschäften. Der U-Bahnzugang daneben wäre ihr nicht aufgefallen, wenn nicht ein großes Schild mit blauem Untergrund darauf hingewiesen hätte. Von hier aus kann es nicht weit zur Oper sein, Strauch erinnerte sich an einen Besuch, der schon Jahre zurücklag. Zusammen mit den Kollegen betrat sie die Kneipe, sie gehörte einem älteren Ehepaar, das den Ruhetag für eine Grundreinigung nutzte. Die Regale waren ausgeräumt, Gläser und Flaschen standen auf den Arbeitsflächen. Die Kneipe war klein, aber richtig gemütlich. Der Tresen und der Fußboden waren in dunklem Holz gehalten, nicht der übliche Eiche-rustikal-Stil.

Strauch stellte sich und ihren Kollegen vor: „Guten Tag. Strauch und Bachmann von der Kripo Ansbach, Sie hatten gestern am späten Abend einen Gast, für den wir uns sehr interessieren. Wissen Sie noch, wann der Mann gekommen ist?" Herr Reuther stellte den Besen zur Seite und zog seine Hose zurecht: „Ich kann mich gut an den Mann erinnern, er war recht laut. Wissen Sie, es gibt Gäste, die sind ruhig. Dann gibt es Gäste, die sind lebhaft, aber gut gelaunt. Der Mann war unangenehm, er war der Typ Gast mit dem man oft Schwierigkeiten hat. Ich denke, er ist gegen 22 Uhr gekommen." Dabei sah er zu seiner Frau. Sie putzte ihre Hände an der Schürze ab und kam hinter dem Tresen hervor. „Könnte gut sein. 22 Uhr. Hat er etwas ausgefressen? Ihr Kollege wollte uns nichts sagen." „Der Mann ist in der Nacht ermordet worden", antwortete Strauch. Den beiden blieb der Mund offen stehen. Aus der Toilette kam jetzt noch eine junge Frau, die dort geputzt hatte.

Nach dem Schreckmoment sagte Herr Reuther: „Ein schwieriger Gast, das habe ich gleich gesehen." Strauch hörte die Menschenkenntnis des Gastwirts, die er in vielen Jahren Berufserfahrung gewonnen hatte. „Ja, er wird uns von Zeugen als, äh, unfreundlich beschrieben. War er früher schon mal Gast bei Ihnen?" Das Ehepaar schüttelte den Kopf. „Hat er hier jemanden gekannt oder sich mit anderen Gästen unterhalten? Das ist wichtig für uns. Ihr Lokal ist der letzte bekannte Aufenthaltsort des Mordopfers." Frau Reuther begann sich zu erinnern: „Er ist hereingekommen und direkt zu mir an den Tresen. Hat mich so blöd gefragt, ob er hier in Ruhe ein Bier trinken könnte. Ich habe ihm gesagt, dass das kein Problem sein sollte. Er hat sich umgedreht und alle Gäste angeglotzt. Am Sonntagabend ist die Kneipe immer voll, aber nur bis 24 Uhr, dann gehen die letzten nach Hause." Herr Reuther setzte sich auf einen der Barhocker: „Ja, er hat das Pärchen am Tresen angequatscht, aber die haben ihn abblitzen lassen. Der Mann war kräftig angetrunken. Mir hat er gesagt, dass er gerade von seinem Scheißstammtisch kommt, an dem lauter Männer sitzen, die sich für etwas Besseres halten und dass er ihnen kräftig die Meinung gesagt hat. Er hat geredet und geredet, ich habe ihm nicht mehr zugehört, mich hat der Quatsch nicht interessiert.

Wissen Sie, Frau Kommissarin, die meisten unserer Gäste wohnen hier in der Nähe, es sind Stammgäste, sie kommen seit vielen Jahren. Man kennt sich inzwischen gut. Fremde verirren sich selten in unsere Kneipe. Und das ist gut so. Bei uns gibt es keine Schlägereien und das Klo ist selten vollgekotzt." Frau Reuther sah ihren Mann fast zärtlich an. „Ja, wer weiß, wie lange wir die Arbeit noch machen können?" „Seit dem Rauchverbot lohnt es sich finanziell kaum noch. Sie können die

Kneipe als unser Hobby betrachten." Die Frustration in der Stimme des Gastwirts war unüberhörbar.

„Also gut, er kam gegen 22 Uhr und saß alleine am Tresen, er hat offenbar keinen der Gäste gekannt. Stimmt das so? Und wie ging es weiter?", fragte Bachmann, ihn drängte die Neugier. „Jetzt fällt es mir ein!", rief Frau Reuther, „Heinz, weiß Du nicht? Der junge Mann ist gekommen und hat sich an den Tresen gesetzt, den hat er auch vollgelabert. Wie heißt er bloß? Der nette, junge Mann?" „Du meinst den Charly. Er ist Stammgast, er kommt öfters auf ein Feierabendbier. Du hast Recht, der Mann hat den Charly vollgequatscht. Mir hat der echt leidgetan", erinnert sich Heinz Reuther. „Hatten Sie den Eindruck, dass sich die beiden kannten?", Strauch setzte sich auf einen der hohen Holzhocker an den Tresen und versuchte sich die Situation am Vorabend vorzustellen. Reuther lachte flach: „Ich hatte eher den Eindruck, dass der Charly einfach mit der Wahl der Stunde und des Platzes Pech hatte. Wie sagt man, zur falschen Zeit am falschen Ort. Wollen die Herrschaften ein Bier?" fragte Reuther und klatschte in die Hände. Alle drei Beamten lehnten brav ab.

Man einigte sich auf Kaffee und Frau Reuther warf eine vorsintflutliche Gastro-Filterkaffeemaschine an. Die Beamten erfuhren noch einiges über den Verlauf der vorletzten Stunde des Mordopfers. Manni Liebig redete bis 23 Uhr auf Charly ein, dabei trank er drei Bier und drei Cognac. Frau Reuther hatte Thekendienst, konnte sich aber nur an Gesprächsfetzen erinnern. Er sprach so obszön von „Weibern" und „Sex", dass sie versuchte wegzuhören. Anschließend bezahlte er und kaufte eine Flasche Asbach als Wegzehrung, wie er es nannte. Er hatte schwere Schlagseite, als er das Lokal gegen 23 Uhr verließ. Interessant war, dass Charly, den Frau Reuther als ausgesprochen freundlichen, gutaussehenden Mann beschrieb, das Lokal gleichzeitig mit dem Opfer verlassen hat. Der Nachname wollte beiden partout nicht einfallen. Allerdings wussten sie ungefähr wo der Mann wohnte und dass er als Krankenpfleger in der Psychiatrie in Erlangen arbeitete. Für Kästner war Laufarbeit angesagt, er trug es mit Fassung: „Den findn mir, ganz kloar!"

Die drei Beamten bedankten sich für den Kaffee und die Informationen, vor dem Lokal trennten sich ihre Wege. Auf Empfehlung von Kästner gingen die Kommissare wenige Häuser weiter zu einer Imbissbude. Kästner meinte, der Leberkäse dort wäre erste Klasse. In der Bude gab es drei kleine Tische, Bachmann weigerte sich, dort Platz zu nehmen. „Da stinke ich den restlichen Tag wie eine Tüte Pommes!", protestierte er. Seine Chefin hörte in der Bemerkung die Nachtigall trapsen. Der Kollege hat heute noch etwas vor, schlussfolgerte sie im Stillen. Beide entschlossen sich für eine Bratwurstsemmel. „So eine Bratwurst ist eine ehrliche Sache", murmelte Bachmann mit vollem Mund. Strauch war sehr zufrieden mit dem bisherigen Verlauf ihrer Ermittlungen. „Jetzt habe ich ein Gefühl für diesen Fall, kann mir den Abend gut vorstellen. Liebig geht gegen 19.30 Uhr aus dem Haus und fährt die kurze Strecke zum Goldenen Krug." „Weil die natürliche Fortbewegung des Menschen Autofahren ist!", lachte Bachmann, „Der Spruch ist richtig gut, den muss ich mir merken." Strauch fuhr fort: „Dort trinkt er, streitet sich, beschimpft seine Kumpanen und verlässt den Goldenen Krug. Wahrscheinlich ist er herumgefahren und hat sich überlegt, wo er weitertrinken soll. Hat sich für das Saufaus entschlossen, trinkt weiter und müllt den Charly mit seinen Weibergeschichten voll. Die beiden bezahlen gegen 23 Uhr und gehen aus dem Saufaus. Ca. eine Stunde später war der Liebig tot, verbrannt."

Sie schob sich das letzte Stück Bratwurstsemmel in den Mund, ihr Blick ging in die Ferne, sie überlegte. Schließlich stellte sie fest, dass sie eine zweite Bratwurstsemmel brauchte. Bachmann konnte seine Chefin nicht alleine essen sehen und holte sich ebenfalls eine zweite Wurst. Nach der Sache mit dem Adrenalin, war ein gesunder Appetit die zweite Gemeinsamkeit des Ermittlerpaares.

Es war feuchtkalt, der Herbst hatte in der Nacht den Winter getroffen, die Temperatur war nur knapp über Null, doch die beiden Beamten störte das nicht, sie standen unter der rotweiß gestreiften Markise vor dem Imbiss und bohrten sich tiefer und tiefer in den Fall. „Im Umfeld des Opfers fließt ziemlich viel Alkohol", meinte Strauch, verteilte den Senf mit der Zeigefingerspitze über die ganze Länge der Bratwurst und schleckte den Finger dann genüsslich ab. „Das können Sie laut sagen, Chefin. Die Ehefrau und auch sein Kumpel aus der Druckerei, wie hieß er? Decker! Die beiden sind echt dauerimprägniert!", Bachmann schüttelte den Kopf. Strauch stellte ihre Diagnose: „Die beiden sind schwere Alkoholiker. Können Sie sich erinnern, wie motorisch unruhig Decker in der Befragung wurde? Das Kratzen! Vielleicht werden wir während unserer Arbeit noch mehr dieser Klientel antreffen, darauf müssen wir uns einstellen."
„Der Nüchternste in diesem Fall ist der verklemmte

Hausfreund, ob der jemals schon ein Bier getrunken hat?", Strauch lachte, „Die Welt ist ein zoologischer Garten!" „Scheiße!", rief Bachmann. Ein großer Klecks Senf war auf seine Jack-Wolfskin-Treter gefallen.

Sigi kam müde aus dem Stall geschlürft und zog Jacke und Gummistiefel aus. Er setzte sich an den Küchentisch, Moni rührte noch in den Töpfen. Sigi wollte mit ihr über Horst sprechen, was oft in einen Streit mündete. Moni war extrem empfindlich, wenn es um Horst ging. Vor drei Jahren hatte sie seine Betreuung übernommen, er brauchte jemanden, der sich um seine Dinge kümmerte. Dazu war er selbst nicht in der Lage. Moni nahm die Verantwortung bierernst. Sigi fasste sich ein Herz: „Weißt Du eigentlich, dass der Horst das Feuer in der Nacht gesehen hat?" Moni drehte sich abrupt um. „Was sagst Du da? Woher weißt Du das?" „Horst hat es selbst gesagt, als er vorhin hier vorbei kam. Er war in der Nacht unterwegs und hat das Feuer gesehen und gehört, dass es zwei Mal geknallt hat." Moni erschrak und sie wurde hektisch. Sigi kannte das gut, das Thema Horst war in ihrer Ehe ein heißes Eisen. Im Grunde war es immer Horst, der Streit zwischen den beiden auslöste. Wegen anderen Dingen stritten sie so gut wie nie, auch nicht wegen Michi, da waren sie sich einig. „Er geht doch sonst früh zu Bett, was hat er so spät noch gemacht?" Sigi zog hilflos die Schultern nach oben. „Er hat Kieselsteine gesammelt." „Hä?!" „Moni, genau genommen, müsste er eine Aussage bei der Polizei machen, über das, was er gesehen hat.", Sigi preschte jetzt nach vorne. „Spinnst Du?" schrie sie, „Das geht nicht. Das kommt nicht in Frage.

Wenn die ihn fragen, um wie viel Uhr er etwas gesehen hat, erklärt er ihnen den Mond und seine Zyklen! Was sollte die Polizei mit seiner Aussage anfangen? Außerdem hält er den Stress nicht aus. Er hat mit der Sache nichts zu tun und muss nichts aussagen! Aus und basta!"

Sie drehte sich wieder um und sah, dass der Kartoffelbrei angebrannt war, den sie nur warm halten wollte. „Scheiße!" „Kannst Du sicher sein, dass er nichts damit zu tun hat?", Sigi sah ihr in die Augen. Moni warf den Kochlöffel in den Topf: „Was meinst Du damit? Glaubst Du, dass der Horst den Mann umgebracht hat?" Der stattliche Jungbauer druckste herum. „Ganz ehrlich, ich weiß nicht, was ich glauben soll. Der Horst ist oft so daneben, dass es mir unheimlich wird." Moni setzte sich an den Tisch, doch sie stand gleich wieder auf: „Kannst Du dir vorstellen, dass der Horst einen Menschen anzündet und zusieht wie er verbrennt? Das kannst Du doch nicht denken! Die meiste Zeit sitzt er im Wald und unterhält sich mit Rehen und Hasen. Er bedankt sich bei den Bäumen, für was auch immer. Er ist hochsensibel und flippt aus, wenn ein Schwein aus dem Dorf zum Schlachter gefahren wird!", Moni lief in der Küche auf und ab, dabei wurde sie lauter und lauter.

Sigi stand auf und nahm seine Frau bei den Schultern: „Ich will mich nicht streiten, ich weiß, der Horst ist für Dich wie ein zweites Kind. Wenn ich daran denke, dass er bald wieder hier im Haus ist, das macht mir Angst und ich denke dabei vor allem an den Michi. Für mich ist der Horst unberechenbar." Jetzt weinte Moni: „Du weißt nicht, wie beschissen der Horst aufgewachsen ist, was er alles erleben musste. Jetzt ist er kaputt, funktioniert nicht mehr und keiner will ihn haben! Würde ich mich nicht um ihn kümmern, wäre er aus der Klinik nie rausgekommen." „Ich weiß, aber es macht mich nervös. Er kann nicht mehr lange in der Hütte bleiben, die Nächte werden schnell eisig", Sigi nahm seine Frau in den Arm. Moni schluchzte: „Warum sollte der Horst einen Mann umbringen, den er nicht kennt, das ergibt doch keinen Sinn!" Sigi gab zu, dass er ebenfalls keinen Sinn darin finden konnte. Noch während er Moni im Arm hielt, begann er zu überlegen, wie man die Hütte im Wald winterfest machen könnte.

Später würde er zum Josef rübergehen und mit ihm reden. Der hatte bautechnisch einiges auf dem Kasten und erstaunliche Ideen. Vielleicht könnten sie die Wände ordentlich isolieren und den Ofenanschluss, der keiner Feuerbeschau standhalten würde, besser verlegen. Ja, dann müsste der Horst die langen Wintermonate nicht hier auf dem Hof verbringen, wo es ihm sowieso nicht gefiel. Er könnte in seiner Hütte bleiben. Die Idee gefiel Sigi, er sah Moni in die Augen und sagte lächelnd: „Wir kriegen das hin. Und jetzt gib mir von dem Kartoffelbrei und ein großes Stück Fleisch, ich habe tierischen Hunger!" Mit den Ärmeln ihres Pullovers wischte sie sich die Tränen ab und schniefte trotzig: „Der Horst geht nicht zur Polizei aussagen!" „In Ordnung", sagte Sigi und streckte die Hand nach dem Teller aus.

Polizeiobermeister Oliver Kleinlein und sein Kollege und Kumpel Reiner Fürst beendeten ihre Schicht. Sie hatten den ganzen Vormittag am Tatort Dienst und waren durchgefroren. Mit einer Tasse Tee saßen sie im Aufenthaltsraum, direkt vor dem Heizkörper. Immer wieder kamen Kollegen herein, holten sich Kaffee und andere Getränke. Kleinlein wärmte sich die Hände an der Tasse und stöhnte: „Mann, war das anstrengend! Aber auch spannend. So einen Fall hatten wir noch nie. Mordwaffe: Spiritus!" „Das klingt, als wärst du begeistert. Mir ist flau im Magen und den Geruch habe ich jetzt noch in der Nase! Der Tee tut mir gut", meinte Fürst. Kleinlein lehnte sich zurück und dachte nach. „Wo ist der Täter bloß in das Auto gestiegen? Schon in Fürth oder woanders? Hat der Liebig einen Anhalter mitgenommen? War es eine Zufallstat und Mörder und Opfer haben sich nicht gekannt? Das wäre saublöd, weil man keine Verbindungen knüpfen könnte." „Andere Möglichkeit: Die beiden haben sich gekannt und die Tat war geplant", schlug Fürst vor, „Auf jeden Fall wäre das leichter zu ermitteln." Kleinlein fuhr sich über seine stoppelkurzen, rotblonden Haare und schüttelte den Kopf: „Hattest Du den Eindruck, die Tat war geplant? Ich bin mir nicht sicher, ich hatte den Eindruck, da wurde improvisiert." Fürst lachte. „Hast Du eine Flasche Spiritus im Auto? Also ich nicht. Wer fährt denn Spiritus spazieren?"

„Reiner, ich habe vor ein paar Wochen eine Geschwindigkeitskontrolle auf der B 470 bei Diebach gemacht. Da haben wir einen uralten VW Polo rausgewunken, der mit 80 km/h in die Ortschaft einfuhr. Als ich in das Auto sah, habe ich gedacht, ich sehe nicht recht. Das Auto war voller Plastiktüten, zerknülltem Papier, vertrockneten Pizzastücken, Kartons und Flaschen ohne Ende. Der Typ sah äußerst ungepflegt aus. Ich habe ihn aussteigen lassen, weil er stark nach Alkohol roch."

In diesem Moment betrat der Dienststellenleiter Hegendörfer den Raum und klaute dem Erzähler die Pointe: „Ha, war das der, bei dem der Schäferhund unter dem Müll der Rücksitzbank heraussprang und auf die Straße rannte? Ja, der Fahrer hatte 1,8 Promille und wir waren froh, als die Ehefrau den Wagen abholte, der war eine Stinkbombe! Wer weiß, wie viele Tiere darin noch gewohnt haben. Tiere mit vier Beinen, sechs Beinen und ohne Beine!" Fürsts flauer Magen meldete sich wieder: „Jedem das seine. Ich gehe jetzt. Übrigens, Oliver, wie kam der Täter von Eggensee weg? Egal, ob er bereits in Fürth zu Liebig ins Auto stieg oder unterwegs. Eggensee ist verdammt entlegen. Tschüss, bis morgen." Kleinlein wusste, dass ihn diese Frage den restlichen Tag nicht loslassen würde. Hegendörfer unterbrach jedoch seine Gedanken: „Wenn wir Glück haben, war der Täter so dämlich und ist per Anhalter weitergefahren. Wäre nicht das erste Mal!" Kleinlein gähnte ausgiebig: „Dass kein Autofahrer das Feuer gesehen hat um Mitternacht, das wundert mich. Es ist immer reger Verkehr auf der B8, auch nach 24 Uhr. Es wäre sinnvoll, die Bevölkerung um Mitarbeit zu bitten." Hegendörfer klopfte ihm väterlich auf die Schulter: „Morgen erscheinst Du wieder zum Dienst und kannst weiter die Welt retten. Jetzt geh nach Hause und ruh dich aus. Ob es einen öffentlichen Aufruf geben wird, entscheiden die Kommissare und der Staatsanwalt. Und Grüße an die hübsche Sarah!"

Kleinlein ging nach Hause. Seine Freundin Sarah musste noch bis 17 Uhr arbeiten. Er wärmte sich den Rest des gestrigen Abendessens in der modernen, brandneuen Küche auf. Es gab Nudeln mit Zucchini, Blumenkohl und Tomaten. Sarah und er waren zwar keine Vegetarier, achteten aber sehr auf Ernährung. Tierische Fette gab es höchstens zwei Mal die Woche. Nach dem Essen nahm er eine heiße Dusche, er genoss die Wärme und fühlte sich gleich viel besser. Die Müdigkeit war verschwunden und er sprang in Joggingoutfit und Multifunktionsjacke. Die Wohnung lag am Aischsteg, direkt an den Aischwiesen. Für Sarah und ihn war das ein Hauptgrund um sich für diese Wohnung zu entscheiden. Er schloss die Haustür hinter sich und fiel sofort in seinen Laufrhythmus. Nach 200 Meter bog er auf den Flurbereinigungsweg, der die Aisch entlang führte. Die Mütze schützte ihn vor dem Nieselregen, der heute nicht enden wollte. Ein grauer Tag, aber Kleinlein war das egal, links die Aisch, rechts die Felder, ein beruhigendes Bild für das Auge, trotz des Wetters. Die Bewegung tat ihm gut, endlich fühlte er wieder Körpertemperatur, die Wärme, die von innen kam und der Kopf wurde ihm leichter. Nächstes Ziel: Schauerheim.

„Fränki", der bürgerlich Frank Heinrich hieß, arbeitete in der Araltankstelle in der Nürnberger Straße in Fürth. Der stämmige Mitvierziger stand hinter der Kasse, es war viel Kundschaft im Laden. „Mein Name ist Strauch, das ist mein Kollege Bachmann, wir sind von der Kripo Ansbach. Wir hätten einige Fragen an Sie, wegen ihrem Freund, Manfred Liebig." „Der Manni? Der ist nicht mein Freund", wehrte Frank Heinrich ab, „ Aber warum fragen Sie?" „Manfred Liebig wurde heute Nacht ermordet. Wann haben Sie ihn zuletzt gesehen?", Strauch beobachtete die Reaktion des Mannes. „Pah!

Der Manni ist tot? Ermordet? Das ist ja ein Hammer! Wer hat ihn denn umgebracht?", Heinrich fuhr sich mit der Hand über die Halbglatze. „Das wissen wir noch nicht, wir stehen mit unseren Ermittlungen erst am Anfang. Bitte beantworten Sie die Frage. Wann haben Sie Herrn Liebig zuletzt gesehen?", Strauch versuchte leise zu sprechen, einige Kunden drehten sich neugierig um, „Können wir nicht woanders reden?", fragte sie. „Ja", Heinrich wies den Kommissaren den Weg zwischen Regalen hindurch in einen Lagerraum, „Hier sind wir ungestört. Den Manni habe ich gestern im Goldenen Krug gesehen, wir haben dort unseren Stammtisch. Immer sonntags treffen wir uns um 19.30 Uhr." „Wie lange waren Sie gestern am Stammtisch, Herr Heinrich?" Bachmann trat näher an ihn heran. Dem Befragten war das unangenehm, er fühlte sich bedrängt und wich ein Stück zurück. „Ich glaube, ich bin um 23 Uhr heimgegangen, wie sonst auch. Aber der Manni ging viel früher." „Warum ging er früher, Herr Heinrich?", fragte Bachmann scheinheilig. „Es gab Streit", antworte Heinrich kurz. Bachmanns Ton wurde aggressiver: „So, es gab Streit. Worum ging es denn?" Die Kommissarin ließ ihren jungen Kollegen gerne mal an der langen Leine. Sich Respekt verschaffen, das konnte der 32-jährige Bachmann gut. Bei Verhören, wenn es ums Eingemachte ging, hatte sie mehr Gefühl für Strategie, mehr Menschenkenntnis und natürlich langjährige Erfahrung.

Frank Heinrich war gut 1,80 Meter groß und kräftig gebaut. Dem Opfer im betrunkenen Zustand wäre er sicher überlegen gewesen. „Fränki" wirkte verunsichert: „Der Manni war gestern echt fies drauf. Ein Stänkerer war er

schon immer. Aber früher war es eher lustig. Seit längerem, ich weiß nicht, wann es begonnen hat, wurde er nur noch beleidigend. Zu mir hat er gesagt, ich wäre der, der mit der Zapfpistole in der Nürnberger Straße rumsteht. Der Richie war für ihn der blöde Kleckser. Der Richie ist Maler von Beruf. Während er den verantwortungsvollsten Job unter der Sonne hat, der Depp! Gestern hat er es total übertrieben. Dann hat ihm der Otto gesagt, der wohnt doch im gleichen Haus, dass seine Alte Männerbesuch empfängt, wenn er nicht da ist. Ich habe mich fast totgelacht, seine versoffene Alte setzt ihm Hörner auf! Das hätte ich der Schnapsdrossel gar nicht zugetraut! Haben Sie die mal gesehen?" Bachmann winkte ab: „Ja, habe ich. Was passierte dann? Das hat sich der Liebig doch nicht gefallen lassen, oder?"
„Ha, der ist abgegangen wie eine Rakete. Wir sind alle Arschlöcher, blöde Schweine und was weiß ich, was er uns noch an den Kopf geworfen hat. Den Otto hat er impotent genannt und das alles in voller Lautstärke im Lokal. Jeder hat es gehört. Dann hat er uns noch die Freundschaft gekündigt, weil wir ein verlogenes Pack sind. Ich habe ihm gesagt, dass er sich mit seinem Scheißtext verpissen und nie mehr wieder kommen soll!", Heinrich hatte sich heiß geredet. „Sie müssen außer sich vor Wut gewesen sein, Herr Heinrich! Der Wirt des Goldenen Kruges hat ausgesagt, dass er eingreifen musste, weil es zu Handgreiflichkeiten kam. Haben Sie die Beherrschung verloren und wollten zuschlagen?", Bachmann gab nicht auf. Heinrich zuckte mit den Schultern: „Nein! Da hat der Wirt aber übertrieben, Schlägerei hat es keine gegeben. Der Manni ist ja gegangen und das war gut so." Strauch mischte sich ein. „Haben Sie

Herrn Liebig später noch einmal gesehen?" Heinrich reagierte schnell. „Nein! Was glauben Sie denn! Dass ich dem Deppen noch hinterherlaufe? Alle waren froh, dass er weg war. Wir haben über ihn gelacht, weil die tolle Rita mit einem anderen rummacht. Otto hat den Mann beschrieben, es war lustig", er lachte ein wenig unnatürlich, dann meinte er: „Ich müsste wieder raus ins Geschäft, Sie sehen ja, was da los ist." „Interessiert es Sie nicht, wie ihr Stammtischbruder ums Leben gekommen ist?", fragte Bachmann provokativ. „Wie ist er denn gestorben?" „Er ist verbrannt.", sagte Bachmann kühl, „Kann das jemand bezeugen, dass Sie um 23 Uhr zuhause waren?" Jetzt wirkte Fränki erschrocken: „Ja! Meine Frau. Und meine Tochter war auch noch wach."

Gleich nachdem er von der Stadt zurückgekommen war, schürte er den Holzofen an. Die feuchte Kälte kroch in die Hütte. Auf den Ofen setzte er den Topf Suppe, die Moni für ihn gekocht hatte. Sie sorgte gut für ihn. Manchmal stellte er sich vor, wie sein Leben heute aussehen würde, wäre Moni seine Mutter gewesen. Natürlich wusste er, dass das Unsinn war, weil sie gerade zwei Jahre älter war als er. Dabei sah er in den Spiegel, strich über seine Wangen und die Augen. Er berührte sein Haar und riss sich mit einem Ruck aus den Gedanken. Mit diesen Gedanken kamen Erinnerungen, Traurigkeit und Angst. Die Angst will er nicht mehr. Nie mehr! „Dieser Moment ist gut! Es geht mir gut, ich bin versorgt, ich wohne im Wald", sagte Horst bestimmt zu seinem Spiegelbild. Dann zwinkerte er sich zu. Langsam wurden Ofen und Suppe warm. Horst legte nach, das Birkenholz brannte gut, es knackte und knisterte im

Ofen. Als Sigi ihm das Holz im August brachte, bedankte sich Horst bei der Birke. Er fand das einfach nur anständig, sich bei dem Baum zu bedanken, der ihm jetzt Wärme spendete. Er rührte im hellblau emaillierten Topf, der Geruch machte ihm Appetit. Schließlich nahm er ihn vom Ofen, setzte sich an den kleinen, rohen Holztisch und aß die Suppe direkt aus dem Topf. So sparte er sich das Abspülen eines Tellers.

Horst beschloss sich ein bisschen auszuruhen und legte sich auf das einfache Holzbett. Sein Blick fiel auf das Fenster. Wenig Licht erhellte heute den Raum, die Sonne hatte sich bis jetzt nicht durchsetzen können, sie lag verborgen hinter Wolken und Nebel. Die Augen wurden müde, fielen zu und dennoch nahm er einen schwachen Lichtschein durch die geschlossenen Augenlider wahr. Das Licht bewegte sich wie Nebelschwaden, schien erkennbare Formen zu bilden, die gleich wieder zerfielen, zerrissen oder sich auflösten. Um sich neu zu verbinden, Gestalt anzunehmen. Verweben und auflösen, ein Fluss von Farben, sanft wechselnd in ihrer Intensität. Ein Punkt war heller und blieb es, wanderte über die Augenlinse. Horst liebte diesen Zustand, er war nicht wach, schlief aber auch nicht. Lange arbeitete er daran, diese Übergangsphase, die andere Menschen nur als kurzen Moment erinnern, wenn sie vom Wachzustand in den Schlaf fielen. Bewusst steuerte und verlängerte er die Phase, für ihn war das ein höchst meditativer Zustand, ein Zugang zu einer anderen Bewusstseinsebene, die ihn beruhigte, ihn glücklich machte und darüber hinaus Wissen vermittelte. Er konnte dieses Wissen nicht niederschreiben oder konkret benennen, aber er fühlte Information in sich fließen und Stärke.

Schließlich schlief er ein. Doch nicht für lange, Horst wachte auf, weil es ihn fror. Er hatte sich nicht zugedeckt. Sein Rücken war eiskalt. Schnell stand er auf, sprang zum Regal und fand dort den wärmeren Pullover. Moosgrün, eine wunderschöne Farbe! Eilig zog er die Jacke aus, schlüpfte in den Pulli und wieder in die Jacke. Horst spürte in seine Füße, ja, die waren ok, nicht kalt. Holz nachlegen und Wasser aufsetzen für einen Tee.

Draußen waren jetzt Schritte zu hören und eine Stimme, die rief: „Horst, bist Du da? Hallo, ich bin es, der Sigi!" Horst öffnete die Tür. „Kommst Du mich besuchen?" „Du, ich habe gerade mit dem Josef gesprochen, wegen der Isolierung deiner Hütte. Ich wollte mir das Holz anschauen!" plapperte Sigi los und erkannte an Horsts Blick, dass der gerade nicht verstand, was er ihm sagen wollte, „Ich meine, dass ich die Holzhütte so isolieren könnte, dass du im Winter hier bleiben könntest ohne zu erfrieren." „Ja, mir ist kalt. Auch schon in dieser Nacht. Die anderen Nächte vorher ging es noch", klagte Horst. Sigi nickte: „Das habe ich mir gedacht. Du würdest gerne auch im Winter hier bleiben, oder?" „Ja, das würde ich gerne, aber es ist zu kalt. Deshalb muss ich zu euch auf den Hof kommen.", stellte Horst trocken fest. Sigi zog das Metermaß aus der Arbeitshose und ging in Aktion: „Ich messe die Hütte aus und dann spreche ich nochmal mit dem Josef, welches Dämmmaterial geeignet wäre." Horst machte ein besorgtes Gesicht: „Aber nichts Giftiges wie Glaswolle oder Asbest oder so, davon kriegt man einen schweren Lungenschaden!" Er war noch nicht mal zehn Minuten hier und der Typ ging ihm schon auf die Nerven. Das hielt er nicht den ganzen Winter bis Ostern durch. Eine Lösung musste her, koste es was es wolle. Wenn ihm der Josef zur Hand ginge, wäre die Sache vielleicht in zwei Tagen erledigt. Sigi beruhigte Horst: „Wir nehmen nichts Giftiges, sondern etwas Ökologisches." Der war erleichtert: „Ökologisch ist gut. Und jetzt muss ich los, in den Wald." Beinahe hätte Sigi ihn gefragt, was er denn im Wald tun wollte. Schnell hatte er den Impuls eingebremst, wohl wissentlich, dass ihn die Antwort tief verwirren würde. Horst winkte nur und verschwand im Handumdrehen zwischen Bäumen und Gestrüpp.

Trotz seines Bauchumfanges machte Polizeihauptmeister Kästner eine gute Figur in seiner Uniform. Er war ein freundlicher Polizist und die meisten Menschen sprachen gerne mit ihm. Freilich gab es auch Situationen in denen er anders auftreten musste, aber er konnte die Einschätzung treffen, wann welches Auftreten angemessen war. Viele Kollegen, auch von den jüngeren, hatten große Probleme mit der Gesundheit. Sie regten sich über alles auf und nahmen jedes Wort höchstpersönlich. Kästner hatte in den Ohren Fensterläden, die er schließen konnte. Zum Beispiel wenn einer schrie: „Hau ab, du fette Sau!" Die Fürther Innenstadt kannte er wie seine Westentasche. Er kannte die Menschen, die dort lebten, Geschäftsleute, Hausbesitzer und Mieter, Wirte, die Alten und die Jungen, die Obdachlosen und die, die er „meine Pappenheimer" nannte. Kästner bewegte sich in der Stadt wie ein Hirsch in seinem natürlichen Lebensraum.

„Da vorne irgendwo muss er wohnen!", hatten die Reuthers mit dem Finger gedeutet. Kästner hat einen der ganz jungen Kollegen geordert, Polizeimeister Beyerlein, der mit ihm die Laufarbeit machen sollte. „Da überall klingeln wir jetzt?", fragte der Frischling entsetzt. „Des is allemol besser, als dauernd in Computer glotzn. Dervo kriegst bloß än dickn Oarsch, ober ka Erfahrung." Maulend wie ein Kleinkind schlich ihm der Junge nach. Es war Nachmittag und viele Leute waren nicht zuhause. Aber die, die sie trafen, wussten wen Kästner beschrieb: „Ach, der nette junge Mann!" In Hausnummer drei trafen sie eine ältere Dame, die genau wusste, wo Charly wohnte und wie er richtig hieß. Kästner freute sich: „Also dankschee, Frau Müller, do hom´S mer wirkli gholfn." Die Laune des jungen Kollegen schlug in Begeisterung um: „Das hat nicht lange gedauert und wir wissen schon, wie der Mann heißt, mit dem das Mordopfer zuletzt gesprochen hat. Cool! Und das sagen Sie jetzt den Kommissaren? Cool!" Kästner grinste und griff zum Handy.

Bachmann ging aus der Tankstelle auf den Dienstwagen zu, dabei hob er seinen Zeigefinger in die Luft: „Dieser Fränki ist potentiell verdächtig. Er hat ein Motiv, die körperliche Kraft und ganz klar, genügend Wut um den Mord zu begehen." Strauch nickte: „Das ist wahr. Wir prüfen sein Alibi." Sie steckte sich eine Zigarette an. „Das ist eine Tankstelle!", rief Bachmann entsetzt. „Manchmal frage ich mich, wer von uns beiden die Frau ist, Bachmann. Sie haben hysterische Züge!", Strauch ging ein paar Schritte und blieb auf dem Gehsteig stehen. Bachmann war sauer und stieg in den Wagen. Die Kommissarin sah auf die Uhr, es war schon drei Uhr. Die Befragung des nächsten Stammtischlers stand noch aus. Noch dringender hoffte sie auf den Anruf von Kästner, der ihr sagt, dass er Charly gefunden hat. Dann wollte sie bei Tageslicht den Tatort noch einmal sichten und auf eine Eingebung hoffen. Anschließend zurück nach Ansbach zu einem Faktenaustausch mit den Kollegen, die vom Präsidium aus recherchierten und dann ist da noch der Staatsanwalt! „Puh, das kann spät werden", stöhnte Strauch halblaut und dabei fiel ihr Bertram ein, der in solchen Momenten gerne die beleidigte Leberwurst gab. Oder den sterbenden Schwan, je nachdem wie lange die intensive Phase der Ermittlungen anhielt. Da wurden die Fundamente ihrer Beziehung in Frage gestellt, ihr Beitrag zu der Zweisamkeit bezweifelt. In zerstörerischer Art über ihre Liebe diskutiert. Das fand sie entsetzlich, sie war wahrlich eloquent, aber zur Diskussion über Liebe fehlten ihr die Worte. Entweder ist Liebe da oder sie ist fort, was gibt es da zu diskutieren? Man kann seine Liebe beteuern, aber was ist, wenn der andere nicht glauben kann, nehmen kann? Kann man Liebe, die eindeutig ein Gefühl ist, herbeireden? Oder den Verstand von Liebe überzeugen? Ein liebevolles Gefühl notariell beglaubigen lassen? An all das glaubte sie nicht, eher daran, dass man Liebe totquatschen kann.

Ihr Handy klingelte, es war der gute Kästner: „Frau Kommissarin, mir hom den Charly gfundn! Des woar goar net schwer." „Super, Kästner!", freute sich Strauch und fand, dass Kästner sein Licht unter den Scheffel stellte.

Sie eilte zum Wagen: „Hey Bachmann, wir haben Charly!" „Toll.", meinte Bachmann tonlos, er war beleidigt. „Blöd ist bloß, dass der jetzt noch arbeitet. Wir müssten nach Erlangen fahren. Oder wir warten, bis er von der Arbeit kommt. Egal wie, wir werden es nicht schaffen, den Tatort bei Tageslicht zu sichten. Die Befragungen sind wichtiger!" Ohne sie dabei anzusehen, murmelte Bachmann: „Wenn Sie meinen." „Was soll das? Sagen Sie, was ihnen nicht passt und lassen Sie das pubertäre Verhalten!", schrie Strauch. Jetzt schrie auch Bachmann: „Sie rauchen an der Tankstelle und ich bin deswegen eine Frau. Das ist eine Frechheit. Sie verhalten sich unverantwortlich und ich werde blöd angemacht!" „Wissen Sie eigentlich, dass Sie in eine Schüssel Benzin eine brennende Zigarette werfen können und es würde nichts passieren? Die Dämpfe sind hochgefährlich. Außerdem war ich weit von den Zapfsäulen entfernt! Und Verantwortungslosigkeit lasse ich mir von Ihnen nicht vorwerfen. Ich denke da an heute Vormittag bei Frau Liebig. In Sachen Verantwortung können Sie noch von mir lernen! Sie sind einfach nur pingelig und nennen es Verantwortung!", Strauch war in Fahrt. „Ich soll pingelig sein? Sie finden im ganzen Präsidium keinen, der so locker drauf ist wie ich, keiner ist so cool wie ich! Sie sind doch verklemmt!", jetzt brach Bachmann abrupt ab, den letzten Satz hätte er sich sparen können. Im Bruchteil einer Sekunde sah er seine Karriereleiter in sich zusammenbrechen, wie ein Stück wurmstichiges Holz. Er war abhängig von ihren Beurteilungen und nannte sie verklemmt. „Verdammte Scheiße!", dachte er. Während er auf ihre Reaktion wartete, wurde ihm warm. Strauch trat einen Schritt zurück, blickte zu Boden und wieder auf: „Hören Sie, ich habe es in einem Männerberuf weit gebracht. Das hätte ich nie geschafft, wenn ich ein Sensibelchen wäre. Sie haben keine Vorstellung, was ich mir in den ersten Berufsjahren von männlichen Kollegen habe anhören müssen. `Verklemmt´ ist gar nichts dagegen! Präpotentes Machogehabe, Vorgesetzte, mit einem IQ kurz über der Grasnarbe und der Kombinationsgabe einer fränkischen Bratwurst haben mir jahrelang Anweisungen gegeben! Ich habe schon ganz andere Dinge gehört. Ich entschuldige mich dafür, dass ich Sie als hysterische Frau bezeichnet habe. Trotzdem halte ich Sie für pingelig und grün hinter den Ohren. In Zukunft wird unser beruflicher Dialog weniger persönlich sein, dann können solche Sachen nicht passieren. Wir werden den Rest des Nachmittags für die zwei Befragungen nutzen und dann nach Ansbach zurückfahren. Am besten wir fangen mit Richard „Richie" Lohmeyer an. Danach vernehmen wir diesen Charly hier in Fürth und sparen uns die Fahrt nach Erlangen. Den Tatort werde ich mir morgen noch mal ansehen", Strauchs Ansagen waren glasklar und eisig. Beide telefonierten. Die Kommissarin holte sich noch eine Flasche Mineralwasser in der Tankstelle. Eigentlich wollte Bachmann erklären, an welcher Baustelle Richie Lohmeyer gerade arbeitete, aber er sagte nichts. Seine Chefin fragte nicht. Wortlos stiegen beide in den Wagen und fuhren los.

In der Tiefgarage eines Kaufhauses fanden sie Richie bei der Arbeit. Anne Strauch stellte sich vor, Bachmann vergaß sie einfach. „Herr Lohmeyer. Wir hätten einige Fragen an Sie. Es betrifft den gestrigen Abend und den Streit, den es mit Herrn Liebig gab." Lohmeyer war nicht groß, in den kurzen, blonden Haaren klebte Farbe. Erstaunt fragte er: „Seit wann kümmert sich die Kripo um Streit von Stammtischbrüdern?" „Immer dann, wenn einer der Beteiligten kurz danach einen unnatürlichen Tod erfährt. Herr Liebig wurde in der Nacht ermordet, Herr Lohmeyer. Erzählen Sie von dem Streit im Goldenen Krug!", forderte Strauch ihn auf, ihre Stimme hallte in der kahlen, weiträumigen Tiefgarage, die gerade einen neuen, grauen Anstrich bekam. „Warum sind alle Tiefgaragen betongrau? Gibt es dafür eine bundesweite Verordnung, die jede andere Farbe verbietet?", dachte sie und bemerkte, dass sie nicht bei der Sache war.

Lohmeyer wischte seine Hände auf dem weißen Overall ab und hinterließ dabei graue Schmierer: „Der Manni ist tot? Tja, traurig bin ich nicht gerade. Er hat sich gestern benommen wie die Axt im Wald! Es wurde immer schlimmer mit ihm, seine Angeberei und die Beleidigungen. Wir hatten gestern echt die Schnauze voll von ihm. Der blöde Hund! Wie ist er denn gestorben?" „Er ist in seinem Auto verbrannt", antwortete Strauch knapp. „Vielleicht hat er sich im geschlossenen Wagen eine Kippe angesteckt und seine Ausdunstungen haben sich entzündet?", Lohmeyer lachte. „Interessante Theorie, aber das war nicht die Ursache." Die Kommissarin schüttelte den Kopf. Lohmeyer überlegte weiter: „Kann es nicht ein Unfall im Suff gewesen sein? Als er die Kneipe wie ein Stier verließ, war er rotzbesoffen. Ich kenne seinen Golf, der sah aus wie ein übervoller Mülleimer. Gott allein weiß, was da alles lag." „Wie wütend waren Sie gestern Abend, Herr Lohmeyer? Woher wissen Sie von dem Sammelsurium in Liebigs Auto?", fragte Strauch. Lohmeyer stützte die Hände in die Hüften: „Ich war stinksauer, der versoffene Depp hat uns drei angeschrien, uns die Arschlöcher rauf und runter geheißen.

Am schlimmsten traf es immer den Otto und ich weiß, dass der sich das zu Herzen nimmt. Der kranke, alte Mann war in Mannis Augen die faule Sau, die sich vor der Arbeit drücken will. Der Otto ist jemand, der sich nicht gut wehren kann. Ich hatte oft das Gefühl ihm helfen zu müssen, gestern hätte ich dem Manni beinahe eine eingeschenkt, viel hat nicht gefehlt! Und dann kommt der Otto mit dieser Geschichte von der Rita und dem Herrenbesuch. Den Manni hat es fast zerrissen vor Zorn, er ist auf den Otto los und wollte ihn schlagen. Hätte er zugeschlagen, hätte ich es auch getan, ganz ehrlich!"

„Wann sind Sie nach Hause gegangen, Herr Lohmeyer?" „Der Otto, der Fränki und ich sind zusammen raus, um 23 Uhr, wie immer", Lohmeyer war sich sicher. Strauch sah ihn an: „Ist Ihnen der Liebig auf dem Nachhauseweg noch einmal begegnet?" Lohmeyer wusste, was die Kommissarin damit meinte: „Nein, ich habe ihn nicht mehr gesehen und ich habe ihn nicht umgebracht. Da haben Sie den Falschen. Ich bringe niemanden um!" „Sie haben noch nicht gesagt, wann Sie zuhause waren, Herr Lohmeyer", Bachmann hatte seine Stimme wieder gefunden. Richie zuckte mit den Achseln: „Länger als 15 Minuten brauche ich nicht vom „Goldenen Krug" bis nach Hause. Meine Frau hat schon geschlafen, die muss früh raus. Mein Sohn hat noch Xbox gespielt, mit dem habe ich noch herum diskutiert, weil der muss um sieben in der Werkstatt sein, er ist Kfz-Azubi." Strauch wandte sich schon zum Gehen, drehte sich nochmal um: „Ist Ihnen bekannt, ob Liebig eine Geliebte oder Affäre hatte?" Lohmeyer hob die Hände, als würde er sich ergeben: „Also davon weiß ich nichts. Ich hatte den Eindruck, dass er immer auf der Suche war. Früher mit mehr, zuletzt mit weniger Erfolg, weil schön war er nicht mit seinem schwammigen, roten Suffkopf. Wobei es Frauen geben soll, denen vor nichts graut. Ich glaube nicht, dass er eine Geliebte hatte, Manni war eher der Typ für die schnelle Nummer, verstehen Sie?" „Sein ausgebrannter Golf mit seiner Leiche wurde kurz vor Neustadt an der Aisch gefunden, können Sie sich vorstellen, was er dort wollte?", fragte Strauch noch. Richie blies die Backen auf: „Der Manni war ursprünglich aus Neustadt, aber soviel ich weiß, gab es dort keine Familie mehr. Ja, aber der Konny! Sein super Arbeitskollege! Mit dem war er ganz dicke und der wohnt in Neustadt. Genau, es fällt mir wieder ein. Der Manni war jedes Jahr zur Kirchweih in Neustadt und hat bei diesem Konny übernachtet." „Konny ist Konrad Decker, nehme ich an.", meinte Strauch und sah dabei Bachmann an. Lohmeyer nickte. „Es könnte sein, dass noch Fragen auftauchen, dann melden wir uns wieder. Falls ihnen noch etwas einfällt, rufen Sie mich an!" Es dauerte bis sie ihre Visitenkarte in der Tasche fand, „Vielen Dank für die Mithilfe."

Strauch sprach mit gedeckter Stimme: „Wir haben Konrad Decker nicht nach einem Alibi gefragt! Rufen Sie Kästner an, er soll das machen und zwar sofort. Und fragen Sie nach..., ach nein, ich rufe ihn selbst an." Sie griff nach dem Handy und stellte fest, dass der Empfang in der Tiefgarage lausig war. Mit dem Fahrstuhl fuhren sie aus dem zweiten Untergeschoss nach oben. Die Enge und Stille in der Kabine war beiden höchst unangenehm.

Die Kommissarin sah auf die Uhr und beendete das Telefonat. Sie freute sich: „Dieser Charly, wissen Sie, der Karl Schindler hatte heute Frühschicht, er müsste in Kürze zu Hause sein. Das passt gut, dann könnten wir doch noch mal den Tatort anschauen bevor wir nach Ansbach zurückfahren." „Was erwarten Sie sich davon? Die Kollegen haben den ganzen Tag dort verbracht", fragte Bachmann. „Das weiß ich noch nicht, trotzdem will ich dorthin. Wir können jetzt folgendes machen: Sie fahren zur Druckerei und holen sich die Liste des Personals ab, die das Fräulein jederzeit nach Ansbach mailen könnte und ich gehe zu Fuß in die Lilienstraße. Dort treffen wir uns dann. Tschüss!" Im gleichen Moment drehte sich Strauch um und ging davon. Bachmann biss die Zähne zusammen: „Giftig wie eine Klapperschlange!" Er ärgerte sich über seine Chefin und über sich selbst. Wütend stieg er in den Wagen und ließ den Motor an.

Anne Strauch dagegen fühlte sich gut. Ohne Eile schlenderte sie durch die Straßen. Unterwegs kaufte sie sich noch einen Espresso, den sie mit nach draußen nahm. Sie steckte sich eine Zigarette an, rührte versonnen den Zucker in die winzige Tasse und versuchte für eine Minute an nichts zu denken.

Als sie in der Lilienstraße ankam, wartete Bachmann schon an der Haustür. „Er hat ihn vielleicht als Letzter gesehen", meinte Bachmann und klingelte. Der Türsummer ertönte umgehend. Gleich links im Erdgeschoß ging die Tür auf und die Kommissare wurden von einem jungen Mann freundlich hereingebeten: „Ich habe Sie erwartet. Der Polizist am Telefon hat es sehr dringend gemacht, ich habe mich beeilt, nach Hause zu kommen." „Dafür sind wir sehr dankbar, Herr Schindler. Strauch und Bachmann von der Kripo Ansbach. Es geht um den Mann, mit dem Sie sich gestern Abend im Saufaus unterhalten haben", Strauch strich ihr Haar zurecht. Dieser Mann war wirklich attraktiv, durchschnittlich groß, schlank, fast schlaksig, das hellbraune Haar halblang und sehr ausdrucksvolle Augen. Waren die Augen braun oder grün? Am liebsten wäre sie nähergetreten, um die Farbe genauer bestimmen zu können. Als hätte Bachmann ihre Faszination erkannt, übernahm er: „Kannten Sie den Mann, Herr Schindler?" „Nein, ich habe ihn nie vorher gesehen. Er hat mich angesprochen oder besser gesagt, mit Beschlag belegt", lachte Schindler herzlich. „Der Mann hat nicht weit von hier in der Blumenstraße gewohnt und Sie haben ihn nicht gekannt?", fragte Bachmann. Schindler schüttelte den Kopf: „Ich kenne die Leute hier im Haus und ein paar von Gegenüber. Die meisten von ihnen sind auch Stammgäste im Saufaus. Ansonsten kenne ich hier niemanden. Meine Freizeit verbringe ich, soweit möglich, außerhalb der Stadt. Ich jogge, fahre viel mit dem Fahrrad und bin im Freeclimbing Club. Was ist denn mit dem alten Sprücheklopfer passiert?" „Er hat heute Nacht sein Ende gefunden, er und sein Auto sind ausgebrannt in der Nähe von Neustadt an der Aisch. Und das etwa eine Stunde nachdem Sie mit ihm die Kneipe verlassen haben", erklärte Bachmann genauso nüchtern wie bestimmt. Schindler riss die Augen auf, er war entrüstet: „Und jetzt glauben Sie, ich hätte das getan? Es stimmt, ich habe mit ihm die Kneipe verlassen, es war gegen 23 Uhr. Aber ich bin nach Hause gegangen und er ist betrunken wie er war mit seinem Auto weggefahren!"

Strauch unterbrach ihn: „Jetzt mal langsam. Herr Reuther sagte, sie kamen gegen 22 Uhr in die Kneipe. Wie ging es dann weiter? Erzählen Sie uns alles, an das Sie sich erinnern können. Alles ist wichtig. Nach unserem bisherigen Ermittlungsstand sind Sie der Letzte, der Manfred Liebig gesehen hat." Bis jetzt standen sie im Wohnzimmer, Schindler musste sich setzen und bot den Kommissaren Platz auf einem Sofa an, das eindeutig einem großen schwedischen Möbelkaufhaus entstammte. Die Wohnung hatte keinen großen Komfort, ebenso die Einrichtung, dennoch herrschte Ordnung in diesen vier Wänden. „Es stimmt, ich habe gestern den Tatort am „Ersten" angesehen und mich spontan dazu entschlossen, noch ein Bier trinken zu gehen. Ich mag die Reuthers, die sind sehr nett. Frau Reuther ist fast mütterlich, sie fragt mich immer, wie es mir geht und ob ich endlich ans Heiraten denke, weil es doch eine Verschwendung wäre", Schindler plapperte vor sich hin, „Ich kam rein setzte mich an den Tresen, das mache ich immer so und plötzlich war er da. Er sagte, dass er Manni hieße und dann hat er mich mit seiner Lebensgeschichte erschlagen. Was er für ein toller Hecht sei und der Rest der Welt wäre blöd. Typisches Säufergelaber. Ich kenne das von der Arbeit, ich arbeite in der Psychiatrie, wir haben auf Station viele Alkoholiker. Wenn Sie die reden hören, könnten Sie glauben, sie wären die Berater unserer Bundeskanzlerin, dabei sind es gescheiterte Existenzen, die ihr Leben schon lange nicht mehr auf die Reihe kriegen. Meistens landen sie bei uns nach einem Delir. Das ist kein lustiger Zustand in dem man weiße Mäuse sieht und fertig! Delir ist ein medizinischer Akutzustand, nicht jeder überlebt das. Und wenn sie überleben, dann mit einem massiven Schaden! Jugendliche Komatrinker sollten für einen Tag auf unsere Station kommen, das könnte lehrreich sein! Dieser Manni war ebenfalls ein Opfer seines Größenwahns. Ich weiß echt nicht mehr genau, was er alles erzählt hat, ich habe nicht richtig zugehört."

„Versuchen Sie sich zu erinnern! Hat er nicht von seinem Stammtisch gesprochen, von dem er gerade kam?", insistierte Strauch. „Oh ja, doch, das wären alles Arschlöcher, die behauptet hätten, seine Frau ginge fremd, aber in Wirklichkeit waren sie nur neidisch auf ihn", Schindler griff sich an den Kopf. „Neidisch? Neidisch auf was?", fragte Bachmann erstaunt. „Was weiß ich! Der Mann lebte in seiner Welt. Wäre er heute Nacht nicht gestorben, hätte ich ihn wahrscheinlich in naher Zukunft als Patienten wieder getroffen. Er hat auch andere Gäste angepöbelt, er war ganz schön aggressiv. Ach, und was er früher für ein toller Hengst war. Er hat sie alle geritten! Ja, er war obszön, er hat ekelhaft von Frauen gesprochen", Schindler verzog verächtlich das Gesicht, „Auch von seiner Frau. Nach dem Bier hat es mir gereicht und ich wollte gehen. Er meinte, ich wäre ein Spielverderber und zog mich am Arm. Schließlich hat er beschlossen, ebenfalls zu gehen. In der Zeit, in der ich ein Bier trank, hatte er, glaube ich, drei. Und da kaufte er großkotzig noch eine Flasche Asbach. Er meinte, er könnte unterwegs austrocknen. So ein Trottel!"

„Sie sind gemeinsam nach draußen gegangen? Beschreiben Sie so genau als möglich!", Strauch war gespannt wie ein alter Regenschirm. „Ich habe ihn gefragt, wo er jetzt hingeht. Er torkelte neben mir und lallte „Blumenstraße" und dass er seiner Alten zeigen würde, wo der Hammer hängt. Und dann holte er einen Autoschlüssel raus und ging auf einen Golf zu! Der Schlüssel ist ihm zwei Mal aus der Hand gefallen. Er hat die Flasche Asbach aufgemacht, einen kräftigen Schluck genommen und das Auto aufgesperrt. Ich dachte, ich sehe nicht recht! Natürlich habe ich gesagt, dass er nicht mehr fahren kann, habe ihm sogar angeboten, ein Taxi zu rufen. Dann hat er mich einen verkappten Spießer genannt, eine blöde Sau und dass ich mich um meinen Scheiß kümmern soll. In dem Moment hat es mir gereicht, ich hatte keine Lust, mich von diesem Wrack beschimpfen zu lassen." Bachmann verstand das gut, dennoch meinte er: „Und Sie haben ihn dann so abgefüllt fahren lassen? Hätten Sie ihm den Autoschlüssel nicht abnehmen können?" „Daran habe ich gedacht, aber der hätte einen Riesenaufstand gemacht. Ich dachte, vielleicht schafft er es nicht einmal aus der Parklücke raus. Ich bin in die Wohnung gegangen und habe ihn von hier aus beobachtet." Schindler stand auf und ging ans Fenster, die Kommissare folgten ihm, er konnte genau den Parkplatz zeigen, auf dem Liebigs Wagen stand: „Keine Ahnung wie, aber er schaffte es, auszuparken ohne die Autos rundum zu beschädigen. Ich dachte, er muss ja nur bis in die Blumenstraße." „Das heißt, er fuhr in die Richtung?", wollte Strauch wissen. Schindler nickte. Strauch ertappte Bachmann dabei, wie er Charly Schindler sehr genau musterte. Es entstand für einige Augenblicke Stille. Schindler meinte dann: „Ich habe mir null Sorgen um den Mann gemacht, später dachte ich mehr an die Frau, der er zeigen wollte, wo der Hammer hängt. Verstehen Sie?" „Ja, verstehe", Strauch nickte, „Es könnte sein, dass wir zu einem anderen Zeitpunkt noch Fragen an Sie haben. Danke nochmal dafür, dass Sie so schnell nach Hause gekommen sind. Haben Sie noch Fragen Bachmann?" „Ja, wohnen Sie alleine?", wollte er wissen. Schindler antwortete fast verlegen: „Ja, nichts Festes zur Zeit."

Während sie zum Auto gingen, fluchte Strauch: „Verdammt, wir haben heute viel erfahren, aber nichts davon ist eine heiße Spur. Nichts als Sackgassen!" „Sollte der Liebig zu Hause wirklich angekommen sein, hätte es für Rita Probleme gegeben. Vielleicht war doch der Hausfreund da?", überlegte Bachmann laut. „Wir wissen noch zu wenig über die beteiligten Personen. Den Hausfreund, aber auch Richie und Fränki würde ich nicht aus dem Kreis der Verdächtigen ausschließen wollen. Fahren Sie los, Bachmann, wir haben es eilig!", drängelte Strauch. „Sehen Sie Karl Decker im Kreis der Verdächtigen?", Bachmann durchfuhr die Ampel bei Dunkelorange. Strauch sah ihn von der Seite an. „Sie sagten, wir haben es eilig, Chefin! Und was ist mit dem jungen Karl Schindler?", überlegte Bachmann weiter. Strauch zuckte mit den Schultern: „Er sagte, dass er ihn nicht kannte. Was wäre das Motiv?" „Ein Krankenpfleger in der Psychiatrie, der wahnsinniger ist, als alle Patienten zusammen? Soll schon vorgekommen sein", Bachmann schöpfte aus realen und cineastischen Erfahrungen. „Dazu fehlt mir gerade die Fantasie, Bachmann", sagte Strauch genervt.

Gerd Wittrich kam gerade nach Hause in die Marienstraße. Seine Wohnung lag im hinteren Teil der Wohnanlage, von der Straße abgewandt. Umständlich öffnete er die Wohnungstür mit dem Schlüssel.

Ein muffiger Geruch schlug ihm entgegen, was er natürlich nicht bemerkte. Lüften war nicht sein Ding, die Heizung lief schon seit Anfang Oktober, da wird eben nicht das Fenster geöffnet. Seine Mutter mochte es schön warm, sie hasste Zugluft, deshalb blieben die Fenster zu. Die Wohnung war außer in Bad und Küche mit Teppichboden ausgelegt, die Möbel waren dunkel und hatten schon einige Jahrzehnte auf dem Buckel. „Das neue Zeug ist alles schlampig gearbeitet!", wusste seine Mutti und deshalb blieben die guten, alten Möbel. Schwere Vorhänge hingen an den Gardinenstangen, natürlich von hoher Qualität. Alles in allem wirkte die Wohnung recht finster, aber Gerd Wittrich fand das in Ordnung, er war es so gewohnt.

Er wusch sich die Hände und betrachtete dabei sein Spiegelbild. Eigentlich sah er aus wie immer, aber er fühlte sich anders. Hochnervös und sehr glücklich, fast euphorisch. Seine Angebetete war jetzt frei. Den ganzen Nachmittag hatte er bei ihr verbracht, er wäre noch länger geblieben, aber Rita meinte, das ginge nicht: „Du weißt, wegen den Nachbarn. Da gibt es gleich Gerede. Die Hagemanns-Kuh würde das sofort den Kommissaren brühwarm erzählen!" Sie hatte Recht. Das mit der Polizei war etwas, was ihn nervös machte. Der junge Kommissar war aggressiv und gemein. Zog das Verhältnis zu Rita in den Dreck. Dabei war es die wahre Liebe! Dieser Bachmann war ein verdorbener, verkommener Mann. Die Zartheit ihrer Beziehung konnte er nicht erahnen.

Er bekam langsam Hunger und ging in die Küche, nahm Brot aus dem Brotkasten, Wurst und Butter aus dem Kühlschrank. Ein großes Glas mit sauren Gurken stand auf dem kleinen Tisch. Langsam begann er die Butter aufs Brot zu schmieren. Er könnte vielleicht schon bald mit Rita zusammenleben, dieser Gedanke war wundervoll! Ihm würde sich ein langersehnter Wunsch erfüllen. Aber wo würden sie wohnen? Hier bei ihm oder in der Blumenstraße? Ritas Wohnung war nicht schlecht, aber sie wohnte zur Miete, seine Wohnung war Eigentum. Seine Wohnung war auch viel ruhiger, man hörte kaum Straßenverkehr und einen kleinen Balkon hatte sie auch. Sicher würde es Rita gefallen, sich draußen auf einem Liegestuhl in die Sonne zu legen. Da war es wieder, dieses Hochgefühl! Er konnte sich kaum bremsen. Wie schön sie es sich machen würden! Keine Heimlichtuerei mehr, offen unter den Augen der Nachbarn. Er könnte in die Bäckerei gehen und sagen: „Ich nehme acht Kaisersemmeln, weil die mag meine Freundin am liebsten und sie hat einen gesunden Appetit!" Ja, genauso sollte es sein.

Rita ging es heute nicht gut, sie hatte schon sehr früh begonnen zu trinken. Während er da war, hatte sie weniger getrunken. Am Abend würde sie noch mal ordentlich zulangen, das war sicher. Am besten wäre es, sie würde heute bald einschlafen und morgen sähe die Welt wieder anders aus. Der Alkohol war Ritas größtes Problem, das war Gerd klar. Wenn sie erst mal zusammen wohnen würden, würde sich das schnell ändern. Sie hatte es nicht gut mit Manfred Liebig. Der war grob, jähzornig und unkultiviert. Ihre Gefühle waren ihm all die Jahre egal gewesen. Er hatte Rita auch öfters geschlagen, dann hatte sie ihren Gerd angerufen und er hatte sie getröstet. Rita hat ihm erzählt, dass ihr Mann schon bald nach der Heirat Affären hatte. Das hatte sie tief verletzt, irgendwann war es ihr egal, behauptete sie.

An Trennung dachte sie nie, weil er doch ihr Ehemann war. Ja, im Grunde ihres Herzens war Rita eine sensible, hochanständige Frau, daran zweifelte er nicht.

Er legte die Wurstbrote auf einen Teller, griff nach dem Glas Gurken und wanderte ins Wohnzimmer. Der abgewetzte Sessel wartete schon auf ihn und das Methusalemmodell eines Grundigfernsehers. Bei dieser Firma hatte er seine Ausbildung als Rundfunk-und Radiomechaniker absolviert. Die Wartung des „Dinosauriers" war sein Hobby. Er schaltete das Gerät ein und suchte sein Lieblingsvorabendprogramm, „Regionales" beim Bayerischen Rundfunk, danach die Abendschau und „Dahoam is Dahoam" wollte er auch nicht vermissen. Voller Konzentration auf das Programm kaute er mechanisch auf seinem Brot. Nach wenigen Minuten stellte sich der typische verschmorte Geruch ein, der entstand, wenn staubige Kabel und Röhren warm wurden, in Gerd löste das ein heimeliges Gefühl aus.

Bachmann brauste über die Südwesttangente, er nannte es „flüssigen Fahrstil", Strauch lehnte sich zurück: „Einen Führerschein hat er ja, der Wittrich. Der Typ ist so schräg, ich kann nicht sagen, ob ich ihm die Tat zutraue. Überhaupt, wir fragen dauernd in Fürth die Leute, ob Liebig in Neustadt eine Freundin hatte. Wir fragen am falschen Ort, morgen werden wir in Neustadt fragen. Die Kollegen in Neustadt müssen uns dabei helfen." Inzwischen waren sie schon auf der B8 kurz vor der Ausfahrt Eggensee, Bachmann ging vom Gas. „Sehen Sie das, Chefin? Aus dieser Richtung kommend, liegt der Tatort tiefer, die Straße verläuft über eine Kuppe. Das Feuer war von hier aus nicht deutlich zu sehen. Also, wenn diese Tat geplant war, hat der Täter den Ort richtig clever gewählt." Er lenkte den Wagen um den kleinen Kreisverkehr und bog auf den Feldweg ein. Es war schon dämmrig, lange würde es nicht mehr hell sein. Erst hatte Bachmann es als überflüssig befunden, den Tatort ein zweites Mal zu besichtigen, aber jetzt fand er die Idee gut. Der Einbruch der Dunkelheit schuf eine ähnliche Atmosphäre wie sie in der letzten Nacht herrschte. Der Himmel war bewölkt, aber der Mond war deutlich zu sehen und warf ein klares, kaltes Licht zwischen den Wolken hervor. „Ist heute Vollmond?", fragte Bachmann. Strauch sah nach oben: „Gestern war Vollmond, glaube ich. Hat Bertram behauptet. Sie haben Recht! Die letzte Nacht war heller, als wir dachten. Wie bewölkt war die letzte Nacht? Mehr oder weniger als heute? Das würde ich gerne wissen." Strauch ging auf dem geschotterten Weg auf und ab. Machte ein paar Schritte in den Wald, kam wieder zurück. „Wohin führt der Weg eigentlich?" Und schon marschierte sie los. Bachmann holte noch die Taschenlampe aus dem Auto und folgte ihr, er war neugierig geworden. Nach nur wenigen Minuten und standen sie vor den Bahngleisen der Strecke Nürnberg-Würzburg. Ein Trampelpfad verlief in die eine sowie in die andere Richtung.

In dem Moment pfiff ein ICE vorbei. Der Fahrtwind riss an ihren Jacken. „Wie weit ist es von hier bis nach Neustadt? Drei oder vier Kilometer?", überlegte Strauch. „Das kann sein. Sie glauben, der Täter könnte zu Fuß weggegangen sein? Möglich wäre es, gerade wenn er ortskundig war. Aber interessanter wäre es zu wissen, wo er zu Liebig ins Auto gestiegen ist. Der Mann war volltrunken, plus eine Flasche Asbach to go! Wäre er wirklich bis hier her gekommen?", fragte Bachmann. Wieder schoss ein ICE vorbei, diesmal in die andere Richtung. Die beiden gingen zurück zum Tatort, durch die Unterführung konnte man Eggensee sehen. Strauch blieb kurz stehen: „Abgesehen von den Zügen ist das eine schöne Ecke, der Wald riecht gut. Nach Eggensee ist es ein Katzensprung. Wieviel Einwohner hat der Ort? Den Bauern, der die Leiche gefunden hat, haben wir noch nicht befragt." Bachmann nickte: „Der Kleinlein hat ihn befragt, gleich heute Morgen." „Könnte es jemand aus dem Dorf gewesen sein? Der räumliche Bezug, wissen Sie, was ich meine? Dass dieser Ort zum Tatort wurde, weil der Mörder ganz in der Nähe wohnt oder dieses Waldstück für ihn eine besondere Bedeutung hat", der Kommissarin tat die Luft gut, ihr Hirn kam in Gang, „Oder Liebig hatte einen Bezug zu dem Dorf und ist deshalb hier gelandet. Allein oder nicht allein." Wieder rauschte ein Zug vorbei, diesmal war es eine Regionalbahn. Bachmann sagte nichts, aber von der Seite hatte er die Sache noch nicht betrachtet. Sicher würde er morgen Eggensee und seine Einwohner kennenlernen. Nachdem die beiden noch eine Weile dort gestanden hatten, machten sie sich auf den Weg nach Ansbach. „Ich könnte gleich eine Pizza bestellen, wenn wir in Ansbach sind wäre sie eventuell schon da!", Strauch hatte das Handy schon in der Hand.

In der Dienststelle würde noch einiges an Arbeit auf die beiden warten. Die Kommissarin würde nur das Dringendste erledigen. Der Rest blieb für die Besprechung morgen früh, wenn alle Kollegen anwesend und ausgeschlafen wären. Informationsaustausch mit Schnarchsäcken und überdrehten Koffeinjunkies bringt nur Fehler und Chaos. Um den Gang zum Staatsanwalt würde sie nicht herumkommen, sie wusste schon jetzt, was er sagen würde. Dass er sofort Fakten und Resultate sehen wolle. Eine schnelle Verhaftung wäre ganz in seinem Sinne. Aber sie konnte nicht zaubern. Ich bin ein Mensch, Kriminalhauptkommissarin mit umfangreicher Erfahrung, Kombinationsgabe, Menschenkenntnis und der Fähigkeit selbständig zu denken, dachte sie bei sich.

Es war exakt 0.10 Uhr, als der Notruf bei der Feuerwehr Neustadt einging. „Ein Baum in der Bleich brennt lichterloh! Kommen Sie schnell!", berichtete eine erschrockene, männliche Stimme. Vom Feuerwehrhaus aus war der Brandherd sozusagen um die Ecke. Das ist der Vorteil an Kleinstädten, die Wege sind kurz. Als der Feuerwehrwagen die Alleestraße entlang fuhr, war das Feuer schon sichtbar. Die Zufahrt würde schwierig werden. Die Bleich hatte vier Ein-und Ausgänge. Einer war ein Torbogen in der alten Stadtmauer, auch der Weg zur Wilhelmstraße war ausschließlich für Fußgänger nutzbar. Die beiden anderen Zugänge waren etwas breiter, aber nicht breit genug für den Löschzug. Der Kommandant entschied kurzerhand über den Hospitalplatz in die Bleich einzufahren. Vorsichtig passierten sie das Denkmal, das die Menschen daran erinnerte, dass Neustadt von 1810 bis 1910 zur bayerischen Krone gehörte hatte. In der sonst dunklen Anlage war eine Feuersäule zu sehen. Die Flammen züngelten gelb-orange in das nächtliche Dunkel, vom Wind immer wieder zerrissen, etwa drei Meter in die Höhe. Die Flammen leuchteten aus der Entfernung ungewöhnlich blau. „Schau mal, wie komisch blau die Flammen sind!", der Fahrer zeigte nach vorne. Das untere Blattwerk der alten Weide schwelte und kleine Funken fielen in den Weiher.

Dem Löschzug stand noch eine kümmerliche, vernachlässigte Hecke im Weg. „Vergiss die Hecke, Robert!", befahl der Kommandant eilig. „Ey, geil!", freute sich Robert. Mit einem satten Grinsen mitten im Gesicht, trat er auf das Gaspedal und mähte die Hecke nieder. Ruckartig manövrierte der Fahrer den Löschzug zwischen Bäumen und Parkbänken näher an die Weide. Fünf Mann in Uniform sprangen aus dem Wagen. Mit wenigen, routinierten Handgriffen war der Schlauch funktionsbereit.

Mitten in der Nacht klingelte Leo Bachmanns Handy. Er schlief noch nicht, aber es passte ihm gerade gar nicht. Widerwillig löste er sich aus der Umarmung und griff nach dem Handy, das auf dem Fußboden neben dem Bett lag. Er meldete sich: „Bachmann." Am anderen Ende war Dr. Ritter: „Hallo, Herr Bachmann, irgendwie hatte ich die Ahnung, dass Sie noch nicht schlafen würden, nachdem ich Sie beim Essen mit einer jungen Dame im „Trocadeiro" gesehen habe. Liege ich richtig?" „Respekt, gut kombiniert, Sherlock Holmes, äh, Dr. Ritter! Sie sind im richtigen Berufsfeld tätig. Was gibt es so spät noch?", meinte Bachmann. Dr. Ritter räusperte sich, innerlich freute er sich wie ein Schneekönig, weil er mit seiner Ahnung richtig gelegen hatte: „Ich bin hier in Neustadt, am Bleichweiher, an einem Tatort, der dem Tatort der letzten Nacht sehr ähnlich ist. Natürlich müssen Sie nicht kommen, die Kollegen vom KDD sind schon hier, aber ich gehe davon aus, dass es sich um den gleichen Täter handelt. Spätestens morgen ist es ihr Fall." „Wieder verbrannt?", Bachmann saß jetzt aufrecht im Bett. „Ja. Nur diesmal nicht im Auto. Wollen Sie es sich ansehen? Der Staatsanwalt ist auch erst auf dem Weg, solange kann ich die Leiche nicht bewegen", erklärte Dr. Ritter nüchtern. Das Adrenalin schoss in Bachmanns Körper ein: „Ich kann in 30 Minuten da sein, den Bleichweiher kenne ich, bis gleich Dr. Ritter!" „Liebe Grüße an die hübsche Dame!", flüsterte Dr. Ritter. Bachmann wusste nicht, ob er das unter nett oder frech verbuchen sollte.

„Der Mörder hat wieder zugeschlagen!" „Sag bloß, Du musst jetzt weg?", fragte Steffi erschrocken. „Ja, leider, leider ...", Bachmann umschlang den warmen, perfekten Körper, roch ihre Haut, küsste sie nochmal und nochmal. „Mist!", dachte er, „da wäre noch etwas gelaufen." Schnell entsprang er den weichen Kissen, zog sich an. „Sorry, Steffi, dass ich weg muss, ich wäre noch gerne länger geblieben. Glaubst Du mir das?", er beugte sich zu ihr, strich ihr über das Gesicht, das Haar, mit dem Daumen über die Lippen. „Beim nächsten Mal bleibe ich länger." Es fiel ihr schwer, ihn jetzt gehen zu lassen. Steffi überlegte, ob sie es sagen sollte oder lieber nicht. Für die erste Nacht gab es Regeln, ungeschriebene Gesetze. Sollte sie sagen, dass er sie anrufen solle? Sie entschied sich, es umzuformulieren: „Ich möchte Dich wiedersehen, Leo." Er setzte sich auf das Bett, küsste ihre Lippen und schmatzte: „Du schmeckst gut!" Steffi kicherte, warf sich zurück auf das Kissen und räkelte sich unter der warmen Bettdecke. „Wenn ich jetzt nicht gehe, komme ich hier nicht weg!", dachte Bachmann, schlüpfte in die Jacke: „Ich rufe Dich heute Abend an, versprochen, ganz bestimmt!" Im Eiltempo verließ er die Wohnung. Draußen erwartete ihn die kalte Nacht, die ihn auf andere Gedanken brachte.

Mit dem A 5, seinem Privatwagen, fuhr er stadtauswärts auf die Tangente, dort gab er richtig Gas. Schließlich war er im Einsatz. Eigentlich war es ja furchtbar, dass ein weiterer Mensch ermordet worden war, aber es zerriss ihn fast vor Anspannung und Neugier.

Er parkte in Neustadt an der Post. Eilig ging er den Gehsteig entlang und bog in die Parkanlage ein, die von den Neustädtern „die Bleich" genannt wurde. Hier bot sich ihm ein gespenstisches Bild. Die Bleich lag im Dunkeln, das Wasser des Weihers glänzte sanft. Der Nebel kroch von der Aisch, die auf der anderen Seite der Straße lag, über das stehende Gewässer. Die Laternen rund herum waren erloschen. Auf der anderen Uferseite war der Bereich um eine der großen Weiden unnatürlich hell erleuchtet. Ein Löschzug manövrierte rückwärts über den Fußweg, der für das Gefährt viel zu schmal war, um aus der Anlage zu fahren. Die Kollegen versuchten dem Fahrer Anweisungen zu geben: „Schlag links ein, Robert! Noch ein Stück." Der Robert schrie aus dem Fenster: „Scheiße, wie nah bin ich an der Parkbank? Das ist viel zu eng!" Einige Schaulustige waren aus den Betten gerollt und beobachteten das Spektakel. Das war aufregender als jeder Fernsehkrimi und Liveveranstaltungen sind nicht zu toppen. Die Nacht war richtig kalt, etwa minus ein, zwei oder drei Grad. Schlotternd harrten die Neugierigen auf dem Rasenstreifen des Ufers aus.

Auch Bachmann spürte die Kälte und joggte die letzten Meter. Dr. Ritter sah ihn sofort und winkte ihn hinter die Absperrung. Der Kollege vom KDD sah ihn und fragte ihn fast beleidigt: „Was machst Du denn da? Jetzt könnte ich eigentlich wieder heimgehen." „Ist mehr Zufall, dass ich hier bin", Bachmann versuchte sich zu erklären, hatte aber seine Augen und Gedanken schon beim Tatort. Dr. Ritter schützte sein spärlich behaartes Haupt mit einer schwarzen Mütze, er sah fast niedlich aus. Am Arm zog er Bachmann zu der großen Weide, deren Stamm oberhalb der Wurzel zwei Meter parallel zum Wasserspiegel wuchs und teilweise im Wasser lag, erst dann einen Bogen nach oben bildete. Auf dem waagrechten Teil des Stammes lag die Leiche, weitgehend verbrannt. Die Gliedmaßen waren wie bei Liebig in seltsamer Position erstarrt, als wollte der Körper Schwung nehmen, um aufzustehen. „Sie sehen, was ich meine, Bachmann?", fragte Dr. Ritter. Bachmann nickte: „War es wieder Spiritus?" „Da sind wir uns ziemlich sicher. Der Körper wurde übergossen und angezündet, wie unser gestriges Opfer. Von der Kleidung und deren Inhalt ist kaum etwas übrig, die Identität werde ich über den Gebissabgleich machen müssen", Dr. Ritter runzelte die Stirn. „Die Tat ist höchstens eine Stunde her. Der Geruch ist extrem intensiv, ich finde, man kann den Spiritus noch riechen." Erst jetzt nahm Bachmann den Geruch wahr. Wirklich, es roch nach Spiritus und verbranntem Fleisch. Dabei beugte er sich über das Opfer und spürte die Hitze, die der Körper abstrahlte. „Das ist abartig. Würde es noch nach Schwefel riechen, könnte man glauben, es wäre die Tat des Leibhaftigen!" Angeekelt ging er zwei Schritte zurück.

„Wer hat die Polizei angerufen?", Bachmann wandte sich zu den Kollegen um. Polizeiobermeister Fürst gab ihm Auskunft: „Es wurde der Notruf der Feuerwehr angerufen, das war um 0.10 Uhr und zwar von einem Bewohner dieses Hauses, sein Name ist Bär", er deutete auf ein Haus, das Teil des Schlosshofes war. „Wir haben Herrn Bär schon vernommen, aber er steht noch hinter der Absperrung. Es ist der ältere Mann mit dem Bademantel und dem Lodenmantel darüber." Bachmann bedankte sich und ging zu Herrn Bär, er stellte sich vor: „Ich bin Hauptkommissar Bachmann von der Kripo Ansbach, ich weiß, dass Sie schon befragt wurden, darf ich Ihnen trotzdem noch ein paar Fragen stellen?" „Schlafen kann ich sowieso nicht mehr, also stellen Sie Ihre Fragen", klagte Herr Bär. „Na gut", Bachmann überlegte, „Wie wurden Sie auf das Geschehen aufmerksam, haben Sie am Fenster gestanden?" Bär zuckte mit den Achseln: „Nein, ich war im Bett gelegen. Das ist das Fenster unseres Schlafzimmers", er zeigte auf ein Fenster im ersten Stock. „Sie müssen wissen, meine Alte schnarcht, dass alles zu spät ist. Bevor ich ins Bett bin, habe ich meine Ohrstöpsel gesucht und nicht gefunden. Nur Gott weiß, wo die hingekommen sind! Also, liege ich neben meiner Frau schon seit 23 Uhr und kann nicht einschlafen. Ich höre Stimmen, bin aber nicht aufgestanden. In der Bleich drücken sich in der Nacht öfters Gestalten herum, meistens Besoffene. Im Sommer rufe ich häufig die Polizei wegen dem Lärm. Aber heute bin ich erst raus aus dem Bett, als ich den Feuerschein hinter dem Vorhang sah. Da habe ich den Baum brennen sehen und sofort die Feuerwehr angerufen." Bachmann sprach nun eindringlicher: „Und Sie haben niemanden laufen sehen? Versuchen Sie sich zu erinnern! Jemand, der aus der Anlage rausgelaufen ist." „Nein, ich habe nur den brennenden Baum gesehen. Ist ja auch schade um den Baum, der steht schon ewig da und sehen Sie doch wie er jetzt aussieht!" Als ginge es hier um den Baum! Bachmann versuchte seine Ungeduld zu zügeln: „Haben Sie kurz danach vielleicht ein Auto oder Motorrad gehört, das wegfuhr? Könnte ja sein, dass der Täter vor ihrem Haus geparkt hatte." Herr Bär zuckte wieder mit den Achseln, das tat er offensichtlich gerne: „Nein, ich habe doch mit der Feuerwehr telefoniert. Nicht mal da ist meine Alte aufgewacht. Wahrscheinlich sägt sie trotz dem Krach weiter in ihren Kissen und morgen wundert sie sich, dass sie nichts mitgekriegt hat!" Der Kommissar bedankte sich frustriert und ging zurück zur Weide.

Dabei hatte der Baum den Brand gut überstanden, nur die unteren dünnen Zweige waren schwarz, der massive Stamm war minimal beschädigt. Der Löschzug war inzwischen dabei, eine Kurve zu meistern. Die Rufe der Feuerwehrleute hallten über den Weiher. Schaulustige, die wohl Gäste im anliegenden Hotel waren, verfolgten interessiert das schwierige Manöver. Von dieser Seite kam jetzt der Staatsanwalt herangeeilt, schon von weitem rief er: „Was soll das denn, haben wir es mit einem Serientäter zu tun?" Der Kollege vom KDD kniete im Gras und schaute kurz auf: „Zwei sind noch keine Serie." „Mir sind bei zwei schon einer zu viel!", posaunte Staatsanwalt Bräuer. „Mir ist einer schon zu viel", dachte der Kollege, sprach es aber nicht laut aus.

„Sie hier, Herr Bachmann?", stellte Bräuer fest. Gerade wollte Bachmann erklären, aber Bräuer fixierte Dr. Ritter. Der Pathologe gab die bisherigen Fakten an, Bachmann hörte den beiden zu und warf dabei noch einen

Blick auf die Leiche. Was das Feuer nicht verschlungen hatte, waren die Druckknöpfe der Jacke oder des Hemdes. War das ein Ring an der Hand, die wie ein Stück Holz in die Luft zeigte? Eine Gürtelschnalle. Und was war das? Bachmann verschlug es für zwei Sekunden den Atem: „Die Stiefel", stieß er aus, „die Stiefelspitzen, der Metallbeschlag!" Bräuer und Ritter sahen ihn erschrocken an. „Ich glaube, ich weiß, wer das ist! Die grässlichen orangeroten Cowboystiefel mit den Metallbeschlägen auf den Spitzen habe ich heute früh gesehen. In den Stiefeln steckte Konrad Decker, der Freund und Arbeitskollege von Manfred Liebig!" Alle Blicke fielen auf die Füße der Leiche. „Ja, da ist Metall! Sie haben Recht, Herr Kommissar. Gut beobachtet!", lobte der Pathologe. „Wie kommt der hierher?", mäkelte der Staatsanwalt, dem das Loben nicht lag. „Soweit ich mich erinnern kann, wohnt Konrad Decker in Neustadt", antwortete Bachmann. Sein Kopf rauchte nun. Decker und Liebig tot. Der gleiche Täter, Mordwaffe in beiden Fällen: Spiritus.

Der Staatsanwalt forderte zur Eile in der Aufklärung auf. Dr. Ritter machte auf den Umstand aufmerksam, dass der Tatort und die Leiche stark unter den Löscharbeiten gelitten haben. „Nichtsdestotrotz!", meinte Bräuer und machte sich auf den Weg, drehte sich nochmal um: „Ich hoffe, ich kann morgen durchschlafen. Die schöne mittelfränkische Landschaft schaue ich mir lieber bei Tag an und nicht bei Nachteinsätzen. Gute Nacht!"

„So", stöhnte Dr. Ritter, „nun zum schwierigen Teil. Wie kriegen wir die Leiche möglichst komplett vom Baumstamm runter ohne dass sie uns ins Wasser fällt?" Der junge Polizist Fürst stand daneben, sein Magen sendete eindeutige Signale, er schluckte: „Was für ein Scheißarbeit. Meine Mutter wollte, dass ich eine Lehre als Bankkaufmann mache."

Bachmann sah sich um. Der Täter musste schnell verschwunden sein, aber in welche Richtung? Alle vier standen ihm hier zur Verfügung. Er war müde, konnte nicht gut denken, das letzte, das ihm einfiel: „Gibt es Fußabdrücke?" Der Kollege vom KDD warf theatralisch die Hände in die Luft: „Ich kann den Feuerwehrleuten keinen Vorwurf machen, die dachten, es wäre nur ein brennender Baum. Allein der Löschzug hat den Bereich umgepflügt, dann waren noch fünf Mann im Einsatz! Leo, wir tun, was wir können! Du kriegst alle Informationen morgen früh." Bachmann dankte mit einem Kopfnicken, winkte dem Pathologen zu: „Danke, dass Sie mich angerufen haben, Dr. Ritter. Ich sehe, dass ich noch ein paar Stunden Schlaf kriege, sonst bin ich morgen platt." Der zwinkerte ihm verschwörerisch zu.

Es war 6.30 Uhr und Anne Strauch kam gerade aus der Dusche, ein Handtuch um den Kopf, eines um den Leib gewickelt, als ihr Handy klingelte. Frau Späth war am Telefon: „Guten Morgen Frau Strauch, Bachmann hat mich gebeten, Sie anzurufen. Er ist gerade unter der Dusche" „Er duscht in der Dienststelle?", Strauch war erstaunt. „Ja, der eitle Leo hat heute Nacht auf dem Sofa in ihrem Büro geschlafen", verriet Frau Späth. „Hä?!", äffte Strauch. „Frau Strauch", ihre Stimme wurde wichtig, „Ich soll Sie in Kenntnis setzen, dass es heute Nacht in Neustadt einen weiteren Mord gegeben hat. Mutmaßlich durch den gleichen Täter.

Wieder eine Leiche mit Spiritus übergossen und angezündet. Bachmann hat den Tatort gesehen." Mit einem
Schlag war die Kommissarin hellwach: „Was? Unser Täter hat ein zweites Mal zugeschlagen? Shit! Aber warum
war Bachmann dort?" „Ich glaube, das ist so eine Geschichte, die soll er Ihnen selbst erzählen. Kommen Sie
bald, hier geht es drunter und drüber!", Frau Späth beendete eilig das Telefonat.

Strauch flitzte zurück ins Bad, rubbelte ihre Haare und
föhnte sie trocken. Anschließend sah sie in den Spiegel:
„O mein Gott!" Mit der Bürste versuchte sie das wirre
Haar zu glätten. Mit dem Ergebnis war sie nicht zufrieden, da fiel ihr ein, dass sie heute eine Mütze aufsetzen
könnte. Ja, das war die Lösung! Sie sprang in die
schwarze Cordhose, griff nach einem lila Pullover, nicht
weil er ihr gefiel, sondern weil er oben auf dem Stapel
lag. In der Küche hatte Bertram gerade Kaffee gemacht.
Sie schenkte sich eine halbe Tasse ein. „Na, heute aber
supereilig, Frau Kommissarin!", bemerkte er ein wenig
schnippisch. Anne hörte den Unterton, ließ sich aber
nicht darauf ein: „Unser Täter hat ein zweites Mal zugeschlagen." Er rollte genervt die Augen nach oben:
„Werde ich Dich in den nächsten Tagen sehen?" „Sicher,
Bertram, ich weiß nur nicht wann. Ich rufe Dich am späten Nachmittag an, dann kann ich die Lage einschätzen", sprach sie, kippte den Kaffee rein und küsste ihn
auf die Wange.

Die Kollegen des KDD informierten die Tages-
schicht über die Erkenntnisse der Nacht. Strauch
erfuhr zu ihrem Erstaunen, dass es sich bei dem

Opfer wahrscheinlich um Konrad Decker handelte. „Das glaube ich nicht, wir haben ihn gestern noch vernommen!", stellte Strauch fassungslos fest. „Ich habe ihn an seinen Stiefeln erkannt, besser gesagt, an den Beschlägen auf den Schuhspitzen", sagte Bachmann stolz. „Warum waren Sie eigentlich in der Nacht am Tatort, Bachmann?" Der Umstand irritierte Strauch. Vier der anwesenden Kollegen grinsten breit. Bachmann winkte scheinbar gleichgültig ab und begann Bericht zu erstatten: "Um 0.10 Uhr wurde die Feuerwehr durch einen Anwohner alarmiert. Die rückte fünf Mann hoch an, in der Überzeugung einen Baumbrand zu löschen. Dabei ruinierten sie den Tatort. Die Leiche befand sich auf einem Baumstamm liegend. Die Spurenlage ist schwierig, da natürlich auch die Leiche Löschwasser abbekommen hat. Eine Flasche Korn schwamm dicht am Ufer im Wasser, ob sie dem Opfer gehörte, ist noch nicht eindeutig geklärt. Dr. Ritter geht davon aus, dass der Mann vor der Tat betäubt wurde, sonst wäre er im Reflex sicher ins nahe Wasser gesprungen. Aber der pathologische Bericht steht noch aus. Karl Decker wohnte nicht weit vom Tatort entfernt, in der Würzburger Straße. Karl Decker, 52 Jahre alt, angestellt in der gleichen Druckerei wie Manfred Liebig. Interessant ist, dass er zwei Strafeinträge aus den 80er Jahre hat, wegen Verstoß gegen das Betäubungsmittelgesetz, Amphetamine. Später nichts mehr. Er war Witwer, wohnte alleine in der 3-Zimmer-Wohnung. Sohn und Tochter sind erwachsen und von zuhause ausgezogen. Die Tochter wohnt in Neustadt, der Sohn in Stuttgart."

Strauch hörte aufmerksam zu und schüttelte den Kopf: „Amphetamin, das ist interessant. Aber die lausige Spurenlage in beiden Fällen, das hatten wir noch nie! Ich frage mich, ob der Täter derart gerissen ist oder einfach nur Glück hatte und das zwei Mal!" Bachmann scharrte schon wie ein ungeduldiges Ross, er wollte los. Strauch blickte ihm in die Augen: „Lassen Sie uns fahren."

In der Parkgarage fragte Strauch: „Sind Sie ausgeschlafen? Sonst fahre ich und Sie können bis Neustadt dösen." Bachmann lachte laut: „Ha! Ich bin fit wie ein Turnschuh! Auf dem Sofa lässt es sich gut schlafen." Strauch musterte ihn: „Obwohl Sie die Nacht im Büro verbracht haben, tragen Sie eine andere Strickweste. Wie geht das?" Bachmann erklärte seiner Chefin seinen ausgefeilten Zaubertrick: „Nicht nur die Strickweste ist sauber, nein, auch das T-Shirt, die Unterhose und die Socken! Weil ich stets Kleidung zum Wechseln in meinem Spind habe." „Sie sind ein ganz ausgekochtes Bürschchen!", musste Strauch anerkennen, „Sagen Sie mir jetzt noch, warum Sie heute Nacht in Neustadt waren?"

Der Themenwechsel gefiel dem Kommissar weniger, er sperrte den BMW auf und wartete bis Strauch neben ihm saß: „Sie erfahren die ganze Geschichte ja doch, die Kollegen tratschen schon. Ich bin gestern Abend noch einmal nach Fürth gefahren und war mit Stefanie Reimann essen, Sie wissen schon, von der Druckerei." „Ah, die Druckereimaus!", warf Strauch ein. Bachmann fuhr fort: „Ja. Wir sitzen da sehr nett im „Trocadeiro", da winkt mir von einem anderen Tisch ein älterer Herr freundlich zu. Es war Dr. Ritter, der mit seiner Gattin speiste. Ich dachte mir gleich, so ein Mist!" Strauch lachte, sie ahnte, was dann kam. „Auf jeden Fall war ich nach dem Essen noch bei Stefanie zuhause. Um Mitternacht klingelt mein Handy und Dr. Ritter spricht von seiner Vision, dass er ahnte, dass ich noch wach sei und nicht in meinem Bett läge. Er informierte mich über den Mord und lud mich quasi ein, den Tatort zu besichtigen. So jetzt wissen Sie alles", Bachmann hatte das Gefühl ein Geständnis abgelegt zu haben. Strauch war höchst amüsiert: „Dieser Ritter ist ein echter Fuchs. Manchmal denke ich, er hat es faustdick hinter den Ohren, trotz seines vorgerückten Alters!"

Während der Fahrt sprach Bachmann ohne Punkt und Komma. Wie er in der Nacht am Bleichweiher ankam. Der Nebel, die Feuerwehr, das Licht und ganz klar, die Stiefel! Das gefiel seiner Chefin ganz und gar nicht. Ihr Kollege machte einen überdrehten Eindruck. Das Adrenalin hatte seine Tücken, Strauch war das wohlbekannt. „Bachmann, Sie haben ab sofort fünf Minuten Sprechpause und konzentrieren sich auf ihre Atmung und auf den Straßenverkehr", ihr Tonfall war bestimmt, das war keine Bitte. Sie öffnete das Fenster einen Spalt, die kalte Luft strömte mit leisem Rauschen ins Wageninnere. Das tat gut. Die Landschaft flog schnell und sanft an ihr vorbei. Obwohl die Sonne sich auch heute nicht zeigen wollte, hatte der Tag etwas Klares, sehr Deutliches. Auf manchen Wiesen und Dächern hatte sich Raureif gehalten. „Auch diese Jahreszeit ist schön", kam es ihr in den Sinn, die Tage werden kürzer, die Nächte länger und die Natur wird still, als würde sie sich schlafen legen. „Schade", dachte Strauch, „Gerade heute habe ich keinen Bock auf Hektik und erst recht nicht auf den hysterischen Casanova."

In Neustadt angekommen, parkten sie neben der Neustadthalle. Strauch steckte sich eine Zigarette in den Mund. „Darf ich jetzt wieder reden?", fragte Bachmann patzig. „Ja, aber langsam. Dieser Tag wird lang. Schonen Sie Ihre Kräfte und meine Nerven", Strauch sagte das so, als würde sie es aus einem Gesetzbuch vorlesen. „Sie wissen schon, dass wir zwei Morde aufzuklären haben?", erinnerte sie Bachmann scharf. „Danke für den Hinweis. Das heißt aber noch lange nicht, dass wir –äh– den Verstand verlieren müssen", beinahe hätte sie `hysterisch werden´ gesagt. Das hatten sie erst gestern. Strauch legte ihre Hand auf die linke Schulter des Kollegen und sah ihm fest in die Augen: „Wir schaffen das, Bachmann! Ganz sicher, egal wie lange es dauert." Er nickte. „Ok." Auf dem Weg in die Bleich, holte sie die schwarze Strickmütze aus der Tasche ihres Parkas und setzte sie auf.

In der Bleich herrschte reger Betrieb, Schaulustige tummelten sich um die Absperrung. Ein Polizeibeamter sicherte den Bereich. Der Feuerwehrwagen hatte tiefe Spuren auf dem Weg und dem Rasen hinterlassen. Strauch kannte den jungen Beamten nicht, sie zeigte ihm ihren Dienstausweis und er hob das gestreifte Plastikband. Sofort begann das Getuschel. Die Weide sah grotesk aus, sie stand neben ihrer Weidenschwester, der Stamm und das untere Blattwerk verkohlt. „Das ist eine echte Trauerweide", Strauch blickte nach oben, der Baum war bestimmt mehr als zehn Meter hoch und fast unversehrt, als hätte er dem Feuer getrotzt. Die Unterseite des Stammes lag wirklich im Wasser, dieser Umstand hatte eventuell Schlimmeres verhindert. Strauch sah sich um, nur wenige Häuser hatten Blick auf den

Tatort. Der Anbau des Hotels lag schräg versetzt. Strauch sprach mit dem jungen Polizisten, der ihr erklärte, dass das Gebäude nach der Stadtmauer das Landwirtschaftsamt war. Auf der anderen Seite öffnete sich der Peter-Kolb-Platz, in dem ein Teil der Stadtverwaltung untergebracht war. Somit blieb wahrlich ein einziges Haus, dessen Fenster auf der Rückseite den Tatort einsehen konnten. Strauch lachte kurz auf, es war mehr ein Ausdruck der Verzweiflung. „Ich habe heute Nacht mit dem Bewohner der Wohnung im ersten Stock gesprochen, er hatte die Feuerwehr gerufen. Leider hat er nichts außer dem brennenden Baum gesehen. Wäre der Mann drei Minuten früher an das Fenster gegangen, hätte er den Täter gesehen, da bin ich mir ganz sicher!“, sagte Bachmann enttäuscht.

„Was ist denn hier passiert?“, rief ein Mann mit Pudelmütze aus der Menge. Bachmann rief zurück: „Das werden Sie morgen in der Zeitung lesen!“ „Heute war der Mord von vorletzter Nacht in der Zeitung, geht das so weiter?“, fragte der Mann provokativ. „Das wollen wir nicht hoffen“, kommentierte Bachmann, etwas anderes fiel ihm nicht ein. „Das Opfer war betäubt mit Alkohol oder Medikamenten. Hat der Täter den Decker hierhergetragen oder konnte er noch laufen? Er legte ihn hier ab und der blieb tatsächlich liegen? Ich kann mir das nicht vorstellen! Wo waren die beiden vorher?“, Strauch dachte angestrengt nach, „Vielleicht waren sie bei ihm zuhause. Decker wohnte hier in der Nähe. Die Wohnung muss auf Spuren untersucht werden, dringend! Los, wir gehen, die Kollegen in Neustadt kriegen was zu tun! Lagebesprechung. An den Tatort können wir später nochmal, ich hoffe, das wird nicht zu einer Pilgerstätte der

Absonderlichkeiten." Bachmann winkte dem jungen Kollegen, der in der Kälte bleiben musste. Er tat ihm Leid, es musste todlangweilig sein und die Kommentare aus der Bevölkerung waren ebenfalls keine Aufmunterung.

Die Dienststelle wartete schon auf die Kommissare. Die dringlichsten Aufgaben wurden delegiert. Die Druckerei hatte schon das Nichterscheinen Karl Deckers bestätigt. Zwei Mann gingen auf Spurensuche in die Würzburger Straße, in die Wohnung des Opfers. „Eines ist klar, wir können uns auf die Verbindung von Liebig und Decker konzentrieren. Der Umstand wird uns das Motiv und hoffentlich bald den Täter offenbaren. Alle Kollegen die Befragungen durchführen müssen beide Fotos vorlegen. Jede Gemeinsamkeit der beiden ist wichtig. Die Druckerei in Fürth wird ganz ausgiebig auseinandergenommen. Bachmann und ich werden vorrangig den gestrigen Abend des Opfers rekonstruieren.", informierte Strauch die Neustädter Kollegen.

Am Ende der Besprechung fragte der Dienststellenleiter Hegendörfer direkt: „Frau Strauch, glauben Sie, dass der Täter weiter morden wird? Zwei Morde in zwei Tagen, das ist schon erschreckend!" Strauch atmete durch. „Das ist schwer zu sagen. Die Möglichkeit besteht, vielleicht ist er auf Rachefeldzug, eine Sicherung ist durchgebrannt. Vielleicht ist für ihn die Sache jetzt erledigt. Wir können nichts anderes tun, als so viele Fakten als möglich zu sammeln. Und deshalb legen wir los!" Sie klatschte in die Hände. Im Laufschritt verließen sie die Dienststelle. „Ich denke, Bachmann, wir fangen mit der Familie an." Bachmann griff nach seinem Block. „Ja, die Tochter wohnt in Neustadt. Verheiratet, ein Kind."

Bachmann gab im Navi den Kleinerlbacher Weg ein. Sie fuhren durch die Stadt, Wilhelmstraße, auf die Nürnberger Straße, durchfuhren das Nürnberger Tor. Bachmann lächelte: „Ich hatte eine Tante, besser gesagt, Großtante in Neustadt. Mit meiner Großmutter bin ich oft nach Neustadt gefahren. Die alte Tante Berta war total nett, sie hat mir Geschenke gemacht und Süßigkeiten gekauft. Sie hatte keine eigenen Kinder, deshalb hat sie mich wohl so verhätschelt. Ich mochte die Besuche bei der alten Dame, Neustadt ist mir in guter Erinnerung." Vorschriftsmäßig mit 30 km/h fuhren sie den Brauhausberg steil hinab. Der Kleinerlbacher Weg lag am Stadtrand, vollkommen ruhig standen die Häuser im Nebel. Die zwei Morde und die vorherrschende Stille waren schwer in Verbindung zu bringen. Vor dem Haus fragte Bachmann: „Überbringen wir die Nachricht oder ist die Familie vorgewarnt?" „Ein Kollege war schon um 7.30 Uhr hier. Wir zerschlagen nicht, wir kehren die Scherben", Strauch zuckte scheinbar gleichgültig mit den Achseln.

In dem Haus mit dem 80er Jahre Charme wohnten drei Familien. Die Wohnung der Tochter, die jetzt Gebhardt hieß, lag im ersten Stock. Es öffnete der Ehemann, er hatte ein zweijähriges Mädchen auf dem Arm, das noch sehr verschlafen aussah. „Herr Gebhardt? Strauch und Bachmann von der Kripo Ansbach. Wir würden gerne mit ihrer Frau sprechen", Strauch hielt ihm ihren Ausweis vor. „Wegen meines Schwiegervaters? Kommen Sie herein, meine Frau ist in der Küche", Gebhardt wirkte angespannt. Durch den hellen Flur führte er sie in die Küche, dort saß die hochschwangere Frau mit rotgeweinten Augen an einem kleinen Tisch. Sie hatte den

Kopf in die Hände gestützt und sah jetzt auf: „Ist es denn wirklich mein Vater, ist das sicher? Der Polizist vorhin sagte, dass er verbrannt wurde." Erschrocken sah sie zu ihrer kleinen Tochter. Ihr Mann verstand sofort. „Leni, wir lesen ein schönes Buch!", sagte er, drehte sich um und ging. „Leider besteht kein Zweifel, Frau Gebhardt, es handelt sich um Karl Decker, das hat der Gebissabgleich bestätigt", erklärte Bachmann, am liebsten hätte er das mit den metallbeschlagenen Cowboystiefeln erzählt, aber ein Gefühl sagte ihm, dass das im Moment nicht angebracht wäre. Die junge Frau weinte. „Das ist so furchtbar. Allein die Vorstellung, so grausam! Wissen Sie, mein Vater war kein netter Mensch. Meine Mutter hatte kein schönes Leben mit ihm." Sie schluchzte, unterbrach ihre Worte. „Meine arme Mutter ist vor zwei Jahren gestorben, sie hatte Krebs. Wenige Wochen nachdem Leni geboren war, starb sie. Und jetzt stirbt mein Vater auf so grässliche Art und Weise. Wie soll ich nur damit fertig werden?"

Strauch setzte sich zu der jungen Frau an den Tisch, sie sprach beruhigend: „Es wird besser mit der Zeit, das ist sicher. Wir wollen Sie nicht quälen, Frau Gebhardt, wichtig für uns wäre, zu wissen, wie ihr Vater den gestrigen Abend verbracht hat. Haben Sie ihn gestern gesehen?" Sonja Gebhardt wischte sich die Tränen mit einem Taschentuch aus dem Gesicht. „Nein, ich habe ihn gestern nicht gesehen. Überhaupt habe ich ihn seit Monaten nicht gesehen, ich glaube, zuletzt an seinem Geburtstag und einmal im Supermarkt. Wir haben kein gutes Verhältnis. Jetzt tut es mir leid." Mitfühlend wagte Strauch eine weitere Frage: „Wie verbringt ihr Vater normalerweise den Abend, können Sie uns dazu etwas sagen?"

„Das hängt von seinen Schichten ab. Ich glaube, er arbeitete meistens von 7 bis 15 Uhr. Er ging oft in die Kneipe, ganz in der Nähe seiner Wohnung. Dort traf er seine Kumpels, ehrlich gesagt, alles Leute, die ich nicht mag. Ich war dort nie, alles Säufer, so wie mein Vater auch einer ist…war. Bestimmt war er gestern dort. Der „Blaue Engel", der Name passt zur der Kaschemme überhaupt nicht!"

„Sie sagen, Ihr Vater war kein netter Mensch, hatte er Feinde? Jemand, der ihn so hasste, dass er ihn umbringen würde?" Das wäre zu schön, um wahr zu sein, dachte Strauch für sich. Sonja Gebhardt überlegte und war überfordert: „Keine Ahnung. Wie gesagt, ich kenne seine Kumpels nicht. Es gab immer Streitereien in der Kneipe, aber das hat mich nicht interessiert. Ich habe Kopfschmerzen." „Gut", sagte Strauch, „Wir lassen Sie in Ruhe. Bleibt ihr Mann hier bei Ihnen? Sie sollten jetzt nicht alleine sein." „Mein Mann hat dringende Termine in der Firma. Meine Freundin Melanie kommt gleich, Gott sei Dank! Ich würde den Tag sonst nicht durchstehen." Die Hochschwangere trank von ihrem Tee, im gleichen Moment klingelte es an der Tür. Herr Gebhardt eilte um zu öffnen. Melanie kam in die Küche und nahm ihre Freundin in den Arm: „Das wird schon wieder, Sonja. Du musst auch an Leni und an das Kind in Deinem Bauch denken!"

Der junge Vater stand unter Zeitdruck, das war offensichtlich. Schnell gab er die kleine Leni mit den großen blauen Augen und den blonden Locken an Melanie ab, küsste seine Frau und versicherte, dass er sobald als möglich wieder zu Hause sein würde. Die beiden Kommissare folgten Gebhardt aus der Haustüre, Strauch wollte ihm noch Fragen stellen: „Herr Gebhardt, können Sie sich vorstellen, wer ihrem Schwiegervater...", weiter kam sie nicht. Kaum schloss sich die Haustür, schrie Gebhardt: „Keine Ahnung, wer das getan hat! Wer dieses verkommene Stück Dreck abgefackelt hat, aber der Mörder hat meine Sympathie. Mein Schwiegervater war ein Arschloch! Er war der beschissenste Vater, den ein Kind haben kann! Seit meine Frau denken kann, trinkt er. Dieser Säufer hat seine Familie terrorisiert! Meine Schwiegermutter war bloß seine blöde Putze. Er hat sie mit jedem Flittchen betrogen, das er kriegen konnte. Er hat sie gedemütigt und geschlagen. Und nicht nur sie! Wenn Papi prall war, hat er auch die Kinder geschlagen, alle hatten Angst vor ihm! Am meisten hat wohl Martin abgekriegt, der ging gleich nach der Mittleren Reife aus dem Haus. Er ist nach Stuttgart gegangen und hat eine Kfz-Lehre gemacht. Solange die Schwiegermutter lebte, kam er hin und wieder. Seit ihrem Tod war er nie mehr in Neustadt, und ich kann ihn gut verstehen!" „Wissen Sie, dass sich meine Schwiegermutter mit den Kindern an den Wochenenden nachts oft eingeschlossen hat? Aus Angst! Können Sie sich das vorstellen! Weil, wenn der Vater stockbesoffen aus der Kneipe kam, Frau und Kinder aus dem Bett holte und auf sie einschlug! Meine Schwiegermutter versuchte ihre Kinder zu schützen, indem sie sich mit ihnen einschloss. Er kam heim und schlug mit Fäusten und Füßen auf die Zimmertür ein! Diese Angst hat meine Frau nie verlassen, noch heute befällt sie die Erinnerung aus heiterem Himmel. Manchmal, wenn wir abends vor dem Fernseher sitzen und sie sieht nicht auf den Bildschirm, sondern daran vorbei, ist sie da, die alte Angst, der Horror! Das Gespenst ihrer Kindheit." Gebhardt war in Rage, seine Krawatte hing schief, sein Gesicht war feuerrot unter dem dunklen, kurzen Haar und er war noch nicht fertig: „Ich liebe meine Frau, meine Tochter und das Kind, das bald kommt. Ich möchte, dass es ihnen gut geht. Ich habe ein Grundstück im neuen Baugebiet gekauft, nächstes Jahr werden wir ein Haus bauen. Es soll das Heim für meine Familie werden, dafür arbeite ich und sorge ich. Meinem Schwiegervater, dem brutalen, versifften Proleten, waren solche Dinge scheißegal. Er hat seine Familie benutzt, missbraucht, beschmutzt und sich an ihnen ausagiert!", jetzt wurde er noch lauter, „Und wenn ich heute sehe, dass meine Frau in ihrem Zustand verzweifelt weint, und wieder ist das Arschloch der Grund dafür, könnte ich ausflippen!" Seine Stimme überschlug sich fast, er spuckte beim Sprechen. Gebhardt riss die Autotür auf: „Ich muss jetzt. Vielleicht war es einer seiner Superkumpels aus der Stammkneipe, alles Vollidioten. Könnte ja sein, dass einer dieser Säufer einen lichten Moment hatte!" Gebhardt ließ das Auto an, legte unsanft den Rückwärtsgang ein und brauste davon.

Die beiden Beamten standen sprachlos da, erst nach zwei Momenten stellten sie fest, dass sie ihm keine Fragen gestellt hatten. „Mann, hat der einen Druck!", entfuhr es Bachmann, „Der könnte es gewesen sein!" Strauch hielt ihre Strickmütze in der Hand: „Da hat sich einiges angestaut. Den müssen wir im Auge behalten. Aber er hat uns einen Sack voller wertvoller Hintergrundinformationen geliefert. Das ist gut! Er hat uns eine, zwar subjektive, aber brillante Beschreibung des Opfers geliefert." „Soll ich oben noch fragen, ob ihr Mann in der Nacht zu Hause war?", meinte Bachmann, den es jetzt ärgerte, dass er Gebhardt diese Frage nicht gestellt hatte. Strauch winkte ab: „Das erfahren wir, lassen wir die arme Frau in Ruhe. Aber wir müssen wissen, wo Konrad Deckers Sohn in der letzten Nacht war. Hat er gesagt, dass er Martin heißt?"

Polizeimeister Münch war der Frischling in der Dienststelle Neustadt, geradewegs von der Schule. Münch fand, dass ihm die Uniform gut stand, sie kaschierte seine etwas molligen Hüften. Er bekam den Auftrag, die Anwohner des Großparkplatzes nahe der Neustadthalle zu befragen. Zum Glück waren das nicht viele. Auf der einen Seite wurde der Parkplatz von einem weiteren Teil der alten Stadtmauer eingesäumt. Dort stand ein einziges Anwesen, es beherbergte im Erdgeschoß das Bistro „Prisma", das montags Ruhetag hatte. Die darüber liegenden Wohnungen hatte Münch schon durch. Junge Leute, die geradewegs dem Bett entstiegen waren, öffneten ihm die Tür. Noch nicht recht wach, machten sie Aussagen wie: „Mann, nachts ist hier tote Hose!" oder „Auf den Parkplatz schaue ich nie!". Ordentlich notierte Münch die zwei Parteien, die er nicht angetroffen hatte. Auf der anderen Seite lag der Schnizzersweg, dort standen mehrere Wohnhäuser. Brav klingelte der junge Polizist an jeder Tür, hörte Sätze wie: „Des is ä Parkplatz, do sin immer Autos und die foahrn nei und naus!" Oder „Nachts schloof ich immer." Ein paar Mal bekam er mehr Gegenfragen, als Auskünfte: „Wos isn do passiert? Des is doch scho der zweite Mord. Den misst ihr fei kriegn, sunst macht der alls so weiter!"

Ein älterer Herr forderte ihn misstrauisch auf, seinen Dienstausweis vorzuzeigen: „Man kann nicht vorsichtig genug sein! Es passiert so viel. Könnte doch sein, dass Sie mir auf den Kopf hauen und meine Wohnung ausräumen! Früher, als ich noch jung war, wäre Ihnen das nicht gelungen, heute bin ich leider aus der Übung!" Verdammt noch mal, er stand in voller Uniform vor dem Alten und war so höflich, wie er nur konnte. Er zweifelte an seiner Berufswahl.

Nun kam er zum letzten Haus, einem älteren Einfamilienhaus, dessen Fassade ein Eimerchen Farbe vertragen könnte. Der Vorgarten war dagegen top in Schuss. Münch rückte seine Jacke und Kappe zurecht, drückte den Klingelknopf. Er hörte im Inneren ein Klappern und Schlurfen, es dauerte eine kleine Ewigkeit bis die Tür aufging. Freundlich stellte er sich vor: „Polizeimeister Münch, Dienststelle Neustadt, ich würde Ihnen gerne eine Frage stellen." „Dann froch doch!", unterbrach ihn barsch die alte Frau. Dass die alte Dame ihn duzte, brachte Münch kurzfristig aus dem Konzept: „Ähm. Haben Sie heute kurz vor oder nach Mitternacht irgendwelche Beobachtungen auf dem Parkplatz gemacht?" „Wos soll ich do geseng ham?", fragte die Anwohnerin erstaunt. Münch schätzte sie locker über 80, sie trug eine saubere Kittelschürze, ihr graues Haar war adrett frisiert. Hinter der Brille lugten zwei kleine, hinterlistige Augen hervor, die den Polizisten fixierten. „Vielleicht ein Pkw, der hier kurz geparkt hat und um Mitternacht schnell weggefahren ist. Oder zwei Personen, die sich stritten", erklärte Münch geduldig. Die Alte hob den Zeigefinger senkrecht nach oben: „Nachts lieg ich obn in meim Bett, junger Mann. Ich bin net der Nachtgiecher."

Münch versuchte es noch einmal: „Haben Sie gegen Mitternacht ein lautes Geräusch, ein Aufheulen eines Motors vom Parkplatz gehört?" Die Frau schüttelte den grauen Kopf: „Du frägst än Bledsinn! Wenn ich jedsmol aufstehn tät, wenn nachts ä Auto vorbeifährt, kennt ich mich erscht in der Früh hinleng!"

Resigniert klappte Münch seinen Block zu. „Danke, Frau Mayer, für Ihre Mitarbeit, schönen Tag noch!", sang er unnatürlich freundlich, drehte sich um und dachte: „Geh zurück in deine Geisterbahn!" Statt Verbrecher zu fangen, mit quietschenden Reifen um Kurven zu jagen, schwätzte er Schwachsinn mit alten Leuten. Er meldete sich in der Dienststelle um mitzuteilen, dass er keine sachdienlichen Hinweise liefern konnte. Dann machte er sich auf den Weg in die Bleich zu seinem Kollegen, der dort den Tatort bewachte. Unterwegs fiel ihm der Parkplatz direkt an der Aisch ein, den könnte er noch checken.

Sigi versorgte heute im Eiltempo seine Kühe. Gestern hatte er ein längeres Gespräch mit Josef, seinem Nachbarn. Den Grundriss der Holzhütte im Wald hatte Sigi auf ein Papier gezeichnet. Sogar die Tür und das kleine Fenster hatte er vermessen und im Plan angegeben.

Als Sigi dem Josef sagte, dass Horst keine bedenklichen Baustoffe in seiner Hütte haben möchte, rümpfte der die Nase: „Wos den Boden betrifft, is des ka Problem, die Isolierung vo die Wänd is do net so aafach. Er hat ja än Ofen drin, den er schürn muss." Josef war ein eher kleiner Mann von 45 Jahren, aber richtig drahtig, er konnte ordentlich zupacken, Sigi hatte das oft gesehen. Er kratzte in seinem dunklen Vollbart: „Mei Bub hat mir mol im Internet zeicht, do gibt's Dämmmaterial aus Kokos und aus Schafwolle, des is ober teier! Und es gibt Matten aus Hanf." Sigi unterbrach ihn: „Du weißt doch, dass der Horst drogenabhängig war. Da können wir unmöglich die Hütte mit Hanf dämmen!" Große Fragezeichen erschienen in Josefs Augen: „Hä?! Du maanst, der Horst tät die Dämmung rauchn? Also Sigi, die könna doch ka Rauschgift im Baumarkt verkaafn!" „Egal wie, Hanf nehmen wir nicht!", bestimmte Sigi vorsichtshalber. „Es gibt auch ä Dämmung aus Zellulose, die is behandelt, schwer entflammbar und die is net so teier. Bloß waas ich net, ob mir des in Neistadt kriegn", Josef nahm einen kräftigen Schluck aus seinem Bier.

„Gut, wir sehen, was wir bekommen können. Das Holz zur Verschalung kann ich vom Schader haben. Dem brauche ich nur Maße geben, er schneidet mir die Bretter zurecht." Sigi lehnte sich zurück, strubbelte durch seine braunen Locken. Die Planung machte ihm richtig Spaß. Josef zog eine Packung Tabak aus der Brusttasche seines Blaumanns und begann sich eine Zigarette zu drehen: „Mir sehn scho mit wos mir dämmen. Mir dämmen von außen, sonst werd die Bude nuch klenner." Er lachte auf. Die Entscheidungsfindung dauerte genau zwei Halbe Bier, dann stand der Plan. Um auf Horsts baubiologische Gesinnung und Sigis schmales Budget einzugehen, sollte der Fußboden mit Stroh ausgestreut und mit Holzdielen verlegt werden. Der Ofen würde auf eine Steinplatte gestellt und rundherum mit Blech ausgelegt. Die Außenwände werden isoliert, mit was auch immer. Falls es nicht Horsts Vorstellungen entsprach, musste er es nie erfahren. Darauf würde eine Folie angebracht, darauf würden Latten genagelt und darauf wiederum die Holzverkleidung. Horst würde nie sehen, was sich dahinter verbarg. Josef würde sich noch Gedanken wegen einer Dachrinne machen. „Der Horst muss eh für die Zeit raus aus der Hüttn und bei eich wohna", meinte Josef trocken, „und des Ganze nogel mer in zwa Tog hie."

Der Josef war der beste Nachbar, den ein verzweifelter Mann haben konnte. Die nächsten zwei Tage würde der gute Josef zusammen mit ihm in der Hütte arbeiten. Das nennt man Nachbarschaftshilfe, praktisch gemacht. Natürlich erwartete Josef kein Geld für seine Arbeit. Sigi versicherte ihm mindestens sieben Mal, dass ihm sein Dank bis in alle Ewigkeit nachschleichen würde und er jederzeit zu einer Gegenleistung zur Verfügung stand.

Horsts Hütte hatte höchste Wichtigkeit. Gleich nach der Stallarbeit würde er mit Josef in den Baumarkt fahren und das Material besorgen.

Moni kam in den Stall, ihr war kalt, sie zog den Rollkragen ihres Pullovers höher und die Ärmel über die Hände: „Sigi, der Michi bleibt heute noch daheim, er hat zwar kein Fieber mehr, dafür kommt der Schnupfen richtig raus." „Das habe ich mir schon gedacht, ist auch besser so", stimmte Sigi zu, „Wenn ich hier fertig bin, fahre ich mit Josef zum Baumarkt. Du weißt schon, wegen dem Baumaterial für die Hütte." „Ja, wollt ihr heute schon damit anfangen?", fragte Moni erstaunt. „Ja, klar. Es wird jeden Tag kälter", sagte Sigi mit tief empfundener Selbstverständlichkeit. Moni überlegte: „Da muss der Horst solange hier auf den Hof kommen." Sigi nickte: „Geh doch später rüber und hilf ihm seine Sachen einzupacken. Ein paar Plastiksäcke sollten genügen." Moni stöhnte: „Drei Plastiktüten und ein Karton, darin ist alles untergebracht." Sie war eine durch und durch pragmatische Frau.

Der Polizeibeamte Münch war auf dem Weg von der Neustadthalle zum Großparkplatz an der Aisch. Er nahm den Weg durch die Bleichanlage, von weitem sah er seinen Kollegen am Tatort ausharren. Es standen auch einige Leute um den Tatort herum, sie gestikulierten und diskutierten. Die beiden Morde kurz hintereinander schockierten die Bürger der Kleinstadt, sie waren verängstigt. Auf Facebook fand Münch Posts wie: „Neustadt-Mordstadt" und „Heiß-heißer-Neustadt". Einer fragte sich, ob sich in Neustadt gerade der hinduistische Brauch der Leichenverbrennung an Ort und Stelle etabliere. Der junge Beamte überquerte die Umgehungsstraße und erreichte den Parkplatz. Rechterhand stand die alte Wasenmühle, die früher mal gewerblich genutzt wurde, heute dem Verfall überlassen ihr Dasein fristete. Sie war unbewohnt, nur eine neuere Lagerhalle diente als Garage für Lkws. Daneben stand ein Zweifamilienhaus, es war das einzige bewohnte Anwesen weit und breit. Münch zückte seinen Notizblock und klingelte. Niemand öffnete die Tür. Auch die zweite Wohnpartei schien nicht zu Hause zu sein. Er notierte sich die zwei Namen, die Adresse und steckte den Notizblock weg. „So ein Mist!" Er ärgerte sich.

Nur wenige Schritte von dem Haus floss die Aisch, man hatte dort ein Wehr gebaut. Es ist die einzige Stelle, an der die Aisch eine höhere Fließgeschwindigkeit erreichte. Münch stellte sich vor das Wehr und blickte in das Wasser, das sich etwa einen Meter mit Getöse nach unten stürzte. Der Anblick des Wassers in Bewegung, das laute Rauschen hatte eine beruhigende Wirkung auf Münch. Einige Meter weiter, wo das Wasser wieder stiller und langsamer wurde, schwammen einige Enten. Wie ein Kommissar aus dem Fernsehen zog Münch mit einer dramatischen Bewegung seinen Block aus der olivgrünen Jacke seiner Uniform: „Herr Erpel, Frau Schnatterich, könnten Sie mir einige Auskünfte erteilen? Ach, Sie haben nachts geschlafen, Frau Schnatterich. Ja, das habe ich heute schon einmal gehört. Ja, Herr Erpel, Sie haben noch bis Mitternacht ferngesehen, ah, Krimi, verstehe! Und trotzdem haben Sie nichts gesehen und nichts gehört? Na, dann ist der Fall klar, dann kann der Mörder hier nicht geparkt haben. Das werde ich dem Kommissar so weitergeben. Vielen Dank für diesen wichtigen Hinweis und schönen Tag noch!" Münch tat so, als würde er sich alles notieren. Er drehte sich gewandt nach links: „Frau Aisch, ich hoffe, ich störe Sie nicht in ihrer Ruhe. Aber hätten Sie eventuell einen sachdienlichen Hinweis für mich?" Da sprach die Aisch: „Das, was ich schon gesehen habe, passt nicht auf Deinen mickrigen Block!" Münch erschrak und war verwirrt, schob seine Kappe einmal vor und wieder zurück über die stoppelkurzen, blonden Haare. Er blickte nach rechts und links. In einiger Entfernung kam ein Mann mit einem Schäferhund an der Leine in seine Richtung gelaufen. Mit raschen Schritten entfernte sich der junge Polizist um seinen Kollegen in der Bleich zu besuchen.

In seiner Hütte bereitete sich Horst auf seine Morgenmeditation vor. Dazu setzte er sich in seinem Bett aufrecht in den Schneidersitz, eingewickelt in die zwei Bettdecken. Die eine war ein Steppbett mit rosa Blümchen auf weißem Grund, die zweite war eine Strickdecke aus dicker Wolle, Moni hatte sie für ihn gestrickt. Er hatte nicht gut geschlafen. Diese Nacht war noch kälter als die letzte, die Temperatur war deutlich unter null Grad gefallen. Horst hatte an die Außenwand, an der das Bett stand, eine Decke genagelt, die ihn vor Zugluft schützen sollte. Diese Decke war heute steif gefroren. Sein Körper war unter den zwei Bettdecken warm geblieben, aber sein Kopf war kalt. Irgendwann in der Nacht war er aufgestanden und hatte sich die bunte Strickmütze aufgesetzt. Horst war sehr empfindlich am Kopf, vor allem an den Ohren. Ihm war so kalt, dass er keine Lust hatte in die Stadt zu gehen, lieber wollte er im Bett bleiben.

Jetzt saß er mit der Mütze und eingerollt wie ein Sushi im Bett und versuchte seine Gedanken in den Griff zu bekommen. Die Kälte machte ihm die Konzentration schwer. Speziell der ängstliche Gedanke, krank zu werden, so wie der Michi, ließ sich nicht kontrollieren. „Ich will nicht krank werden!", sagte er laut und bestimmt und sprang aus dem Bett. Er schlüpfte so halb in seine Turnschuhe und schürte den Holzofen nach. Horst war nachts zwei Mal aufgestanden um Holz nachzulegen, trotzdem wollte es nicht richtig warm werden. Nun schlurfte er zur blechernen Waschschüssel, die auf einem einfachen Holzkästchen stand. Er griff sich den großen Plastikkanister und goss Wasser in die Schüssel. Vorsichtig tauchte er die Hände ins Wasser: „Brrrr, ist das Wasser kalt!" Schnell wusch er sich das Gesicht und entschied, dass es heute bei der Katzenwäsche bleiben würde. Unmöglich konnte er sich in der eisigen Kälte nackt ausziehen. Horst guckte in den emaillierten Wasserkessel, es war noch genug Wasser darin, um sich eine Tasse Tee zu machen und sein Zahnputzglas zu füllen. Er entzündete die Flamme des kleinen Gaskochers.

So sehr er diese Hütte liebte, die Kälte war unerträglich, menschenfeindlich. Kälte machte den Menschen krank. Die Kälte machte Horst traurig. Warum ist die Natur so grausam? Während er schlotternd seine Zähne putzte, sah er aus dem Fenster. Der moosige, grüne Waldboden war überfroren, die Sonne von den Wolken verdeckt. Kein Tier war zu hören, es war ganz still. Da fiel ihm plötzlich ein: Hatte Sigi nicht gesagt, er will ihm die Hütte isolieren? Aber wann? Seine Laune wurde ein klein wenig besser. Genüsslich spülte er seinen Mund mit lauwarmem Wasser aus. Kramte anschließend in einer alten Lebkuchendose, in der er seinen Tee aufbewahrte. „Pfefferminztee ist morgens super!", empfahl er sich selbst und hängte den Teebeutel in eine der beiden Tassen, die sich in seinem Hausstand befanden.

Horst ging zu dem schmalen Regal mit den vier Fächern, das am Kopfende seines Bettes stand. Er besaß eine blaue Jeans und eine schwarze Cordhose. Vielleicht wäre die Cordhose wärmer als die Jeans? Er zog seinen Pyjama aus, der eigentlich ein Jogginganzug war. Waldbewohner trugen keine Schlafanzüge aus gekämmter Baumwolle! Die wären viel zu dünn für feuchtkalte Nächte. Er sprang in die Cordhose, das Unterhemd und T-Shirt von gestern und vorgestern. Und natürlich, der moosgrüne, kuschelweiche, warme Lieblingspullover. Das fühlte sich besser an! Der Wasserkessel pfiff und das Feuer im gusseisernen Ofen kam knackend und knisternd in Gang. Mit der heißen Tasse setzte sich Horst auf den Tisch, der direkt unter dem Fenster stand und schaute in den Wald. Bald würde er sich wieder auf den Weg in die Stadt machen um sich eine Breze zu kaufen. Horst dachte an das Namensschild auf dem stand: „Es bedient Sie Daniela" Er lächelte.

Die friedliche Stimmung wurde unterbrochen, Horst hörte knackende Äste, eindeutig Schritte, die sich seiner Hütte näherten. Und Stimmen, die näher kamen. Horst rutschte vom Tisch und öffnete die Tür. Zwischen den großen Fichten und Tannen sah er Moni, sie hatte einen Karton unter dem Arm und den dick eingepackten Michi an der Hand. Moni winkte ihm zu. „Komm schnell rein, ich krieg die Hütte heute kaum warm", sagte Horst und schloss eilig die Tür hinter den Besuchern. Moni setzte Michi auf den Tisch, der Kleine sagte: „Hallo, ich besuche Dich heute im Wald!" „Geht es Dir heute besser, Michi?", fragte Horst besorgt. „Ja, besser, als gestern.", antwortete Michi.

Moni blickte sich um, sie hat es nie verstanden, was Horst an diesem kargen Leben so mochte, sie lächelte ihn dennoch an: „Ich habe eine gute Nachricht für Dich. Der Sigi wird heute zusammen mit dem Josef anfangen, die Hütte zu isolieren. Sie meinten, sie könnten in zwei Tagen fertig sein. Was sagst Du?" Horst klatschte vor Freude in die Hände. „Das ist super!" „In den zwei Tagen wirst Du bei uns wohnen. Ich habe einen Karton und Plastiktüten dabei, wir packen Deine Sachen gleich ein", organisierte Moni. „Warum kann ich denn nicht hier bleiben, ich würde lieber hier bleiben!", jammerte Horst. Moni sah ihn fest an, sie hatte mit der Reaktion gerechnet. „Wie soll das gehen, Horst? Sie machen den Fußboden, die Wände und den Ofenanschluss. Dafür müssen auch die Möbel raus! Du kannst nicht hierbleiben." „Sicher nicht?", Horst konnte betteln wie ein kleines Kind. Moni umarmte ihn, Horst war ein ganzes Stück größer, als sie. Sie legte ihren Kopf an seine Brust und meinte: „Wenn die beiden das richtig hinkriegen, dann bist Du diesen Winter nur zwei Tage bei uns am Hof und den ganzen restlichen Winter hier draußen. Die letzten beiden Jahre warst Du monatelang am Hof. Was sind schon zwei Tage!" Sie löste die Umarmung, während sie das sagte spürte sie, dass es sie traurig machte. Horst machte zwar Arbeit und kostete hie und da ein Bündel Nerven, aber trotzdem mochte sie seine Gesellschaft. Was er sprach, klang so einfach und manchmal sehr weise. Im Vergleich zu den derben Redensarten der Nachbarn war seine Art leicht und feinsinnig. Seine Unfähigkeit zu Lügen oder böse zu sein, machte ihn zu einem Paradiesvogel, zu einem Außerirdischen, der nur zufällig auf der Erde gelandet war.

„Na gut", Horst sah es ein, „Wir packen ein." Moni sah ihn an: „Bist Du ein Außerirdischer?" „Ja. Ich komme vom Planeten RX107, der ganze Planet ist voller Bäume und dunkler Seen. Laubbäume und Nadelbäume. Er wird von Naturgeistern regiert. Und es ist niemals Herbst, keine Blätter fallen. Es gibt nur Waldtiere wie Rehe, Hirsche, Wildschweine, Hasen, Füchse, Vögel, Insekten und Würmer. Es gibt keine Elefanten und Giraffen. Es gibt keine Städte, nur Waldsiedlungen, die Menschen leben in kleinen Gruppen. Alle werden satt und keiner muss für Geld arbeiten gehen." Moni lachte: „Wenn man Dich so hört, könnte man glauben, Du meinst das Ernst." Michi kicherte, er mochte Horsts wilde Geschichten: „Gibt es auch Hunde?" Horst wurstelte seine drei Unterhosen in eine Plastiktüte. „Ja, natürlich gibt es Hunde, aber keine wilden Hunden, die Hunde leben bei den Menschen und folgen ihnen auf Schritt und Tritt." Michi strahlte, er wünschte sich sehnlichst einen Hund, einen treuen Freund, der ihn überall hin begleitete. Moni traten Tränen in die Augen. Genau das wird ihr fehlen, die haarsträubenden Geschichten, Michis Lachen darüber und die verrückte, friedliche Art dieses seltsamen Mannes. In diesem Moment überfiel sie ein Gefühl von tiefer Einsamkeit, als wäre sie ganz allein auf der Welt. Das fühlte sich schrecklich an. Für drei Sekunden rang sie um ihre Fassung. Sie schnappte sich den Karton und packte den kleinen weißen und den großen gelben Topf ein, am Wasserkessel verbrannte sie sich die Finger. „Sorry", meinte Horst, „habe mir gerade erst Tee gekocht."

Strauch und Bachmann waren stadteinwärts unterwegs, Strauch hing am Handy: „Befragt jeden, den ihr in dieser Druckerei finden könnt. Nehmt diesen Laden samt Besitzer oder Geschäftsführer unter die Lupe. Solltet Ihr auch nur den Hauch von Verdacht ermitteln, setzt mich umgehend davon in Kenntnis. Ok?!" „Wäre es nicht angebracht, selbst in die Druckerei zu gehen, Chefin?", fragte Bachmann nicht ohne Hintergedanken. „Angebracht ja, aber erst nachdem wir wissen, wo Konrad Decker den Abend verbracht hat", Strauch setzte Prioritäten, „es ist noch nicht mal 10 Uhr, da hat doch die Kneipe noch nicht auf. Na egal, es ist Zeit für einen Espresso!" „Ah, schauen Sie, wir parken gleich hier an der Neustadthalle, da sind wir quasi mitten in der Stadt und haben den genialen Ermittlungsradius. Wir können alles zu Fuß erreichen."

„Kommen Sie!" Bachmann führte Strauch durch die kleine Straße Richtung der evangelischen Kirche, linker Hand war das Eingangstor zum Alten Schloss. Die Kirche stand mächtig am Kirchplatz, kleine Gassen führten in alle Richtungen davon weg. Über die Kirchgasse gelangten sie zum Marktplatz, der nur von Bussen befahren werden durfte. Links thronte das Rathaus, in der Mitte des Platzes stand Neptun mit seinem Dreizack als Mittelpunkt eines Brunnens. Die typisch mittelfränkischen Fachwerkhäuser säumten den Platz ein. „Das sieht nett aus", stellte Strauch fest, sie ging auf den Brunnen zu und blickte sich um. Der Himmel war wolkendicht, es hatte wenige Grad über Null. Strauch holte aus der Jackentasche die schwarze, schmucklose Mütze und setzte sie auf den Kopf. Sie steckte sich eine Zigarette an. Es waren wenige Menschen unterwegs. Ein Bus kam aus der Bamberger Straße, die Leuchtschrift verriet sein Ziel „Neustadt Bahnhof". Er hielt kurz an der Haltestelle, ein Handvoll Menschen stiegen aus. Seinem Fahrplan folgend fuhr er in die Wilhelmstraße ein. „Und beschaulich", fügte Bachmann hinzu, er schüttelte den Kopf, „die Morde passen hier nicht her." Strauch trat ihre Zigarette aus: „Sie passen oberflächlich betrachtet nicht hier her. Wer weiß, was wir unter der Oberfläche finden, wenn wir zu graben beginnen! Wo gibt es Kaffee, Kollege?" Der zuckte mit den Achseln: „Ich war schon lange nicht mehr hier." Vom Marktplatz aus gingen sie nach links und fanden ein Café mit Bäckerei in der Wilhelmstraße.

Das Café war gut besucht, vor allem ältere Leute saßen vor Kaffee-und Teetassen, aßen Kuchen oder ein kleines Frühstück. Die Kommissare wurden neugierig beäugt, es wurde getuschelt. In der Kleinstadt kennt jeder jeden und sei es nur vom Sehen. Die beiden Beamten hatte noch keiner gesehen, Strauch kam sich vor wie ein Fremdkörper, wie ein exotischer Virus in einem gesunden Immunsystem. Bachmann hatte seine eigene Methode mit der Neugier umzugehen, immer wenn er einen Blick auffing, nickte er freundlich lächelnd zurück. Endlich kamen der Kaffee und die Croissants, Strauch hatte sich vorsichtshalber einen doppelten Espresso bestellt. Bachmann rührte in seinem Cappuccino, dann riss er das Croissant in Stücke, tausend Brösel fielen auf seinen Teller. „Bachmann, Ihr Croissant ist explodiert", kommentierte Strauch. Genüsslich schloss Bachmann die Augen: „Ah, genauso liebe ich es. Ich beiße nicht gerne vom Croissant ab, ich reiße Stück für Stück ab und stecke es in den Mund. Wunderbar! Aber es könnte schlimmer sein, ich könnte es tief in den Kaffee tauchen und dabei alles vollkleckern!" „Das stimmt!", mümmelte Strauch mit vollem Mund, „Das wäre viel ekliger." Bachmann sprach jetzt leise: „Rein intuitiv, Frau Strauch, glauben Sie, es wird weitere Morde geben oder ist er fertig?" Strauch flüsterte zurück: „Rein intuitiv glaube ich, dass er sein Ding erledigt hat. Aber die Angst, ich könnte mich täuschen, macht mich unsicher. Intuition wird gefärbt durch die Stimmungslage. Lassen Sie uns gehen, ich habe das Gefühl, an mir kleben hundert Augenpaare. Ich will die Wohnung des Opfers sehen. So

Gott will, haben die Kollegen irgendetwas gefunden, was uns weiterhilft."

Mit der Serviette wischte sie über ihren Mund. „Bezahlen bitte!" Eine freundliche, vollschlanke Frau um die 40 kam an den Tisch: „Hat alles passt? Dann kriech ich drei achtzig von Ihna und drei dreisich von Ihna!" Aus der weißen Kellnerschürze zog sie den großen, schwarzen Geldbeutel, „Scheena Tag noch!" Strauch zog schon ihren tarnfarbenen Parka an, während Bachmann mit der Hand Brösel von seiner graublau gemusterten Strickjacke und der knackig sitzenden blauen Jeans wischte.

Sie verließen das Café und gingen die wenigen Schritte zum Marktplatz zurück und bogen in die Würzburger Straße ein. Die Adresse des Opfers war die Untere Bleichgasse. Über den Hinterhof betraten sie das alte Gebäude. Die Tür stand offen, Bachmann bemerkte, dass es mehrere Klingelknöpfe gab, doch nur zwei trugen ein Namensschild. Treppe und Hausflur sahen alles andere als gepflegt aus, es roch muffig und unangenehm. Im ersten Stock hörten sie Stimmen, die Tür war nur angelehnt. Auf dem Türrahmen klebte ein Zettel mit der krakeligen Aufschrift „Decker". Bachmann ahnte nichts Gutes, als er klopfte und die Tür aufschob: „Hallo Kollegen, dürfen wir reinkommen?" „Tritt ein, bring Glück herein!", lachte einer der Spurensicherer, der wohl sein Leben aufgrund seiner stoischen Art wunderbar im Griff hatte. „Was für ein Scheißhaufen!", rief Strauch entsetzt, „Die Frage, ob Sie etwas gefunden haben, was uns Hinweise auf den nächtlichen Besucher geben könnte, kann ich mir glatt schenken!"

Der Geruch in der Wohnung war ekelerregend. Es roch nach verschüttetem Bier, Schnaps, nach Nikotin und Urin und ungewaschenen Klamotten. Strauch erinnerte sich an das Gespräch mit der Tochter. „Die Tochter hat doch angegeben, dass die Mutter noch nicht lange verstorben ist. Wissen Sie noch wie lange?" „Ich glaube, sie sagte vor zwei Jahren. Das war wohl der Tag, an dem die Wohnung hier zum letzten Mal gelüftet wurde!", Bachmanns Laune war auf Talfahrt.

Unzählige solcher Wohnungen hatte er schon gesehen, Bachmann erbat sich vom jovialen Kollegen Gummihandschuhe und griff in die Innentasche seiner sportlichen Outdoorjacke, zog ein kleines Fläschchen Pfefferminzöl heraus und rieb sich einen Tropfen unter die Nase. Er atmete den frischen, minzigen Geruch ein: „Kein Einsatz ohne Waffe und Pfefferminzöl!" Er würde das nie verstehen, wie ein Mensch in so einem Dreckloch leben konnte. Wo war da die Selbstachtung? Er sah sich um.

Die Wohnung hatte eine Eisenbahnwagonaufteilung, vom Flur aus, lag rechterhand die Küche. Links befand sich das Wohnzimmer, danach folgten zwei Schlafzimmer. Das Wohnzimmer war im Eiche rustikal-Stil eingerichtet. Ein großer, schwerer Schrank, eine Anrichte, der typische Wohnzimmertisch mit beigen Fließen, ein Sofa und ein Sessel, die vor Dreck strotzten und sehr wahrscheinlich die Geruchsentwicklung in der Wohnung maßgeblich dominierten. Aus der Küche kam Kleinlein, Strauch erinnerte sich sofort an den jungen Beamten, sie hatte ihn erst gestern am Tatort in Eggensee gesehen. Er trug die vorgeschriebene Schutzkleidung: „Hallo

Frau Kommissarin. In der Küche gibt es so viele Flaschen, dass man kaum einen Fuß vor den anderen setzen kann. Am saubersten ist der Herd, Decker hat nicht gekocht." „Ganz im Gegensatz zur Toilette!", rief der Kollege aus dem Flur. „Die ich mir nicht ansehen werde!", grummelte Bachmann. „Aber es gibt noch einen Mieter im zweiten Stock, mit dem habe ich gesprochen", berichtete Kleinlein eifrig, „er heißt Schmeißer, seine Wohnung ist dieser übrigens nicht unähnlich, aber der sagte, dass Decker gestern spät am Abend noch Besuch hatte. Er hat Stimmen gehört bis er etwa gegen 23 Uhr eingeschlafen ist. Gegen Mitternacht ist er noch einmal aufgewacht. Auf der Treppe hat es gepoltert und zwei Männer haben gesprochen, einer davon muss Decker gewesen sein. Schmeißer war sich sicher, sein Geplärre erkannt zu haben. Danach schloss sich die Haustür mit einem lauten Knall und es war Ruhe." „Ist dieser Schmeißer nicht auf die Idee gekommen, mal aus dem Fenster zu sehen? Die meisten Leute sind neugierig", fragte Bachmann nach. Kleinlein musste verneinen: „Offensichtlich war der Schmeißer nicht neugierig genug um aus seinem Bett zu steigen." „Gibt es sonst keine Bewohner in diesem Haus? Es scheint riesengroß zu sein.", Strauch klang ein wenig verzweifelt. „Ja, das ist blöd, Frau Kommissarin. Das ganze Erdgeschoß ist eine Ladenfläche, die seit zwei Jahren nicht vermietet ist. Die anderen Wohnungen im Haus stehen aufgrund der Baufälligkeit leer. Ich habe mit dem Hausbesitzer telefoniert", sagte Kleinlein, er hatte seine Hausaufgaben gemacht. „Was haben Sie in der Küche gefunden? Im Fernsehen stehen da immer zwei ungespülte Gläser bereit, die nur so von DNA und Fingerabdrücken strotzen. Und der Lippenstift wird umgehend vom Labor der

Marke Chanel zugeordnet!", fragte Strauch entnervt nach. „Also, wenn Sie mich fragen, hat der Decker seit Jahren kein Glas mehr benutzt. Er und sein Besucher müssen Flaschenkinder gewesen sein. Spülmaschine gibt es keine", Kleinlein spürte die Enttäuschung der Kommissarin, konnte ihr aber nicht helfen. Beim Gang durch die Zimmer stellte Bachmann fest, dass alle Fenster auf die Würzburger Straße zeigten, nur das Küchenfenster auf die Bleichgasse. „Leute, habt Ihr ein Handy gefunden?", fiel es Bachmann ein. „Nein", sagte Kleinlein, „aber auf dem Wohnzimmertisch liegt ein Ladekabel, das zu einem Handy gehören könnte."

Das Schlafzimmer war ein finsteres Loch, an der Außenwand lösten sich die Tapeten, die Wand darunter war schwarz von Schimmelbefall. Das Bett glich der Kuhle eines wilden Tieres. Einige Hemden hingen im Schrank auf Bügeln wie ein Relikt aus besseren Zeiten, in den Fächer waren Jeans, T-Shirts, Pullover und Unterwäsche planlos hineingestopft. Strauch schloss den Schrank mit dem Kommentar: „Der Preis für die Hausfrau des Jahres geht nicht an Konrad Decker!" Das letzte Zimmer dagegen war spärlich mit zwei Betten und einem Schrank eingerichtet. Dieses Zimmer hatte Konrad Decker wohl nie benutzt und die Tür geschlossen gehalten. Hier gab es keinen Unrat und der Geruch war einfach nur muffig. „Das muss das Kinderzimmer gewesen sein. Hier hat sich die Mutter mit den Kindern eingeschlossen, wenn der gewaltbereite Vater nach Hause kam", überlegte Strauch. Bachmann nickte: „Daran habe ich auch gerade gedacht." Strauch blickte sich in dem Raum um, sie nahm Leere und Einsamkeit wahr.

„Lassen Sie uns gehen, die Wohnung und die Spurenlage schlagen mir auf das Gemüt. Oder wollen Sie sich hier noch umsehen?", fragte Strauch ihren jungen Kollegen. „Bewahre!", sagte der nur und schoss aus der Wohnungstür. Jetzt standen sie in der Unteren Bleichgasse, Bachmann sah sich um. „Von hier aus sind es nur wenige Schritte in die Bleich", sagte er und ging los. Im Handumdrehen standen sie an dem kleinen Durchgangstor, das Teil der Stadtmauer war. „Ein kräftiger Mann könnte das Opfer bis zu der Weide getragen haben. Falls Decker da schon bewusstlos war, wenn er es nicht war, hätte er ihn unterhaken können. Ich glaube, Decker war nicht sehr schwer. Können Sie sich erinnern, er hatte eine Bierkugel, aber dünne Arme und Beine. Und keinen Arsch in der Hose!" Bachmann lachte, „Keinen Arsch in der Hose, aber orangerote Cowboystiefel mit Metallbeschlag!" Strauch grinste: „Der Traum einer jeden Frau! Sexy wie Luis Trenker." Bachmann hielt sich den Bauch: „Der hat die Frauen bestimmt herumgekriegt, indem er sie angehaucht hat! Na Schatzi, wie wäre es mit uns beiden, häää!"

Von dem kleinen Tor hatten sie direkten Blick auf den Tatort, momentan standen zwei junge Polizisten an der Absperrung. „In Deckers Schlafzimmer war es so dunkel, haben Sie dort Fotos gesehen? Sie wissen schon, Hochzeitsfotos im Rahmen oder so." Strauch ärgerte sich, Fotos waren manchmal wichtig. „Ich weiß, dass im Wohnzimmer keine standen, aber im Schlafzimmer? Keine Ahnung", Bachmann hatte nicht darauf geachtet.

„Zum „Blauen Engel" müssen wir zurück in die Würzburger Straße." Bachmann deutete die Richtung an.

.

Im Kleinerlbacher Weg wachte Sonja Gebhardt gerade auf. Sie hatte auf dem Sofa im Wohnzimmer eine Stunde lang geschlafen. Der Wolkenhimmel riss auf, die Sonne lugte hervor und warf ihr warmes Licht durch das große Fenster in den Raum. Der Schlaf hatte ihr gut getan, sie fühlte sich ruhiger, ihr Kopf schien klarer. Sie zog an dem Gummibund ihrer Jeans-Umstandshose, der zwickte. Falls der Bauch noch weiter wachsen würde, müsste sie ein neues Gummiband einnähen. Dann legte sie ihre Hand auf den kugelrunden Bauch, sie spürte die Bewegungen des Kindes. „Alles wird gut", flüsterte sie. Sonja lag auf der Seite und ihre Augen waren nur halb geöffnet. Auf dem Rücken konnte sie schon seit zwei Monaten nicht mehr liegen. Das Gewicht des Kindes drückte auf den Magen und die Blase, selbst das Atmen war anstrengend. In drei Wochen sollte das Kind kommen, sie konnte es kaum erwarten. Der Alltag wurde Tag für Tag beschwerlicher, der ständige Blasendruck nervte und natürlich war sie neugierig auf ihr zweites Kind. Stefan und sie freuten sich riesig. Leni fragte jeden Tag, wann nun endlich das Baby aus dem Bauch käme.

In ihre Gedanken schob sich jetzt der Vater, sogleich füllten sich ihre Augen mit Tränen. „Wie blöd bin ich nur, dass ich um ihn weine!", schimpfte sie mit sich selbst. Ihr kam ihre Mutter in den Sinn und die Tränen flossen in Strömen. Melanie kam zur Tür herein und setzte sich zu ihr auf das dunkelbraune Cordsofa. „Du weinst ja schon wieder!" Sonja rappelte sich mühsam hoch: „Wenn meine Mutter noch leben würde, könnte sie sich jetzt ein schönes Leben machen. Aus dem muffigen, alten Gemäuer ausziehen und eine schöne, helle Zweizimmerwohnung nehmen." „Ach Sonja", Melanie nahm ihre Hand. „Was hat sie von ihrem Leben gehabt? Sie hatte ein schreckliches Leben, nur Arbeit und Traurigkeit", schluchzte die werdende Mutter. „Sie hat dich gehabt, dich und Martin. Sie hat euch sehr geliebt!" Melanie tat, was sie nur konnte. Der Schmerz ihrer Freundin tat ihr weh.

Die kleine Leni fuhr ihre Puppe in einem kleinen Buggy den langen, schmalen Flur auf und ab spazieren. Leni liebte das. Alle 30 Sekunden sauste sie geschäftig an der offenen Tür vorbei.

„Das stimmt, sie hatte uns und wir hatten sie", Sonja wurde ruhiger und wischte ihr Gesicht mit dem Ärmel ihres pinken Sweatshirts ab. „Ich habe das Gefühl, Du weinst nicht, weil dein Vater gestorben ist. Du weinst noch immer um deine Mutter", stellte Melanie fest. Sonja sah ihre Freundin erstaunt an: „Das ist wahr! Ich denke die ganze Zeit an meine Mutter, nicht an meinen Vater. Das ist seltsam." „Das ist ok", sagte Melanie knapp und stand auf, „soll ich für dich und Leni etwas zu essen kochen? Ich muss um 12 Uhr gehen." Bei dem Wort „essen" bog Leni ins Wohnzimmer ab und krähte: „Pommes! Auch für Pieti." Sie zeigte mit ihrem winzigen Zeigefinger auf die blondgelockte Puppe im Buggy.

Den Mord in Eggensee hatte so mancher Neustädter nicht recht registriert, das zweite Verbrechen, mitten im Herzen der Kleinstadt konnte niemand übersehen. Die Feuerleichen waren Thema Nummer eins an jeder Straßenecke und Fleischtheke der Stadt. Die Schar der Schaulustigen wurde gegen Mittag größer und größer. Münch leistete seinem Kollegen bei der Sicherung des Tatorts Gesellschaft. Vorher hatte er Kaffee im Pappbecher für sie beide geholt und der Kollege konnte zur Toilette gehen. „Mann, hier ist echt was los!", wunderte sich Münch. „Das kannst Du laut sagen. Das geht schon den ganzen Vormittag so. Ich glaube, Neustadt hat eine neue Touristenattraktion. Die Morde sind viel spannender, als der Karpfen es jemals sein könnte!", Fred lachte und schlürfte vom Kaffee. Münch grinste: „Vielleicht hat der Karpfenrächer die Männer umgebracht. Er rächt sich an allen, die Karpfen nicht mögen oder schlecht über ihn sprechen." „Huh, hier kommt der Rächer im Schuppenmantel!", witzelte Fred und fuchtelte mit den Armen. „Hopp Fred, das posten wir auf Facebook. Ich wette, wir können uns vor Likes nicht retten", Begeisterung lag in seiner Stimme. Mit einem Griff in die Jackentasche hatte er das Handy parat. Ein Foto vom Tatort war im Handumdrehen gemacht. Fred kicherte wie ein Backfisch. „Hihi, ja los, mach schon!" Offensichtlich hatten sich die zwei Richtigen getroffen.

„Und do woar die Leich draufgleng?", rief eine alte Dame im Lodenmantel mit passendem Hut. Fred nickte nur. „Und die woar ganz verbrennt?", fragte die Dame weiter. Fred nickte wieder. „Ober, wer macht denn sowos? Des hats nuch nie gebn! Net ämohl im Kriech!", kommentierte der Lodenmantel entrüstet. „Die Ermittlungen sind in vollem Gange", erwiderte Fred, das war seine Standardauskunft. Unter den Leuten entstand ein aufgeregtes Geplapper. Münch umklammerte mit beiden

Händen den Kaffeebecher. „Was meinst Du, warum tötet der Mörder mit Feuer? Immerhin zwei Mal." „Da fällt mir spontan das Fegefeuer ein, in dem wir braten sollen für unsere Sünden. So pädagogisch wertvoll hat uns das der Religionslehrer in der Grundschule erzählt. Mir hat das damals eine Scheißangst gemacht, eine grausame Vorstellung! Als Kind stellt man sich alles bildlich vor", erinnert sich Fred mit Schaudern. „Er bestraft seine Opfer, weil sie gesündigt haben? Das klingt nicht blöd. Ob die Kommissare darüber schon nachgedacht haben? Man sollte es ihnen sagen!" Münch fühlte sich superschlau.

Drüben vom Peter-Kolb-Platz waren laute Stimmen zu hören, die jungen Beamten schauten hinüber. „Wie schaut denn das hier aus?", schrie ein junger Mann im eleganten, dunkelblauen Mantel. Er zeigte auf die vom Löschzug mit roher Gewalt niedergewälzte Hecke. Ein älterer Mann lehnte aus einem Fenster im Erdgeschoß: „Wos soll des scho sei?" „Die Hecke ist total im Eimer!", stellte der junge Mann entsetzt fest, „Und wer kommt für den Schaden auf? Natürlich die Stadt!" „Ach, Sie sin von der Stadt! Des woar doch ka Heckn, des woar doch ä Krankheit!", mäkelte es aus dem Fenster. Jetzt entrüstete sich der Stadtangestellte noch mehr: „Natürlich war das eine Hecke und nichts ist davon übrig!" „Also, des woarn hechstns fünf dinne Stengel mit acht Blädder, ober ka Heckn. Do brauchst dich goar net so aufregn für nix und wieder nix!" „Und da! Die Rasenanlage ist regelrecht umgepflügt. Das ist ein Riesenschaden!", der Stadtmensch kriegte sich nicht mehr ein. „Die Feierwehr hätt den Bamm brenna lassn solln und am bestn die ganze Bleich mit, dann wär dei bleede Heckn nuch ganz.

So ein Gschmarri!" Es schepperte, unsanft schloss der ältere Herr sein Fenster und zog die Gardine vor. Ungebremst und laut schimpfend überquerte der Stadtangestellte die Rasenfläche und ging auf die zwei Polizeibeamten zu.

Die zwei Kommissare gingen die Würzburger Straße hinunter, die Sonne zeigte sich zwischen den Wolken, Strauch nahm ihre Mütze vom Kopf. Die beiden staunten nicht schlecht, der Blaue Engel hatte schon geöffnet. Die Kneipe war einfach eingerichtet, ein holzverkleideter Tresen, etwa acht bestuhlte Tische im Gastraum verteilt. An einem Tisch saßen zwei ältere Männer. Bachmann ging auf den Mann hinter dem Tresen zu, zeigte seinen Ausweis: „Strauch und Bachmann von der Kripo Ansbach. Sind Sie der Wirt?" „Ja", sagte der Mann um die sechzig, „Sie kommen sicher wegen dem Konny. Ich habe es schon gehört und kann es nicht glauben!" „Ja, das Mordopfer ist Konrad Decker. Wie heißen Sie?", fragte Bachmann höflich. „Reinhard Schwarz, ich habe die Kneipe gepachtet, schon seit zehn Jahren. Der Konny war gestern hier und jetzt ist er tot! Ich weiß nicht, was ich sagen soll." Er klang ehrlich betroffen. Da Bachmann das Gespräch übernommen hatte, sah sich Strauch um. Hier hat das zweite Opfer sehr viel Zeit verbracht. Im Raum gab es keinen Schnickschnack, keine Tischdecken zierten die Tische, auch keine Dekoration. Auf den Holzstühlen lagen keine Sitzkissen, die Gardinen waren rot-weiß karierte Schals, die Wände waren beige gestrichen. Der Holzfußboden war stark abgenutzt und knarrte bei jedem Schritt. „Gemütlich wie am Bahnhofsklo", dachte Strauch.

Ihr Kollege war schon mit den Fakten befasst: „Karl Decker war gestern hier, können Sie sich erinnern, wann er gekommen ist, Herr Schwarz?" Der Wirt wischte auf dem Gitter vor dem Zapfhahn hin und her, ohne hinzusehen. „Klar, weiß ich das, er kam nach der Arbeit, so um 17 Uhr. Wie jeden Tag kam er um die Zeit und hat etwas gegessen. Ich mache auch kleine Speisen wie Bratwurst oder Schnitzel mit Kartoffelsalat und auch Brote mit Bratwurstgehäck oder rohem Bauernschinken. Wollen Sie etwas essen, mache ich ihnen ruckzuck!" Bachmann sah auf die Uhr: „Nein danke, es ist noch zu früh fürs Mittagessen. Also, Decker kam gestern um 17 Uhr. Und wann ist er gegangen?" Jetzt musste der Wirt überlegen, er kratzte sich an der Stirn: „Wann war das bloß? Ich glaube, so um 21 Uhr. Aber ich bin mir nicht so ganz sicher." Bachmann lehnte am Tresen und machte sich Notizen: „Wie war Decker gestern drauf, war er anders als sonst?" „Der war scheiße drauf, total deprimiert, wegen seinem Freund, dem Manni. Das hat ihm zu schaffen gemacht. Die beiden waren gute Freunde, schon seit der Jugend." Daran erinnerte sich Schwarz sehr gut.

Strauchs Interesse war jetzt geweckt: „Herr Schwarz, kannten Sie den Freund von Herrn Decker?" „Darüber haben wir gesprochen, weil der Konny gesagt hat, dass der Manni zur Kirchweih in Neustadt war und er hat behauptet, dass ich ihn da gesehen hätte, aber ich konnte mich nicht erinnern. Auf der Kirchweih ist an den Wochenenden die Hölle los, man trifft an jeder Ecke Leute und hat natürlich die ein oder andere Maß intus. Mag sein, dass ich ihn gesehen habe, aber ich weiß es nicht mehr", seufzte der Wirt. Strauch ließ nicht locker: „Was hat er Ihnen noch so von seinem Freund erzählt? Sie haben sich offenbar länger mit ihm unterhalten." Schwarz warf den Putzlappen neben den Zapfhahn und wischte sich beide Hände am karierten Hemd ab: „Der Konny hat immer wieder gesagt, dass der Manni ein Superkumpel war. Dass sie schon früher viel miteinander unterwegs waren und wilde Sachen gemacht hätten. Auf den Manni konnte er sich zu 100 Prozent verlassen, das würde er ihm nie vergessen. Er wollte ihm einen Kranz für die Beerdigung kaufen und genau das draufschreiben." Jetzt bekam der Wirt feuchte Augen: „Nicht viele Freundschaften halten so lange! Die beiden hatten sehr viel gemeinsam." Der junge Kommissar nickte verständnisvoll und dachte an Deckers Vernehmung und den Vortrag zum Thema Spaß.

Schwarz rief zu den zwei Männern hinüber: „Weiß einer von euch, wann der Konny gestern heimgegangen ist?" Beide zuckten mit den Achseln, der eine meinte: „Ich woar gestern net do." Der andere gab an, dass er niemals eine Uhr trüge und null Ahnung hatte, wann Konny gegangen war. Traumzeugen! „Könnte 21 Uhr gewesen sein", phantasierte der Wirt. „Hatte Konrad Decker ein Handy, Herr Schwarz?", wollte Bachmann wissen. „Na klar", lachte der, „er hatte sogar ein IPhone. Mit dem hat er angegeben wie Bolle! Jetzt, wo Sie fragen, fällt es mir wieder ein. Er hat an seinem Handy rumgemacht und danach ist er gegangen. Der Konny hat gesagt, er wolle noch jemanden treffen." Strauch lehnte sich an den Tresen: „Was hat Herr Decker den Abend über getrunken?" Schwarz blies die Backen auf und blickte in die Luft: „Etliche Halbe, würde ich sagen, und ein paar Korn. Aber er hatte es ja nicht weit, er wohnte keine zwei Minuten von hier." Strauch sah den Mann nicht an, als sie ihn fragte: „Wie stark war Decker angetrunken? Ihrer Einschätzung nach, der Mann war ja jeden Abend hier." Es war spürbar, dass ihm die Frage nicht gefiel, trotzdem antwortete er: „Er war ordentlich angetrunken, wir nennen das bettschwer!" Bachmann lachte auf: „Den muss ich mir merken!" „Sagen Sie, Herr Schwarz, hilft Ihre Frau am Abend in der Kneipe mit?", fragte Strauch aus rein persönlicher Neugier. Schwarz wehrte mit beiden Händen ab: „Ich mache alles alleine hier, außer putzen, dafür habe ich eine Aushilfe. Ich bin schon seit zehn Jahren geschieden. Frei wie ein Vogel und noch zu haben." „Das habe ich geahnt, null weibliche Energie in diesem Laden!" dachte Strauch für sich. „Noch eine Frage, dann sind Sie uns los", Strauch sah den Wirt freundlich an, „Wie lange kennen oder kannten Sie Herrn Decker?" „Seit ich den Blauen Engel vor zehn Jahren übernommen habe, war der Konny Stammgast hier. Von Anfang an, sozusagen. Vorher hatte ich eine Kneipe in Cadolzburg, ich bin kein Neustädter", erklärte Reinhard Schwarz.

„Welche Gäste außer Konrad Decker waren gestern Abend hier, Herr Schwarz? Wir brauchen die Namen!", Bachmann klopfte mit seinem Kuli auf den Block. Schwarz begann zu stöhnen, er nahm ein kleines Glas aus dem Regal und hielt es unter den Zapfhahn. „Gott, Sie stellen Fragen! Die Leute kommen und gehen. Mal mehr, mal weniger." Er trank einen kräftigen Schluck. Die Kommissarin setzte sich an den Tisch zu den beiden Männern und befragte den, der am letzten Abend hier war. Inzwischen zermarterte sich der Wirt den Kopf, welcher seiner Stammgäste gestern da war. Er begann aufzuzählen, wer nicht da war. Am liebsten hätte ihn Bachmann gefragt, ob er weich in der Birne wäre. Er fragte ihn ja nicht nach dem 10. März letzten Jahres, sondern nach dem gestrigen Abend! Nachdem er dem Wirt einige Minuten beim Denken zugesehen hatte, kam Bachmann die Idee, dass der Wirt dieser charmanten Kneipe gleichzeitig auch sein bester Gast war. Bachmann ließ den Denkenden stehen und ging hinüber zu dem Tisch. Der etwa 70jährige, kahlköpfige Mann im schwarzen Fleecepullover, der gerade erst gekommen war und auf den Namen „Schorsch" hörte, war eindeutig frischer im Oberstübchen. Er gab an, dass Konny kurz nach 21 Uhr gegangen war.

Die Kommissare verabschiedeten sich. „Danke für die Hilfe, es könnte sein, dass wir nochmals auf Sie zukommen." „Ich habe mir gedacht", Reinhard Schwarz deutete auf die Wand neben dem Tresen, wo das Jugendschutzgesetz hing, „da hänge ich ein Bild vom Konny auf. Gerahmt mit einer schwarzen Schleife." „Sieht bestimmt toll aus!", meinte Bachmann so überzeugend wie möglich, ohne sich dabei Mühe zu geben. Seine Chefin versteckte ihr Grinsen hinter dem großen Kragen ihrer Jacke.

Draußen genoss die Kommissarin die Sonnenstrahlen. Schräg gegenüber war der Peter-Kolb-Platz, man konnte von hier den Bleichweiher sehen. „Lassen Sie uns rüber gehen, Bachmann", sagte Strauch. Ihr Kollege verstaute seinen Notizblock. „Der Wirt ist sicher nicht unser Täter, der würde einen Mord gar nicht auf die Reihe kriegen!" An der Absperrung des Tatorts standen jetzt Schulkinder aus der nahen Grundschule. Getrieben von der Sensationslust wollten sie live erleben, was sie sonst nur im

Fernsehen oder auf anderen Kanälen sahen. Wie eine Traube hingen sie vor dem rot-weißen Plastikband und diskutierten mit den beiden Beamten. Münch und sein Kollege Fred, die sicher auch in einem kreativen Beruf ihre Erfüllung hätten finden können, erklärten den Mädels und Jungs die Sachlage. Fred zeigte in Richtung Peter-Kolb-Platz: „Von dort kam der Feuerwehrwagen, ihr könnt die Reifenspuren im Rasen ganz deutlich sehen. Die Feuerwehrmänner haben die Lage sofort erkannt und schnell gehandelt!" Aus der kindlichen Menge kamen Reaktionen wie: „Cool. Wow. Krass." Ein Junge fragte: „Ist die Leiche jetzt im Labor?" Münch übernahm die Veranstaltung: „Die Leiche ist in der Gerichtsmedizin und wird ganz genau untersucht." „Igitt!", kam es aus den Mündern. „Das ist nicht schön, aber diese Untersuchung ist sehr wichtig, es werden wichtige Spuren gesichert, die uns bei der Aufklärung des Falles helfen werden", Münch hatte richtigen Spaß.

Zwischen den Kindern tauchte plötzlich die Kommissarin auf. „Was ist hier los, verkaufen Sie Eintrittskarten? Ihre Aufgabe ist es, den Tatort zu bewachen, nicht Vorträge zu halten!" „Und ihr geht nach Hause zum Mittagessen!", forderte Bachmann die Kinderschar auf. Als die Kinder maulten wurde Bachmann lauter: „Abmarsch und zwar sofort!" Enttäuscht trollten sich die Schüler, aber nicht ohne Kommentar: „Spielverderber. Scheiße!" Bachmann hörte noch: „Blöde Bullen!" Er brüllte: „Geht's noch oder was?! Man kann auch Kinder wegen Beamtenbeleidigung anzeigen! Ich komme zu euch nach Hause und bespreche das mit euren Eltern!" Die Horde Kinder rannte davon, von hinten sah Bachmann etwa zwanzig riesige, kunterbunte Schultaschen, die auf schmalen Schultern auf und ab hüpften.

Strauch ging währenddessen mit den jungen Beamten scharf ins Gericht. „Was haben Sie an ihrem Auftrag nicht verstanden? Ich werde das Ihrem Dienststellenleiter melden, das muss Ihnen klar sein!" Sie griff nach ihrem Handy und machte einige Schritte zur Seite. Die zwei Jungs in grün wurden bleich. Aus Richtung Post kam ein anderer Kollege in die Bleich auf die Absperrung zu. „Fred, ich bin Deine Ablösung, Du kannst jetzt Mittag machen. Was machst Du noch hier, Elmar?", er wandte sich an Münch, „Du solltest schon längst wieder in der Dienststelle sein!" Die zwei Frischlinge nutzten die Gelegenheit um sich eiligst aus dem Staub zu machen.

Strauch setzte sich auf eine Parkbank und kramte in ihrer braunen Handtasche mit den vielen Fächern, die genauso praktisch war, wie die meisten Dinge an ihr. Sie fand die Packung Zigaretten und das Feuerzeug. Die Kommissarin telefonierte nicht mit dem Neustädter Dienststellenleiter, sondern mit Dr. Ritter, dem Pathologen. Sie wollte wissen, ob die Absperrung in der Bleich noch notwendig sei, schien dieses Plastikband dem Ort doch eine fragwürdige Faszination zu verleihen. Ritter entschied schnell: „Wir haben gründlich gearbeitet, es kann dort nichts mehr geben, was für uns von Belang wäre. Von mir aus können Sie die Absperrung aufheben. Aber viel interessanter ist, dass ich entlang der Wirbelsäule unseres Opfers noch Material gefunden habe, das ich für Untersuchungen verwenden konnte. Ich konnte Alkohol und Benzodiazepin nachweisen, er ist betäubt worden! Offensichtlich handelt es sich um Tavor, ein starkes Beruhigungsmittel." „Na endlich!", rief Strauch,

„Das ist doch etwas Handfestes! Ist es schwierig an dieses Tavor heranzukommen?" „Tavor ist ein häufig verschriebenes Medikament. `Mothers little helper´, wie die Rolling Stones schon sangen, wenn Sie verstehen, was ich meine! Es wird bei Unruhezuständen, Ängsten und Schlafstörungen verordnet. Manche Kollegen haben eine leichte Hand bei der Verschreibung, obwohl es schnell in eine Abhängigkeit führt." „Der Mörder könnte selbst Konsument sein", überlegte Strauch. „Oder er kennt jemanden, der es nimmt. Ich fürchte, es steht im Medizinschrank vieler Haushalte. Aber ich habe noch etwas anderes für Sie. Ich sagte Ihnen doch, dass wir eine Flasche Korn unweit der Leiche aus der Bleich gefischt haben. In die Flasche war nur wenig Wasser geronnen, ich konnte das Benzodiazepin auch in dieser Flasche nachweisen!", Dr. Ritter war begeistert von sich selbst. „Der Mörder hat ihm das Mittel in den Schnaps geschüttet. Das Bild wird klarer!", freute sich Strauch. Sie spürte Fahrtwind, ihre Stimmung stieg. „Kommen Sie heute noch in die Gerichtsmedizin, Frau Kommissarin? Wir könnten noch einiges besprechen." „Ja, Dr. Ritter. Wir kommen nach dem Mittagessen zu ihnen. Wissen Sie, wer der Hausarzt von Konrad Decker war?", Strauch griff nach den neu ausgelegten Fäden des Falles. „Moment", brummelte der Pathologe, „hier ist es. Dr. Siegmar Lauterbach in Neustadt." „Danke, Dr. Ritter und bis später!", verabschiedete sich Strauch.

„Bachmann!!", rief Anne Strauch, „Googeln Sie mal Dr. Siegmar Lauterbach, hier in Neustadt. Den müssen wir etwas fragen." Dann wählte sie ein wenig widerwillig die Nummer des Staatsanwalts, seine Sekretärin nahm das Gespräch an und meinte, dass Dr. Bräuer momentan nicht im Hause wäre. Strauch war das ganz recht. Sie wollte ihm ein Bild des derzeitigen Ermittlungstands geben, aber dazu hätte sie am Nachmittag noch Gelegenheit. Sie stand auf, stopfte ihre Mütze in die Tasche und informierte die Ablösung, dass die Bewachung bald aufgehoben werden würde.

Wie eine kleine Völkerwanderung kamen Moni, Horst und Michi über den Feldweg zurück ins Dorf. Michi ließ es sich nicht nehmen und trug eine der Plastiktüten. Horsts Winterquartier auf dem Hof Haussmann war eine Dachstube. Natürlich war der Raum karg eingerichtet, Horst bestand darauf. Moni hatte die Diskussionen irgendwann aufgegeben. Alles, was sie ihm anbot, brauchte er nicht! Einen Teppich breitete sie ohne Horsts Einverständnis im Raum aus und stellte die schwere Kommode darauf, damit Horst nicht auf die Idee kam, den Teppich einfach wieder einzurollen. Zur einen Seite war die Dachschräge, das einzige Fenster ließ nur wenig Sonnenlicht in das Zimmer fallen. Die Wände waren mit einer uralten Tapete beklebt, bedruckt mit winzigen lila Veilchen. Moni fand die Tapete so kitschig, dass sie schon wieder schön war. Und Horst war es egal. Ein Schrank, ein Bett, ein Waschbecken war auch im Zimmer. Zur Toilette musste er runter in den ersten Stock. Moni hörte, dass ihr Mann auf den Hof einfuhr und ging nach unten. Michi blieb noch bei Horst, er wollte ihm beim Einräumen helfen.

Horst sah sich um: „Ist das Zimmer seit dem letzten Winter kleiner geworden?" „Hihi, das Zimmer ist kleiner geworden", kicherte Michi. „Was denkst Du Michi, kann ein Zimmer kleiner werden?", fragte Horst das Kind in seiner Art bei der keiner wusste, ob er es ehrlich oder lustig meinte. Michi wischte mit dem Ärmel über seine Rotznase: „Vielleicht hat das Zimmer abgenommen. Mama will auch immer abnehmen, dabei ist sie nicht dick!" „Nein, deine Mama ist nicht dick", Horst musste dem Kind Recht geben. „Oma war dick. Auf dem Foto im Wohnzimmer passt Oma fast nicht in den Sessel. Die hätte abnehmen müssen!", sprach das Kind unverblümt. Horst versuchte sich die alte Frau ins Gedächtnis zu rufen: „Ja, Deine Oma war sehr dick, sie konnte schlecht laufen, sie war zu schwer für ihre Beine. Aber sie war freundlich, in meiner Erinnerung sehe ich eine freundliche Frau."

Horst griff an die Heizung, sie war warm, das Thermostat stand auf vier. Er drehte es auf zwei herunter, ein überheizter Raum war für Horst unerträglich. Er zog seinen Parka aus. Michi hörte die Stimme seines Vaters und sprang vom Bett auf dem er saß. Horst kippte den Inhalt der zwei großen Plastiktüten auf das Bett, die zwei Türen des Schrankes öffneten sich mit lautem Quietschen. In die Fächer legte er Hose, Pullover, T-Shirts und Unterwäsche. Die Kleiderbügel auf der Stange blieben leer, in Horsts Welt waren Kleiderbügel etwas für Snobs. Den Karton mit seinen Haushaltsutensilien stellte er auf den Boden des Schrankes unter der Kleiderstange. „Und was mache ich jetzt?", dachte Horst und fühlte sich heimatlos, als hätte man ihm den Wald inklusive seiner Hütte gestohlen. Er sah aus dem Fenster hinüber zum Wald, er kratzte sich, fühlte sich nervös und angespannt. Mauern lösten immer diese Gefühle in ihm aus. „Es ist nur für zwei Tage", hatte Moni gesagt. „Zwei Tage sind ok", beruhigte er sich selbst.

Auf dem Bett lag der Parka, schnell schnappte sich Horst das Ding und ging die Treppe hinunter.

In der Küche sprachen Sigi und Moni angeregt miteinander. Horst öffnete die Tür nur einen Spalt: „Ich muss mal raus gehen." „Das Essen ist gleich fertig, es gibt Eintopf und Salat!", rief ihm Moni hinterher. Sie kam zurück in die Küche und rührte mit einem Holzkochlöffel in dem großen Topf. „Verbrannt, sagst Du, mitten in der Bleich!" „Ja, genauso verbrannt wie unsere Leiche in Eggensee, aber eben nicht im Auto, sondern an einem Baum!", berichtete Sigi, „Die Leute haben nicht gewusst, wer der Mann war." Moni legte den Deckel auf den Topf und steckte beide Hände in die Jeans. „Ich muss keine Kriminalistin sein um zu ahnen, dass ein Täter beide Opfer umgebracht hat. Und Horst hat mit all dem nichts zu tun, da können wir sicher sein! Ich, für meinen Teil, hatte auch keinen Zweifel." „Ja, ich war es, der Zweifel hatte. Du kannst es mir ja ab heute jeden Tag aufs Brot schmieren", tatsächlich kam sich Sigi blöd vor, Horst für einen Mörder gehalten zu haben. Jetzt fand er den Gedanken dämlich, hatte Horst doch Ähnlichkeit mit einem Pandabären, der sich schon mit der Nahrungssuche schwer tat und höchstens jemanden töten könnte, indem er sich aus Versehen auf ihn setzte. Aber gestern hatte eine dringliche Ungewissheit an ihm genagt, ein Zweifel an der Harmlosigkeit und Friedfertigkeit des Waldbewohners.

Sigi klatschte in die Hände: „Wir haben im Baumarkt alles bekommen, was wir brauchen und später legen wir los, der Josef und ich!" „Und alles Bio?", fragte Moni schnippisch. Ihr Mann sah sie an und sprach leise: „Für dieses ökologische Dämmmaterial hätten wir in einen Biobaumarkt nach Nürnberg fahren müssen, es hätte locker drei Mal so viel gekostet. Wir haben Steinwolle gekauft. Das bringen wir von außen auf und es wird komplett verschalt. Ich werde darauf achten, dass kein Fitzelchen zu sehen ist!" Moni stützte beide Hände in die Hüften. „Soso", musste aber selbst grinsen, „na ja, Steinwolle klingt gut. Stein und Wolle sind zwei Naturstoffe, auch wenn die Natur weder den Stein noch die Wolle in dem Zeug kennt." Sie umarmte ihren Mann, legte ihren Kopf auf seine Brust und roch den Blaumann: „Puh! Nimm Dir einen sauberen Overall, der stinkt!" „Nein Schatzi, der ist noch taufrisch! Was ist jetzt mit dem Essen, ich bin hungrig!", Sigi griff in den Hängeschrank und holte drei tiefe Teller heraus, dann überlegte er und holte noch einen vierten. „Michi, komm essen!", rief er. Michi sauste durch die Küchentür und stellte beide Füße quer um zu bremsen. Dabei warf er sich auf den Boden wie ein Leistungssportler im Ziel. „Hast Du Hunger, Michi?", fragte der Vater. „Ja!", rief Michi und warf beide Fäuste in die Luft. „Dem Kind geht es besser", stellte die Mutter zufrieden fest.

Die Kommissare verließen die Bleichanlage und trafen auf die Wilhelmstraße, die Kreuzung rechter Hand war der Plärrer. Sie mussten nur die Straße überqueren und waren schon in der Ansbacher Straße. Es war Mittagszeit und eine lange Autoschlange stand vor den Ampeln. Eine Baustelle engte die Fahrbahn ein. „Hier ist alles nur ein Katzensprung, wir sind den ganzen Vormittag zu Fuß unterwegs. Das ist angenehm", stellte Strauch erstaunt fest. „Der Vorteil der Kleinstadt, Chefin", kommentierte Bachmann, er deutete nach links, „das ist die katholische Kirche, hier war ich oft mit Tante Berta, sie hat gerne Kerzen angezündet." Wenige Meter später standen sie vor einem stattlichen Altbau, im Erdgeschoß befand sich die Arztpraxis: Dr. Siegmar Lauterbach, Allgemeinmedizin. An der Rezeption saß eine mollige Frau um die vierzig. Ihre blonden Haare waren streng nach hinten gebunden und hochgesteckt. Bachmann lehnte sich auf die weiße, hochglanzpolierte Theke: „Hallo, Kriminalhauptkommissar Bachmann und Strauch, wir sind von der Kripo Ansbach und müssten dringend mit Dr. Lauterbach sprechen. Es wird auch nicht lange dauern." Die Sprechstundenhilfe erschrak. Mit gesenkter Stimme beruhigte Bachmann die Frau: „Wir sind nicht hier um jemanden zu verhaften. Nur ein paar Fragen, mehr nicht." „Warten Sie, do muss ich erscht frogn", stotterte sie und stand ruckartig auf, schoss wie eine Rakete auf eines der Behandlungszimmer zu, klopfte an und verschwand hinter der Tür. Einige Patienten und Arzthelferinnen in weißen Hosen und Blusen durchquerten den Vorraum. Die beiden Kommissare wurden neugierig beäugt.

Strauch hörte oft, dass man einen Polizisten auch ohne Uniform sofort erkennt. Ihre Dauerklientel behauptete sogar, Polizisten riechen zu können. Vielleicht ist bei Dauerkriminellen der Bereich im Gehirn, der für den Geruchssinn zuständig ist, soweit vergrößert, dass dem Bereich für soziales Verhalten kein Platz mehr blieb. Sie fragte sich, wo an ihrem Körper oder ihrem Gesicht der Beruf zu erkennen war. Und bitte, welcher Geruch! Wie absurd. Eher könnte es ihre Ausstrahlung sein oder ihr misstrauischer Blick, der keinen Feierabend kannte. Täglich 24 Stunden im Habachtmodus, wie ein abgerichteter Wachhund. „Ich bin so attraktiv wie ein Rottweiler, furchtbar!", dachte sie und fühlte sich alt und abgewetzt, wie ein alter Schuh. Eine positive, kraftvolle, erfahrene Ausstrahlung wäre ihr viel lieber. Die Kommissarin wurde aus ihren schweren Gedanken gerissen. „Kommen Sie rein, der Herr Dokter hat etzt Zeit für Sie!", die Arzthelferin mit der strengen Haartracht hielt ihnen die Tür auf und schloss sie schnell wieder.

Das Zimmer war das typische Sprechzimmer eines Hausarztes, alles war weiß, die Wände, die Liege, der kleine Schreibtisch von dem jetzt der überraschend junge Arzt aufstand um die Beamten zu begrüßen. „Sind Sie wirklich von der Kripo oder hat die Anni das falsch verstanden? Sie haben sie so erschreckt! Ich habe ihr gesagt, sie soll mal ihren Blutdruck messen", Dr. Lauterbach lachte während er sprach, mit einer Geste bot er den Kommissaren Platz an, „wie kann ich Ihnen helfen?" „In der Nacht ist in der Bleichanlage ein Mord geschehen", begann Strauch. Dr. Lauterbach ließ sich auf seinen Sessel zurückfallen, auf dem er fast albern wirkte. Der junge Arzt war groß und schlank, der Sessel unter ihm wirkte wie die Bestuhlung einer Grundschule. „Jeder einzelne Patient, der heute Morgen diesen Raum betreten hat, sprach von einem Toten in der Bleich. Ich glaube, der ein oder andere hat vor Aufregung beinahe vergessen, warum er zu mir gekommen ist!", scherzte der Arzt. Bachmann setzte die Fragen seiner Vorgesetzten fort: „Nach unseren Informationen war das Mordop-

138

fer ihr Patient, Konrad Decker." Das verschlug dem Mediziner für einen Moment die Sprache, seine Augen wurden groß hinter der modernen Brille mit dem schwarzen Rand. „Ha, erstaunlich!", er fuhr sich mit der Hand durch das dunkle, lockige Haar, das er mit Gel in Form gebracht hatte, „Konrad Decker, sagen Sie?" Er drehte sich zu seinem PC, gab den Namen ein und wurde fündig: „Ja, klar, hier ist er. Konrad Decker. Ich kann mich nicht erinnern, dass ich jemals einen Patienten durch ein Gewaltverbrechen verloren habe. Verbrannt, haben die Leute erzählt, stimmt das?" Strauch nickte: „Betäubt und verbrannt. Wir sind hier, weil wir wissen müssen, ob Sie Konrad Decker ein Beruhigungsmittel, z.B. Tavor verschrieben haben?" Dr. Lauterbach schmunzelte süffisant. „Herr Decker hat selbst für Entspannung gesorgt, ich weiß nicht, ob ich ein Geheimnis lüfte, wenn ich sage, dass der Mann ein schweres Alkoholproblem hatte. Seine Leberwerte sind, äh, waren katastrophal!" „Keine Sorge, Dr. Lauterbach, wir haben bereits mit seiner Tochter und seinem Wirt gesprochen. Ja, und gestern noch mit ihm selbst", beruhigte ihn Strauch. „Außerdem haben wir seine Wohnung gesehen. Wenn man das Wohnung nennen kann. Wir sind im Bilde. Sie haben ihm dieses Tavor also nicht verschrieben?", fragte Bachmann weiter. „Nein, zu keiner Zeit", versicherte der Arzt, „vor drei Jahren habe ich diese Praxis übernommen, seitdem war Herr Decker mein Patient. Ich habe auch keine Überweisung zu einem Neurologen oder anderem Facharzt ausgestellt, der das Medikament hätte verschreiben können." Dr. Lauterbach sah von seinem PC auf und lehnte sich zurück: „Herr Decker war nicht oft hier, außerdem war er beratungsresistent. Ich habe bei jedem Besuch die Alkoholsucht angesprochen, die bedenklichen Leberwerte. Habe ihm Möglichkeiten aufgezeigt. Er hatte nicht das geringste Interesse daran, er sah den Alkohol nicht als Problem."

„Na gut, danke für Ihre Hilfe, Dr. Lauterbach.", Strauch stand auf. Lauterbach rückte seine Brille zurecht: „Das bedeutet für Sie, dass er das Tavor vom Mörder verabreicht bekommen hat, nicht wahr?" „Sie denken mit!", lobte Strauch und lächelte. „Verschreiben Sie oft Beruhigungsmittel?", fragte Bachmann. „Aufgrund der Suchtgefahr versuche ich es zu vermeiden. Oder mal für zehn Tage und danach wird der Zustand neu geprüft. Dennoch habe ich etliche Patienten, die Dauerkonsumenten sind, die ihren Tag anders nicht in den Griff bekommen. Oder nachts nicht schlafen können. Diese Medikamente umgehen Klinikaufenthalte und Familientragödien, wahrscheinlich auch den ein oder anderen Amoklauf. Aber selbstverständlich sind sie nie die Lösung eines Problems, sondern nur die Unterdrückung der Symptome. Darüber könnten wir lange diskutieren. Ha! Ich bin fast neidisch, am liebsten würde ich mit Ihnen gehen und den Mörder fangen, statt hier den nächsten Bazillus!", Dr. Lauterbach lachte herzlich und reichte seine Hand, „Viel Glück bei der Mördersuche!"
„Ihre gute Laune könnte uns dabei helfen oder zumindest die Arbeit erfreulicher machen. Auf Wiedersehen", Strauch lächelte, der Mann war ihr sympathisch. Als Arzt sah er sicher viel Elend und Schmerz, so wie sie, aber er hatte wohl einen guten Weg gefunden, damit umzugehen. Das beeindruckte sie. Wie Dr. Ritter, der es schaffte, inmitten seiner Leichen, ein positiver, angenehmer Mensch zu bleiben, dachte Strauch.

Vor der Eingangstür parkten zwei Rollatoren, Bachmann sah auf einem ein Schild mit dem Namen „Heinz", den anderen Rollator zierte ein Sticker mit der Biene Maja. Er lachte lauthals den Weg zurück bis zur katholischen Kirche. Dort blieb er kurz stehen und meinte ganz wichtig: „Ja, irgendwie muss man die Dinger auseinanderhalten können." „Bachmann, Sie sind albern", meinte seine Chefin und sah ihn ein wenig besorgt an, „Haben Sie sich mal überlegt, wer ihnen die Schnabeltasse zum Mund führen wird, wenn es soweit ist?" Die Frage konnte sein Grinsen nicht vom Gesicht fegen. „Nein! Mit solchen Gedanken werde ich mir mein junges Leben nicht versauen. Und Sie sollten das auch nicht tun! Mir geht es sehr gut und wenn wir den Mörder haben, geht es mir noch viel besser. Was machen wir jetzt? Ich habe Hunger!"

Im großen Büroraum der Polizeistation Neustadt herrschte Betrieb. Kleinlein scherzte: „Braucht einer von Euch eine Wohnung? Es ist gerade eine freigeworden, in der Bleichgasse. Die Wohung ist ein klein wenig renovierungsbedürftig. Aber mit ein bisschen Farbe ist die Wohnung wieder erste Sahne!" „Pfui Teufel!", raunte es im Raum. „Habt Ihr etwas in der Wohnung gefunden?" „Auf jeden Fall nicht sein Handy. Der Bleichweiher ist rund um den Tatort abgesucht worden. Aber es könnte irgendwo im Weiher liegen", spekulierte Kleinlein. Hegendörfer überlegte: „Wird nicht jedes Jahr die Bleich abgefischt und ausgelassen?" „Des is woahr", bestätigte Döhringer als alter Neustädter, „des kennten´s doch mol frieher machen. Ich glaab, des macht immer der Fischereiverein." „Das wäre eine Chance, das

Handy in dem Schlamm zu finden", sagte Kleinlein. „Wenn´s der Mörder net mitgnumma hat", erwiderte Döhringer skeptisch. Kleinlein stützte seinen Kopf auf die Hände, die er sich seit seiner Rückkehr schon zwei Mal gewaschen hatte. „Logisch, er könnte es überall entsorgt haben. Er könnte es auch bei sich daheim in einer Tupperbox aufbewahren."

Kleinlein warf drei eingetütete Fotoalben auf den Tisch: „Frau Strauch wollte, dass ich ihr Fotos aus der Wohnung mitbringe. Es gab keine gerahmten Bilder, nur diese drei Alben."

Hinten im Raum stand Fürst und sprach am Handy mit seiner Frau: „Ich will heute kein Kotelett!" „Es war im Angebot beim Metzger, ich habe es schon gekauft", argumentierte die junge Ehefrau. „Aber ich will heute kein Fleisch essen!", sagte Fürst trotzig und legte seine Hand auf den Magen. „Aber Schatzi, Du isst es doch so gerne. Ich mache Kartoffelsalat dazu!", versuchte es die Frau nochmal. Fürst wurde nun lauter: „Silvi, ich esse das Scheißkotelett nicht!" Erschrocken fragte Silvi: „Reiner, was ist denn? Ich verstehe das nicht. Sonst freust du dich, wenn ich Kotelett mache." „Seit zwei Tagen rieche ich verbranntes Fleisch. Ich kriege diesen ekelhaften Geruch nicht mehr aus der Nase. Mir ist schlecht!", schrie Fürst, „Weißt Du eigentlich, dass Menschenfleisch genauso riecht wie Schweine-oder Rindfleisch?" Am anderen Ende der Leitung herrschte Schweigen. Fürst bemühte sich leiser zu sprechen: „Silvi, koche mir einen Topf Nudeln und mache eine Tomatensoße, die kann aus der Packung sein, ist mir egal." Die arme Silvi war verunsichert. „Und was mache ich mit den Koteletts?"

„Friere sie ein, Silvi!", zischte der sonst lammfromme Fürst und legte auf.

Natürlich hatten die Kollegen das Telefonat mitbekommen, sie grinsten und tuschelten. Kleinlein rief: „Hey Reiner, Du hättest in der Bleichgasse dabei sein müssen, die Toilette wurde seit Jahren nicht geputzt ..." „Leck mich!", unterbrach ihn Fürst wütend und verließ hastig das Büro.

Hunger war das Stichwort. „Hunger hätte ich auch, allerdings müssen wir anschließend in die Pathologie. Schweinebraten und Kloß wären too much!", entschied Strauch. „Ich habe schon ewig kein Schäuferle mehr gegessen. Das gäbe es hier bestimmt. Aber wenn ich mir danach den verkokelten Decker anschauen muss, vergeht mir der Appetit", Bachmann tastete mit beiden Händen seinen Magen ab. Plötzlich hob er den Zeigefinger: „Mal sehen, ob es die Metzgerei noch gibt." An der Kreuzung zog der junge Beamte seine Chefin sanft am Oberarm. Sie bogen in die Wilhelmstraße ein, die offensichtlich die Haupteinkaufsstraße der Stadt war. Strauch lugte im Vorbeigehen in die Schaufenster. Kurz vor dem Marktplatz gingen sie nach links. Bachmann freute sich wie ein kleines Kind, sie standen vor der Metzgerei, die er von früher kannte. Schon vor der Tür roch es herzhaft nach Bratwurst, Leberkäse, Brathähnchen und anderen leckeren Dingen. Während die Angestellte an der Theke für warme Gerichte zwei Leberkäsesemmeln belegte, warf Strauch einen Blick auf die Fleisch-und Wurstwaren. Mittelfranken war wahrhaftig das Paradies für den Wurstliebhaber. Nie hatte sie außerhalb der Region eine solche schmackhafte Vielfalt gesehen. Die beiden nahmen ihre Teller und gingen zu einem der Stehtische. Strauch biss in die Semmel mit der unverschämt dicken Scheibe Leberkäse. „Mmmh, schmeckt das gut!" Mampfend sprach sie weiter: „Bertram kocht oft vegetarisch und das kann er! Er verzichtet weitgehend auf Fleisch und möchte, dass ich das auch tue. Wenn ich darüber nachdenke, muss ich ihm Recht geben. Aber Bachmann, ich liebe es, den intensiven Geruch, der mir das Wasser im Mund zusammen laufen lässt, den Geschmack! Mein Fleisch ist schwach!" Bachmann schob sich den letzten Bissen in den Mund und fragte wie beiläufig: „Nehmen Sie auch noch eine zweite Semmel? Ich lade Sie dazu ein." Strauch grinste und nickte mit vollem Mund. Gleichzeitig dachte er: „Dieser Bertram ist eine Lusche!"

„Hat´s Ihna geschmeckt?", wollte die rundliche, junge Angestellte wissen. „Und wie! Wir nehmen noch zwei", antwortete Bachmann und klappte seinen Geldbeutel auf. „Unser Leberkäs is super. Wolln´S än Senf dazu? Sie sin net von do?", die junge Frau wollte ins Gespräch kommen, dass ihr Bachmann gefiel, war nicht zu übersehen. „Nein, wir sind nur auf der Durchreise", log Bachmann, als würde er nie etwas anderes tun. Die Metzgerei war gut besucht, hungrige Handwerker, Büroangestellte, Schüler und Rentner standen vor den Auslagen. Nachdem Strauch auch die zweite Semmel verputzt hatte, wischte sie sich mit der Papierserviette genüsslich den Mund ab. „Jetzt bin ich satt!" Vor der Metzgerei klopften beide die Brösel von ihren Jacken und Pullovern. Strauch zündete sich eine Zigarette an und schloss schnell den Reißverschluss der Jacke, die Sonne war wieder verschwunden und die feuchte Kälte machte sich bemerkbar. Sie zog das Handy aus der Tasche und sprach mit einem Kollegen, der die Befragungen in der Druckerei in Fürth führte. Sie nahmen den Weg durch die Bleichanlage zurück zum Auto. Am Tatort stand noch der Polizist, um die Absperrung hingen fasziniert Schüler, die heftig diskutierten. Bachmann hob die Hand um den Kollegen in Uniform zu grüßen. Der erwiderte den Gruß.

Während ihre Freundin Melanie mit Hilfe von Leni das Essen kochte, versuchte Sonja Gebhard ihren Bruder zu erreichen. Sie hatte keine Durchwahl, so wurde sie seit vier Minuten von einer Abteilung der großen Firma in eine andere verbunden. Jetzt schien sie endlich mit der richtigen Werkhalle verbunden zu sein, die freundliche Dame rief ihren Bruder aus. Sonja wartete ungeduldig, sie war nervös und unsicher. Wie sagt man seinem Bruder, dass der Vater ermordet wurde? Vor zwei Jahren hatte sie Martin angerufen und den Tod der Mutter mitgeteilt, das war schrecklich, sie haben beide geweint. Sie spürte die Tränen in ihren Augen und schob die Erinnerung beiseite. „Hallo?", hörte sie es in der Leitung. „Martin, bist Du es?", fragte sie. „Ja. Sonja, was ist passiert, dass Du mich in der Arbeit anrufst?" Der Bruder klang besorgt. „Martin, unser Vater ist tot!", sie fand keine anderen oder besseren Worte. Es entstand Stille. „Hat er sich endlich totgesoffen? Das ging ja schneller als ich dachte." Die Stimme klang kalt und hart. „Nein, er ist ermordet worden", Sonja schaute vom Wohnzimmer über den Flur in die Küche, Leni stand mit Melanie am Herd. „Unser

Vater wurde mit Spiritus übergossen und verbrannt. Ich denke dauernd, dass das nicht sein kann und dass die Polizei sich täuscht und der Tote jemand anders ist. Ich bin durcheinander." Wieder Stille. „Klapperhart, ich bin überrascht, aber nicht schockiert und traurig bin ich auch nicht", war Martin Deckers Antwort. „Zur Beerdigung komme ich nicht." Die eisige Kälte in den Worten ihres Bruders stiftete noch mehr Verwirrung in Sonjas Kopf. „Ja, ich wollte es dir nur mitteilen, Du musst es doch wissen." „Gut, ich weiß es jetzt. Wer hat ihn ermordet, weiß man das schon?", fragte Martin fast gleichgültig. „Nein, die Polizei war vormittags da und hat mich befragt. Was er nach der Arbeit gemacht hat und so", erzählte Sonja stockend. „Na, das war doch einfach. Er ist die Kneipe gegangen und hat gesoffen!" Martin lachte freudlos. Seine Schwester zuckte mit den Achseln: „Mehr weiß ich nicht von ihm. Eigentlich furchtbar." Martins Stimme wurde ein wenig weicher: „Nein, furchtbar war er. Wie geht es dir? Du bist doch schwanger." „Ich muss mich von dem Schock erholen, Melanie ist gerade hier und Stefan kommt früher von der Arbeit, damit ich nicht alleine bin. Leni versteht das alles nicht, sie ist noch zu klein", Sonja konnte ihre Gedanken nicht gut ordnen, sie bemerkte es selbst, „Martin, komm mal nach Neustadt, Du musst nicht zur Beerdigung kommen, aber bitte komme mich besuchen. Ich habe dich so lange nicht gesehen, ich vermisse dich. Du bist doch mein einziger Bruder. Du bist zwei Jahre nicht nach Neustadt gekommen, um unseren Vater zu bestrafen, aber Du hast auch mich bestraft! Oft habe ich mich schrecklich alleine gefühlt, obwohl ich Stefan und Leni habe. Du hast mir gefehlt!" Sie begann bitterlich zu weinen. „Hör auf zu weinen, Sonja, ich werde am Wochenende kommen, vielleicht am Samstag, ich sage dir noch Bescheid. Und vergiss das Arschloch, er hat bekommen, was er verdient hat. Behandelt dich dein Mann gut?" „Ich könnte keinen besseren haben, Martin", versicherte Sonja und wischte sich mit dem Ärmel ihres Sweatshirts über das Gesicht, der Ärmel war schon ganz nass.

Es war ruhig im Dorf, niemand war unterwegs. Nur Horst. Trotz der Mütze, dem warmen, grünen Lieblingspullover und dem Parka fröstelte ihn. Der Tag war grau und unfreundlich. Die wenigen Häuser und Höfe der kleinen Ortschaft lagen friedlich links und rechts der Straße, den Stallgeruch nahm Horst nicht wahr. Es gab einzelne Wohnhäuser im Ort, die neu und schön waren. Die Höfe und Ställe dagegen sahen trist aus, könnten eine Renovierung gut vertragen. Die einzige Ausnahme war Josefs Hof, der hatte das alte Haus in ein Schmuckstück verwandelt. Im Sommer hingen vor jedem Fenster üppige Blumenkästen, Renate, Josefs Frau, hatte den grünen Daumen, das wusste jeder im Ort. Sogar den Stall hatte er neu verputzt und angestrichen, das Dach neu gedeckt. Josefs Kühe standen trocken und warm im Winter, eine komfortable Unterkunft mit Vollverpflegung könnte man sagen. Horst sah es gerne, wenn es den Tieren gut ging. Wenn eine Kuh, ein Kalb oder ein Schwein aus dem Ort zum Schlachter kam, hatte Horst Bauchkrämpfe, er hörte die ängstlichen Schreie der Tiere bis zu seiner Waldhütte. Er wäre gerne Vegetarier, aber ihm war klar, dass Moni dann jeden Tag zwei verschiedene Gerichte zubereiten müsste. Sigi war ein Fleischvertilger erster Kategorie! Vielleicht könnte er nach der Renovierung für sich selbst in der Hütte kochen. Sehr viel Talent hatte er jedoch nicht dafür. Er war am Ortsende angekommen, dort stand auf der rechten Straßenseite ein kleines Haus, verfallen und seit vielen Jahren unbewohnt. Die Scheiben der kleinen Fenster waren zerbrochen und die Haustür aus schwerem Holz verwittert. Es fehlten viele Dachziegel, das Dach glich einem fast zahnlosen Mund. Von Bäumen und Sträuchern eingewachsen, sah es verwunschen und ein wenig gruselig aus. Horst trat nicht näher, er wahrte Distanz. Er hob den Finger wie einen Zauberstab und sprach: „Du hast keine Macht mehr über mich!" Dann drehte er sich auf dem Absatz um und ging den Weg zurück.

Der Wind war kalt, Horst zog die Kapuze des Parkas über die Mütze. Er ärgerte sich, weil er vormittags nicht seinen Spaziergang gemacht hatte. Jeden Tag, außer Sonntag ging er nach Neustadt. Er brauchte die Regelmäßigkeit und heute hatte er sie gebrochen, das nagte schwer an ihm. „Ich werde am Nachmittag gehen", dachte er, der Gedanke stimmte ihn versöhnlich. „Die Breze!", fiel es Horst ein. Er hatte nichts gegessen, deshalb war ihm so kalt. „Ich habe Hunger!", murmelte er halblaut. Er beschleunigte minimal seinen Schritt.

Die Familie Haussmann saß schon am Tisch und löffelte den Eintopf, als Horst eintraf. Moni stand auf und tauchte den Schöpflöffel tief in den großen Topf. Der Eintopf war heiß, dick und roch wunderbar. Horst stürzte sich auf den Teller. „Heute Nachmittag fangen wir mit Deiner Hütte an, Du wirst sehen, die wird superklasse!", verkündete Sigi mit Begeisterung. „Soll ich Euch helfen?", fragte Horst halbherzig. Beinahe hätte

Sigi gelacht. In handwerklichen Dingen war Horst der ungeschickteste Mensch, den er je gesehen hatte. Horsts Hilfe, wäre eher ein Fluch. „Ach Horst, das ist nicht notwendig. Der Josef hilft mir doch. Zu dritt würden wir uns nur auf die Füße treten in der kleinen Hütte. Geh doch nach den Rehen sehen." Moni sah ihren Mann scharf an. „Ich wollte sowieso nach Neustadt, heute Morgen war ich nicht. Mir war so kalt, dass ich nicht aufstehen konnte. Ich habe keine Breze gegessen", stellte Horst zum zweiten Mal fest, „nach den Rehen kann ich später sehen." Sigi grinste seine Frau so unverschämt an, hätte er keine Ohren gehabt, wäre sein Grinsen einmal um den gesamten Kopf gelaufen.

In Fürth stöhnte Polizeihauptmeister Kästner, er musste die Alibis der gestrigen Verdächtigen für die letzte Nacht prüfen. „Du gehst mit!", Kästner deutete mit dem Finger auf den jungen Polizeimeister Lettau, der ihn gestern schon begleitet hatte, „damit´st wos lernst." Der junge Mann sprang auf, zog seine Jacke an, setzte die Kappe auf und folgte dem gewichtigen Kästner. „Mörder suchen ist viel spannender, als Diebstahlanzeigen aufnehmen!" Lettau war eine ehrliche Haut, „Wohin gehen wir zuerst? Das zweite Mordopfer hat aber nicht in Fürth gewohnt. Warum wurden die beiden Männer umgebracht, was glauben Sie?" „Ganz ruhig, Lettau. Des zweite Opfer is aus Neistadt, warum die Zwaa umbracht worn sind, waas ich net. Und zuerscht gemmer zu Witwe Liebig", Kästner hatte einen durchdachten Plan. „Sollten wir nicht in die Druckerei gehen, da haben doch beide gearbeitet? Das ist doch wichtiger als das Alibi der Witwe!", protestierte Lettau. „Wos is los? Bist Du iber Nacht ehrgeizich worn?", schnaufte Kästner, sie standen inzwischen am Auto, „die Kollegn vo der Kripo Ansbach sind seit heit frieh in der Druckerei Wöller. Und mir foahrn in die Blumastraß. Basta! Etz fängt mir der Bub an, selbständig zu denkn!" Lettau wusste, dass das ein Lob war, wenn auch barsch ausgesprochen. Tiefe fränkische Weisheit: Nichts gesagt ist genug gelobt!

Kästner schnaufte schwer, als er seinen Riesenbauch in den ersten Stock schleppte. Oben angekommen, nahm er seine Kappe ab und trocknete seine Glatze mit einem karierten Taschentuch. Lettau klingelte, es klapperte auf dem Parkett und Frau Liebig riss die Tür auf. „Schon wieder Polizei!", klagte sie theatralisch, ließ die Herren aber eintreten. Heute waren die Leggings und die Bluse schwarz, der Ausschnitt jedoch so großzügig wie sonst. Rita Liebig stakste auf ihren Stöckelschuhen mit Bommel voraus ins Wohnzimmer, dort saß, welch Überraschung, Gerd Wittrich! „Gut, dass Sie do sin, Herr Wittrich, dann spoar ich mir än Wech", freute sich Kästner. „Das ist nicht so wie Sie denken, Herr Polizist! Gerd ist nur hier ....", tönte Frau Liebig. „Gute Fraa, ich denk goar nix. Woarn Sie gestern Abend außer Haus, Frau Liebig?", fragte Kästner pfeilgerade heraus. Die Dame stand gerade an ihrer „Tankstelle" und goss sich ein Gläschen ein, abrupt drehte sie sich um und fauchte: „Seit einem Tag bin ich Witwe und Sie glauben, ich wäre in Bars und Clubs unterwegs, Unverschämtheit! Sie sind verkommen, alle Leute sind verkommen!" Kästner nahm erneut Anlauf: „Woarn Sie gestern Abend zu Hause oder net?" „Natürlich war ich zu Hause, habe um meinen Manni getrauert, wo hätte ich sonst sein sollen?", schrie sie und fuchtele unkoordiniert mit dem freien Arm. „Wär des mei Fraa, hätt ich mir längst die Kugel gebn!", dachte Kästner und wandte sich zu Gerd Wittrich um. „Wo waren Sie um Mitternacht, Herr Wittrich?" Der strich nervös über seine pomadierte Haarpracht und stammelte: „Also ich war daheim und habe geschlafen" „Alleine?", bohrte Kästner. Die tolle Rita kam in Fahrt. „Diese beschissene Polizei glaubt, sich alles erlauben zu können, verpisst Euch aus meiner Wohnung!" Jetzt wurde Kästner laut: „Die aane Beamtenbeleidigung lass ich durchgehn, ä zweite zeich ich on, Fraa Witwe! Reißen Sie sich zam und beantwortn Sie meine Frogn!" „Ich war alleine zu Hause, Herr Kommissar.", piepste Wittrich verschüchtert. Rita Liebig ließ sich auf das Sofa neben Wittrich plumpsen und meinte schnippisch: „Ich war auch alleine daheim und habe alte Fotos angeschaut, aus guten, alten Zeiten. Als Manni und ich noch jung waren." Sie zeigte auf den Wohnzimmertisch, dort lagen mehrere Fotoalben.

„Lettau, etz erklär mol den Herrschaftn, wos um Mitternacht passiert is", Kästner übergab das Wort dem Anfänger. Damit hatte Lettau nicht gerechnet, er erschrak, nahm aber sogleich Haltung an und begann: „Heute um Mitternacht ist ein zweiter Mord verübt worden. In Neustadt an der Aisch. Nach dem Tathergang zu schließen, müssen wir vom gleichen Täter ausgehen. Das Mordopfer ist ein Kollege Ihres Gatten. Deshalb müssen wir Sie erneut befragen." „Sehr gut, Lettau", Kästner nickte zufrieden. Der junge Beamte wuchs ein kleines Stück. Für einen Moment herrschte Schweigen. „Der Tote heißt Konrad Decker, Kollech und Freind von Ihrm Moo", sagte Kästner und wartete auf eine Reaktion. Frau Liebig stieß einen spitzen Schrei aus. „Der Konny, der beste Kumpel meines Mannes! Ich verstehe das nicht, wer bringt denn die zwei um? Die beiden kannten sich schon eine Ewigkeit. Der arme Konny! Er war schon Witwer, seine Frau ist irgendwann gestorben." Wittrich daneben zog die Schultern hoch und machte ein dummes Gesicht. „Gerd", greinte Rita Liebig, „schenk mir noch einen Asbach ein!" Sie hielt ihm den leeren Cognacschwenker hin. Wie ein Lakai erhob sich Wittrich und ging zu dem Servierwagen mit den goldenen Rollfüßen. „Das muss ein wahnsinniger Massenmörder sein! Die Welt ist voller bescheuerter, beknackter Idioten, Herr Polizist!", kombinierte Frau Liebig gemäß ihrer Möglichkeiten, nahm ein rosa Kissen vom Sofa und drückte es auf den großen Busen. „Und Sie, Herr Wittrich, ham Sie den Decker kannt?", Kästner trat näher an Wittrich heran. Der wurde gleich wieder unruhig und wischte die linke Hand mehrmals an seinem ockerfarbenen Pullunder ab. „Nein, ich weiß nicht, wer das sein soll. Den Namen habe ich nie gehört."

Rita Liebig grabschte nach dem Glas, das ihr der Hausfreund hinhielt und zog kräftig an. Dann warf sie das Kissen weit von sich weg und sagte: „Da in den Fotos, da ist auch eines vom Konny dabei!" Sie griff nach einem der Alben und begann zu blättern. Sie hielt Kästner eine Fotografie hin, die schon recht verblasst war. Es zeigte zwei junge, verschwitzte Männer zwischen 25 und 30 Jahren in ausgelassener Stimmung. Sie hatten die Arme um die junge Frau in ihrer Mitte gelegt, die Haare lang und strähnig, hielten sie ihre Bierflaschen in die Kamera.

Kästner nahm seine Lesebrille aus der Jacke und betrachtete das Bild: „Das ist Ihr Mann und Karl Decker?" Rita musste sich wieder setzen, Tränen lösten ihre Wimpertusche und den Kajal auf. „Ja, da waren sie so jung und beste Freunde. Freunde fürs Leben und jetzt sind sie beide tot! Gerd, hol mir ein Taschentuch!" Mit dem Blick auf das Bild, fragte Kästner: „Wer is die Fraa auf dem Bild?" Rita Liebig zuckte mit den Schultern und blies kräftig ins Taschentuch, dann wurde sie wieder lauter: „Und was gedenken Sie zu tun, um diesen wahnsinnigen Massenmörder zu stoppen?" „Ihn suchen, finden und einsperren!", sagte Lettau knapp und deutlich. „Jawoll!", bestätigte Kästner den jungen Kollegen, „Kann ich des Foto mitnehma, Frau Liebig? Sie krieng des widder zurück." Rita hatte das Glas am Mund und nickte nur. Die Beamten verabschiedeten sich kurz und verließen die Wohnung. Frau Hagemann öffnete wie zufällig im gleichen Moment ihre Wohnungstür: „Haben Sie den Mörder schon oder warum waren Sie da?" Die Neugier sprang ihr förmlich aus den Augen. „Frogn über Frogn, gute Fraa", gab Kästner knapp zurück und ließ sie stehen. „Warum haben Sie das Foto mitgenommen, Herr Kästner?", Lettau war neugierig. „Ehrlich gesocht, des waas ich net, ober vielleicht könn mers brauchn", antwortete er und steckte das Foto in die Brusttasche seiner Uniform.

Ein kleines Kind steht alleine irgendwo auf einer tristen Wiese, das Licht ist diffus. Es hält einen Ball in der Hand, rot, blau und weiß. Der Ball fällt dem Kind aus der Hand und beginnt zu rollen. Obwohl die Wiese eben ist, rollt der Ball, als hätte er ein Eigenleben.

Erschrocken läuft das Kind dem Ball hinterher, will ihn aufhalten. Es wird nebelig und kühl, das Kind bekommt Angst, möchte aber seinen Ball wieder haben. Füße treten den Ball weiter, Füße ohne Körper. Der Ball rollt und springt durch matschigen Boden, er ist ganz schmutzig, seine Farben kaum noch erkennbar. Ein hoher, schriller Ton, ein Pfeifen erfüllt das Bild, unangenehm, fast schmerzhaft in den Ohren des kleinen Jungen. Ein Fuß, zwei Füße, nein drei und vier Füße treten den Ball weiter. Beschuht mit schwerem Werk. Der Junge weint: „Mein Ball, ich will ihn wiederhaben! Es ist mein Ball, ich will ihn wiederhaben!" Der Nebel verschluckt das Klagen und wird dicker. Mit dem Pfeifen kommt Wind, das Kind friert, sieht den Ball rollen, die Füße treten. Das Kind läuft und läuft, der Ball scheint unerreichbar, der Nebel so dick, dass es ihn kaum noch sehen kann. Außer Atem bleibt das Kind stehen, eingeschlossen im dichten Nebel, orientierungslos, hoffnungslos und balllos. Das letzte, was das Kind noch spürt, ist eine bleierne Schwere, die sich auf den schmächtigen Körper legt und eine innere Hitze, die alles verbrennt.

Die Kommissare waren sich nicht ganz einig, welches der kürzeste Weg von Neustadt nach Erlangen war. Bachmann programmierte das Navi des BMW und fuhr los. „Fahren wir heute noch in die Druckerei nach Fürth, Chefin?", fragte er von der Seite. „Sehnsucht?", gab Strauch die Frage zurück. Genervt atmete Bachmann tief ein. „Das ist doch Quatsch, aber die Druckerei ist doch heiß, ich meine hochgradig verdächtig." Die Kommissarin lachte: „Ich fürchte, mein lieber Bachmann, die Anspielungen müssen Sie sich noch öfter anhören, das haben alle im Büro mitgekriegt", sie klatschte mit beiden Händen auf die Oberschenkel, „aber Sie haben Recht, wir müssen hin. Ich habe vorhin mit Reichelt gesprochen, die kommen nicht voran. Und der Geschäftsführer will sich beim Staatsanwalt beschweren, er fürchtet um den guten Ruf der Firma."

Schwungvoll bog Bachmann vom großen Kreisverkehr auf die B 470 ein: „Ich überlege schon dauernd, wie unsere Verdächtigen aus dem Mordfall Liebig in den neuen Mord passen. Rita Liebig und ihren verhaltensgestörten Lover können wir ausschließen, was meinen Sie?" „Stellen Sie sich Rita Liebig in ihren hochhackigen Schläppchen vor, wie sie durch die Bleich wankt mit einer Flasche Spiritus und dabei die Hälfte unterwegs verschüttet!", Strauch amüsierte sich köstlich. „Was für eine absurde Szene!" Nachdem sie sich beruhigt hatte, meinte sie: „Nein, Rita war das nicht und ihr Freund, der war für mich gestern weder Fisch noch Fleisch. Es wäre nachvollziehbar gewesen, dass er Liebig tötet, um die tolle Rita für sich zu haben oder weil sie es von ihm verlangt hat. Aber dieser zweite Mord - ich kann seine mögliche Motivation dazu nicht sehen. Eine komische Figur, dieser Typ."

Sie brausten an Diespeck und der Neumühle vorbei, die Straße war breit und übersichtlich. Bachmann überholte einen Lastzug mit Anhänger, scherte ein. „Diese Stammtischbrüder von Liebig, könnten die auch Decker gekannt haben? Oder Decker hat den Mörder gekannt, hat etwas mitbekommen oder beobachtet und musste zum Schweigen gebracht werden." „Ja, das wäre eine mögliche Verbindung zwischen den beiden! Dass Decker den Mörder hätte verraten können, schließlich wohnte er in

Neustadt und nach Eggensee ist es nur ein Katzensprung. Die Kollegen überprüfen diese Leute schon, auch den jungen Mann, hieß er nicht Charly? Mir ist nicht klar, wie der in die Sache passt, aber wir brauchen alles von denen, Vorstrafen, Finanzen, Fitnessstudio, Mitgliedschaft im Karnickelverein, auch in so etwas könnten Verbindungen liegen", Strauch überlegte, „wobei ich das Gefühl habe, es geht in diesem Fall mal nicht um Geld." „Dann bleiben noch Rache, Liebe und Sex", zählte Bachmann nüchtern auf.

In Gerhardshofen leitete sie das Navi nach rechts, Richtung Birnbaum. „Mist, fahren wir jetzt über zwanzig Dörfer?", ärgerte sich Bachmann und schlug aufs Lenkrad, „Das wird ein langer Tag. Ich nehme an, wir fahren von Fürth zurück nach Ansbach. Hoffentlich haben die Kollegen etwas Brauchbares für uns gefunden." „Ja, das wird eine lange Besprechung, der Staatsanwalt will auch ein Update, darauf freue ich mich besonders", stöhnte Strauch. Sie wusste, dass genau diese Tage für Bertram sehr schwierig waren. Im Laufe des Nachmittags müsste sie ihn anrufen und mitteilen, dass sie später kommen würde, das lag ihr mehr im Magen als die Berichterstattung bei Dr. Bräuer.

Nach Birnbaum öffnete sich eine gut ausgebaute Straße, die über Weisendorf nach Erlangen führte. „Das ging wirklich schnell!", stellte Bachmann überrascht fest, als sie das Ortsschild passierten. Sie parkten am Theaterplatz und gingen hinüber zur Pathologie. Vor dem Eingang holte Strauch ihre Zigaretten heraus. „Sorry, bevor ich da hineingehe, muss ich eine rauchen", dann fiel ihr plötzlich ein, „Der Sohn von Decker, der Martin! Rufen Sie im Büro an, der muss befragt werden."

Der breite, weiß gestrichene Flur empfing sie sowie ein stechender Geruch von Reinigungsmitteln und anderen Chemikalien. Ein Stück weiter stand Dr. Ritter im weißen Kittel vor dem Aufzug. „Ah, da sind Sie ja. Kommen Sie gleich mit." Die Kommissare folgten ihm in einen der Sezierräume, auf dem Tisch lag Konrad Decker oder besser, das, was von ihm übrig war. Selbst der scharfe Geruch der Räumlichkeit konnte den brandigen Fleischgeruch nicht überdecken, der von der Leiche ausging. Bachmann öffnete seine Jacke und zog das kleine Fläschchen aus der Innentasche, öffnete es und rieb sich einen Tropfen unter die Nase. Er hielt es Strauch hin: „Hier, meine Geheimwaffe für üble Gerüche, Pfefferminzöl." Strauch roch daran. „Mmh, das riecht gut!" Sie nahm einen Tropfen und dachte: „Darauf hätte ich selbst schon vor Jahren kommen können."

Der Leichnam war seitlich gelagert, Dr. Ritter winkte die beiden zu sich: „Sehen Sie hier am Rücken habe ich eine Stelle gefunden, die nicht vollständig durch das Feuer verbrannt wurde. Sie ist noch leicht feucht." Bachmann sah sich die Stelle an, es war ein etwa drei Zentimeter langer Streifen entlang der Wirbelsäule. Seine Chefin blieb demonstrativ auf der anderen Seite stehen und sagte entschieden: „Ich habe schon so viel gesehen, das reicht eigentlich für fünf Leben! Sagen Sie mir, was Sie gefunden haben, Dr. Ritter." „Es sieht nicht so schlimm aus, Frau Strauch", wollte Dr. Ritter sie locken. Strauch winkte nur ab, sie betrachtete den Schädel, das was einmal das Gesicht war. Gesichtszüge waren nicht mehr erkennbar, der Schädelknochen überzogen von einer schwarzen, unregelmäßigen Schicht. Als sie gestern Decker befragt hatte, war ihr seine ausgeprägte, gekrümmte Nase aufgefallen. Die war nicht mehr da, nur der Nasenbeinansatz, darunter eine Öffnung.

Währenddessen sprach Dr. Ritter mit wissenschaftlicher Begeisterung. „Aus diesem Material konnte ich den Alkoholspiegel und das Beruhigungsmittel nachweisen. Vielleicht noch mehr, das Labor arbeitet noch daran. Was für Sie noch interessant sein könnte, wäre die Tatsache, dass der Mann keine Jacke anhatte. Decker hat seine Wohnung ohne Jacke verlassen, obwohl die Nacht kalt war. In Neustadt hatte es in der Nacht minus zwei Grad." Strauch löste sich aus der Betrachtung: „Das würde die Theorie stützen, dass Decker schon fast oder ganz besinnungslos war, als er seine Wohnung verließ, sonst hätte er seine Jacke angezogen." „Der Mörder hat sie ihm nicht angezogen, warum auch, Decker würde gleich sterben!", folgerte Bachmann weiter. „Ihr Mörder kann keine Frau und kein schwacher Mann sein. Er muss kräftig sein. Er hat Decker entweder aus der Wohnung in die Bleichanlage geschleift oder sogar getragen, ein Auto kann nicht verwendet worden sein. Der Torbogen in der Stadtmauer ist nur für Fußgänger und Radfahrer passierbar." „Das ist wichtig! Damit können wir Verdächtige ausschließen", meinte Strauch zufrieden.

„Darf ich Ihnen eine Freude machen, Frau Strauch? Möchten Sie einen Espresso?", fragte Dr. Ritter freundlich, eine Antwort brauchte er nicht, Strauch strahlte, „Sie auch, Herr Bachmann?" „Mir wäre ein Cappuccino lieber, Dr. Ritter!", freute sich Bachmann. „Tut mir Leid, wir haben hier keine Milch, wir vermeiden Milchkonsum. Aber einen einfachen Kaffee könnte ich anbieten", bedauerte der Pathologe. „Dann nehme ich auch einen Espresso!", entschied Bachmann entgegen seiner Gewohnheit. Dr. Ritter verließ kurz den Raum, draußen auf dem Flur rief er einige Male laut nach einer Helga. „Wie groß war Decker?", fragte sie mit Blick auf den Toten. Bachmann kramte in seinem Gedächtnis nach dem Bild von Decker: „Vielleicht 1,72m, mehr nicht." „Er sieht aus, als wäre er ein Kind. Kennen Sie den Film „Nosferatu" mit Klaus Kinski?", Strauch lehnte sich gegen einen Metallschrank, „Deckers Hände sehen aus wie die von Nosferatu." Bachmann sah sich die Hände genauer an, spinnendünn, unnatürlich lang und seltsam aufgefächert standen die Finger jeder Hand aus den Mittelhandknochen. Der junge Kommissar ahmte die Stellung mit seinen Händen nach und machte: „Uuaah!" „Wie Nosferatu!", wiederholte Strauch.

„Er hätte in die Bleich fallen können", dachte Bachmann laut. „Hätte er können, ist er aber nicht", antwortete Strauch schroff, der Gedankengang schien ihr überflüssig.

Mit einem Aschenbecher in der Hand kehrte Dr. Ritter zurück und stellte ihn auf einem Metallwagen ab. Ihm folgte eine Frau, wahrscheinlich Helga, sie brachte auf einem Tablett drei Espressi und einen Zuckerstreuer. „Bitteschön!" bot Dr. Ritter freundlich an. „Und ich darf hier jetzt rauchen?", fragte Strauch verblüfft. „Ja, unser Kunde ist schon Asche!", lachte er. Das ließ sich Strauch nicht zwei Mal sagen, sie zündete sich eine Zigarette an und griff nach dem Espresso, der schmeckte wunderbar. „Ich habe hier eine ordentliche Espressomaschine auf eigene Kosten angeschafft, nicht so eine degenerierte Padmaschine! Wissen Sie, Frau Strauch, ich habe bis vor zehn Jahren selbst geraucht. Eine Zigarette und ein Espresso waren für mich ein unbeschreiblicher Genuss!", gestand Dr. Ritter. Strauch sagte nichts, sie sah den Mann an, mit seinem lichten, grauen Haar, den dunkelbraunen, witzigen Augen. Er war ein eher kleiner Mann, leicht untersetzt, aber er hatte etwas Großes an sich. War es, weil er sich selbst nicht so wichtig nahm und man sich deshalb so leicht in seiner Gegenwart fühlte, oder war es, weil der Arzt der Toten ein Menschenfreund war? Oder weil er sich frei zu bewegen wusste zwischen Konvention und Unkonventionellem. Sie wusste es nicht, aber er hatte sie gerade überrascht.

„Was ist eigentlich mit der Flasche, Dr. Ritter? Sie haben doch eine Schnapsflasche aus der Bleich gefischt!", erinnerte sich Bachmann und kippte nochmal Zucker in die kleine Tasse nach. „Ja, genau. Wir konnten in der Flasche Spuren von dem Benzodiazepin nachweisen, welches wir in Deckers Körper fanden. Übrigens war es eine Flasche Korn. Der Mörder hat ihm das Mittel in den Korn gegeben. Vermutlich hat er die Flasche zu Hause präpariert und mitgebracht", mutmaßte er.

„Das Bild wird klarer. Der Tathergang grenzt sich ein", Strauch war froh, das Fischen im Trüben spannte sie an. „Wichtig ist auch, dass der Tote keine Verletzungen aufweist, weder Stich-oder Hiebverletzungen noch Schussverletzungen. Sie können davon ausgehen, dass kein Kampf stattgefunden hat", sagte Dr. Ritter. Mit der Tasse in der Hand umkreiste Bachmann den Toten: „Die zwei Mordfälle sind außergewöhnlich. Ich kann es kaum erwarten, den Täter zu finden und sein Motiv zu erfahren." „Hoffentlich werden Sie nicht enttäuscht, Jung

Siegfried, manchmal sind die Beweggründe der Menschen unendlich langweilig und unspektakulär", Dr. Ritter schöpfte aus seinem Erfahrungsschatz.

Mit dem Traktor und dem Hänger transportierten Sigi und Josef das Baumaterial so nah wie möglich an die Waldhütte. Das restliche Stück mussten sie die Sachen tragen. Was kein Problem war, Sigi war kräftig mit Händen groß wie Klodeckel. Die beiden hatten die wenigen Möbelstücke aus der Hütte nach draußen gestellt. Durch die körperliche Arbeit spürten sie die Kälte nicht. Josef vermaß nochmals den Boden der Hütte, die Maße würde er später dem Ernst geben, damit er ihm die Bretter zurechtschneiden konnte. In seiner Scheune der tausend Möglichkeiten hatte Josef brauchbare Dinge gefunden. Einen flachen Betonstein, der für den Ofen als Sockel dienen soll. Ofenrohre in verschiedenen Winkeln und Ausführungen, Bleche, die das Holz vor der Hitze schützen sollten. Mehrere Meter Dachrinne, die Josef während der Renovierung seines Hauses abmontiert hatte. Die brauchbaren Rinnen hatte er aufgehoben, wohlweislich, dass man sie irgendwann brauchen könnte. Der pfiffige Handwerker wusste, dass Horst sein Gebrauchswasser mit Kanistern vom Hof in die Hütte schleppen musste, deshalb hatte er eine gut erhaltene Regentonne aufgeladen, in die man über die Dachrinnenkonstruktion das Regenwasser leiten konnte. „Du bist einfach genial und mit Geld nicht zu bezahlen!", hatte Sigi gesagt und ihm kräftig auf die Schulter geklopft. Er schwitzte unter seiner Wollmütze, die braunen Locken klebten auf der Stirn. Zusammen trugen sie den

Kohleofen vor die Hütte. „Den miss mer ieber Nacht abdeckn, Sigi", mahnte Josef. „Ich habe eine große Plastikplane dabei, mit der decken wir später die Möbel und den Ofen ab", sagte Sigi. „Fang mer mit der Außenisolierung on, um fünf wirds dunkel und mir seng nix mehr und die Folie muss nuch drieber, sunst wird die Iso nachts nass!", Josef rieb sich die Hände und öffnete den ersten Ballen der Steinwolle.

In den nächsten Stunden waren im Wald Geschepper, Geklapper, Hämmern, Sägen und Fluchen zu hören. Sicher ergriffen die Tiere rundherum die Flucht, waren sie doch Horsts meditative Stille, langsame Bewegungen und gefühlvolle Laute, die ihre gemeinsame Sprache waren, gewohnt.

Auf dem Weg nach Fürth telefonierte Strauch mit Reichelt, der seit dem Vormittag in der Druckerei Wöller Kollegen und Mitarbeiter befragt hatte. „Die Frühschicht mussten wir jetzt gehen lassen, ein Vorarbeiter ist noch hier, der in verschiedenen Schichten arbeitet. Der macht einen vernünftigen Eindruck und hat einen guten Überblick über das Personal in der Halle. Der härteste Brocken ist der Geschäftsführer, er heißt Vogelsang. Wir haben festgestellt, dass Liebig und Decker hin und wieder auch die Lkws beladen haben. Daraufhin habe ich den Fuhrpark in Augenschein genommen. Der Vogelsang ist total ausgeflippt und hat was von polizeilicher Willkür und Überschreitung von Kompetenzen geschrien. Vielleicht wurden da ja auch andere Dinge in und aus der Druckerei bewegt!" „Interessanter Aspekt, Reichelt. Was könnte das denn sein, haben Sie eine konkrete Idee?", Strauch horchte aufmerksam zu. „Nein, nichts Konkretes. Wenn ich nach Ansbach zurückkomme, checke ich mal alle Zulieferer der Firma Wöller. Bei denen gehen übers Jahr Tonnen von Papier ein und aus. Unmengen von Druckfarben und anderen Produkten. Bei der momentanen Sachlage bekommen wir von Dr. Bräuer sicher keinen Durchsuchungsbeschluss für die Firma", mutmaßte Reichelt. „Sicher nicht!", kommentierte Strauch knapp, „Sie glauben, wenn Sie etwas finden, was einen Verdacht erhärtet, können Sie die Firma genauer unter die Lupe nehmen." „Ja. Bitte sprechen Sie mit dem Herrn Vogelsang, lassen Sie Ihren Charme spielen, damit er nicht gleich Beschwerde gegen uns einlegt! Das würde unsere Arbeit nur erschweren", Reichelt bettelte fast. „Sie wollen, dass ich Ihre Unverschämtheiten ausbügle, na gut, ich werde meinen Charme suchen. Mir ist, als hätte ich ihn vor einer Weile verloren. Kein Wunder bei dem Job!" „Ich war nicht unverschämt! Ich mache meine Arbeit so gut ich kann!", protestierte Reichelt. „Das weiß ich doch. Aber haben Sie keinen Verdächtigen unter den Kollegen gefunden, irgendeinen, der einen persönlichen Groll gegen die beiden hatte?" Strauch rutschte unruhig auf dem Beifahrersitz hin und her. „Nach meinem Eindruck pflegen die Mitarbeiter kaum private Kontakte miteinander. Da geht jeder seiner Wege. Die Ausnahme waren Liebig und Decker, die Freundschaft der zwei war allgemein bekannt. Sprechen Sie mit dem Vorarbeiter!", Reichelt war für das Telefonat in den Hof gegangen und fror, er wollte das Gespräch beenden, „Ich warte noch bis Sie da sind, Frau Strauch." „Ja, bis gleich. Tschüss", verabschiedete sich Strauch. Sie schloss für eine Minute die Augen.

„Was hat der Reichelt herausgefunden?", wollte Bachmann eiligst wissen. „Er hat keine heiße Spur. Keiner der Mitarbeiter scheint engeren Kontakt zu Liebig oder Decker gehabt zu haben. Reichelt will eine andere Möglichkeit verfolgen, dass die Firma über Zulieferer oder eigene Transportwege etwas Illegales bewegt hat. Unsere Mordopfer haben auch Lkws be-und entladen", informierte Strauch. „Und was soll das gewesen sein, Rauschgift in Prospekten?", scherzte Bachmann. Strauch hob den Zeigefinger. „Ich habe keine Ahnung, aber wir werden es herausfinden!"

Wenige Minuten später fuhren Sie auf dem Hof der Firma Wöller ein. An zwei der Laderampen standen Lkws, die gerade beladen wurden. Reichelt erwartete sie an der Tür. „Ich bringe Sie zu dem Vorarbeiter, er ist extra länger geblieben. Sein Name ist Steinmann." Sie passierten das Büro mit den großen Glasfenstern zur Halle. Darin am Computer: die Druckereimaus. Bachmann klopfte an die Scheibe, Steffi sprang auf und öffnete die Tür. Bachmann wagte es nicht, sie vor aller Augen zu küssen, stattdessen sagte er: „Ich komme gleich zu Dir, wenn wir fertig sind. Wo hat der Geschäftsführer sein Büro?" „Der ist im ersten Stock, dort vorne ist die Treppe. Bis gleich, Leo!", strahlte sie und formte mit ihren Lippen einen Kuss.

Reichelt führte sie durch die Halle, sah nach links und rechts und fand den Vorarbeiter. Er rief laut um die Maschinen zu übertönen: „Herr Steinmann!" Herr Steinmann war groß und schlank, hatte rötliche, kurze Haare und einen Vollbart. Mit ihm gingen die Kommissare in ein abgeschlossenes Büro neben der Treppe. Reichelt verabschiedete sich von Strauch und Bachmann: „Wir sehen uns später im Präsidium, bis dann, viel Glück." Der Raum war klein und hatte Regale an drei Wänden, in ihnen standen wild durcheinander Ordner, Kartons und Kleinteile. Steinmann zog zwei dreibeinige Hocker aus der Ecke und bot den Beamten Platz an. „Eigentlich habe ich Herrn Reichelt schon alles erzählt und mehr weiß ich auch nicht." „Zuerst bedanke ich mich, dass Sie noch geblieben sind. Fakt ist, wir haben zwei tote Männer und beide waren in dieser Firma angestellt. Was können Sie uns über Liebig und Decker sagen?" Steinmann lehnte sich auf seinem Bürostuhl zurück und rieb sich müde die Augen. „Keinen der beiden würde ich zum Mitarbeiter des Jahres wählen, wenn Sie verstehen was ich meine. Aber sie waren zuverlässig, sind zu ihrer Schicht erschienen und haben die Arbeit so gut es ihnen möglich war, gemacht." Bachmann konnte kaum auf dem kleinen Hocker sitzen: „Wie war das Verhältnis der zwei mit den anderen Kollegen, gab es Streitigkeiten?" „Meines Wissens gab es keine speziellen Feindseligkeiten. Gestritten wird hier oft zwischen den Mitarbeitern", Steinmann stützte sich jetzt auf seinem übervollen Schreibtisch ab, „Vor allem, wenn es Termindruck gab, Auslieferungstermine in Gefahr waren. Oder noch schlimmer, wenn es Fehldrucke gab. Da stellte sich Vogelsang vor die versammelte Mannschaft und schrie etwas von Terminen und Strafen, die er bezahlen müsste, weil er es hier nur mit faulen Idioten zu tun hatte! Er spielt gern die Leute gegeneinander aus. Dann begannen die Mitarbeiter sich gegenseitig zu beschuldigen, faul zu sein, Fehler zu machen, zu spät zu kommen oder zum Rauchen zu verschwinden. Das waren und sind die Streitpunkte unter den Leuten." Bachmann nickte verständnisvoll. „Keine persönlichen Rachezüge?" Steinmann schüttelte den Kopf. „Nicht, dass ich wüsste. Nach der Schicht gehen die Mitarbeiter nach Hause, Freundschaften entstehen hier nicht. Liebig und Decker waren die einzigen, die befreundet waren. Sie kannten sich angeblich lange bevor sie hier eingestellt wurden."

„Alkohol", sagte Bachmann, „die Mordopfer hatten offensichtlich ein ausgeprägtes Alkoholproblem. Gab es deswegen keine Schwierigkeiten?" „Manni und Konny sind oder waren hier nicht die einzigen mit dem Problemchen. Es gibt mehr Alkis in der Truppe. Die haben sich den Tag über gut im Griff und saufen sich durch den Feierabend. Früh sind sie aber wieder fit. Manni und Konny haben das auch so gemacht. Du kannst die Maschinen nicht besoffen bedienen oder kontrollieren, das geht nicht." Bachmann konnte es sich nicht verkneifen: „Haben Sie auch Mitarbeiter, die nicht trinken?" Der Vorarbeiter war schlagfertig: „Ja, mich! Aber ich fange bald mit dem Trinken an. Ich bin 45 Jahre alt und fix und fertig. Bei der Vorstellung, den Job noch zwanzig Jahre machen zu müssen, drängt sich das Saufen regelrecht auf!" „Aber Sie haben noch Ihren Humor, Herr Steinmann", lachte Strauch, „solange Sie nüchtern noch lachen oder Witze machen können, besteht noch Hoffnung!" Es leises Lächeln wischte über das Gesicht des müden Vorarbeiters. „Herr Steinmann, verbleiben wir doch so, sollte Ihnen noch irgendetwas einfallen, rufen Sie mich an. Und jetzt gehen Sie nach Hause. Vielen Dank!", Strauch legte ihre Karte auf den chaotischen Schreibtisch. Steinmann wischte seine Hände am Overall ab und betrachtete die Karte. „Wo finde ich Herrn

Vogelsang?", fragte sie noch. Die Antwort war ein biblischer Zeig mit dem Finger nach oben.

„So. Und jetzt in die Höhle des Löwen! Bachmann, Sie halten sich bei diesem Gespräch zurück!", befahl Strauch. „Wieso darf ich nicht sprechen?", fragte Bachmann wie ein Kind, das sich ungerecht behandelt fühlte. „Das erfahren Sie später. Sie hören zu und lernen etwas über Gesprächsführung, das ist keine Bitte!", mahnte Strauch eindringlich.

Die Tür zum Büro des Geschäftsführers schloss sich hinter ihnen, der Maschinenlärm war kaum noch hörbar. Die Sekretärin stand von ihrem Bürostuhl auf, sie war vielleicht 40 Jahre alt, schlank, fast mager. Blass, eine modische, große Brille auf der Nase. „Verwelkt", dachte Strauch spontan. „Wie kann ich Ihnen helfen?", war ihre Begrüßung mit unangenehm hoher Stimme. „Kriminalhauptkommissare Strauch und Bachmann von der Kripo Ansbach, wir möchten mit Herrn Vogelsang sprechen oder er mit uns", Strauch wies sich aus, Bachmann behielt die Hände in der Tasche seiner Jeans. Die Sekretärin musterte den Beamten von oben bis unten, Bachmann lächelte charmant. Die Kommissarin sah die Dame nicht an. „Augenblick!", tönte die Dame im schwarzen Rock und weißer Bluse.

Herr Vogelsang empfing die Kommissare sogleich und machte Stimmung: „Den ganzen Morgen springen ihre Leute durch die Druckerei und halten meine Angestellten von der Arbeit ab! Wissen Sie, was diese Maschinen kosten, die müssen Tag und Nacht laufen! Ich hatte die größten Probleme, die Produktion aufrechtzuhalten. Ausfälle kosten bares Geld!" Strauch unterbrach seine

Schimpfkanonade. „Das tut mir Leid, Herr Vogelsang, zwei ihrer Mitarbeiter haben einen gewaltsamen Tod erlitten. Wir müssen ermitteln." „Die zwei versoffenen Idioten ...", schimpfte Vogelsang weiter. Nochmals unterbrach ihn Strauch: „Wollen wir jetzt unser Niveau verlassen? Ihre Mitarbeiter waren zwei Menschen, die ermordet wurden und es ist unsere Arbeit, den Täter zu ermitteln." Jetzt schaltete der Geschäftsführer einen Gang runter. „Ich bin der Geschäftsführer der Firma Wöller, meine Aufgabe ist es, die Druckerei am Laufen und lukrativ zu halten. Die Besitzer sind eine Erbengemeinschaft, die mir ständig auf die Finger schauen, Nachlässigkeit kann ich mir nicht erlauben!" Vogelsang stand neben seinem überdimensionalen Schreibtisch im grauen Anzug und gemusterter Krawatte, die sich über sein Bäuchlein wölbte. Ein fast militärisch kurzer Haarschnitt sollte wohl seine weichen Gesichtszüge männlicher erscheinen lassen.

„Das verstehe ich, Sie sind unter Druck. Doch bitte versetzen Sie sich in meine Lage. Zwei Tote und die bisher einzige Verbindung der beiden ist die Druckerei Wöller! Wo würden Sie an meiner Stelle anfangen zu ermitteln?" Strauch zielte auf Verständnis, versteh ich dich - verstehst du mich. Vogelsang holte Luft: „Ihr Mitarbeiter wollte meine Lieferanten und Ladungen kontrollieren, der nimmt sich vielleicht wichtig und unterstellt mir, ich mache illegale Geschäfte! Die Sache werde ich unserem Anwalt übergeben. Ich lasse die Firma und ihren Ruf nicht durch die inkompetente Vorgehensweise der Polizei ruinieren!" „Herr Vogelsang, ich versichere Ihnen, niemand will den Ruf Ihrer Firma beschmutzen. Die Kollegen werden sehr diskret recherchieren und sollten in ihrer Firma Dinge vor sich gehen, die nicht legal sind, wäre es auch in Ihrem Interesse, wenn sie aufgedeckt würden!" „Wenn der Klugscheißer nicht mit drinhängt!", dachte Bachmann für sich. „Hier gibt es nichts Illegales, schauen Sie sich um, überzeugen Sie sich!", schrie Vogelsang. „Genau das machen wir. Danke, Herr Vogelsang. Die Befragungen Ihrer Mitarbeiter sind übrigens abgeschlossen, sollten sich noch Fragen ergeben, wenden wir uns privat an die Betreffenden. Das ist doch eine gute Nachricht, oder? Ihr Produktionsablauf wird nicht mehr gestört", lächelte Strauch, sie reichte ihm die Hand. „Vielen Dank für das Gespräch und entschuldigen Sie die Umstände. Sollte es noch Probleme geben, wenden Sie sich direkt an mich." Die Kommissarin legte ihre Karte auf den Schreibtisch. Bachmann nickte nur. Draußen im Vorzimmer sagte Bachmann übertrieben artig: „Auf Wiedersehen, die Dame."

Die Treppe hinunter schimpfte Bachmann: „So ein Fatzke, bläst sich auf …" „Genau das meine ich, Bachmann, sie lassen sich bei diesen Typen emotional total reinziehen. Was hätte es uns gebracht, wenn ich ihm meine Meinung gesagt hätte? Er hätte uns seinen Anwalt mit mehreren Klageschriften geschickt. Uns wären die Hände gebunden worden und ein Anschiss vom Staatsanwalt wäre uns sicher gewesen! Meine Meinung kann ich trotzdem behalten. Das müssen Sie noch lernen, wenn es die Umstände erfordern, diplomatisch und emotionsfrei zu reagieren. Bei Ihnen kommt in solchen Fällen das Kind in Ihnen durch, trotzig und aggressiv. Das ist kontraproduktiv! Sie würden damit die Ermittlungen gefährden!" Strauch musste gegen den Maschinenlärm schreien. „Ich bin kein Kind, das ist mein Gerechtigkeitssinn!" brüllte Bachmann zurück. Seine Chefin wusste nicht, wohin sie schauen sollte. „Werden Sie erwachsen, halten Sie Ihr Ziel vor Augen, wachsam, nüchtern und ohne ihr kindliches `das-ist-aber-ungerecht-Denken´. In einiger Zeit werden Sie den Job ohne mich machen, wachsen Sie da rein, werden Sie zu einer reifen, integren Person." Sie standen nun vor dem Büro, in dem das Fräulein Reimann saß und schon darauf wartete, dass ihr Liebhaber der letzten Nacht auftauchte. Strauch machte eine Bewegung mit dem Kopf: „Gehen Sie schon rein, ich warte draußen und rauche eine Zigarette oder besser zwei." Der Gedanke, dass er in absehbarer Zeit alleine ohne Strauch Mörder, Erpresser und Diebe suchen müsste, hatte Bachmann ein wenig erschreckt.

Stefanie öffnete ihm die Tür. „Alles ok?", fragte sie, „habt Ihr schon den Mörder?" „Nein, Steffi", sagte Bachmann und sah in ihr hübsches Gesicht, die blau-grauen Augen. Sie trug wieder ihre Stiefel, einen roten, kurzen Rock und einen schwarzen Rollkragenpullover. Alles, was Bachmann sah, gefiel ihm. „Deine Kollegen haben hier den Vormittag total durcheinander gebracht. Mich haben sie auch befragt", sie nestelte an ihrem Pferdeschwanz, „aber eigentlich will ich nur wissen, ob Du heute wieder kommst, Leo." Das war direkt und ehrlich. „Ich würde wahnsinnig gerne kommen, aber ich weiß nicht, ob ich es schaffen werde. Wir fahren jetzt zurück nach Ansbach, es wird eine lange Besprechung geben. Danach werde ich Dich anrufen, versprochen. Schade, dass wir uns gerade kennenlernen, während ich einen Doppelmord bearbeite." „Hätte es den Doppelmord

nicht gegeben, hätten wir uns nicht kennengelernt!",
folgerte Steffi logisch. Bachmann lachte und schüttelte
den Kopf. „Hübsch und intelligent!" Er schob sie in eine
Ecke des Büros und küsste sie, sie wehrte sich nicht.
„Ich rufe Dich später an. Geh nicht mit fremden Männern, ich müsste sie sonst töten!", es klang ein wenig
ernst, aber nicht richtig ernst.

Kleinlein hatte länger arbeiten müssen, es war
noch so viel Papierkram zu erledigen gewesen.
Die meiste Zeit hatte er in Deckers Dreck gewühlt
und nie freute er sich mehr auf eine heiße Dusche als
heute. Er zog seine Jeans und den Pullover aus und
steckte sie in die Waschmaschine. Er kippte etwas mehr
Waschpulver als üblich in das Fach und eine Menge Hy-
gienespüler hinterher. Zwar hatte er einen Schutzanzug
getragen, das war Vorschrift, aber sicher war sicher. Er
schaltete die Waschmaschine ein und ging unter die Dusche. Das Wasser hüllte ihn in fließende Wärme, Kleinlein stöhnte erleichtert auf. Sein Haar shampoonierte er
zwei Mal, ebenso seifte er sich doppelt ein und achtete
darauf, die Zwischenräume der Zehen und jede andere
Ritze gründlich zu reinigen. Danach fühlte er sich besser. Er warf einen Blick aus dem Fenster, es war schon
fast dunkel, sonst wäre er noch eine Runde joggen gegangen. Sarah würde bald nach Hause kommen, er entschied für sie beide zu kochen.

Aus dem Kleiderschrank im Schlafzimmer griff er sich
einen Jogginganzug, schlüpfte hinein und ging in die Küche. Kleinlein kochte ab und zu gerne und konnte es
recht gut. In einem Plastiksieb wusch er Basmatireis und

schüttete ihn in den Reiskocher, maß die richtige Wassermenge ab und schaltete das Gerät ein. Im Kühlschrank fand er Paprika, Karotten und Zucchini. Zwiebeln und Knoblauch waren im Korb neben der Spüle. Er wusch und putzte das Gemüse, schnitt alles klein und goss Erdnussöl in den elektrischen Wok. Der Reis begann zu kochen und verströmte seinen feinen Geruch in der Küche. Im Kühlschrank lag noch eine angefangene Packung Tofu, den er noch in Scheiben schnitt und mit dem Gemüse in den Wok gab. Die scharfe Chilipaste hatte ihren festen Platz neben dem Herd, Sarah und er aßen gerne scharf, also rein damit! Er würzte das Gemüse mit Salz, Pfeffer und Curry und ließ es leise brutzeln. Ein „Klack" war das Signal, dass der Reis fertig war. Er schaltete den Wok auf höchste Stufe und schaufelte den Reis zum Gemüse. Langsam und vorsichtig hob er den Reis unter, schaltete den Wok aus und goss die Sojasauce dazu. Es zischte heftig und der würzige, typisch chinesische Geruch stieg auf. Kleinlein hielt die Nase darüber und inhalierte: „Lecker!"

Jetzt hörte er die Wohnungstür ins Schloss fallen, Sarah war gekommen. „Hier riecht es aber gut!", rief sie aus dem Flur. Eine Sekunde später stand sie in der Küche: „Oliver, Du hast gekocht! Reis und Gemüse. Ich liebe Dich, Süßer!" Sie umschlang ihn und küsste ihn leidenschaftlich auf den Mund. Der Süße war außerordentlich zufrieden mit sich selbst. „Essen wir zuerst oder danach? Ich bin frisch geduscht!" Sarah lachte, zog den schwarzen Mantel aus und nahm die rote Mütze vom Kopf, ihr brauner Pagenkopf war ein wenig zerzaust: „Was Du gleich wieder denkst! Ich hatte heute Mittag nur ein Joghurt und einen Apfel, ich brauche dringend etwas zwischen die Zähne!" Aus dem Hängeschrank holte sie zwei Reisschalen mit chinesischem Dekor, aus der Schublade zwei Paar Essstäbchen und befüllte die Schalen. „Alle im Büro haben von dem zweiten Mord in der Bleich gesprochen. Der Mann wurde wieder verbrannt, haben sie gesagt, stimmt das?" Kleinlein schaute kurz vom Essen hoch. „Ja, ein zweiter Mord. Ich war den ganzen Tag in der Wohnung des Opfers und habe Spuren gesichert. Was ich da gesehen habe, kann ich Dir beim Essen nicht erzählen." „Dann erzähle es mir später!" Sarah brannte vor Neugier, „Aber war es nun der gleiche Täter, der auch den ersten Mord in Eggensee begangen hat?" Kleinlein bestätigte: „Das steht fest. Die Vorgehensweise ist die gleiche: Spiritus drauf und anzünden. Höchst effektiv! Die Opfer müssen betäubt gewesen sein." Sarah war fasziniert. „Habt Ihr schon einen Verdächtigen oder ein heiße Spur?" Kleinlein legte seine Stäbchen beiseite und berichtete ein wenig enttäuscht: „In beiden Fällen haben wir nur wenige Spuren. Die Kommissare waren den ganzen Tag unterwegs, selbst unsere Truppe hat Anwohner befragt. Eine echte heiße Spur hat sich dabei nicht aufgetan! Die Kommissarin war total frustriert, als ich ihr nicht einmal ein Glas mit Fingerabdrücken präsentieren konnte." „Ja, das ist doof", Sarah grübelte, „was hatten die Opfer gemeinsam? Denk mal nach!" „Den Arbeitgeber und den Alkohol", antwortete er knapp und aß weiter.

Sarahs Wissbegierde war noch lange nicht gestillt „Und was ist bei dem Arbeitgeber? Ist da keiner verdächtig?" „Die Kollegen von der Kripo Ansbach führen dort die Ermittlungen, die Kommissare sind am Nachmittag hingefahren, aber soviel ich weiß, gibt es keine wichtigen Erkenntnisse. Seine ganze Freizeit scheint das Opfer in einer Kneipe in der Würzburger Straße verbracht zu haben." Sie aßen still weiter, Oliver Kleinlein wirkte fast traurig, als er die Schalen in die Spüle stellte. Sarah umarmte ihn von hinten. „Mein James Bond braucht ein Quantum Trost!" Sie küsste seinen Nacken, er drehte sich um. „Ja, Dein James Bond braucht dringend ein großes Quantum Trost!" Dabei rutschten seine Hände auf ihren Po. „Du hast den heißesten Knackarsch im Landkreis", flüsterte er und sein Atem ging schwerer. „Du bist meinem Knackarsch verfallen, stimmt`s?", hauchte sie in sein Ohr und ihre Hände wanderten unter seinen Jogginganzug wie emsige Ameisen. „Ich gestehe. Ich gestehe alles!", flüsterte er und machte sich am Reißverschluss ihrer schwarzen Jeans zu schaffen. Ihre Hose rutschte, seine Hose rutschte, unfähig sich zu trennen, stolperten sie aus der Küche über den Flur ins Schlafzimmer. Ihre Stiefel konnte Sarah noch im Flur abschütteln. Als sie endlich auf dem Bett lagen, raunte Kleinlein: „Miss Moneypenny, ich habe einen besonderen Auftrag für Sie." Miss Moneypenny kicherte: „Alles, was Sie wollen, Mister Bond!"

Sonja und Stefan Gebhardt saßen in der Küche und aßen zu Abend. Für Leni stand der Hochstuhl am Tisch und sie langte ordentlich zu. Der Vater hatte ihr ein Brot mit Butter bestrichen und mit ihrer Lieblingswurst, Gelbwurst, belegt. In kleine Häppchen geschnitten, lag das Brot vor ihr auf dem Teller. „Da!", quäkte sie und deutete auf den Gouda. „Den magst Du doch nicht, das weiß ich ganz genau, Leni", sagte der Vater. „Da, da, da, Täse!", quietschte Leni lauter. Sonja schnitt ein kleines Stück vom Gouda ab und legte es auf Lenis Teller. „Sonst hört sie nicht auf da-da-da zu schreien." Stefan warf einen Blick auf seine Tochter und schmunzelte, dann sah er seine Frau an. „Ich finde, Du siehst schon viel besser aus als heute früh", stellte er beruhigt fest. Die Sorge um Sonja hatte ihn fertig gemacht, die ganze Zeit im Büro konnte er an nichts anderes denken. Sonja trug jetzt einen blauen Pullover ihres Mannes, das Sweatshirt mit dem rotzigen Ärmel hatte sie in die Schmutzwäsche geworfen. „Ich bin selbst erstaunt, wie ruhig ich gerade bin. Als Leni ihren Mittagsschlaf hielt, habe ich mich auch hingelegt, das war eine gute Idee", erzählte sie und strich sich eine Haarsträhne hinter das Ohr. „Am Wochenende machen wir etwas Schönes, damit Du auf andere Gedanken kommst!", schlug ihr Mann vor. Leni steckte den Gouda in den Mund, verzog das Gesicht und spuckte ihn zusammen mit einer Ladung Speichel wieder aus. „Du kleines Ferkel!", Sonja wischte Lenis Mund ab. Mit der Hand wischte sich Leni mehrmals über die Zunge, in der Hoffnung den Geschmack loszuwerden. Der Vater drückte ihr die Tasse mit dem Schnabel in die Hand.

„Ich habe Martin angerufen, er will am Wochenende kommen", Sonja strahlte, „wahrscheinlich am Samstag!" Stefan war überrascht. „Was? Martin kommt nach Neustadt? Das letzte Mal als er hier war, schwor er, dass er nie wieder käme!", Stefan dachte nach, „Natürlich, weil ER nicht mehr lebt." Sonja lächelte: „Ja, er kommt mich besuchen, uns besuchen. Mein Bruder fehlt mir, wir haben gemeinsam so viel erlebt. Ich will ihn wenigsten ab und zu sehen und ich will, dass er ein richtiger Onkel für Leni ist." „Das ist schön und Du freust Dich", Stefan legte seine Hand auf die Hand seiner Frau. „Ich werde Bratwürste mit Kartoffelsalat für ihn machen. Martin liebt fränkische Bratwürste! Er hat immer gesagt, dass man die Bratwürste in Stuttgart vergessen kann!", lachte Sonja heiter.

„In unserem Haus möchte ich eine große Küche mit Platz für einen großen Tisch, an dem wir essen und Leni malen und basteln kann", träumte Sonja. Die Küche, in der sie saßen war klein und schmal. Recht eingezwängt zwischen Küchenzeile, Eckbank und Hochstuhl nahmen sie ihre Mahlzeiten ein. Sobald ein zweites Kind mit am Tisch sitzen würde, müssten sie zum Essen ins Wohnzimmer gehen. „Große Küche, kein Problem! Ich fühle mich hier wie eine Sardine in der Dose", stimmte ihr Mann zu.

Stefan Gebhardt konnte es nicht glauben, heute Morgen war seine Frau einem Nervenzusammenbruch nah, jetzt plapperte sie fröhlich und machte Pläne. Sein Schwager würde am Wochenende zu Besuch kommen, das war der Auslöser für den Stimmungswechsel! Martin war ein schwieriger Mensch, schweigsam und verschlossen. Nie wusste man, was er gerade dachte. Martin konnte auch schnell ärgerlich werden. Stefan konnte nicht direkt sagen, dass er ihn nicht mochte, aber der Umgang mit ihm hatte etwas von einem Eiertanz. Sonja dagegen kam spielend mit ihm klar, sie verstand sogar sein Schweigen, die Verbundenheit der beiden war spürbar. Martin war jetzt der Einzige, der Sonja aus ihrer Ursprungsfamilie übrig war.

Die Feuerleiche in der Bleich hatte auch in seiner Firma die Runde gemacht, allerdings hatte heute noch keiner gewusst, dass die Leiche sein Schwiegervater war. Natürlich hatte er nichts dazu gesagt, aber morgen würden es alle wissen. „Es ist zum Kotzen!", dachte Gebhardt, „wie stehe ich da! Jeder wird erfahren, dass der Alte ein Säufer war und wer weiß, was den Klatschmäulern noch einfällt!" Er kaute versonnen auf seinem Leberwurstbrot. „Sie werden es schnell wieder vergessen", tröstete er sich still, „gestern Osama, heute Putin und Assad, morgen irgendwer. Die Leute vergessen schnell, wenn die Zeitungen nicht mehr darüber schreiben. Nichts als Strohfeuer, die hoch aufflammen und schnell wieder erlöschen." Jetzt musste er an seinen Schwiegervater denken. „Puh!", stöhnte er und legte eine Hand auf den Magen. „Ich glaube, ich bin satt."

Über ihr Streitgespräch fiel kein Wort während der Fahrt nach Ansbach. Im Präsidium steuerte Strauch zuerst ihr Büro an, sortierte Zettel auf ihrem Tisch, das meiste musste bis morgen warten. Ihr fiel wieder ein, dass sie Bertram noch anrufen wollte. In ihr sträubte sich etwas, sie setzte sich auf ihren Sessel. „Verdammt! Warum rufe ich nicht einfach an?", dachte sie ein wenig verzweifelt. Frau Späth, die Sekretärin des Kommissariats, klopfte an die offene Tür und schaute herein. „Besprechung in fünfzehn Minuten?" „Ok", erwiderte Strauch. „Sie sehen müde aus, Frau Strauch! Ich mache Ihnen einen Espresso", bot Frau Späth an, sie war eine gute Seele, Strauch mochte sie. „You save my life every day!", witzelte Strauch. Frau Späth kicherte und verschwand. Kurz entschlossen nahm Anne Strauch ihr Handy und wählte Bertrams Nummer. Er ging nicht ran. Er war Elektroingenieur und sicher noch im Büro, vielleicht in einem Kundengespräch. Sie schrieb eine SMS: Komme heute später, nicht vor 20 Uhr.

Die Kommissarin führte zwei Telefonate und trank den Espresso, dann war es Zeit für die Fallbesprechung. Sie ging in den Besprechungsraum, sechs Mitarbeiterinnen und Mitarbeiter hatten schon Platz genommen. Stapel von Papier lagen auf dem Tisch, die PCs liefen. „Guten Abend, Herrschaften!", begrüßte Strauch die Runde, „Beglückt mich mit Euren Ergebnissen oder was mir noch lieber wäre, präsentiert mir einen Täter! Ich bin alt und müde, den ganzen Tag durch die Gegend laufen, macht mich kaputt." Sie setzte sich und nahm sich eine Flasche Mineralwasser.

Reichelt rekapitulierte die Aussagen der Mitarbeiter der Firma Wöller, ein echtes Verdachtsmoment war nicht dabei. Reichelt hatte begonnen Zulieferer der Firma zu prüfen, dazu konnte er noch nicht viel sagen. In der Runde wurde spekuliert, welche illegalen Aktivitäten in einer Druckerei laufen könnten.

Die Verdächtigen des Falls Liebig wurden überprüft. Rita Liebig hatte 1985 eine Anklage wegen öffentlichen Ärgernisses am Hals. Das wurde in der Runde ausgiebig kommentiert. Bachmann gab seine persönlichen Eindrücke zur Person Liebig wieder. Ihr Freund Gerd Wittrich dagegen war ein unbeschriebenes Blatt.

Frank Heinrich „Fränki" hatte 1990 eine Anzeige wegen Körperverletzung bekommen, die Strafe wurde zur Bewährung ausgesetzt. Der Maler Richard Lohmeyer war häufig zu schnell mit seinem Lieferwagen unterwegs, hatte zuletzt deswegen 2012 einen achtwöchigen Führerscheinentzug. Auf beide waren private Pkws angemeldet. Was das dem Team sagen sollte wusste keiner, aber sie nahmen es zur Kenntnis.

Auf Karl Schindler, Charly, war ein Motorrad angemeldet, er hatte aber keinerlei Einträge im Strafregister.

Strauch horchte auf, als Meyer berichtete, dass die Stuttgarter Kollegen Martin Decker befragt hatten. Der hatte angegeben, seit dem Tod der Mutter vor zwei Jahren nicht mehr in Neustadt gewesen zu sein. Er hatte am Montag seinen Arbeitstag absolviert, hatte aber für die Tatzeit kein Alibi. Er lebte alleine in einer kleinen Wohnung im Zentrum von Stuttgart. Strafeinträge hatte er keine.

„Mit dem müssen wir sprechen. Ich will ihn sehen, entweder hier in Ansbach oder in Neustadt. Laden Sie in offiziell vor. Zumindest für den Mord am Vater hat er ein starkes Motiv." Strauch spürte, dass sie Kopfschmerzen bekam, drückte mit Zeige-und Mittelfinger gegen ihre Schläfen. Just hier trat der Staatsanwalt Dr. Bräuer in die Besprechung. Alle Informationen wurden wiedergekäut. Dr. Bräuer war wie erwartet enttäuscht, dass noch kein dringender Tatverdacht im Raum stand. „Morgen möchte ich einen gerechtfertigten Haftbefehl ausstellen können!", tönte er wie ein Opernsänger. Strauch hasste diese Sätze zutiefst, sollte das die Mitarbeiter motivieren? „Diese Scheißrhetorik!", dachte die Kommissarin, am liebsten hätte sie gesagt, dass man mit der Erwartung auf Erreichung von unrealistischen Zielen noch nie jemanden zu Höchstleistungen motiviert hat. Dabei erkannte sie, dass genau diese verzerrte Denkweise zur

Methode geworden war, in allen Bereichen der Arbeits-welt.

Wie erwartet zog sich die Besprechung bis kurz vor 20 Uhr hin. Mit den Kollegen sprach Strauch ab, dass sie morgen Vormittag ins Büro kommen würde und erst da-nach nach Neustadt fahren würde. „Danke für Eure Ar-beit, ich wünsche Euch eine gute Nacht. Bis morgen in alter Frische!" Ein Gähnen ging durch die Runde.

Entspannt lag Oliver Kleinlein in den Armen seiner Freundin und schnüffelte an ihrem Hals. Sarah zog die Decke höher, sie mochte nicht aufstehen. Mit der flachen Hand strich sie über sein kurzes Haar und küsste ihn auf den Mund. „Du hast gesagt, dass das zweite Opfer die meiste Zeit in einer Kneipe in Neustadt verbracht hat." Oliver Kleinlein seufzte: „Hatte ich das doch für zwanzig Minuten vergessen. Du bist ja schlim-mer als ich, Sarah!" „Was heißt, dass er sein Leben hauptsächlich in der Druckerei und der Kneipe verbracht hat. Es wäre logisch, dass Du in dieser Kneipe sehr viel über ihn erfahren könntest, James!" James warf sich auf den Rücken, er wusste Sarah hatte Recht. Für Decker war seine Wohnung eher ein Schlafplatz, Besuche hatte er dort sicher nicht empfangen. In der Wohnung fand null Sozialleben statt, dafür hatte er den Blauen Engel. In dieser Sekunde schoss Kleinlein eine Idee in den Kopf, aufgeregt sagte er: „Sarah, ich gehe Undercover in die Kneipe und zwar jetzt gleich!" Sarah setzte sich im Bett auf. „Meinst Du wirklich? Ich finde die Idee sen-sationell!" Kleinlein sprang aus dem Bett, machte das Licht an und suchte seine Klamotten zusammen, die im

Raum und auf dem Bett verstreut waren. Dann warf er die Kleidung aufs Bett. „Nein, ich brauche etwas anderes!"

Er öffnete den großen, mehrtürigen Kleiderschrank und begann zu wühlen. In dem Teil mit den hohen Fächern fand er ganz unten eine ältere Jeans und ein ziemlich ausgewaschenes, blaues Sweatshirt auf dem das Logo einer Sportfirma prangte. Er stellte sich vor den großen Spiegel „Na, wie findest Du mein Outfit, unauffällig genug?" Sarah war begeistert, sie quietschte: „Gott, ist das aufregend, Oliver, dein erster Undercovereinsatz! Solltest Du nicht deinen Vorgesetzten informieren?" „Ach was, ich gehe in die Kneipe, mische mich unters Volk und sperre beide Ohren auf. Wer weiß, was ich dort hören werde. Vielleicht erfahre ich etwas extrem Wichtiges, z.B. den entscheidenden Hinweis und beeindrucke Hegendörfer und die Kommissare!" Auf der Kleiderstange fand er noch eine wattierte, braune Cordjacke, die er eigentlich schon längst aussortieren wollte, heute fand sie noch einmal Verwendung. Inzwischen stand Sarah auf dem Bett, umarmte ihren Süßen und hauchte: „Ooh, James!" James gab Miss Moneypenny einen Kuss und einen Klaps auf den Po und zog aus um die Welt zu retten.

Vom Aischsteg war es nicht weit in die Innenstadt. Er überquerte die Aischbrücke und ging an der Aisch entlang bis zur Umgehungsstraße. Es war längst dunkel, aber um 19 Uhr waren die Ampeln noch in Betrieb. Als pflichtbewusster Bürger drückte er den Schalter für die Fußgängerampel und wartete ungeduldig auf das grüne Männchen. Er bog links in die Bleichanlage ein, die schwach beleuchtet war. Von weitem sah er den Tatort, die Absperrung war am Nachmittag aufgelöst worden. Die Anlage lag völlig ruhig im Dunkeln, als müsste sie sich von dem turbulenten Tag erholen. Geradeaus durchschritt er, erfüllt von seiner Mission, die Bleich und fand sich in der Würzburger Straße ein. Nach wenigen Metern stand er vor dem Blauen Engel. Mit beiden Händen fuhr er sich kreuz und quer über die kurzen, dunklen Haare, aber die wollten einfach nicht durcheinander geraten. Er atmete tief ein und aus und warf sich mit Leib und Seele in seinen Spezialeinsatz.

Es war laut, die Kneipe war gut besucht. Drei Männer standen am Tresen, dahinter der Wirt, der den Zapfhahn bediente. Drei Tische waren besetzt, an einem wurde Karten gespielt. Die Kartenspieler droschen ihr Blatt auf die Holztische. Kleinlein überlegte, ob er sich an einen der Tische setzen sollte, aber dort wäre er sehr isoliert. Nein, er musste sich an den Tresen stellen, dort würde er leichter mit den Leuten ins Gespräch kommen! So lässig wie es ihm möglich war, lehnte er sich an den hölzernen Tresen und bestellte sich ein Pils. Es dauerte keine Minute und einer der Männer drehte sich zu ihm um: „Du warst noch nie hier, ich kenne Dich nicht. Ich bin der Erich und das ist der Fritz." Er deutete auf den kleinen, dünnen Mann mit Halbglatze neben ihm. Schlagartig wurde Kleinlein klar, dass er vergessen hatte, sich eine Rolle auszudenken. Einen Namen, Beruf, eine Identität eben, jetzt musste er improvisieren. „Ich bin der Florian", stotterte Kleinlein. „Servus Florian, was ist los? Du siehst fertig aus!", stellte Erich fest und sah ihn dabei genau an. Kleinlein stockte, stockte und dann plumpste es aus seinem Mund: „Meine Freundin hat mich verlassen." Erich gab ihm einen aufmunternden

Schlag auf den Oberarm: „Ach, Du arme Sau!", und wandte sich an die ganze Kneipe, „Da schaut, dem Florian ist die Freundin davongelaufen." Ein bedauerndes Gemurmel ging durch den Raum. Einer rief: „No woman, no cry. Ka Fraa, ka Geschraa!", alle lachten. „Mir sind schon einige davongelaufen", meinte einer, ein anderer antwortete: „Wos uns alle net wundert!" Wieder Gelächter. Es kamen noch einige Weisheiten wie: „Du kannst nicht mit ihnen und nicht ohne sie!" oder „Nimm doch einfach die Nächste!" Kleinlein war von so viel Mitgefühl überwältigt, er lächelte verunsichert in die Runde.

Erich fragte ihn: „Korn oder Jägermeister?" „Ich habe mein Pils", antwortete der Ahnungslose. Der stämmige Erich mit den dunklen, struppigen Haaren klärte Kleinlein auf: „Es gibt Probleme, die löst man mit Korn, andere löst man mit Jägermeister. In Deinem Fall würde ich Jägermeister empfehlen!" Damit war der schmächtige Fritz nicht einverstanden „Wenn einem die Freundin davongelaufen ist, ist das ein klarer Fall für einen Korn!" Die beiden stritten sich ein wenig, bestellten dann beim Wirt aber eine Runde Jägermeister. Der Wirt Reinhardt Schwarz schenkte ein. „Prost Florian, auf die Weiber!", Fritz und Erich hoben das Glas an. „War sie wenigstens hübsch, die Entlaufene?", fragte Fritz. „Ja, sehr", sagte Kleinlein traurig und glaubte fast selbst seine erfundene Geschichte. Fritz fing wieder mit dem Korn an: „Um klare Verhältnisse zu schaffen, braucht man etwas Klares, mach uns drei Korn, Reinhardt!" Und schon standen drei volle Schnapsgläser auf dem Tresen, wieder hoben die neuen Freunde an „Prost, Florian. Auf die nächste schöne Frau!" Erich legte freundschaftlich den Arm um Kleinlein, alias Florian: „Wo arbeitest Du, Florian? Ich arbeite auf dem Bau, meine Knochen sind im Arsch, aber ein paar Jahre muss ich noch durchhalten in dem Scheißjob." Es kreiselte in Kleinleins Kopf „Äh. Ich arbeite als Sachbearbeiter bei der AOK." Das war Sarahs Arbeit, etwas anderes war ihm nicht eingefallen, der Einsatz entwickelte eine gewisse Eigendynamik. Fritz zog die Augenbrauen hoch: „Das habe ich mir schon gedacht, dass Du ein Bürofuzzi bist! Gehst Du mit Anzug und Krawatte in die Arbeit?" „Nein, so ist das nicht. Ich kann auch im Pullover gehen. Es gibt Kollegen, die mit Krawatte zur Arbeit kommen, aber das sind meist die Älteren", das Lügen ging schon ein klein wenig leichter. Erich kratzte sich am wirren, dunklen Schnauzer und machte ein besorgtes Gesicht: „Demnächst müssen wir alle unseren dunklen Anzug suchen. Du musst wissen, wir haben einen guten Freund verloren. Wir sind in Trauer!", wieder wandte er sich der tristen Gaststube zu, „Ja, wir trauern um unseren Freund Konny!" Alle hoben ihre Flaschen und Gläser: „Auf Konny!" Aufmerksam lauschte Kleinlein auf die Ausführungen von Erich und Fritz, den Freund, den sie auf grausame Art und Weise in der letzten Nacht verloren haben. „Die Sau, wenn ich die erwische, mache ich sie kalt!", meinte der Fritz und in seinen Augen glänzten Tränen. Nur wie löst man einen Trauerfall, mit Korn oder Jägermeister? Sicherheitshalber mit beidem!

Reinhardt, der Wirt, hatte alle Hände voll zu tun. Es wurde in der Kneipe immer lauter und bewegter. Am Tisch der Kartenspieler wurde gestritten. Kleinlein wanderte losgelöst von einem Tisch zum anderen. Er erfand Geschichten über sich und die Freundin, die ihn verlassen hatte, er log, dass sich die Balken bogen. Schamlos erzählte er von ihren langen, blonden Haaren, den blauen Augen und dem Apfelpo. Seine neuen Freunde glaubten ihm jedes Wort und waren eine dankbare Zuhörerschaft. Jeder Tisch sprach über Konny, den sie gut kannten, weil er jeden Tag im Blauen Engel war und mit ihnen Freud und Leid geteilt hatte. „Ein Superkumpel!", hörte er mindestens hundert Mal. An einem Tisch saß Ecki, den er sehr schlecht verstand, wenn er sprach. Sein Tischnachbar klärte Kleinlein, oder Florian, auf, dass Ecki einen Schlaganfall hatte und seitdem halbseitig Lähmungen zurückbehalten hatte: „Mit der rechten Hand kann er die Bierflasche nicht mehr halten, dafür nimmt er sie mit der Linken!" Zum Beweis hob Ecki die Bierflasche hoch und grinste einseitig. Ecki kannte Konny schon seit der Schulzeit, er nuschelte: „Dort sind wir zusammen in die Schule gegangen, gleich um die Ecke." Er deutete mit dem Daumen hinter sich. Ecki wusste eine Menge über Konny zu berichten. Wiederholt fühlte er den Impuls, seinen Notizblock heraus zu holen und sich Aussagen aufzuschreiben, der Vorgang war ihm so vertraut und alltäglich. Natürlich konnte er das hier nicht tun, seine Tarnung wäre im Handumdrehen aufgeflogen. Er speicherte die Dinge in seinem Kopf.

Er lernte Werner, Luigi und Herbi kennen. Irgendwann schlug ihm die Problemlösungsstrategie, in Form von Korn und Jägermeister, auf den Magen, ihm war schlecht. „Florian" Kleinlein stand auf und suchte die Toilette, was nicht einfach war. Ihm war schwindelig und er schwankte. Auf der Toilette sah er in den Spiegel und erkannte sich kaum „Oh Gott, sehe ich beschissen aus. Ich muss sofort nach Hause!" Zurück im Gastraum bezahlte er, Fritz und Erich versuchten ihn zum Bleiben zu überreden. Kleinlein versprach, bald wieder zu kommen.

Draußen vor der Tür traf ihn die frische Luft wie ein Schlag ins Gesicht. Gut, dass um diese Zeit kaum Verkehr in der Würzburger Straße herrschte, Kleinlein brauchte die ganze Breite der Straße, fand den Eingang zur Bleichanlage. Seine Beine gehorchten ihm nicht, in seinem Kopf drehte sich ein Kinderkarussell. Noch in der Bleich erbrach er sich zum ersten Mal. Er peilte die Umgehungsstraße an wie eine ferngesteuerte Rakete ihr Ziel. Die Ampeln waren schon außer Betrieb und mit heftigem Linksdrall überquerte er die Straße ohne einmal nach links oder rechts zu blicken. Sein Magen brannte inzwischen, direkt an der Aischbrücke erbrach er sich zum zweiten Mal. Ihm war leichter, die Übelkeit ließ ein wenig nach.

Endlich daheim", stöhnte Strauch geschafft und schloss die Wohnungstür hinter sich. Sie zog den Parka aus und die Mütze vom Kopf, ein Blick in den Spiegel und sie erinnerte sich, dass sie einen Termin beim Friseur vereinbaren musste. Dringend! Sie schlüpfte aus den Stiefeln, das tat gut. „Hallo, bin zu Hause!", rief sie vom Flur aus. „Ich bin im Wohnzimmer!", rief Bertram. Die private Anne Strauch ging ins Wohnzimmer und gab Bertram einen flüchtigen Kuss. Er saß auf dem Sofa und sah sich die Nachrichten an. „Ich habe etwas gekocht. Bist Du hungrig? Ich habe schon vor einer Stunde gegessen." Er stand auf um die Mahlzeit aufzuwärmen. Strauch war sich nicht sicher, ob sie hungrig war. Seit den Leberkäsesemmeln hatte sie nichts mehr gegessen. Oder doch? Ja, die zwei lauwarmen Pizzastücke, die Reichelt übriggelassen hatte. Die lagen ihr schräg im Magen. Aber wenn sie sagen würde, dass sie nicht essen wollte, wäre er stinkesauer. Sie folgte ihm in die Küche. Er stand am Herd und rührte in der Pfanne mit Kartoffeln, Erbsen und Zucchini.

Bertram sah sie an. „Du siehst völlig fertig aus!" „Ja, es war ein anstrengender Tag. Aber wirklich weiter gekommen sind wir nicht. Der arme Staatsanwalt war enttäuscht, weil er keinen Haftbefehl ausstellen konnte, der Mann lebt auf dem Mond!", jammerte Strauch. „Du hast es täglich mit Abschaum zu tun, dass Du das noch machen willst!", Bertram schaltete den Herd aus und stellte die Pfanne mitten auf den Küchentisch auf einen Untersetzer. „Das stimmt nicht, Verbrechen sind gesellschaftsunabhängig. Es geschehen auch Verbrechen in guter Gesellschaft oder wie man das nennen will", sie holte sich einen Teller und Besteck aus dem Schrank, das alte Parkett in der Küche knarrte an drei bestimmten Stellen. Sie füllte den Teller und begann zu essen. „Wirst Du die nächsten Tage immer so spät nach Hause kommen? Ich wollte dich morgen zum Italiener einladen", lockte Bertram. Das nervte Strauch, sie hat einen großen Fall an der Backe und er macht luftige Pläne. „Bertram, ich habe einen Doppelmord aufzuklären, wer weiß, wenn der Täter das Tempo hält, sind es morgen drei! Wie soll ich heute wissen, wann ich morgen heimkomme!"

Bertram setzte sich zu ihr an den Tisch. „Es wäre schön, wenn deine Arbeitszeiten etwas regelmäßiger wären. Jetzt sitze ich wieder tagelang da und warte auf dich!" Ihr blieb das Essen im Hals stecken, sie wusste sehr gut, was kommen würde und sie hatte keine Lust darauf, sie legte das Besteck weg und versuchte ihre Lautstärke zu mäßigen. „Ich bin Kriminalhauptkommissarin und meine Aufgabe ist es, Verbrechen und in erster Linie Morde aufzuklären. Das war ich schon, als wir beide uns kennenlernten, was willst Du von mir? Dass ich meinen Job aufgebe um hier das Hausmütterchen zu spielen? Oder einen 20-Stunden-Job bei Aldi an der Kasse annehme um rechtzeitig hier zu sein?" Bertram holte Luft: „Wann verbringen wir denn Zeit miteinander?" „Dauernd!", Strauch warf die Gabel auf den Tisch, „Weil ich die meisten Tage um 18 Uhr hier bin, nur eben nicht, wenn ich einen aktuellen Mordfall habe!" „Warum wirst Du gleich so wütend? Ich bitte dich, mehr Zeit mit mir zu verbringen, andere Frauen würden sich freuen und Du wirfst mit der Gabel?" Jetzt war Bertram beleidigt. „Ich weiß nicht, ob Du es schon bemerkt hast, Bertram, in diesem Haushalt gibt es keine Kinder, keinen Hund, nicht einmal einen Kanarienvogel, der betreut werden müsste. Ich bin 50 Jahre alt und habe mein Pensum als Hausfrau, Ehefrau und Mutter und somit an Selbstaufgabe vor Jahren erfüllt. Und nun sitzt Du da und verlangst das alles nochmal von mir!" Strauch wurde lauter. Er stand auf und ging aus der Küche, dabei sagte er enttäuscht: „Scheinbar verbringst Du lieber deine Zeit mit deinem Gesocks, den Mördern und Vergewaltigern, statt mit mir!" „Wie eine alte Frau, die um Aufmerksamkeit heischt und kein anderes Mittel dafür kennt, als emotionale Erpressung!", dachte Strauch wütend und schrie ihm noch nach: „Früher hast Du mich nach den Fällen gefragt, hast dich für meine Arbeit interessiert. Ich arbeite für die öffentliche Sicherheit!" Sie stand auf und rauchte auf dem Balkon eine Zigarette, ihr Blick fiel nach unten auf die Straße, ein paar eingemummte Figuren waren unterwegs. Die Kälte trieb die Raucherin zurück in die Wohnung.

An der frischen Luft überlegte sie, was sie mit dem Rest des Abends anfangen würde. Sie konnte sich unmöglich neben Bertram aufs Sofa vor den Fernseher setzen. Ihr fehlte aber auch die Kraft für eine weitere Auseinandersetzung. Nein, sie würde versuchen zu entspannen! Sie könnte sich unter die Dusche stellen, das tat gut und dabei die Zeit für die morgendliche Dusche sparen. Danach würde sie im Arbeitszimmer den Computer hochfahren und ein paar Dinge recherchieren, einen Zettel mit den wichtigsten Dingen für morgen schreiben und früh zu Bett gehen. „Super Plan, Anne!", lobte sie sich selbst. Gott sei Dank war die Altbauwohnung groß genug, um sich aus dem Weg zu gehen, sie hatte keinen Bock auf Bertrams beleidigtes Gesicht.

Sarah hing auf dem Sessel im Wohnzimmer und schaute einen „Tatort" an. Sie war ein echter Krimifan. „Ohne Krimi geht die Mimi nicht ins Bett", sagte sie oft. Plötzlich hörte sie ein Kratzen an der Wohnungstür. Erschrocken stand sie auf und schlich lautlos in den Flur. Es klang, als würde sich jemand am Türschloss zu schaffen machen. Sarahs Herz schlug im Hals, mutig rief sie: „Wer ist da?" „Ich, Schatzimausi!", hörte Sarah durch die Tür. „Oliver, bist das Du?", fragte sie ungläubig. „Ja, Schatzimausi." Sarah machte das Licht an und öffnete die Wohnungstür. Im Türrahmen lehnte Oliver und wie er aussah! Bleich wie die Wand, mit glasigen, rotunterlaufenen Augen. „Mission erledigt,

Miss Moneypenny!", lallte er. „Oliver, Du bist total betrunken, Du siehst aus wie der Tod von Forchheim!" Sarah war entsetzt. „Nein, betrunken bin ich nicht, vielleicht ein wenig angetrunken. Musste mittrinken aus Tarnungsgründen. Verstehst Du?", versicherte Oliver. „Du bist rotzbesoffen!", warf ihm Sarah noch einmal vor. Kleinlein stand noch immer auf der Fußmatte, in den Türrahmen gelehnt. Sarah packte ihn am Ärmel und zog ihn in die Wohnung. „Pfui, Du stinkst wie das ganze Festzelt auf der Kirchweih um Mitternacht!" Sie roch an seiner braunen Cordjacke. „Igitt, Du hast Dich vollgekotzt! Zieh sofort diese Jacke aus!" Kleinlein mühte sich redlich, die Knöpfe zu öffnen, schaffte es aber nicht. Sarah half ihm dabei und zog ihm die Jacke über die Arme. Mit zwei Fingern nahm sie das Ding, ging ins Wohnzimmer, öffnete die Balkontür und warf die Jacke einfach raus.

Als sie zurückkam, war Kleinlein nicht mehr im Flur, sie hörte es aus der Küche scheppern. Kleinlein stand gebückt vor der Spüle und suchte etwas im Unterschrank. „Was machst Du da?", fragte Sarah irritiert. „Der Undercovereinsatz war ein voller Erfolg, ich habe viele neue Informationen." seine Zunge im Mund machte andere Bewegungen, als er wollte, „da war der Erich und der Fritz, außerdem der Herbi und ganz wichtig, der Ecki." Endlich hatte er gefunden, was er gesucht hatte, einen Eimer! Er richtete sich auf, dabei wurde ihm schwindelig und er stieß gegen Tisch und Stuhl, rappelte sich aber wieder hoch. „Oliver, ich habe Dich noch nie so gesehen, das macht mir richtig Angst! Brauchst Du einen Arzt? Ich könnte Dich ins Krankenhaus fahren!" Sarah sprach in größter Sorge. „Hintergrundinformationen", mit dem

Wort tat sich Kleinlein richtig schwer, „hätten wir auf die normale Art nie erfahren!" Er wankte Richtung Schlafzimmer. „Gehe doch lieber nochmal ins Bad, Oliver", bat ihn Sarah, sie befürchtete Schreckliches.

Wie ein Roboter änderte Kleinlein abrupt die Richtung, was ihn wieder ins Ungleichgewicht brachte. Sarah versuchte ihn zu stützen, seine Ausdünstung verursachte ihr Übelkeit. „Du stinkst voll nach Schnaps, Du weißt doch, dass Du Schnaps nicht verträgst." „Alles für Ihre Majestät, die Königin.", brabbelte Kleinlein. Sarah wollte das alles nicht sehen, sie schob ihn durch die Badezimmertür und schloss sie augenblicklich. Aus dem Bad hörte Sarah Klirren, Krachen, Stöhnen, Ächzen und einen Schlag, mit dem der Deckel der Toilette auf die Brille fiel. Die Tür ging auf: „Mir ist schon viel besser", sagte er und sein Körper suchte nach dem Schlafzimmer, was ohne Kopf nicht leicht ist. Den Eimer stellte er neben sein Bett und ließ sich bäuchlings darauf fallen. Sarah konnte nicht glauben, was sich „live" vor ihren Augen abspielte, sie zog ihm noch die Schuhe aus. Für Hose und Hemd hätte er sich umdrehen müssen.

Bei Miss Moneypenny stellten sich große Schuldgefühle ein, hatte sie ihn doch bestärkt in diese Kneipe zu gehen! Jetzt lag James Bond halbtot im Bett, abgestürzt und volltrunken: „Oliver, ist alles ok? Ist Dir noch schlecht?" Aber der Agent seiner Majestät schnarchte schon.

Eine Stunde später wollte Sarah ins Bett gehen, doch der Geruch, der ihr im Schlafzimmer entgegen schwallte, war unerträglich, trotzig sagte sie halblaut:

„Hier schlafe ich heute nicht!" Sie schnappte sich Kopfkissen und Bettdecke und wanderte damit auf das Sofa im Wohnzimmer.

I n der Ansbacher Südstadt sperrte Bachmann die Tür seiner Junggesellenbude auf, warf den Schlüssel auf die Kommode im Flur und hing die grüne Jacke auf. Er öffnete die Schuhbändel seiner Outdoortreter mit der Allroundsohle und als die Schuhe nicht vom Fuß rutschen wollten, riss Bachmann unsanft an. Die letzte Nacht machte sich   bemerkbar. Gerne wäre er noch nach Fürth gefahren und unter Steffis Bettdecke gekrochen, aber er war todmüde. Er griff nach dem Handy und setzte sich in seinen Junggesellen-Relaxsessel, wählte Steffis Nummer und musste nicht lange warten. „Hey süße Steffi, wie geht es Dir?", meldete er sich. „Ich habe auf Deinen Anruf gewartet, ungeduldig!", antwortete Steffi. „Ja, ich habe versprochen, dass ich anrufe, dann tue ich das auch. Aber sorry, ich kann heute nicht mehr kommen. Erst vor fünf Minuten bin ich nach Hause gekommen. Die letzte Nacht war verdammt kurz, ich bin erledigt!" Bachmann hatte sich zurückgelehnt und die Augen geschlossen, er öffnete sie schnell wieder, er hatte Angst, er könnte während des Gespräches einschlafen. Es war eine Weile still, Steffi sagte traurig: „Schade, ich hatte mich so darauf gefreut." „Sei bitte nicht traurig, Süße. Ich gehe heute bald ins Bett und schlafe für morgen auf Vorrat." Leo versuchte Steffi zu trösten. „Es ist auch vernünftig, wenn Du so müde nicht mehr mit dem Auto fährst." Steffi bekämpfte ihre Enttäuschung. Leo Bachmann lachte: „Ich könnte den Lastkraftwagenfahrertod sterben." „Was?", Steffi verstand nicht. „Na, der Sekundenschlaf, du kannst Dir nicht vorstellen, bei wie vielen Unfällen der die Ursache ist!" Bachmann gähnte ausgiebig. „Schlaf gut, Leo. Ruf mich bitte morgen wieder an!", schnurrte die Druckereimaus und Bachmann verfluchte seine Müdigkeit.

Guten Morgen!", rief Anne Strauch, als sie das Büro betrat. Sie zog den langen Reißverschluss ihres Parkas auf und nahm den verknitterten Zettel aus der Jackentasche. Der Zettel war ihre To-do-Liste. „Guten Morgen!", rief Frau Späth vom Kopiergerät. Ihr Assistent war noch nicht da, aber das machte nichts, sie wollte viele Kleinigkeiten erledigen bevor sie wieder nach Neustadt fahren würden. Sie warf einen Blick auf die Liste und ging ins Büro nebenan. Reichelt war auch soeben eingetroffen. „Na, auch schon wieder da?", fragte er sarkastisch. Strauch lächelte schief. „Bertram hat Angst, er sieht mich die nächste Zeit nicht mehr." „Meine Frau kommt mit meiner Arbeitszeit locker zurecht, sie kann sich sehr gut selbst beschäftigen. Wahrscheinlich sind wir deswegen noch verheiratet", stellte Reichelt fest, „andere Kollegen haben weniger Glück."

„Stimmt", dachte Strauch und las Punkt drei auf der Liste. „Was ist eigentlich mit den Zügen, hat das jemand gecheckt? Wann fährt nach Mitternacht noch ein Zug von Neustadt nach Nürnberg? Wird der Bahnhof in Neustadt videoüberwacht?" Reichelt machte ein überraschtes Gesicht und kratzte sich im rötlichen Vollbart: „Davon weiß ich nichts! Da muss ich Mayer und Zoder fragen." „Es stellt sich die Frage, wie der Täter von Eggensee weggekommen ist. Natürlich könnte es jemand aus der näheren Umgebung gewesen sein, dann spielt der Zug keine Rolle. Aber das wissen wir nicht! Deshalb prüfen Sie, ob es einen Zug nach Mitternacht gibt, Videoaufnahmen vom Bahnhof und falls ja, muss sich die jemand ansehen. Theoretisch könnte der Mörder darauf sein." „Das mache ich gleich jetzt, Frau Strauch", versicherte Reichelt.

Zurück in ihrem Büro las Strauch Punkt eins auf der Liste: Friseurtermin. Hatte ihr Friseur so früh schon geöffnet? Es war kurz vor acht Uhr, sie beschloss, es zu probieren. Niemand hob ab. Strauch hatte heute in ihrem Schrank die feuerrote Strickjacke gefunden, die ihr Bertram letztes Jahr zu Weihnachten geschenkt hatte, sicher war sie teuer, darunter trug sie ein blassrotes T-Shirt und blaue Jeans. Sie fand, sie sah anders aus, anders als gestern, aber zufrieden war sie nicht. Gab es nicht in den Modezeitschriften diese Vorher-Nachher-Artikel? Strauch ärgerte sich über ihre Unzufriedenheit, die sich offensichtlich aus ihrem tiefen Inneren einen Weg nach außen suchte.

Frau Späth kam herein. „Ich habe die Kollegen von der Stuttgarter Polizei am Telefon, wollen Sie mit ihnen sprechen, wegen dem Verhör von dem jungen Mann? Äh, Espresso?" Strauch nickte zwei Mal. Inzwischen kam Bachmann durch die Tür, gut gelaunt rief er: „Guten Morgen, allerseits!" Mit dem Zeigefinger vor den Lippen mahnte Strauch ihn zur Ruhe. Ihr junger Kollege sah heute wieder nur gut aus. Diese graue Jeans saß wie angegossen an seinem schlanken Körper, der schwarz und grau gemusterte Pullover hätte von Armani sein können. Wie aus einem Magazin. Strauch fand das gerade zum Kotzen, schloss die Augen und versuchte sich auf das Telefonat zu konzentrieren. Frau Späth stellte der Kommissarin den Espresso auf den Tisch und ging auf Bachmann zu. Die beiden tuschelten, scherzten und verließen gemeinsam das Büro.

„Gut, das passt mir wunderbar, Kollege, weil ich heute auf jeden Fall nach Neustadt muss! Dann findet sich Martin Decker um 14 Uhr in der Polizeistation Neustadt ein." Strauch war zufrieden, so konnten sie sich Wege sparen. Sie war sehr neugierig auf den Sohn des zweiten Opfers, obwohl sie nicht sagen konnte, warum.

Moni räumte gerade die Küche auf. Die Familie hatte gefrühstückt und es war Zeit, Michi in den Kindergarten zu bringen: „Michi, zieh Deine Jacke und die Stiefel an, wir fahren gleich!" Da hörte sie Schritte auf der Treppe und Horsts Stimme, der Michi begrüßte: „Guten Morgen, Michi. Bist Du wieder gesund?" „Nur noch ein bisschen Rotz in der Nase, aber der Rest ist ok", antwortete Michi detailgetreu. „Ja, hallo Horst. Du bist schon auf? Wie hast Du geschlafen?", wollte Moni wissen, acht Uhr war nicht Horsts Zeit, normalerweise stand er nicht vor neun Uhr auf. „Die Luft im Zimmer ist so trocken, mein Hals ist ganz rau, ich brauche etwas zum Trinken", jammerte Horst. „Du bist es nicht mehr gewohnt in einem Haus zu schlafen. Ich würde Dir Tee machen, aber ich muss Michi in den Kindergarten fahren", Moni ging eilig aus der Küche. „Ich mache mir den Tee selbst. Wo sind die Teebeutel?", er kreiselte in der Küche. Moni lachte und öffnete ihm ein

Fach im Hängeschrank, dort standen mindestens zehn verschiedene Packungen Tee. „Der Sigi und der Josef arbeiten schon an deiner Hütte, sie sind losgefahren, als es hell wurde. Sigi hat gemeint, Du sollst nicht gucken kommen, damit Du die Überraschung nicht ruinierst!", sagte Moni, als ginge es um ein großes Geheimnis, nahm dann Michi an die Hand und flitzte aus der Tür. „Ich gehe heute früher in die Stadt, Breze kaufen!", rief Horst ihr hinterher.

Auf dem Weg nach Neustadt machte Strauch noch einen Versuch bei ihrem Friseur, und endlich nahm jemand ab. „Ich brauche einen Termin zum Haareschneiden. Ja, waschen, schneiden, föhnen. Am Samstag. Diesen Samstag", meinte Strauch. Kurze Pause, dann: „Farbe, o Gott, auch das noch! Na, von mir aus mit Farbe. Strähnchen! Nein, ich will keine Strähnchen! Farbe reicht. Ja gut, dann am Samstag um 13 Uhr, danke!" Strauch wirkte gestresst. Bachmann sah zu ihr hinüber. „Es gibt Männer, die lassen sich Strähnchen färben!" Strauch verzog das Gesicht: „Das ist doch bescheuert." „Mag sein, aber es gibt Männer und Frauen, die investieren viel in ihr Äußeres, Zeit und Geld!" Für Bachmann war das eine simple Feststellung. Seine Chefin protestierte laut: „Ja und Schmerzen, lassen sich da was wegschnippeln und dort etwas einspritzen, allein bei der Vorstellung kriege ich Gänsehaut!" „Das habe ich nicht gemeint. Was machen wir jetzt in Neustadt?", fragte Bachmann, der das Thema wechseln wollte.

„Ehrliche Antwort?", Strauch musterte ihn von der Seite. Er war verunsichert, nickte aber. „Ich habe keine Ahnung! Um 14 Uhr haben wir die Befragung von Deckers Sohn. Davor möchte ich mir beide Tatorte ansehen und warte dabei auf eine Eingebung. Vielleicht haben ja Sie eine spontane Idee?" „Das klingt aber nicht so toll!" Bachmann fühlte Frustration. Die Kommissarin klopfte ihm sanft auf die Schulter: „Es ist nicht das erste Mal, dass wir mit nichts in den Händen dastehen, stimmt´s? Und dennoch haben wir uns wacker geschlagen! Zuerst nach Eggensee, bitte!"

Über die Ansbacher Straße fuhren sie nach Neustadt ein, durch die Innenstadt in die Nürnberger Straße. Über die alte Strecke der B 8 war es nur noch ein Kilometer bis zum ersten Tatort. Bachmann parkte den BMW kurz vor der Stelle, an der der ausgebrannte Golf des Opfers gestanden hatte. Strauch blickte nach links durch die Unterführung, der kleine Ort Eggensee war gut zu sehen. Sie ging ein Stück darauf zu: „Es sind nur wenige Minuten vom Dorf hierher." Eilig schloss sie den Parka bis ganz oben und setzte ihre schwarze Wollmütze auf. In der Nacht hatte es wieder Minusgrade gehabt, der leichte Wind fühlte sich eisig an und biss in die Nase. „Ich will den Weg zu den Bahngleisen noch mal abgehen", sagte sie, sah auf die Armbanduhr und machte sich auf den Weg. Bachmann steckte den Kopf in den hohen Kragen seiner Jacke. „Ich bleibe hier und sehe mir die Brandstelle an." In drei Minuten war Strauch an den Gleisen.

„Wir könnten es mit einem Indianer versuchen, einem Spurensucher. Ich habe gehört, die können Unglaubliches aus dem Boden und dem Bewuchs lesen. Für meinen Teil, ich sehe nichts!" Bachmann stand da, die Augen auf den Boden geheftet, als seine Chefin zurückkehrte. „Äh, Bachmann", Strauch suchte in ihrer Tasche nach einem Taschentuch, „haben Sie die Fotos der Opfer dabei?" „Ja, klar, von Liebig und Decker.", mit einem Handgriff zog er sie aus der Außentasche, „meine Jacke ist multikulti und multifunktional!" Er grinste. „Super! Wir fahren jetzt in dieses Dorf zu dem Mann, der das erste Opfer gefunden hat", Strauch gefiel ihre Idee, vielleicht weil ihr partout nichts anderes einfiel.

Im Dorf eingetroffen, schauten sie sich um. Bachmann wusste noch den Namen des Bauern, aber keine Adresse, er rief in der Polizeistation an: „Ok, danke, Hegendörfer. In ca. einer Stunde werden wir bei Ihnen eintreffen, bis dann." Der Hof von Ernst Schader lag in der Hauptstraße und war schnell gefunden. Vor den Kommissaren kreuzte ein junger Mann mit langen Haaren und Pudelmütze die Straße. Er war so in sich selbst versunken, dass er die zwei Personen nicht wahrnahm. Bachmann sah ihm nach. „Müsste ich in so einem Kaff leben, wäre ich auch komplett gaga!"

Frau Schader öffnete die Tür. „Grüß Gott, Frau Schader, Kommissare Strauch und Bachmann von der Kripo, ist Ihr Mann zu Hause? Wir möchten ihm noch Fragen stellen", stellte Strauch sich freundlich vor. „Wartn´S ämol!", Frau Schader schob die Kommissarin beiseite und schrie so laut sie nur konnte über den Hof in den Stall: „Eeernst, bist Du do?" Strauch zuckte zusammen, ihr rechtes Ohr fühlte sich taub an. Bachmann stand da und versuchte seine Schadenfreude zu verstecken, was ihm nicht gelang, er schüttelte sich vor Lachen.

Und wirklich, ein kleiner, älterer Mann im Overall und dicker Jacke kam aus dem Stall und rief: „Wos isn?" In gleicher Lautstärke wie eben schrie Frau Schader: „Die Polizei is widder do, die wolln mit dir sprechen!" Strauch trat zwei Schritte zurück, Bachmann lehnte an der Hauswand und lachte lauthals: „Danke, Frau Strauch, dass wir hierhergekommen sind, das ist wie im Komödienstadl, aber live ist es viel besser!" Am liebsten hätte Strauch ihm eine reingehauen, stattdessen steckte sie den rechten Zeigefinger ins Ohr und bohrte, was auch ein wenig half. „Hören Sie auf zu lachen, Bachmann, sonst ziehe ich meine Dienstwaffe!", zischte sie. Was Bachmann noch mehr amüsierte.

Er wischte sich die Tränen aus den Augen, als alle gemeinsam in das Haus eintraten. In der Küche mit den abgewohnten Resopalmöbeln bot Ihnen Frau Schader Platz an und fragte, ob sie Kaffee machen sollte. Strauch winkte ab, Bachmann wunderte sich und übernahm das Gespräch: „Herr Schader, Sie haben den Toten am Montag gefunden." „Ja, des woar furchbor! Ganz schwarz woar der und gstunkn hats!", erinnerte sich Schader mit Grausen. Bachmann fuhr fort: „Sicher haben Sie gehört, dass ein zweiter Mord in Neustadt geschehen ist." „Un widder verbrennt, wos is des für ä Mensch, ham`S den Täter noch nicht?" „Leider nein", der Kommissar holte die beiden Fotos aus der Jacke und legte sie auf den Küchentisch, „das ist der Mann, den Sie gefunden haben, er hieß Manfred Liebig und ist in Neustadt aufgewachsen, hat aber schon seit vielen Jahren in Fürth gelebt. Der andere hieß Konrad Decker und hat in Neustadt gewohnt. Kommen Ihnen diese Männer oder einer von ihnen bekannt vor?"

Frau Schader holte ihre Lesebrille aus der Schublade des Küchenbuffets, die beiden beäugten die Fotos intensiv. Voller Einsatz in Sachen Bürgerpflicht! Ernst Schader ließ sich Zeit, nahm das eine Bild, dann das andere und wieder das erste. Schlussendlich schüttelte er den Kopf: „Also echt, die zwa kenn ich net, nu nie gesehn." Seine Frau setzte die Brille ab: „Ich kann mer Gesichter gut merkn, ober die kenn ich net. Alle zwa hom komische Nosn!" „Die Frau hat Recht, beide Opfer hatten sehr markante Nasen!", dachte Bachmann. „Tja, schade, es war den Versuch wert. Danke Ihnen beiden!", Strauch stand auf, Bachmann nahm die Fotos und folgte ihr. Ernst Schader begleitete sie zur Tür „Ich träum jede Nacht vo der Leich.", klagte er.

„Vielleicht hat der Mörder etwas gegen große Nasen!", schlug Bachmann vor und lachte, „Wie geht es Ihrem Ohr?" „Ich bin schwerbeschädigt durch einen Betriebsunfall, morgen reiche ich meine Pension ein, aber vorher fahren wir in die Bleich und danach zu den Kollegen."

Kleinlein hätte um 7 Uhr den Dienst antreten müssen, rief aber an, dass er sich verspäten würde, weil es ihm nicht gut ginge. Jetzt saß er bei Hegendörfer im Büro und beichtete ihm seinen nächtlichen Einsatz im Gasthaus zum Blauen Engel. In Hegendörfers Stirn gruben sich tiefe Falten und er rupfte an seinem Hemdkragen, ihm fehlten die Worte während er Kleinleins Erzählungen folgte. Seine sonst schon rote Gesichtsfarbe nahm einen bedrohlichen lila Ton an. Am Ende der Geschichte wollte er schreien, er holte tief Luft,

aber es ging nicht, stattdessen entfuhr es ihm fassungslos: „Sag mir, dass Du das nur erfunden hast! Du bist
doch nicht ganz dicht! Das ist die ärgste Räuberpistole,
die ich seit langem gehört habe. Und das auf meinem
Revier!" Er griff sich mit beiden Händen auf den Kopf
und rieb sie über das schüttere Haar vor und zurück.
Kleinlein hing bleich wie die Wand und eingesunken auf
dem Stuhl vor dem Schreibtisch, bedauerte zum zehn-
ten Mal sein Benehmen: „Herr Hegendörfer, es tut mir
unendlich leid, es gibt keine Entschuldigung für mein
Verhalten. Könnte ich es ungeschehen machen ...“ Der
Vorgesetzte winkte ab: „Hör auf mit dem Geheul, dafür
ist es zu spät. So ein Scheiß! Ist Dir klar, dass ich das
Kasperltheater den Kommissaren melden müsste?"

„Ich wollte doch Informationen sammeln, damit wir den
Fall lösen können. Nur deshalb bin ich in die Kneipe.
Vielleicht habe ich ja etwas Wichtiges erfahren, nur kann
ich mich an nichts erinnern!" Kleinlein hatte Tränen in
den Augen. Seitdem er heute Morgen aufgewacht war,
kramte er in jeder seiner Gehirnwindungen nach den
Unterhaltungen im Blauen Engel, aber außer Kopfschmerzen war dabei nichts rausgekommen. Hegendörfer war 58 Jahre alt und ein väterlicher Vorgesetzter,
jetzt hatte er Mitleid mit seinem Mitarbeiter: „Ich denke
darüber nach, Kleinlein. Wir haben mehr als einmal über
deinen Ehrgeiz gesprochen. Was deine Kollegen zu wenig haben, hast Du zu viel. Genau das hat dich einge-
holt. Was für eine hirnverbrannte Idee!" Er schlug auf
den Tisch. Kleinlein erschrak und griff sich schwach an
den Kopf, er fühlte sich furchtbar, als würde sich jeder
Muskel in seinem Körper auflösen, aber am schlimmsten
war der Kopf. Am Morgen konnte er nichts essen oder

trinken, Kaffee, Tee, Brot, Cornflakes, wenn er nur daran dachte, bekam er einen Würgereiz. „So!", schnaufte Hegendörfer schwer und stellte ein Glas auf den Tisch, kippte Wasser hinein, holte aus der Schublade eine Packung mit Brausetabletten, „Das ist ein Alkaseltzer, das trinkst Du jetzt und wenn es Dir danach nicht besser ist, gehst Du nach Hause." Widerwillig trank Kleinlein das Glas aus und verließ auf wackeligen Beinen das Büro des Vorgesetzten. Hegendörfer sah ihm nach, schüttelte den Kopf und suchte nach Ablenkung auf seinem Schreibtisch.

D ie paar Schritte werden uns gut tun!" Leo Bachmann parkte den dunkelblauen BMW auf dem Großparkplatz an der Neustadthalle. Wenig später trafen sie am zweiten Tatort ein. Zwar standen dort keine Blumen, dafür eine volle Bierflasche einer Brauerei aus dem Landkreis. „Ist das zum Lachen oder zum Weinen?", fragte Strauch ungläubig. Ihr Kollege zuckte mit den Achseln. „Bei den alten Ägyptern gab man den Toten Lebensmittel mit auf den Weg ins Totenreich."

Strauch sah sich die Weide genauer an. „Der Stamm ist wirklich breit und kräftig, möglicherweise wächst der Baum unbeschadet weiter", Sie ging in die Hocke. Zwei Frauen mittleren Alters näherten sich der Stelle. „Ach Gott, da ist das passiert!", rief die Kleinere. Die Größere: „Wie mir der Eugen das gestern gesagt hat, konnt ich mir gar nicht vorstellen, wo das war." Jetzt meinte die Kleinere: „Kennst Du das eine Buch vom Mankell, wo der die Schwäne anbrennt. Das war grausam." Die Größere fragt erschrocken: „Wieso, ist hier auch ein Schwan verbrannt?" „Nein, ich glaube nicht", beruhigte sie die Kleinere.

Die Kommissare entfernten sich unbemerkt, setzten sich auf die Parkbank gegenüber der wehrhaften Weide. Strauch zündete sich eine Zigarette an und deutete nach links, zu dem kleinen Torbogen. „Sicher kam der Täter von da in die Bleich, er hat Decker geschleift oder vielleicht sogar getragen. Gibt es da nicht Fußabdrücke oder Schleifspuren, haben wir schon den Bericht der Spurensicherung?" „Nein, der steht noch aus", Bachmann machte eine Notiz in seinem Block. Strauch zog an der Zigarette. „Wenn es nicht so kalt wäre, könnte ich länger hier sitzen. Hat dieser Ort, der so idyllisch und friedlich ist, für unseren Täter eine Bedeutung? Oder war es die einfachste Lösung, weil Decker praktisch um die Ecke gewohnt hat?"

„Ich als Mann, ich würde praktisch denken. Unser Täter steht auf Drama. Wäre es nicht für eine Frau schwer möglich, Decker bis in die Bleichanlage zu schleifen, würde ich auf eine Frau, eine Dramaqueen, als Täter setzen. Wollte ich töten, sähe das anders aus. Entweder ich würde mir eine Waffe organisieren, zu einem Messer greifen oder zu dem altbewährten schweren, stumpfen Gegenstand. Ich würde nie auf die Idee kommen, jemanden zu verbrennen. Das erinnert mich an Scheiterhaufen und Mittelalter", erläuterte Bachmann. Seine Chefin drehte sich zu ihm: „Das ist gut! Solche Dinge müssen Sie aussprechen, ich bin eine Frau, ich denke anders als ein Mann. Sie müssen die Dinge aus Ihrem Blickwinkel äußern. Das ist wichtig! Ein Mann mit weiblichen Verhaltensmustern, das ist spannend, darüber muss ich nachdenken!"

Bachmann freute sich. „Nennen Sie alle Freunde Leo?",
Strauch wechselte das Thema, „Ich weiß aus Ihrer Akte,
dass Sie Leopold heißen." „Mein Name ist mein Kind-
heitstrauma, bis in die zweite Klasse wurde ich „Poldi"
gerufen. Sogar hier in der Bleich, auf meinem ersten
Fahrrad, rief mir Tante Berta hinterher: „Poldiii, pass
auf! Poldiii, fall nicht runter! Poldiii, nicht so schnell!",
seit ich denken kann, habe ich mich geschämt für diesen
Namen. Ich kam mir vor wie ein Pony! In der Schule
haben mich die Kinder verarscht. Aber nur bis zur zweiten Klasse! Da hatte ich so einen Fiesen in der Klasse,
der war der Allerschlimmste. „Poldiii, das ist ja der kleine
Poldi!" hat er geschrien. Und an einem Tag habe ich ihm
eine gescheuert, so richtig mitten ins Gesicht!" Bachmann ballte die Hände zu Fäusten, kniff die Augen zusammen, so emotional hatte Strauch ihren Kollegen
noch nie gesehen, beeindruckt hörte sie ihm zu, „Er ist
hingefallen und als er wieder auf den Beinen war, schlug
ich noch mal zu, auf die gleiche Stelle, damit es richtig
wehtut. Und dabei schrie ich hundert Mal „ich heiße
Leo"!" Er holte tief Luft. „Und seitdem werde ich nur
noch Leo genannt." Strauch fand die Geschichte cool,
sie streckte ihm die Hand entgegen: „Leo, ich heiße
Anne." Der völlige entgeisterte Bachmann nahm die
Hand und sagte: „Danke."

I m Wald wurde schwer gearbeitet. Die groben
Holzdielen im Innenraum der Hütte waren schon
verlegt. Das Holz war nur minimal angeschliffen
und unbehandelt, aber es sah schön und gemütlich aus. Die Möbelstücke, wenn man sie so nennen
mochte, standen wieder in der Hütte, der Ofen war auf

den Stein gesetzt. Josef hatte eine Weile vor dem Ofen gestanden und nachgedacht. „Des mach ich später, do muss ich nu überlegn." Sigi schnitt die Steinwolle, es staubte unangenehm, es wurde genagelt und getackert, sie kamen flott voran. „So macht das Arbeiten richtig Spaß, Josef! Ich glaube, mit dir könnte ich ein Haus bauen!", Sigi war begeistert. „Die Moni hat uns eine große Thermoskanne Kaffee gemacht, die steht drinnen auf dem Ofen, nimm dir, wenn Du möchtest." Es entstand eine kurze Lärmpause, die zwei Handwerker hörten ein Knacken im Wald. Beide sahen sich erschrocken um. Aus dem Dickicht kam etwas auf die Hütte zu, Sigi guckte. „Das muss ein Tier sein!" Wirklich, es näherte sich ein Rascheln und Knistern.

Zunächst nahmen die beiden etwas weiß-bläuliches zwischen den Bäumen wahr. Der Fleck nahm Gestalt an und aus dem Wald trat ein weißes Reh. Langsam und ohne Scheu kam es auf die Hütte zu. Sigi und Josef standen wie angeschraubt, unfähig sich zu bewegen mit offenen Mündern. In etwa sechs Metern Entfernung blieb das Reh stehen. Furchtlos, aufrecht und wunderschön, sah es sich die beiden Eindringlinge genau an. Es war ein Exemplar wie aus dem Märchenbuch. Das fast unnatürlich helle Fell, der kräftige Körperbau, die ausgeprägte Muskulatur der Hinterläufe und der dagegen zierliche, zarte Kopf, den es selbstbewusst erhoben trug. Die dunklen Augen so klar, rein und wissend. Sigi glaubte hineinzufallen, in die Augen, in eine Unendlichkeit. Keiner wagte zu atmen. Der Kontakt dauerte eine Minute, dann kehrte das Reh den Menschen den Rücken zu und verschwand im Wald.

Sigi und Josef erwachten aus der ehrfürchtiger Starre. Josef war der erste, der seine Sprache wiederfand: „Des hob ich nuch nie geseng, wos woar des?" „Ein Reh, es war ein weißes Reh und es hat uns angeschaut", sagte Sigi leise. „Ich hob nuch nie ä weißes Reh gseng. Und warum hat des uns ongschaut?" Josef war verwirrt, das war ein wenig viel für ihn. „Ich glaube, das Reh ist an Horst gewöhnt, es hat die Scheu vor diesem Ort verloren" Sigi schüttelte den Kopf, „Der Georg hat mal behauptet, es gäbe in der Gegend ein weißes Reh. Ich habe es ihm nicht geglaubt." Er hatte Gänsehaut und sah noch in den Wald, das Reh war weg, hatte aber einen tiefen Eindruck in ihm hinterlassen. Vielleicht war Horst viel weniger verrückt, als er bis heute dachte. In dem Moment, als das Reh vor ihm stand, hatte Sigi das tiefe Bedürfnis verspürt, mit ihm zu sprechen. Eine Minute Faszination!

„Des wenn mir im Dorf derzählen, des glaabt uns kanner!", sprach Josef, kratzte sich durch die Wollmütze kräftig am Kopf und kehrte zur Arbeit zurück.

Ein Stück die Alleestraße entlang und weiter über die Bahnhofstraße gingen die Kommissare auf die Polizeistation zu. Auf dem Weg dachte Bachmann darüber nach, wie er gerade zu dem „Du" gekommen war. War es die Belohnung für seinen emotionalen Striptease? Ist das der passende Schlüssel zu dem Schloss einer Frau? Eine echte, intensive Gefühlsäußerung?

„Habt Ihr schon den Täter, liebe Leute?", rief Strauch schon im Vorraum. Schüttelnde Köpfe. Der Dienststellenleiter Hegendörfer kam aus seinem Büro. „Guten

Morgen, Frau Strauch, Herr Bachmann!" Strauchs
Handy klingelte, Reichelt war in der Leitung und berichtete über seine neuesten Erkenntnisse: „Der Bahnhof in
Neustadt hat eine Videoüberwachung. Der letzte Zug
Richtung Nürnberg fährt in Neustadt um 0.28 Uhr los.
Aus der Richtung angekommen ist der Zug um 0.18 Uhr,
man sieht drei Gestalten aussteigen. Eingestiegen ist
niemand. Was ich nicht wusste, dass es inzwischen eine
neue Haltestelle auf der Strecke gibt „Neustadt Mitte".
Das Video werde ich mir noch ansehen. Sind auch Personen für Sie interessant, die aus dem Zug ausgestiegen
sind?" Strauch zog ihren Parka aus während sie sprach:
„Der Täter konnte wohl schlecht in Eggensee auf einen
Zug aufspringen, die fahren dort mit voller Geschwindigkeit! Nein, suchen Sie Personen die eingestiegen
sind." „Ok. Ich melde mich wieder. Tschüss." Reichelt
beendete das Gespräch.

Kleinlein ging auf die Kommissarin zu und überreichte
ihr die Fotoalben. „Sie haben mich gebeten, Fotos aus
der Wohnung Decker sicherzustellen. Das hier ist alles,
was ich gefunden habe." „Ja, das ist gut, danke, Kleinlein", sie griff nach den Alben, ihr fiel auf, dass der junge
Kleinlein heute sehr blass war. Im Hintergrund trat Hegendörfer von einem Bein auf das andere. Strauch
winkte ihm. „Der Sohn von Konrad Decker kommt um
14 Uhr hierher, wir werden ihn vernehmen, ich bräuchte
für die Zeit ein freies Büro." „Das ist kein Problem" Dann
senkte Hegendörfer die Stimme, „kann ich Sie mal unter
vier Augen sprechen, Frau Kommissarin?" Die Kommissarin stimmte verwundert zu.

Hegendörfer führte sie in sein Büro und schloss die Tür,
er räusperte sich und holte tief Luft: „Ich muss Sie über

ein Vorkommen informieren und hoffe, dass Sie Milde walten lassen. Es geht um meinen Polizeiobermeister Kleinlein, den sein Ehrgeiz gestern zu einer haarsträubenden Aktion verführt hat." Hegendörfer legte nun den Undercovereinsatz offen, der in einem Vollrausch mit Amnesie geendet hatte, er konnte der Kommissarin dabei kaum in die Augen schauen. „Betrachten wir die Sache mal nüchtern, die eigenmächtige Aktion hatte bis jetzt keine Konsequenzen, es ist nichts passiert", sagte Strauch, sie hielt die Fotoalben auf ihrem Schoß und betrachtete kühl die Sachlage, „Kleinlein ist ein guter Mann, es liegt mir nicht daran, seine Karriere zu ruinieren, die noch nicht begonnen hat. Sollte diese Zirkusnummer unsere Ermittlungen nicht gefährden, werde ich darüber niemandem berichten." Hegendörfer fiel ein Stein vom Herzen. „Danke, Frau Strauch, ich bin Ihnen unendlich dankbar, Kleinlein ist der gescheiteste Mann in unserem Haufen, ich möchte ihn nicht verlieren. Morgen, wenn es ihm besser geht, werde ich ihm ordentlich den Kopf waschen!" „Sie haben eine sehr innovative Truppe, Hegendörfer, zwei machen in der Bleich Führungen am Tatort und einer spielt James Bond!", die Kommissarin konnte sich ein Grinsen nicht verkneifen. „Führungen am Tatort?!", Hegendörfer verzog das Gesicht, „Da kann doch nur Münch dahinterstecken, der Kindskopf!"

Hegendörfer war so froh, dass er Strauch lachend berichtete, dass Kleinlein mit einer Jeans, einem ausgewaschenen Sweatshirt und brauner Cordjacke bis zur Unkenntlichkeit verkleidet, die Aktion „Blauer Engel" antrat. „Was er noch wusste, war, dass er sich Florian nannte und als Beruf Sachbearbeiter bei der AOK angab!" Er schlug mit der flachen Hand auf den Tisch und lachte laut auf. Strauch konnte nicht anders, sie musste mitlachen.

Hegendörfer wurde nach draußen gerufen, Strauch blieb sitzen und schlug das erste Fotoalbum auf. Das erste Bild war ein großformatiges Hochzeitsbild und zeigte Konrad Decker im Anzug mit langen, damals rötlichen Haaren. 12.07.1985 stand darunter. Die Frau an seiner Seite, war hübsch mit ihrem blonden, langen, lockigen Haar. Das Brautkleid spiegelte die 80er Jahre wieder, kleine Rüschen und Puffärmel. Sie lächelte scheu, aber sehr glücklich in die Kamera. Strauch musste sofort an Lady Diana denken, die, nachdem sie den Prinz von Wales geheiratet hatte, lange das Lieblingsmotiv der Klatschpresse war. Es war genau der gleiche Gesichtsausdruck, scheu und glücklich. Für Lady Diana, die jung und vielleicht wirklich verliebt war, in den Prinzen mit den abstehenden Ohren, endete das Glück in harter Realität im Protokoll des Buckingham Palastes, inklusive einer Geliebten, die von Anfang an da war. Die junge Braut aus dem Fotoalbum ist den gleichen Weg gegangen. Auch ihr Glück, ihre Liebe endete in der kalten Wirklichkeit neben einem gewalttätigen Trinker. Und beide Frauen fanden einen frühen Tod. Tragisch. Das Schicksal der jungen Frau auf dem Foto, deren Vornamen Strauch nicht einmal kannte, berührte sie zutiefst. „Das Leben schlägt manchmal hart zu!", dachte Strauch und erinnerte sich an ihren Exmann.

Sie blätterte weiter im Album, Fotos von der Hochzeit, Gäste, Familie und kleine Kinder. Weiter hinten Geburtstagsfeiern mit Freunden. Auf einem Bild glaubte Strauch

Manni Liebig zu erkennen, viel jünger mit langen Haaren, aber die eingedrückte Nase war signifikant. Neben ihm stand Konrad Decker, in ihrer Mitte eine junge Frau mit dunkelblondem Pagenkopf. Feuchtfröhlich lachend prosteten die drei dem Fotografen entgegen. Strauch nahm das Bild aus dem Album.

In den anderen beiden Alben waren Kinderbilder. Sonja und Martin als Babys, im Arm der Mutter. Beim Laufen lernen. Später gab es nur noch wenige Schnappschüsse, die die Kinder beim Spielen oder Spaziergängen zeigten. Bilder vom Fotografen bei der Einschulung. Klassenfotos. Die letzten Bilder zeigten Sonja und Martin bei der Konfirmation. Die Fotos sprachen still.

Hegendörfer kam wieder herein und erinnerte sich: „Ich habe gehört, wie sie vorhin telefoniert haben, wegen der Zugverbindung. Kommen Sie, ich zeige es Ihnen auf der Karte!" Der Dienststellenleiter hatte in seinem Büro eine sehr detaillierte Karte vom Landkreis Neustadt-Bad Windsheim, „Sehen Sie, hier ist Eggensee, das ist der Tatort am Waldrand und von dort liegt der Bahnhof Emskirchen viel näher als Neustadt. Wenn ich der Täter gewesen wäre und wollte zurück in Richtung Nürnberg, wäre ich nach Emskirchen gegangen, nicht nach Neustadt." „Bachmann!", rief Strauch. „Wo steckt der nur?" „Ich bin hier, Anne!", Bachmann kam gut gelaunt ins Büro. An die „Anne" würde sie sich erst gewöhnen müssen! „Schau mal her, was mir der Kollege gerade gezeigt hat", Strauch deutete auf die Karte und Hegendörfer wiederholte seine Beobachtung. „Rufen Sie Reichelt an, der kontrolliert gerade die Haltestelle Neustadt Mitte." Strauch wollte noch mit Hegendörfer sprechen. Die Befragungen der Anwohner der Unteren Bleichgasse hatten keine wichtigen Hinweise geliefert, auch Schmeißer, der über Decker wohnte, wurde ein zweites Mal befragt, ohne interessante Ergebnisse. „Alles schlief, einsam wacht, unser Täter!" Strauch wurde sarkastisch. Sie bat den Dienststellenleiter die Befragung einiger Stammgäste des Blauen Engels zu übernehmen und gab ihm die Liste mit den Namen.

„Ich gehe in die Stadt und kaufe mir einen Espresso und warte auf eine Vision von oben. Um 13.30 Uhr bin ich spätestens zurück. Sind Sie dann noch da, Hegendörfer?", fragte Strauch. „Sowieso!" Er hob den Daumen und grinste.

Bachmann folgte seiner Chefin unaufgefordert. Strauch meinte: „Fragen Sie, nein, frag mich nicht, was wir jetzt machen, ich weiß es nicht." Kleinlein grüßte die beiden kraftlos beim Hinausgehen. Die Bahnhofstraße führte die Kommissare in die Innenstadt. „Es ist schon spät für einen Espresso", stellte Bachmann fest. Ohne ihn anzusehen meinte Strauch, dass sie die Aussage nicht verstünde. An jedem Schaufenster blieb Strauch hängen.

Heute entschieden sie sich für ein anderes Café, am Ende der Wilhelmstraße. Sie bestellten Cappuccino und Espresso, ohne Croissant, weil es waren keine mehr da. Strauch nippte und zog die Augenbrauen nach oben: „Der Espresso ist erste Klasse! Hier kommen wir morgen wieder her!" „Wir können auch nächste und übernächste Woche herkommen, wenn wir den Fall bis dahin nicht gelöst haben", lamentierte der Kollege. „Ich hab´s, Leo, so machen wir´s! Wir strengen uns kein bisschen an, um den Fall zu lösen, dann können wir in den nächsten

Wochen immer wieder hier Kaffeetrinken!", zickte Frau Kommissarin. „Das schaffst Du nicht, selbst wenn du es wolltest!", lachte Bachmann, „Da ist das Tier in dir, das dich nicht zur Ruhe kommen lässt, bis der Täter gefasst ist!" „Du hast ja Recht. Ich bin nervös, weil dieser Augenblick gar nichts zu bieten hat, keinen Verdächtigen, keinen Verdachtsmoment, keinen Zeugen, der aus dem Dickicht kriecht. Das ist doch zum Verrücktwerden!" „Wen oder was übersehen wir? Den perfekten Mord gibt es nicht!", Bachmann rührte in seinem Cappuccino, mal links, mal rechts herum. „Wäre es ein Problem für dich, wenn ich mal für zwanzig Minuten verschwinde?" Sie stand auf. „Wo gehst Du hin?" Bachmann schaute überrascht hoch. „Ich muss dringend etwas erledigen, hat nichts mit dem Fall zu tun", beruhigte sie ihn und war schon weg.

Die Kommissarin ging über den Marktplatz, ein paar Erstklässer sprangen aus der Kirchgasse über den Platz und lärmten. Der Marktplatz war eingesäumt von Lokalen, die im Sommer sicher außen bestuhlten. Eine schöne Kulisse um zu essen und zu trinken. Aber jetzt musste sie an etwas anderes denken. Der Marktplatz mündete in die Bamberger Straße, von weitem sah Strauch das Werbeschild eines Bekleidungsgeschäftes. Sie würde ihr Glück versuchen.

Kaum hatte sie das Geschäft betreten, kam eine eifrige Verkäuferin mittleren Alters und fragte, ob sie ihr helfen könne. „Ja", erwiderte Strauch dankbar. „ich suche eine warme Winterjacke." „Hier im Erdgeschoß haben wir das eine oder andere, aber im Untergeschoß finden sie die Abteilung für Damenjacken", antwortete die Dame und wies ihr den Weg zur Treppe.

Auf langen Stangen hingen Jacken und Mäntel in allen Ausführungen. Die im Dienst dynamische Kommissarin war so lange nicht mehr Einkaufen, dass sie überlegen musste, welche Größe für sie die richtige wäre. „Ham Sie sich wos Bestimmtes vorgstellt?", fragte eine junge Verkäuferin mit dunklem Kurzhaarschnitt. „Eine warme Jacke, eher sportlich, nicht so feminin. Sie sollte über die Hüften gehen." Strauch äußerte ihre Vorstellungen. „Welche Greß brauch mer?", die Verkäuferin scannte Strauchs Gestalt, konnte diese aber durch den formlosen Parka nicht einschätzen. „Versuchen wir es mit Größe 40", peilte Strauch an. Manche Jacken fand sie nicht warm genug, andere schienen die richtige Wahl für eine ältere Dame zu sein, wieder andere waren zu kurz oder zu lang. Sie probierte eine schwarze, wattierte, sportliche Jacke an. Gott sei Dank, die Größe passte. „Die hätt mer a in Rot, so wie ihr Strickjackn." Die Verkäuferin lehnte sich auf eine der Stangen und betrachtete Strauch von allen Seiten, „die basst doch super!" „Nein, schwarz gefällt mir besser!", ein Lächeln zog sich über ihr Gesicht. Es gab Einsätze, da würde sie nicht gerne wie eine rote Leuchtrakete im Mittelpunkt stehen wollen. Die Jacke sah verdammt gut aus und warm war sie auch.

Gestern in der Druckerei, bei dem Gespräch mit Herrn Vogelsang hatte sie sich richtig geniert mit dem ollen, olivgrünen Parka. Kleider machen Leute! Frau Kommissarin zu sein, war nicht leicht, die Polizei war nach wie vor eine Männerwelt. Sie hatte schwer dafür geackert, warum sollte sie sich das Leben schwerer machen als es ohnehin war! Sie sah aufs Preisschild: „Deftig! Aber ich nehme sie!" „Sie wern´s net bereun!", die Verkäuferin lächelte zufrieden.

Auf dem Stuhl lag ihr Parka, den sie achtlos hingeworfen hatte. „Der sieht aus wie die Schmuddeljacke von Columbo!", dachte Strauch, während die junge Frau ihr die neue Jacke abnahm. „Fräulein, ich hätte eine Frage. Könnten Sie das alte Ding entsorgen? Ich möchte die neue Jacke gleich anziehen", Strauch durchsuchte die Taschen des Parkas und fand ihre To-do-Liste. „Des mach mer scho. Kommen´S bitte mit ins Erdgeschoß an die Kassa!" Die Kassiererin schnitt das Preisschild ab und sprach mit Überzeugung: „Mit der Jacke werden Sie sehr zufrieden sein!" Mit ihrer Karte bezahlte die stolze Besitzerin die 300 Euro und zog die Jacke an. Sie fühlte sich großartig und entfaltete den kleinen Zettel: Videoüberwachung Bahnhof, läuft, Friseurtermin vereinbaren, erledigt, Jacke kaufen, erledigt, Verhör Martin Decker, findet um 14 Uhr statt. „Läuft doch!", stellte sie heiter fest.

Zurück im Café staunte Leo Bachmann Bauklötze. „Du hast Dir eine Jacke gekauft! Ich dachte schon, Du bist bei einem Geheimtreffen der hiesigen Freimaurerloge!" Er war völlig überrascht, „Du warst keine zwanzig Minuten weg, Power-Shopping! Das ist eine tolle Jacke." An dem kleinen Zeichen auf dem linken Ärmel erkannte er den namhaften, deutschen Hersteller. „Die war sicher teuer!", Bachmann berührte das Material am Jackenärmel. „Ja", nickte Anne Strauch und bestellte sich einen weiteren Espresso, „hast Du in der Zeit darüber nachgedacht, wen oder was wir übersehen haben?" „Nö, habe ich nicht", gab er unverschämt ehrlich zu, „ich habe mit Reichelt telefoniert, der Bahnhof Emskirchen hat keine Videoüberwachung." „Shit. Das hätte eine echte Spur werden können!", ärgerte sich Strauch. „Aber wenn ich so darüber nachdenke, wäre es interessant zu sehen, wie dieser Charly auf den zweiten Mord reagiert, Du weißt doch, der aus Fürth", meinte Bachmann. „Ach, der junge Mann, der Liebig zuletzt lebend gesehen hat! Ja Leo, Du hast Recht, dem sollten wir Deckers Foto zeigen. Mit Hegendörfer habe ich gesprochen, er wird sich einzelne Gäste des Blauen Engels vornehmen, vielleicht ergibt sich da noch etwas!" Strauch zog die neue Jacke aus und setzte sich. Die Bedienung brachte den Espresso und legte dezent die Mittagskarte auf den Tisch. „Ach, hier kann man auch Essen!", Strauch griff nach der Karte und begann zu blättern. „Aber hier gibt es bestimmt kein Schäuferle", zweifelte der Kollege. „Stimmt, aber Pizza, Pasta, Salate, Schnitzel und noch mehr!", las sie ihm vor. „Ich wollte aber ein Schäuferle!", protestierte Bachmann. „Leo. Das kriegst Du nächste Woche" grinste Strauch, „oder übernächste Woche. Wenn wir den Täter bis dahin nicht haben."

Sonja Gebhardt hatte gerade den Telefonhörer aufgelegt, ihr Bruder hatte ihr angekündigt, dass er schon heute Nachmittag nach Neustadt kommen würde. „Leni!", rief Sonja, „Wir müssen noch schnell Bratwürste und Nussecken kaufen gehen!" Leni kam aus ihrem Zimmer gerannt: „Eintaufen, Schoko!" Die Mutter zog dem Kind die gelbe, warme Jacke an: „Stell Dir vor, heute kommt Onkel Martin zu Besuch! Für ihn kaufen wir die Nussecken, weil er die so gerne mag!" Das Kind schaute mit den großen blauen Augen die Mutter fragend an, zu dem Begriff „Onkel Martin" hatte sie weder

Erinnerung noch Bild. Sonja zog Stefans alte, graue Winterjacke an, es war die einzige, die sich noch über ihren Bauch schließen ließ. Stefan hatte ihr angeboten: „Kauf Dir eine warme Jacke, sonst erfriert das arme Kind in Deinem Bauch!" Es waren nur noch vier Wochen zur Entbindung und sie wollte für die kurze Zeit keine neue Jacke anschaffen. Sonja war sehr sparsam und sie dachte an das Haus, das sie bauen wollten. Die nächsten Jahre mussten sie gut haushalten, wenn die Kinder größer wären, könnte sie wenigsten halbtags wieder mitarbeiten. Stefan und sie hatten beschlossen, die Kinder erst mit drei in den Kindergarten zu geben. Vorher schien es ihnen zu früh.

Jetzt erst fiel es Sonja ein, ihren Mann über den überraschenden Besuch zu informieren, sie wählte das private Handy an, Stefan meldete sich nach dem ersten Läuten. „Hallo Stefan, ich wollte Dir sagen, dass Martin schon heute nach Neustadt kommt!" Ihre Vorfreude war nicht zu überhören. „Warum kommt er schon heute?", fragte Stefan erstaunt. „Er wird heute von der Polizei in Neustadt vernommen. Ich weiß nicht warum, aber die Kommissarin will unbedingt persönlich mit ihm sprechen." Stefan fand das seltsam, sagte dann aber: „Gut, dann ist Martin wahrscheinlich noch da, wenn ich von der Arbeit komme. Hoffentlich erkenne ich ihn noch, nach der langen Zeit. Für Leni ist er fremd, als Martin das letzte Mal in Neustadt war, war sie noch ein Baby." „Heute werden sich die beiden kennenlernen, ich freue mich so! Tschüss, bis später, Schatz!", verabschiedete sich Sonja.

Die Sonne hatte es um die Mittagszeit geschafft den Hochnebel aufzulösen, das Licht fiel auf das herbstlich verfärbte Laub. Horst war auf dem Rückweg aus der Stadt und überquerte die kleine Fußgängerbrücke am Ende von Kleinerlbach. Er warf noch einen Blick auf den Aischgrund. Die Aisch schlang sich dunkel durch die weiten Wiesen und Felder. Er hatte sich in der Bäckerei, bei der hübschen Daniela mit den sanften Augen und der weichen Stimme seine Breze gekauft. Sogar sie hatte über den Mord in der Bleich gesprochen. Überhaupt sprach die ganze Stadt darüber, überall, wo Leute zusammenstanden gab es nur den einen Gesprächsstoff. Horst wollte seine Breze deshalb nicht in der Bleich essen, wegen der schlechten Energie. Die Energie von Gewalt, Schmerz und Tod. Qualvolles Sterben. Horst schüttelte es, wenn er daran dachte.

Seine Breze hatte er auf einer der Bänke am Marktplatz gegessen. Der nette, ältere Mann kam vorbei und setzte sich eine Weile zu ihm. Horst traf ihn öfter, er wusste nicht, wie er hieß, aber mit ihm sprach er über Energien. Für viele Menschen war das kein Begriff, für Horst und den älteren Herrn waren sie die essentielle Kraft, die den Planeten und den Kosmos bewegte. Sie sprachen darüber, dass ein so extremer Gewaltausbruch in der Stadt destruktive Auswirkungen auf die Bewohner hat. Die negative Energie breitete sich unsichtbar aus und manifestierte sich in der Psyche der Menschen in Form von Ängsten und Zwängen. Vielleicht fürchteten manche Menschen sich seit gestern vor ihrem Nachbarn, verdächtigten eine Person, die ihnen schon seit langem suspekt erschien. Der Körper spannte sich an und sendete nervöse Symptome. „Der Tatort müsste gereinigt werden durch ein Ritual!", meinte der Mann und Horst stimmte ihm zu. Jedoch fühlte sich keiner der beiden dazu berufen.

Der wunderliche Wanderer trat in das Waldstück ein, der Geruch war unbeschreiblich, satt, natürlich, organisch und wild. Tief atmete er ein und aus. Wahnsinn! Bis vor wenigen Jahren hatte sich Horst mit allem betäubt, was er in die Finger kriegen konnte. Haschisch, Tabletten jeder Art, Amphetamine, sogar Klebstoff hatte er geschnüffelt, am Ende hing er an der Nadel. Er dachte nicht gerne an die Zeit, die Gedanken machten ihm schlechte, stumpfe Gefühle. Heute war der Geruch des Waldes seine Droge und Meditation, gesunde Drogen, die seinen Körper und Geist füllten und versorgten. Er konnte nicht genug davon kriegen!

Nach dem Aufstehen hatte Horst bei gutem Licht in den Spiegel geschaut, seine Haare waren fettig, die Haut im Gesicht und am Körper war sehr trocken. Und seine Finger-und Fußnägel! Am Abend würde er sich darum kümmern, auch das war ein Akt der Aufmerksamkeit und der Selbstachtung, sagten die alten Zen-Meister und maßen der Pflege des Körpers größte Wichtigkeit bei.

Einen Moment pikste ihn die Neugier, nach seiner Hütte zu schauen. „Wie weit der Sigi und der Josef wohl waren? Ob er vielleicht die heutige Nacht wieder im Wald verbringen könnte?", überlegte Horst sehnsüchtig. Diese Nacht hatte er schlecht geschlafen, die Mauern des Zimmers kamen immer näher und drohten ihn zu erdrücken. Neun ganze Monate hatte Horst in der geschlossenen Abteilung der Psychiatrie in Ansbach zugebracht. Das war eine schlimme Zeit, jede Zelle seines

Körpers war damals voller Angst, sein Gehirn produzierte bestialische Halluzinationen bei Tag und Nacht. Für viele Tage und Wochen in der Klinik fehlte ihm die Erinnerung, schwarze Löcher in seinem Gedächtnis. Aber das war Vergangenheit! Am Nachmittag würde er in den Wald gehen, nach den Rehen und Vögeln sehen, sie fehlten ihm, waren sie doch seine besten Freunde und Gesprächspartner. „Nein, ich werde nicht neugierig sein!", entschloss er sich und steuerte das Dorf an, „Vielleicht hat Moni schon das Mittagessen fertig. Ich muss mehr essen, wenn es kalt ist."

Kurz vor 14 Uhr fuhr Martin Decker von Birkenfeld aus in Neustadt ein. Als er seinem Meister erzählt hatte, dass sein Vater ermordet worden war und die Polizei vor Ort mit ihm sprechen wolle, hatte dieser ihm sofort den restlichen Tag freigegeben. Er drückte ihm mit echtem Mitgefühl sein Beileid aus. Martin wusste nicht so recht, wohin damit. Ließ ihn doch der gewaltsame Tod des Vaters unberührt. Sein Meister schüttelte ihm die Hand, dabei sah Martin zu Boden, weil er befürchtete, dass der Mann die Gleichgültigkeit in seinen Augen erkennen könnte.

Mit seinem brandneuen Opel Corsa in metallicblau setzte er den Blinker und wollte rechts in die Bahnhofstraße einbiegen. Allerdings war die Einfahrt gesperrt. Martin staunte nicht schlecht, die alte Eisenbahnbrücke war abgerissen worden. Er musste die nächste Ausfahrt nehmen. Einen Parkplatz fand er direkt gegenüber der Polizeidienststelle. Von der Rücksitzbank holte er seine blaue Daunenjacke und zog sie eilig an.

Er meldete sich im Eingangsbereich. „Mein Name ist Martin Decker. Eine Kommissarin möchte mit mir sprechen." „Ah, Sie sind das! Die Frau Kommissarin wartet schon auf Sie! Kleinlein, komm doch mal!", rief der Beamte in den nächsten Raum, „Das ist der Herr Decker, bring ihn bitte nach hinten." Kleinlein war hart im Nehmen, er verweigerte das Angebot seines Vorgesetzten nach Hause zu gehen. Er sah auch schon ein klein wenig besser aus. Nur die Ungewissheit nagte an ihm, er wusste nicht, ob Hegendörfer seinen eigenmächtigen Einsatz an die Kommissare berichtet hatte oder nicht. „Ah, Herr Martin Decker?" begrüßte ihn Kleinlein, „Folgen Sie mir bitte." „Ja", meinte der junge Mann. Sie gingen einen Flur entlang, Kleinlein klopfte an die letzte Tür auf der linken Seite. „Frau Strauch, der Herr Decker ist da!", kündigte Kleinlein den Besuch an.

An einem Tisch, der mitten im Raum stand, warteten die Kommissare. Strauch blickte schnell auf. „Guten Tag, Herr Decker. Mein Name ist Strauch, das ist mein Kollege Bachmann von der Kripo Ansbach." „Hallo", murmelte Martin Decker. Strauch war erstaunt, der junge Mann war relativ groß, 1,80 m etwa, heller Hauttyp. Sein Vater war deutlich kleiner. Aber er hatte das rötliche Haar, den gleichen Ton, den auch der Vater hatte. Vor der Kommissarin lag das Hochzeitsfoto, das sie aus dem Album genommen hatte. Martin war kräftig, aber nicht dick. Er trug eine olivgrüne Cargojeans und ein schwarzes T-Shirt. Um den Hals hing ein Lederband mit silbernem Anhänger.

„Sie können sich setzen", Bachmann wies auf den freien Stuhl am Tisch, „Zuerst möchte ich mich bedanken, dass Sie so schnell gekommen sind. Der Mordfall gibt uns noch viele Rätsel auf, wir haben mehr Fragen als Antworten. Wir brauchen jede Information, die wir kriegen können. Wissen Sie, dass der Mord an Ihrem Vater der zweite innerhalb von zwei Tagen war?" „Das hat mir die Polizei in Stuttgart gesagt, beide wurden verbrannt", bestätigte Decker. „Wann haben Sie Ihren Vater zuletzt gesehen?", fragte Bachmann und lehnte sich mit den Unterarmen auf den Tisch. „Das habe ich schon in Stuttgart gesagt, vor zwei Jahren, bei der Beerdigung meiner Mutter auf dem Stadtfriedhof", antwortete Martin ein wenig ungeduldig. „Warum sind Sie danach nicht wieder nach Neustadt gekommen, Herr Decker?", setzte Bachmann fort. „Weil ich keine Lust hatte", Martin verschränkte die Arme vor der Brust. „Sie hatten keine Lust Ihren Vater zu sehen, kann ich das so verstehen?", bohrte der Kommissar weiter. „Das können Sie so sehen", ein winziges Lächeln spielte um seinen Mund.

Jetzt sprach Strauch: „Gaben Sie Ihrem Vater die Schuld am Tod der Mutter?" „Indirekt, ja", Martin war nicht leicht zum Sprechen zu bringen. „Herr Decker, wir wissen, dass Ihr Vater ein gewalttätiger Mann war und seine Familie terrorisiert hat." „Er war ein Säufer, schon seit ich denken kann", bemerkte Martin lapidar. „Er hat Sie, Ihre Mutter und Ihre Schwester misshandelt!", bohrte Strauch weiter in der Hoffnung auf eine Reaktion. Martin war genervt, etwas lauter sagte er: „Ich habe keine Ahnung, was Sie von mir wollen! Als wir Kinder waren, hat es keinen interessiert. Heute interessiert es mich nicht mehr! Der ganze alte Scheiß! Er war ein Säufer und hat seine Familie verdroschen. Es soll mehr von der Sorte geben!"

Bachmann ging in die Offensive: „Vielleicht haben Sie sich gerächt, für all das, was er Ihnen angetan hat. Ihn abgefüllt, betäubt und mit Spiritus übergossen, ange-brannt und es genossen?" „Ich war nicht hier! Ich war in Stuttgart!", schrie Decker. „Sie leben alleine, es gibt keinen Zeugen, der Ihnen ein Alibi für die Nacht von Montag auf Dienstag geben kann!", erinnerte ihn Bach-mann. „Sie haben aber auch keinen Zeugen, der sagt, dass ich hier war!", Martin lehnte sich zurück, die Arme weiter verschränkt, „Ich hätte ihn vor zehn oder fünf-zehn Jahren umbringen sollen, die Strafe hätte ich schon längst abgesessen und vieles wäre nie passiert."

Strauch schob das Foto über den Tisch: „Kennen Sie den anderen Mann auf dem Bild?" „Ja. Der blöde Manni, der Busenfreund meines Vaters, der ging bei uns ein und aus. Der war genauso ein Arschloch, wie mein Alter", Martin warf einen verächtlichen Blick auf das Foto, „Ich sehe meinem Vater ähnlich, das ist schrecklich. Kennen Sie einen guten Schönheitschirurgen?" „Das stimmt, die Nase, der Haut-und Haarton", dachte Strauch. Martin fühlte sich nicht wohl, am liebsten wäre er aufgestanden und weggelaufen, man sah es ihm an.

„Wer ist die Frau zwischen Ihrem Vater und Manni Lie-big, wissen Sie das, Herr Decker?", Strauch zeigte auf das Foto. „Ich kann mich dunkel an sie erinnern. Ich glaube, sie war die Frau eines anderen Freundes, aber ich weiß keinen Namen. Mein Vater und sein Manni ha-ben dauernd mit Frauen rumgemacht. Ich glaube, die beiden haben alles gevögelt, was weiblich und noch nicht tot war! Manni und mein Vater gingen auf Streifzüge, da gab es noch einen anderen, der oft mit ihnen unterwegs war, an den Namen kann ich mich nicht erinnern. Aber hauptsächlich Manni, immer mit Manni!"

Martin war nicht mehr so wortkarg, Strauch wagte sich weiter. „Was glauben Sie, haben die beiden auch vergewaltigt?" Es sah aus, als verlöre Herr Decker ein klein wenig die Fassung, er rieb sich mit der Hand die Stirn. „Mein Vater hat meine Schwester nie angefasst, ich würde es Ihnen sagen, wenn das so gewesen wäre. Aber es gab Zeiten im Leben meines Vaters, in denen schäumte seine Gewalt über! Ich habe das damals nicht begriffen, ich war vielleicht sieben Jahre alt, als ich auf dem Küchentisch eine kleine Plastiktüte fand, in der waren fünf Tabletten. Jede hatte eine andere Farbe und Größe. Ich dachte, es wären Bonbons und nahm sie in die Hand. In dem Moment kam meine Mutter in die Küche, die war zu Tode erschrocken, nahm mir das Tütchen aus der Hand und legte es oben auf den Küchenschrank. Eine Minute später kam mein Scheißvater herein und suchte genau dieses Tütchen. Meine Mutter machte ihm Vorwürfe, so wie: „wie kannst Du das nur hier liegen lassen?". Er schrie: „Wo ist das Zeug?". Meine Mutter gab es ihm und dann haute er mir eine rein, stieß meine Mutter grob zur Seite und rannte aus der Wohnung."

„Die Amphetamine. Liebig hatte eine Vorstrafe deswegen!", erinnerte sich Bachmann sofort. Strauch überlegte lange, sie beobachtete Decker. Der vermied Blickkontakt, sah auf den Boden und an die Wand. Weil niemand sprach, wurde Decker immer nervöser. „War es das jetzt oder wollen Sie noch tiefer in die Vergangenheit wühlen? Für meinen Teil bin ich fertig damit! Wenn Sie noch andere Fragen haben, dann fragen Sie mich jetzt. Ich möchte meine Schwester besuchen, sie wartet auf mich."

„Sie können gehen, Herr Decker", sagte Strauch schließlich. Bachmann sah sie entsetzt von der Seite an. „Was?" Strauch sah ihrem Kollegen in die Augen und sagte zu Decker gewandt: „Sagen Sie Ihrer Schwester Grüße, wir haben gestern mit ihr gesprochen. Ich hoffe, es geht ihr wieder besser. Sie ist ja hochschwanger." Martin Decker nickte nur, nahm seine Daunenjacke unter den Arm, stand auf und ging.

„Wir hätten ihn auseinander....", protestierte Leo Bachmann lautstark. „Ich will alles von Martin Decker, Strafeinträge, Finanzen, war er pünktlich an seiner Arbeitsstelle am Montag und Dienstag, sein Umfeld in Stuttgart, wo geht er einkaufen oder Pizza essen, wurde sein Auto irgendwo gesehen oder hatte er ein Knöllchen, am liebsten eine Geschwindigkeitsübertretung mit Foto. Telefonkontakte, den Staatsanwalt rufe ich an. Wie alt ist Martin Decker, ach, da steht es ja, er ist 28 Jahre und er lebt alleine und ist voller Wut!"

„Er kannte beide Opfer, er hat ein starkes Motiv, er ist jung, kräftig und aggressiv. Warum lässt Du ihn laufen?" Bachmann verstand die Welt nicht mehr. „Glaubst Du wirklich, er hätte einfach so gestanden? Ohne die Spur eines Beweises gegen ihn? Ich halte ihn für traumatisiert, aber dumm ist er nicht!", hielt Anne Strauch dagegen, „Los, Leo. Wir fahren jetzt nach Erlangen und danach ins Büro, es ist Schreibtischarbeit angesagt. Wir brauchen Beweise, etwas, auf das wir uns und vor allem auch der Staatsanwalt stützen können!" Eilig verließen die Kommissare die Neustädter Polizeistation. „Ich rufe

Sie an, Frau Kommissarin, wenn ich heute noch etwas Wichtiges erfahre!", rief Hegendörfer hinterher.

Hegendörfer machte sich höchstpersönlich auf den Weg, um die vereinbarten Befragungen durchzuführen. Er hatte beschlossen, Münch mitzunehmen. „Damit Du keine Zeit für Blödsinn hast!", hatte er zu ihm gesagt. „Soll ich nicht mitgehen, Chef?", meldete sich Kleinlein halbherzig. „Nein!", antwortete ihm Hegendörfer, „Und überlege mal, warum, Florian!"

Greta klopfte an die Tür ihres Nachbarn und schloss dann mit dem Schlüssel auf. Es war eine stille Abmachung seit zwei Jahren, nachdem Ecki den Schlaganfall erlitten hatte. Sie betrat die kleine Wohnung. „Hallo Ecki, ich bin es!" Ecki saß in der Wohnküche auf dem Sofa, der Fernseher lief. „Ach Greta, komm herein!"

Die Wohnung in der Kirchgasse bestand nur aus der Wohnküche, einem Schlafzimmer und dem Bad. Die Möbel, der Teppich, das Sofa, eigentlich alles war ziemlich abgewohnt. Aber es war sauber und recht ordentlich, dafür sorgte Greta. Sie kannte Ecki aus der Zeit, als beide noch jung und knackig waren und seit zehn Jahren waren sie direkte Nachbarn in dem alten, denkmalgeschützten Haus der Innenstadt. Greta wusste viel über Ecki und Ecki wusste viel über Greta. Beide waren inzwischen über fünfzig und beide lebten alleine. Ecki hatte nie geheiratet, Greta hatte eine hässliche Scheidung hinter sich und war kinderlos geblieben. Sie waren sich freundschaftlich verbunden, vielleicht sogar vertrauter, als es ihnen bewusst war.

Nach Eckis Schlaganfall übernahm sie ohne Aufforderung eine Betreuerrolle. Greta stellte einen Topf auf den weißen Elektroherd. „Ich habe Dir Rouladen und Reis gekocht. Das müsste für heute und morgen reichen." Sie ließ sich aufs Sofa neben Ecki plumpsen. „Du siehst müde aus, hast Du heute viele Semmeln verkauft?" Ecki sah sie von der Seite an. Greta lachte: „Ja, tausend Semmeln und Brezen, seit früh um sieben! Mir tun die Beine weh. Ich glaube, ich werde alt!" „Wir werden alle alt, ich noch schneller als Du", nuschelte Ecki mit dem hängendem Mundwinkel. Natürlich sprach es Greta nicht aus, aber Ecki hatte Recht. Nach dem Schlaganfall war er um zehn Jahre gealtert. Greta erinnerte sich gut daran, wie er als junger Mann aussah. Er war keine Schönheit, aber er war von großer Statur, die heute grauen, lockigen Haare waren damals fast schwarz. Er sah nicht schlecht aus, sie hatte sich oft gefragt, warum Ecki nicht die Richtige gefunden hatte. Über mehr als kurzfristige Beziehungen war er nie hinausgekommen. „Würde ich mir die Haare nicht färben, sähe ich auch viel älter aus!", stöhnte sie und fuhr sich durch das feuerrote, kurze Haar. Sie sah sich im Zimmer um, trotz der zwei Fenster drang wenig Licht herein. Die Häuser im Stadtkern standen so dicht, dass ein Haus dem anderen den Lichteinfall nahm. „Am Samstag habe ich frei, da putze ich Dir das Badezimmer und sauge mal durch die Bude!", beschloss Greta resolut und lehnte sich bequem zurück.

Ecki schaltete den Fernseher leiser. „Kommen die in der Bäckerei ohne dich klar?" „Sie müssen, Ecki! Die meisten Kolleginnen sind jünger als ich, denen fällt die Steherei leichter", stöhnte sie und schloss für einen Moment die Augen. Sie spürte, dass sie auf der Stelle einschlafen könnte. Ecki stupste sie mit dem Ellbogen und bot ihr eine Zigarette an, Greta nahm sie und mahnte: „Du solltest nicht rauchen, Ecki. Das ist nicht gut für dich." Mit der linken Hand gab er ihr umständlich Feuer, die rechte lag unbeteiligt, weiß und schlecht durchblutet auf seinem Oberschenkel: „Weiß ich doch. Trinken sollte ich auch nicht."

Greta zog an der Zigarette und sah dem Rauch nach, der sich in der Luft verwirbelte: „Was glaubst Du, wer hat den Konny umgebracht? Wer hat ihn angezündet wie eine Fackel? Wer hat ihn so gehasst? Es ist so unvorstellbar und doch passiert, nur wenige Hausecken von hier!" Ecki zuckte mit den Schultern. „Konny war nicht sehr freundlich, aber deswegen bringt man niemanden um." „Konny war ein Arschloch, ich weiß, wie er mit seiner Frau umgegangen ist. Er hat sie geschlagen und die Kinder auch. Er war hinter jeder Frau her und aufdringlich war er auch! Ich fand ihn widerlich!", sprach Greta mit Verachtung aus. „Vielleicht warst Du es?", schmunzelte Ecki schief. „Du spinnst doch!", prustete Greta und zog das weinrote T-Shirt zurecht, auf dem „en vogue" stand. „Ich bekomme dann noch Besuch", meinte Ecki ganz beiläufig.

Gretas Neugier war geweckt. Ecki bekam selten Besuch. „Was, wer kommt denn?" „Die Polizei", knapper konnte es Ecki nicht ausdrücken. Greta fuhr erschrocken hoch: „Was will die Polizei von dir? Bist Du verdächtig? Das kann doch nicht wahr sein!" Ecki rollte die Zigarette zwischen seinen Fingern, Asche fiel auf seinen braunen Fleecepullover, was ihn nicht kümmerte. „Sie wollen mir Fragen stellen. Wegen Konny." Greta überlegte angestrengt. „Aber was kannst Du ihnen schon sagen? Weißt

Du denn irgendetwas über den Mord oder hast Du etwas gesehen?" Ecki schüttelte die grauen Locken. „Nein, ich habe keine Ahnung. Das habe ich denen auch gleich am Telefon gesagt. Ich weiß nicht, was ich ihnen sagen könnte."

Greta sah ihren alten Freund durchdringend an, er tat so, als sähe er es nicht. Sie kannte ihn gut genug um zu bemerken, dass er ihr etwas verheimlichte, er druckste herum. Greta machte sich Sorgen, aber sie wusste, dass wenn Ecki etwas nicht erzählen wollte, keine Macht der Welt ihn dazu bewegen konnte. Nur mit Daumenschrauben hatte sie es noch nicht versucht. Mit einem tiefen Seufzer drückte sie die Zigarette im Aschenbecher aus und stand auf. „Na gut, falls ich nicht auf dem Sofa einschlafe, komme ich später nochmal rüber und Du kannst mir sagen, wie das Gespräch gelaufen ist." „Am Abend bin ich in der Kneipe, sicher komme ich spät heim!", verkündete Ecki und schaltete den Fernseher wieder laut. Greta biss die Zähne zusammen und dachte laut: „Du könntest genauso gut sagen, dass ich bleiben kann wo der Pfeffer wächst. Ich verstehe immer besser, warum Du keine Frau hast!" „Und Du hast keinen Mann", gab Ecki zurück ohne den Blick vom Fernseher zu lösen. Das hatte gesessen! Wütend schlug Greta die Wohnungstür hinter sich zu.

Der dunkelblaue BMW fädelte von der Umgehungsstraße auf den Kreisverkehr ein und bog an der dritten Ausfahrt ab. Das Navigationssystem hatte Bachmann heute nicht aktiviert, er war erst gestern die Strecke nach Erlangen in die Pathologie gefahren. Der Himmel zog sich zu, die Anzeige im Auto gab die Außentemperatur mit zwei Grad plus an. „Verdammt kalt geworden!", stellte Strauch fest. Links lag der Aischgrund im Trüben, kleine Orte lagen auf beiden Seiten der B 470. Landwirtschaftliche Gebäude, niedrige Fachwerkhäuser und neuere Wohngebiete bildeten das charakteristische Bild der Dörfer. Strauch betrachtete die Landschaft ohne einen Punkt zu fixieren, sie war in Gedanken.

Nach einer Weile unterbrach Bachmann das Schweigen. „Ist dieser Charly für dich tatverdächtig?" Strauch antwortete mit einer Gegenfrage: „Ist er für dich nicht mehr verdächtig? Am Montag war er sehr verdächtig für dich!" Bachmann wollte schon zu einem Überholmanöver ansetzen, da mahnte ein Schild zur Geschwindigkeitsbegrenzung, ein nächstes verbot das Überholen. Er seufzte und ging vom Gas. „Mist! Ja, das ist wahr. Am Montag war er mein Favorit! Aber jetzt, nach dem zweiten Mord kann ich keine Verbindung mehr erkennen. Nichts deutet daraufhin, dass dieser Charly Karl Decker kannte. Meiner Meinung nach, könnten wir uns diese Befragung schenken. Martin Decker ist dringend tatverdächtig. Er kannte beide Opfer und einer davon war sein Brutalo-Vater. Das ist ein klares Motiv! Wer weiß, welche Erinnerungen er an Manni Liebig hat, die er uns nicht auf die Nase gebunden hat!"

„Rein logisch gedacht, hast Du Recht, Leo. Aber allein der Umstand, dass Charly an seiner Arbeitsstelle wahrscheinlich Zugang zu Beruhigungsmitteln hat und damit umgehen kann, macht ihn interessant." Anne Strauch öffnete den Reißverschluss ihrer neuen Winterjacke, es wurde warm im Wagen.

„Interessant!", grinste Bachmann, „Mir ist nicht entgangen, dass dir der Mann gefallen hat. Gib es zu! Vielleicht fahren wir nach Erlangen, weil Du ihn wiedersehen möchtest!" „Ja! Fahr mich zu meinem Liebhaber! Das fühlt sich gerade herrlich dekadent an!", hauchte Strauch und lachte über sich selbst. Amüsiert schüttelte Bachmann den Kopf über die Phantasien seiner Vorgesetzten, ließ aber nicht locker: „Da kannst Du lachen wie Du willst, der Mann hat dich beeindruckt, ich habe es dir angesehen!" Sie wusste, Bachmann liebte diese Themen. Sie weniger, dennoch war ihr klar, er würde nicht aufgeben und weiterbohren. „Das stimmt. Er ist gutaussehend. Das ist vielleicht nicht allgemeingültig, aber seine Gesichtszüge sind markant und trotzdem ausgeglichen. Seine Augen versprechen große Tiefe. Man sieht in jeder seiner Bewegungen, dass er ein gutes Körpergefühl hat. Die Körperspannung verteilt sich bei ihm von Kopf bis Fuß. Wie bei einem professionellen Tänzer, Spannung bis in den kleinen Finger. Das finde ich sehr attraktiv, unabhängig vom Gesicht, Bizeps oder anderen oberflächlichen Merkmalen. Viele Männer in dem Alter wirken sehr unreif, er besitzt Ernsthaftigkeit!"

Sie passierten gerade Gerhardshofen, beinahe hätte Bachmann die Abzweigung verpasst. Mit dem, was ihm seine neue Duzfreundin eröffnete, war er kurzfristig überfordert, etwas laut entfuhr es ihm: „Was?! Tänzer, Körperspannung?!" „Du bist sportlich, Du musst doch wissen, was ich meine. Bewegung, Motorik, gut geölte Maschine und so!", versuchte Strauch ihre Beobachtungen in andere Worte zu fassen. Bachmann ärgerte sich, das Thema auf den Tisch gebracht zu haben. „Ist der Idiot der Gott der Körperspannung oder was?" Strauch drehte sich zu ihrem Kollegen und zischte: „Leo, frage mich nie mehr nach solchen Sachen, wenn Du die Antwort nicht erträgst!" Es war für Bachmann gerade nicht leicht, sich auf die verschlungene Straßenführung zu konzentrieren. „Also Anne, Du beschreibst den Mann als wäre er nicht von diesem Planeten! Ich habe ihn auch gesehen! Seine Ernsthaftigkeit, pah! Vielleicht ist er depressiv, es ist sicher nicht lustig in der Psychiatrie zu arbeiten, schlechte Laune ist ansteckend!"

„Wenn ich es nicht besser wüsste, Leo, würde ich sagen, Du bist eifersüchtig!" Anne Strauch wurde jetzt sauer. Sie fuhren in den nächsten Ort mit Namen „Birnbaum" ein. Bachmann setzte den Blinker und stieg in die Bremsen. „Wer? Ich soll eifersüchtig sein? Was für ein Scheiß! Du erzählst mir was von der Tiefe in seinen Augen, den Bewegungen seines Körpers, ich habe das alles nicht gesehen. Das klingt wie ein Softporno! Er sieht aus wie alle anderen!"

Beide hatten die Enge im Auto nicht mehr ausgehalten und waren ausgestiegen. So standen sie am Straßenrand und schrien sich an. „Ein gutes Körpergefühl hat eine sehr erotische Ausstrahlung. Für mich auf jeden Fall. Wenn das für dich ein Problem ist, kann ich dir nicht helfen! Frage ich dich nach deiner Druckereimaus, ob Du auf Ihre Augen oder Arschbacken abfährst? Nein, ich frage Dich nicht, weil es mich nicht interessiert!", brüllte Strauch. „Ich bin nicht eifersüchtig!", schrie Bachmann. „Dafür nimmst Du meine Ausführungen aber sehr persönlich!", keifte Strauch. „Du bist schließlich Hauptkommissarin, Du musst sachlich bleiben und verlierst dich in erotischer Körperspannung und das mitten in der Ermittlungsarbeit!", belehrte Bachmann sie lautstark. Jetzt trat die Kommissarin ganz dicht an ihn heran. „Vorsicht, mein lieber Leopold! Wenn ich dir meine Eindrücke erzähle, heißt das nicht, dass ich aufgrund meines Alters und Abbauprozessen meines Gehirns pädophil werde und einen Mann hemmungslos anspringe, der mein Sohn sein könnte!" Danach ging sie fünf Schritte zurück, griff in ihre Jackentasche und steckte sich eine Zigarette an.

„War es nicht erst gestern, als wir feststellten, dass wir in unseren Gesprächen nicht zu persönlich werden sollten?", fragte Bachmann auf die Distanz. „Ja. Ich könnte mich dafür ermorden, dass ich mich auf deine blöde Fragen eingelassen habe!", antwortete Strauch fast verzweifelt. Schweigen. „Du findest mich unreif!", sagte Bachmann. „Ja", sagte Strauch und ließ ihre Zigarette in das Gras fallen, auf dem sie stand, ging zum Auto und stieg ein. Auf der Rücksitzbank suchte sie nach einer Wasserflasche und wurde fündig, sie war plötzlich furchtbar durstig und hinter ihrer Stirn pochte es gewaltig.

Endlich stieg auch Bachmann zurück in den Wagen: „Ich bin 32 Jahre alt und unreif." „Du bist in absehbarer Zeit ein guter Kommissar und der Rest geht mich nichts an!", sagte Strauch müde.

Im Kleinerlbacher Weg klingelte es, Sonja Gebhardt stürzte im Eiltempo zur Tür und betätigte den Türsummer. Leni stand schüchtern im Flur, sie konnte heute Mittag nicht einschlafen, sie war so aufgeregt, weil doch der Onkel Martin zu Besuch kam.

„Martin!", rief Sonja und fiel ihrem Bruder noch im Hausflur um den Hals. Martin legte einen Arm um ihre Schultern. „Hallo, kleine Schwester." Sonja weinte und trat einen Schritt zurück. „Bist Du sicher, dass du nur ein Kind bekommst? Dein Bauch ist riesig!", witzelte Martin Decker um den Moment erträglicher zu machen. „Ich habe dich so vermisst, mach das nie wieder. Einfach zu verschwinden für so lange Zeit!" Sie schlug auf seinen Oberarm, „Das würde ich dir nicht verzeihen!" „Jetzt bin ich doch da, Sonja." Er versuchte sie zu beruhigen.

Dann sah er das kleine, lockige Kind mit dem Finger im Mund weiter hinten stehen. „Wer ist denn das?" Schnell wischte Sonja ihre Tränen aus dem Gesicht und zog Martin in die Wohnung, sie bückte sich zu Leni und sagte: „Schau Leni, das ist dein Onkel Martin, Du hast ihn schon gesehen, aber daran kannst Du dich nicht erinnern, weil Du noch ein kleines Baby warst." Martin ging in die Hocke und reichte dem Kind die Hand. „Hallo Leni, wie geht es Dir?". Es fiel ihm beim besten Willen nichts anderes ein. Leni hatte Pieti unter den Arm geklemmt und drückte sich verschämt an ihre Mutter, flüsterte dann aber ein „Hallo" und grinste dabei. Sonja musste lachen. „Sie ist verlegen Sie taut schon noch auf! Komm mit, ich habe Kaffee gemacht und Nussecken für Dich gekauft." Martin sah seine Schwester an, sie trug offenbar ein Sweatshirt ihres Mannes, dunkelblau. Leider war ihr Mann kein dicker Mensch und so spannte das Kleidungsstück über ihrem schwangeren Bauch. Sonja war immer dünn gewesen und sehr hellhäutig, mit Spangen hatte sie ihre Haare nach hinten gesteckt und

Martin konnte die Ähnlichkeit mit ihrer Mutter klar erkennen. Für einen Augenblick nahm es ihm den Atem.

„Du siehst gut aus Martin, irgendwie männlicher, ja, Du siehst aus wie ein Mann!", stellte die Schwester fest. „Wie habe ich vor zwei Jahren ausgesehen, wie ein Schlumpf?", fragte Martin mit gespielter Ratlosigkeit. Die beiden lachten, das war so befreiend. „Dein Onkel, der blaue Schlumpf!", rief Sonja Leni zu, die noch im Türrahmen lehnte, jetzt aber ihre Schüchternheit aufgab und auf ihren Hochstuhl zu wackelte. Sonja hob sie hoch und sogleich griff Leni nach den Nussecken, die auf einem Teller appetitlich aufgestapelt lagen.

Fröhlich plapperte die Kaffeerunde, schließlich deutete Leni auf ihren Onkel und sagte: „Matin." Martin nahm die Hand des Kindes, mit der anderen zeigte er auf sie und sagte: „Leni." Sonja war so glücklich, dass sie wieder weinen musste. „Versprich mir, dass Du uns wieder besuchen kommst!" „Versprochen. Aber zu seiner Beerdigung komme ich nicht!" Sein Ton wurde wieder härter. „Das ist ok, Martin, wir werden eine kleine Trauerfeier machen, aber darüber können wir ein anderes Mal sprechen. Ich will nicht, dass er im Grab mit unserer Mutter beerdigt wird. Das könnte ich nicht ertragen! Zuerst dachte ich, wir müssen den Vater bei der Mutter beerdigen, weil sonst die Leute tratschen würden. Aber das ist Quatsch. Ich habe heute Morgen mit Melanie gesprochen, Du kennst sie doch, sie ist mir eine große Stütze, sie ist so klar. Ich dachte mir, dass wir ihn verbrennen lassen und die Urne in der Urnenwand bestatten lassen. Und alles im kleinen Kreis. Bis jetzt liegt er in der Pathologie, das kann noch dauern, das gibt mir Zeit, die Dinge zu regeln." „Das ist gut. Hat der blöde Hund überhaupt

Geld, von dem eine Beerdigung bezahlt werden könnte oder müssen wir das finanzieren? Das sähe ihm ähnlich! Blöd und besoffen, blödgesoffen!", wetterte Martin wütend.

„Blöd", äffte Leni, ihr Mund war von der Schokoladenglasur verschmiert. „Entschuldigung, ich bin den Umgang mit kleinen Kindern nicht gewohnt. Aber mal ehrlich, die Verbrennung müssten wir preiswert bekommen, die Hälfte der Arbeit ist ja schon getan!" Martin grinste, griff nach der zweiten Nussecke und mampfte genüsslich. „Ich kann darüber nicht lachen! An den Umgang mit Kindern wirst Du dich gewöhnen müssen, wenn Du beim nächsten Mal kommst, ist ein Kind mehr im Haus!", schalt ihn Sonja und goss ihm Kaffee nach.

Sonja stand auf und machte ein Stück Küchenrolle feucht. Leni schmierte sich die Schokolade übers ganze Gesicht bis ins Haar. Das Kind wehrte sich heftig, als die Mutter ihr den Mund abwischte: „Was wollte die Polizei von Dir wissen, Martin?" „Sie prüfen mein Alibi. Ich war an dem Abend alleine zuhause, was soll ich ihnen da beweisen? Außerdem kramen sie in alten Geschichten. In dem alten Scheiß, als wir beide noch Kinder waren. Dabei kann ich ihnen echt nicht helfen! Ich hatte das Gefühl, sie haben keine heiße Spur und noch weniger Beweise." Martin Decker wischte die Brösel von seinem schwarzen Shirt. Er erwähnte mit keinem Wort die konkreten Vorwürfe, die ihm Bachmann gemachte hatte.

Der Weg zur Psychiatrie in Erlangen war gut beschildert. Auf dem Kurzzeitparkplatz für Besucher stellte Bachmann den BMW ab. Strauch stellte sich und ihren Kollegen am Empfang vor: „Strauch und Bachmann von der Kripo Ansbach, wir möchten zu Karl Schindler, er arbeitet hier als Pfleger. Er weiß, dass wir kommen." Die junge Frau am Empfang zeigte keinerlei Verwunderung, sie durchsuchte eine Liste und fand den Kollegen. „Ja, er ist in der Forensik, Gebäude C, ich melde Sie telefonisch an." Strauch bedankte sich und rieb sich die Stirn. In ihrer Handtasche hatte sie noch ein Aspirin gefunden und während der Fahrt durch den Hals der Wasserflasche gestopft. Jetzt wartete sie darauf, dass endlich die Wirkung eintrat.

Die Kommissare bekamen einen Besucherausweis und gingen einen langen Flur entlang in die angewiesene Richtung. „Ganz schön groß", meinte Bachmann und sah sich um, „Bis jetzt habe ich noch keinen gesehen, der eine Zahnbürste hinter sich herzieht!" Strauch blieb abrupt stehen. So ruhig als möglich sprach sie: „Können wir etwas vereinbaren, Herr Kommissar? Wir sprechen so sachlich und konstruktiv wie möglich mit Karl Schindler, ohne dabei Ideen von Erotik und Sex ins Spiel zu bringen. Weiter sparen wir uns stigmatisierende Bemerkungen über Patienten oder Personal, das sich eventuell mit den psychischen Krankheiten infiziert hat. Kurz gesagt, wir machen unseren Job routiniert, mit professioneller Distanz und der Reife und Seriosität, die man von uns erwartet. Solltest Du, Leo, mit einem der Punkte nicht einverstanden sein, dann warte bitte hier auf mich, bis ich wiederkomme." „Kein Problem. Das mit der Zahnbürste war ein Witz. Nichts weiter!" Als würde er sich ergeben, hob er beide Hände in die Luft.

Bis sie in das Gebäude C kamen, mussten mehrere Türen auf und wieder zugeschlossen werden. Eine Pflegekraft nahm sie in Empfang und führte sie direkt auf die Station, auf der Schindler arbeitete. Hier herrschte Betrieb, die Türen zu den Zimmern standen offen, die Patienten bewegten sich frei auf der Station. Es waren zum größten Teil Männer zwischen 20 und 50 Jahren, keiner von ihnen machte einen verrückten Eindruck. Im Gegenteil, sie wirkten beängstigend normal.

„Hallo! Willkommen in der Welt der gestörten Straffälligen!", war Schindlers heiter-ernste Begrüßung. „Waren Sie schon einmal hier?" Bachmann schüttelte den Kopf, Strauch gab Schindler die Hand: „Ja. Ich war schon einmal hier, aber das ist viele Jahre her." Schindler trug weiße Hosen und Hemd, er lächelte freundlich und bat die Kommissare in den Pausenraum für das Personal, das er mit einem Schlüssel aufschloss: „Hier sind wir ungestört. Eigentlich wäre meine Schicht schon zu Ende, aber ein Kollege hat einen Patienten zum Arzt begleitet und ist noch nicht zurück. Wenn er kommt, kann ich gehen." „Hoffentlich ist der Patient nicht ausgebüchst!", scherzte Bachmann. „Das wäre nicht das erste Mal, das kann schon passieren! Aber mein Kollege hat sich gemeldet und Bescheid gesagt, dass der Arzt eine Untersuchung machen will, die wohl länger dauert", beruhigte ihn Schindler. Bachmann konnte nicht anders, er musste sich diesen Charly genauer ansehen. Das halblange, braune Haar hatte er heute zu einem Zopf gebunden, was mehr Einblick auf das Gesicht zuließ. Anne hatte Recht, seine Gesichtszüge waren markant und dennoch gleichmäßig. Beim besten Willen konnte Bachmann jedoch nicht die Besonderheit seiner Bewegungen erkennen, die seine Chefin so ruhmreich beschrieben hatte. Charly war körperlich fit, er machte Sport, das sah man seinem Körper an, aber das war es auch schon. Dieser Kram mit der Körperspannung war Bullshit! Eine Weile überlegte er noch, ob Charly vielleicht schwul wäre, war sich aber nicht sicher. Manchen Männern sah man das von weitem an, bei Charly war das nicht der Fall.

Anne Strauch riss ihn aus seinen Gedanken. „Zeig Herrn Schindler die beiden Fotos, Leo!" Aus der Jackeninnentasche zog er die Bilder hervor und legte sie auf den Tisch. Schindler griff sofort nach dem Foto von Manni Liebig. „Na, den kenne ich! Das ist der Typ aus dem Saufaus, der mir seine Geschichten erzählt hat. Von dem zweiten Mord habe ich in der Zeitung gelesen." „Sehen Sie sich bitte das andere Foto an, das ist unser zweites Opfer. Kommt Ihnen der Mann bekannt vor?", fragte Strauch und wartete gespannt auf eine Reaktion. Schindler sah auf das Bild und legte es zurück auf den Tisch: „Nein, tut mir Leid. Diesen Mann kenne ich nicht." Im Prinzip hatte Strauch nichts anderes erwartet, sie änderte die Gesprächsrichtung: „Na gut, Herr Schindler, ich hätte da noch eine Frage an Sie. Beide Opfer wurden betäubt, bevor sie angezündet wurden. Offenbar mit Tavor, was unser Pathologe herausgefunden hat. Kennen Sie sich mit Beruhigungsmitteln aus? Wie lange dauert es, bis die Wirkung von Tavor einsetzt? Sie haben doch sicher täglich mit diesen Medikamenten zu tun!"

Schindler lehnte sich entspannt zurück, löste den Haargummi und rieb seinen Nacken: „Frau Strauch, Sie sind hier in der Forensik. Hier tummeln sich Straftäter, deren

Diagnose zum größten Teil die dissoziale Persönlichkeitsstörung ist. Unsere Patienten haben keine Depression oder Angststörung, ihr Problem ist, dass sie für ihre Taten keine Schuld oder Reue empfinden und deshalb das gleiche Verhalten konsequent wiederholen. Menschen, die nie Reue und Schuld fühlen, übernehmen auch keine Verantwortung für ihr Tun. Jeder unserer Patienten fühlt sich ungerecht behandelt, zu Unrecht verurteilt, stellt keines seiner Vergehen in Frage! So gesehen, geht es ihnen recht gut. Um Ihre Frage zu beantworten, wir haben hier nur minimale Ausgaben von Psychopharmaka."

Die Aussage Schindlers ließ Bachmann aufhorchen: „Sie sagen, Ihre Patienten fühlen sich in ihrer Persönlichkeitsstörung recht wohl. Ohne Schuldgefühle weisen sie jede Verantwortung für die Tat von sich. So habe ich das noch nie gesehen!" „Wir haben viele Schläger auf Station, die sehen die Schuld für die Auseinandersetzung beim Opfer. Das Opfer hat solange provoziert, bis der Schläger zuschlagen musste. Eine solche Provokation kann das nicht fertige Abendessen zuhause sein. Verstehen Sie, eine Form der Provokation, die für Sie und mich keine Provokation wäre!"

„Das stimmt. Unsere Wiederholungstäter sind grundsätzlich unschuldig. Sie fühlen sich als das Opfer von widrigen Umständen oder falschen Beschuldigungen. Die Verhöre sind mühselig, trotz aller Beweise und Zeugen wird abgestritten, was das Zeug hält. Aber die meisten von ihnen sind dumm und werden immer wieder erwischt!", Bachmann lachte zufrieden.

Strauch hatte aufmerksam zugehört. „Heißt das, Sie haben keine Beruhigungsmittel auf der Station?" „Doch, die haben wir, aber sie werden sehr selten, eigentlich nur in Notfällen eingesetzt. Über Beruhigungsmittel im Allgemeinen kann ich Ihnen sagen, dass Tavor ein starkes Medikament ist und stark sediert. Natürlich kommt es auf die Dosis an, eine Überdosierung kann tödlich verlaufen. Die Gabe von Beruhigungsmitteln muss auch hier vom Arzt verordnet werden und der bestimmt auch die Dosierung. Da kenne ich mich nicht aus, ich bin kein Arzt, nur Pfleger."

Strauch erhob sich langsam. „Hast Du noch Fragen, Leo? Danke, dass Sie sich die Zeit genommen haben, Herr Schindler. Wir führen weiter Befragungen durch, weil wir in beiden Fällen keine heiße Spur haben." Schindler öffnete den Beamten die Tür. „Ich wünsche Ihnen viel Glück. Gibt es da nicht den „Kommissar Zufall"?" Ein kleines Lächeln umspielte die Mundwinkel, Schindler griff in die Hemdtasche und zog den Haargummi heraus. Eine junge Kollegin mit feuerrot gefärbtem Haar kam auf sie zu. „Charly, ich habe Dich schon gesucht! Der Herbert ist vom Arztbesuch zurück, Du kannst nach Hause gehen!" Strauch sah den verheißungsvollen Blick in den Augen der Kollegin. „Die ist in ihn verliebt!", dachte sie still. „Na, endlich!", rief Schindler, an Bachmann gewandt: „Finden Sie aus dem Labyrinth wieder heraus?" Bachmann nickte zuversichtlich.

„Haben wir das professionell gemacht oder nicht?", meinte Bachmann fast herausfordernd. „Extrem professionell!", antwortete Strauch, „Wir fahren jetzt ins Präsidium. Meine Kopfschmerzen sind durch das Aspirin nicht viel besser."

Das ist aber ein echt altes Gemäuer!", stellte Münch fest, als sie vor dem Haus in der Kirchgasse standen. „Schmiedinger", las Hegendörfer auf dem Schild neben dem Klingelknopf. Sie betraten den schmalen, langen Hausflur, der so typisch ist für die alten Stadthäuser. Eine steile, recht enge Treppe führte sie in den ersten Stock. In der Wohnungstür stand Ecki und ließ die Beamten eintreten. Ecki holte langsam schlurfend einen Hocker aus dem Schlafzimmer. Hegendörfer setzte sich neben Ecki aufs Sofa, Münch musste mit dem winzigen Hocker Vorlieb nehmen.

„Herr Schmiedinger", begann Hegendörfer und öffnete seine Jacke, die über seinem Bauch spannte, „erzählen Sie mir doch etwas über Konrad Decker." „Ich habe nichts gesehen oder gehört", antwortete Ecki so allgemein es nur ging. Hegendörfer sah, dass er konkreter werden musste. „Gut, das heißt, sie können zum Tathergang keine Angaben machen." Ecki schüttelte den Kopf. „Wie lange kannten Sie Herrn Decker?", fragte Hegendörfer mit seiner sonoren Stimme. „Schon eine Ewigkeit. Seit der Schule", nuschelte Ecki. Hegendörfer verstand die undeutliche Aussprache schlecht, er neigte den Kopf näher. „Schon von der Schule? Dann haben Sie doch einiges zusammen erlebt!" „Das kann man so sagen", grinste Ecki in sich hinein. Hegendörfer konzentrierte sich jetzt auf Eckis Mund. „Waren Sie schon Freunde in der Schule oder erst später?" „Ach, schon in der Schule, wir haben viel Scheiß miteinander gemacht!"

Münch hoffte, dass sein Chef das Gebrabbel verstehen würde, denn er verstand höchstens die Hälfte. Er sah sich in dem Zimmer um. Außer den Möbeln stand da nicht viel. Der Fernseher, im Schrank Gläser und ein paar kitschige Tassen und Vasen. Er sah kein einziges Buch. Münch selbst war nicht gerade eine Leseratte, aber er war die Generation, die mit Harry Potter aufgewachsen war und die Faszination für Fantasyromane ließ ihn hin und wieder zu einem Buch greifen.

„Münch, machen Sie Notizen!", rief sein Chef, der seine geistige Abwesenheit zu registrieren schien. Erschrocken holte Münch seinen Block hervor. Das Gespräch über alte Zeiten machte den wortkargen Ecki gesprächiger. „Also, Konrad Decker hatte den Führerschein gemacht und dann waren Sie gemeinsam unterwegs. Wohin sind Sie gefahren?" Hegendörfer hatte bemerkt, dass Ecki gerne über alte Zeiten sprach und lenkte ihn geschickt in die Vergangenheit. „Bauernschwoof und so, he-he!", erinnerte sich Ecki heiter. „Die Tanzveranstaltungen auf den Dörfern. Haben Sie dort getanzt?", fragte Hegendörfer weiter. Ecki lachte auf. „Eher nicht! Mehr getrunken und gestritten." Hegendörfer überlegte, sah Ecki wieder auf den Mund: „Gestritten? Waren Sie in Schlägereien verwickelt?" „Ja, oft. Vor allem, wenn der Manni dabei war!", sprach Ecki und wurde still.

Das wollte er eigentlich nicht sagen. Sogar Münch wurde hellhörig, Hegendörfer zog die Augenbrauen hoch. „Heißt das, Sie kannten Manfred Liebig?" „Klar, der hat ja damals in Neustadt gewohnt", mit der linken Hand kratzte sich Ecki am Schnauzer, nahm sich dann eine Zigarette aus der Packung. Die Aktion war so umständlich, dass ihm der Polizeibeamte half. Ecki war jetzt unruhig. „Aber meistens waren sie den Weibern hinterher, das war ihr größter Spaß." Hegendörfer überlegte noch, ob er mit seinen Fragen in der Vergangenheit bleiben oder in die nähere Gegenwart zielen sollte, entschied sich aber intuitiv für die Vergangenheit. „Ach ja, davon habe ich gehört, die beiden sollen rechte Schürzenjäger gewesen sein!" Ecki prustete: „Schürzenjäger? Sie haben gegrabscht und getatscht, sie waren widerlich. Einmal, wir waren in Unternesselbach, saßen am Tresen und haben getrunken. Da ging ein Mädchen an uns vorbei, Manni hielt sie am Arm fest und meinte, er würde ihr einen „Gespritzten" ausgeben. Das Mädchen nahm an, aber noch bevor der Gespritzte eingeschenkt war, griff Manni dem Mädchen zwischen die Beine. Die drehte sich total erschrocken um und ging. Manni rumpelte auf und schrie ihr hinterher: „Ich habe Dir einen Gespritzten bestellt!" Sie rief zurück: „Sauf ihn selber, Du Sau!" Er baute sich vor ihr auf und schlug ihr mit der flachen Hand ins Gesicht, dabei schrie er Sachen wie: „Du Sau, Nutte, undankbare Schlampe" und anderes. Konny hat ihn am Arm gepackt und zurück an den Tresen gezerrt." Ecki sah aus dem Fenster und flüsterte fast unhörbar: „Keiner hat dem Mädchen geholfen, ich auch nicht."

Münch schluckte, er konnte sehen, wie schwer die alte Geschichte dem Mann auf der Leber lag. Der junge Beamte meinte zu sehen, wie die Augen des kranken Mannes feucht wurden. „Danach bin ich nicht mehr mit den beiden weggegangen. Ich wollte nicht, dass man denkt, ich gehöre zu denen, die Frauen schlagen!", sagte Ecki traurig, fast unhörbar. Er umfasste mit der linken das Gelenk der rechten Hand und platzierte sie weiter vorne auf dem Oberschenkel. Da platzte es aus Münch heraus: „Das hätte ich auch so gemacht, Herr Schmiedinger, mit denen wäre ich nie mehr fortgegangen! Frauen schlagen ist das Allerletzte!" Hegendörfer war von dem Einwurf seines Zöglings so überrascht, beinahe hätte er gesagt, dass er die Klappe halten sollte, aber dann bemerkte er, dass Herr Schmiedinger sich sehr über die moralische Unterstützung des Polizisten freute. „Ja!", richtete Ecki direkt an Münch, „Das war die richtige Entscheidung. Jahrelang bin ich den beiden aus dem Weg gegangen, bin in Neustadt in die Kneipen gegangen und zu später Stunde ins „Gaslicht", da war immer was los. Erst viel später haben wir uns wieder getroffen. Da war Konny schon mit Doro verheiratet. Sie hieß Dorothea, alle haben sie Doro genannt. Die war total hübsch, lange, blonde Haare und ein Engelsgesicht. Der Konny hatte die Doro nicht verdient, der Idiot!"

Den Dienststellenleiter faszinierte die alte Geschichte. „Und dann? Sind Sie doch wieder mit den alten Kumpanen um die Häuser gezogen?" Ecki drückte seine Zigarette aus und schlug mit der Hand auf den Schenkel. „Ja, aber nur drei oder vier Mal. Dem Konny und dem Manni war das Saufen nicht mehr genug. Ich weiß nicht, was die eingeworfen haben, aber sie waren wie verrückt, durchgeknallt. Da war für mich Schluss und aus!" Hegendörfer fuhr sich über die spärliche Haarpracht. Schmiedingers Erzählungen zeichneten ein klares Bild der beiden Mordopfer, er würde es noch heute der Kommissarin mitteilen. Er sah den Befragten an, er wirkte müde, fast erschöpft, trotzdem fragte er weiter: „Das ist uns bekannt, Decker hatte eine Vorstrafe wegen der Drogen. Brach der Kontakt danach ab?" „Der Manni ist irgendwann nach Fürth gezogen. Den Konny habe ich nur manchmal auf der Straße gesehen. Bis er vor ein paar Jahren im Blauen Engel auftauchte. Gefreut habe ich mich nicht, habe wenig mit ihm gesprochen."

„In letzter Zeit, was glauben Sie, gab es noch Weibergeschichten?", stocherte der Polizist weiter. Eckis Gesicht verzog sich beim Lachen. „Ich habe ihn mit keiner Frau mehr gesehen, vielleicht war er impotent! Von der Sauferei und den Drogen." Münch lachte schadenfroh mit ihm. „Eine allerletzte Frage, Herr Schmiedinger, dann lassen wir Sie in Ruhe. Können Sie sich jemanden vorstellen, der so einen Hass auf Decker und Liebig hatte, dass er vor Mord nicht zurückschreckt?" Ecki schüttelte die grauen Locken. „Nein, wirklich nicht. Und ich war es auch nicht, schauen Sie mich an!" Er zeigte auf seine rechte Seite, zog eine Linie vom Gesicht bis zum Fuß. „Alles notiert, Münch?", die Stimme Hegendörfers klang zackig, während er größte Mühe hatte vom durchgesessenen, rostbraunen Sofa aufzustehen, „Danke, Herr Schmiedinger, Sie haben uns sehr geholfen." „Danke und tschüss!", meinte Münch und zwinkerte Ecki zu.

Seit einer Stunde war Horst mit Moni und Michi in der Küche und quälte die beiden mit der immer selben Frage: „Was glaubt Ihr, kann ich heute wieder in meiner Hütte schlafen?" Wenigstens zehn Mal hatte ihm Moni geantwortet, dass sie es nicht wüsste, er müsse wohl oder übel warten bis Sigi und Josef zurückkamen. „Weißt Du, Michi, in der Hütte schlafe ich so gut. Die Luft ist dort ganz anders als hier im Haus!", wandte sich Horst an das Kind. Michi wusste darauf nichts zu sagen. „Wenn Du im Schlaf nicht erfrierst!", erinnerte ihn Moni etwas giftig. Sie plagte sich mit einem schweren, klebrigen Brotteig. Michi sang Lieder aus dem Kindergarten. Sie wusste nicht, was sie gerade mehr nervte.

Sehnsüchtig schaute sie aus dem Fenster, es begann dunkel zu werden. Im Finstern konnten Sigi und Josef nicht arbeiten, sie müssten bald kommen. „Ich vermisse meine Freunde!", klagte Horst. „Ja, ich weiß. Die Bäume und die Tiere", meinte Michi gelangweilt. Er hatte richtige Freunde, Menschen, Kinder, die Namen hatten. Endlich hörten sie den Traktor auf den Hof fahren. Wie eine Rakete zischte Horst nach draußen. Die beiden Männer waren noch nicht vom Traktor abgestiegen, da fragte Horst scho: „Kann ich heute in der Hütte schlafen?" Sigi schüttelte den Kopf: „Es ist alles fertig, bis auf den Ofenanschluss. Der Josef macht das gleich morgen Vormittag." „Ich könnte etwas vorsichtiger anschüren!", fiel es Horst ein. Josef sprang mit Schwung vom Traktor und sah Horst ins Gesicht „Der Ofen muss net bloss brenna, der muss a sicher sei. Sunst bist Du morgn frieh die dritte verkokelte Leich! Morgn, glei nach dem ich die Viecher gfüttert hob, mach ich des. Bis morgn, Sigi. Gut Nacht!" „Danke, Josef! Bis morgen!", rief Sigi dem Nachbarn nach und ging müde ins Haus. Horst trottete ihm wie ein enttäuschtes Kind hinterher, doch das mit der verkokelten Leiche arbeitete in ihm.

„Hallo!", begrüßte Sigi seine Familie, ging zu Moni und drückte ihr einen Kuss auf den Mund. Schon hing Michi an seinem Bein, Sigi hob ihn hoch und flüsterte geheimnisvoll in sein Ohr: „Später erzähle ich dir eine tolle Geschichte!" „Erzähl sie jetzt!", drängte Michi den Vater. „Nicht jetzt! Das dürfen nicht alle hören", Sigi setzte das

Kind wieder ab. „Ich muss heute Nacht nochmal hier schlafen!", machte Horst seiner Frustration Luft. „Aber ich will nicht die dritte verkokelte Leiche sein!", sagte er bestimmt, „Ich gehe mich duschen. Ich brauche eine Nagelschere."

„Stell Dir vor, Horst, Du hast sogar eine Dachrinne! Was der Josef alles in seiner Scheune hat, ist unglaublich. Und was nicht passt, macht er passend. Das Holz für die Außenwand vom Schader, geschlagen bei Vollmond, trotzt Wind und Wetter, ist erste Klasse und sieht super aus!", Sigi war beseelt von dem Projekt „Horsts Hütte", er konnte den Josef und sich selbst nicht genug loben. Hungrig und neugierig hob Sigi den Deckel von der großen Pfanne, die auf dem Herd stand. „Riesenschnitzel!" Er küsste seine Frau überschwänglich. „Was gibt's dazu?" „Kartoffelsalat mit Mayo", Moni stellte die blaugemusterte Schüssel auf den rechteckigen Esstisch. „Oh happy day!", sang Sigi im Blaumann und wackelte mit den Hüften.

Im Präsidium in Ansbach glich Strauch noch Informationen ab und führte einige Telefonate. Ihre Kopfschmerzen wurden immer schlimmer, inzwischen war ihr richtig übel. Mayer bot ihr Kopfschmerztabletten an. „Die sind aber ziemlich stark. Die habe ich von den Kollegen von der Drogenabteilung." Strauch blickte ihn entsetzt an. Mayer schüttete sich aus vor Lachen. „Mensch, Anne, natürlich sind sie vom Arzt. Bevor du sie nimmst, solltest du etwas essen." „Mir platzt der Kopf und du verarschst mich!", warf ihm Strauch vor, „Gib mir eine. Ich gehe jetzt nach Hause und versuche eine

Suppe zu essen." Sie entschuldigte sich bei den Kollegen und vereinbarte eine Arbeitsbesprechung für morgen um 8.30 Uhr. Bachmann verspürte Schuldgefühle, als Strauch blass und matt das Büro verließ.

Der Weg vom Präsidium zur Wohnung dauerte mit dem Auto etwa zehn Minuten. Heute empfand Strauch die Fahrt als äußerst anstrengend. Heilfroh parkte sie den Wagen auf dem reservierten Stellplatz. Sie betrat ihre Wohnung im ersten Stock, es war kurz nach 18 Uhr und Bertram war noch nicht da. Innerlich freute sie sich und überlegte, was sie sagen würde, wenn er heimkam. Vielleicht: „Wo kommst Du so spät her?" oder „Ich warte hier auf Dich, wo warst Du solange?" oder „Wir sollten mal über unsere Beziehung sprechen!" Das klang doch alles sehr kindisch und blöd, sie verwarf ihr Vorhaben und ging in die Küche. Im Vorratsschrank fand sie eine Packung Hühnersuppe mit Nudeln, damit würde sie es versuchen und nahm einen passenden Edelstahltopf aus dem offenen Regal. Bis das Wasser kochte setzte sie sich auf einen Stuhl und stützte den schweren, schmerzenden Kopf in beide Hände. Anne Strauch ärgerte sich, über den Streit mit Bachmann, darüber, dass sie keine heiße Spur in den Mordfällen hatten und über den unzufriedenen Staatsanwalt. Und dann war da noch Bertram. Der Schmerz im Kopf ließ keine Lösung zu. Strauch hatte so die Schnauze voll von ihrem Ärger. Dabei stellte sie fest, dass sie ihre Jacke noch anhatte.

Sie stand ein wenig zu schnell auf und ihr wurde schwindelig. Ganz langsam ging sie zur Garderobe und hängte die Jacke auf. Genauso langsam kehrte sie in die Küche zurück und rührte den Inhalt des Beutels in das kochende Wasser. Auf der Packung las sie: Bei geringer

Hitze fünf Minuten köcheln lassen. Sie schaute auf die Küchenuhr, nahm einen Suppenteller aus dem Schrank und einen Löffel aus dem Besteckkasten. Die Suppe kochte, schlug Blasen an der Oberfläche, die noch rohen Nudeln darin sausten von unten nach oben, von einer Seite des Topfes auf die andere, Strauch betrachtete die Suppe bei ihrem Werdegang. Es war wirklich bescheuert, einer Suppe beim Kochen zuzusehen, aber es gefiel ihr gerade. Der typische Suppengeruch stieg auf und kroch ihr in die Nase. Sie hatte befürchtet, dass ihr der Geruch noch mehr Übelkeit verursachen würde, aber das Gegenteil war der Fall. Sie empfand ihn als angenehm und in der Magengegend machte sich ein leichtes Hungergefühl breit.

Die Suppe tat ihr gut, ihr Bauch fühlte sich durchwärmt an. „Dieser Tag hat mir nichts mehr zu bieten!", beschloss die Kommissarin. Sie suchte und fand einen Zettel, auf den sie schrieb: Lieber Bertram, falls ich schlafe, wenn Du kommst, weck mich bitte nicht auf. Ich habe höllische Kopfschmerzen! Anne.

Den Zettel platzierte sie gut sichtbar mitten auf dem Küchentisch und machte sich auf den Weg ins Schlafzimmer. Die Jeans, die rote Strickjacke, das gute Stück, flogen in die Ecke, das Shirt und die Unterwäsche hinterher. Es tat ihr gut, sich auszustrecken und den zentnerschweren Kopf abzulegen. Der letzte Gedanke, der durch ihr malträtiertes Hirn wanderte, war der, was Bachmann über die männliche Art des Tötens sagte. Im nächsten Moment entschwand Anne Strauch der Realität und glitt schwerelos ins Land der Träume hinüber.

Exakt um 19.30 Uhr hielt Bachmann nichts mehr im Büro, er wollte zu Steffi. Sein Kopf war voller Informationen, die eine Auswertung erforderten. Das verschwundene Handy, das nicht zu finden war. Obduktionsberichte, die keinen neuen Impuls oder gar Beweis lieferten. Dann hatte Bachmann heute die Ehre, dem Staatsanwalt persönlich den Ermittlungsstand vorzutragen. Warum seine Vorgesetzte so widerwillig zu den Gesprächen mit Dr. Bräuer ging, konnte er gut verstehen, der Mann konnte einem die gute Laune komplett ruinieren! Dr. Bräuer fand die Verdachtsmomente gegen Martin Decker zu dürftig, um eine Haussuchung zu veranlassen. „Wir können unbescholtene Bürger nicht überfallen!", hatte er entrüstet gerufen. Der Ärger über Dr. Bräuer nagte an ihm. Bachmann wollte nicht mehr an den Fall denken.

Lieber mochte er an Steffi denken. Er fuhr aus der Tiefgarage, die Temperaturanzeige neben dem Tacho zeigte eine Außentemperatur von 6 Grad an. Es war wärmer geworden, der Wind frischte auf und es goss wie aus Eimern. Auf der B 14 war wenig Verkehr, aber die Sicht durch den Regen sehr schlecht, die Fahrt erforderte seine volle Konzentration. Sobald Bachmann schneller als 100 km/h fuhr, rüttelte der Wind heftig an seinem Audi und in den ausgefahrenen Spurrillen der Straße stand das Wasser. „Auch noch Aquaplaning, so ein Scheißwetter!", fluchte er mit vor Anstrengung zusammengekniffenen Augen.

Jetzt lag der Liebhaber Leo in Steffis warmen, kuscheligen Bett und knabberte an ihrem Ohr. Sie kicherte. „Bist Du kitzelig?", fragte er neugierig. „Ja, vor allem am Ohr und am Hals", weihte sie ihren neuen Freund in die Geheimnisse ihres Körpers ein. Er küsste sie zart den Hals hinab, sie quiekte, dann traf er auf den Punkt, wo der Hals endete, Richtung Schlüsselbein. Dort drückte er einen heftigen Kuss hinein. Steffi schrie und ruderte mit den Armen. Das gefiel ihm an Steffi, wenn sie zappelte, ruderte, quietschte und stöhnte. Sie war so lebendig! Und er hatte das Gefühl, es richtig zu machen. Vor einem Jahr hatte er eine kurze Affäre mit einer Arbeitskollegin, die lag vor dem Sex und nach dem Sex in exakt gleicher Position im Bett. Das hatte Bachmann völlig irritiert!

„Ich glaube, wir sind zu laut beim Sex. Ich meine, wegen den Nachbarn!" Steffi strich ihm über das kurze Haar. Bachmann schüttelte verständnislos den Kopf. „Kann man beim Sex wirklich zu laut sein? Das wusste ich nicht!" Sie schmiegte sich lachend an ihn. „Also, wenn einer zu laut ist, dann bist das Du!", flüsterte Bachmann provokativ. Sie zwickte ihn in den Hintern. „Au! Sage doch deinem Nachbarn, dass Du kitzelig bist und das mit dem Sex nichts zu tun hat. Halt, nein! Sag das nicht, sonst möchte er das vielleicht prüfen", die Idee, dass Steffi mit ihrem Nachbarn über Sex sprach, gefiel ihm ganz und gar nicht. „Igitt!", Steffi blies die Backen auf, „Mein Nachbar ist 50, sein Gesicht ist lila und seine Poren so groß wie ein 10 Centstück."

Steffi umschlang ihn ganz fest. Das war eine weitere Sache, die Bachmann an der Frau mochte, sie war auf besondere Weise anschmiegsam. Wenn sie sich an ihn drückte, schien es, als schließe sich jede Ritze zwischen den zwei Körpern. Müsste er es in Waffensprache ausdrücken, würde er sagen: „Diese Frau liegt extrem gut in der Hand!"

Steffi hatte den Kopf entspannt zurückgelegt, die dunkelblonden Haarsträhnen verteilten sich auf dem Kopfkissen. Der orange-gelb-braune Bettbezug erinnerte an ein Tapetenmuster aus den 70er Jahren. Viele Gegenstände in Steffis Wohnung repräsentierten den Retrostil, zum Beispiel auch die rote Stehlampe, die in der Ecke brannte und ihr warmes Licht in den sonst dunklen Raum warf. „Leo, werden wir auch mal etwas anderes miteinander machen?", fragte sie ein bisschen zögerlich. Bachmann schaute ihr tief in die Augen. „Meinst Du das stellungstechnisch?" „Du bist blöd!", die junge Frau versuchte den Mann von sich zu schieben. Er lachte und hielt sie nur fester. „Ich weiß, was Du sagen wolltest. Klar können wir. Was würdest Du gerne mit mir machen?" Sie überlegte: „Wir könnten im Fürther Stadtpark joggen gehen, bevor es richtig kalt wird. Ich gehe auch gerne ins Kino." „Wenn wir diesen Doppelmord aufgeklärt haben, kann ich wieder pünktlich Feierabend machen und wir können joggen gehen. Aber gerade möchte ich nirgendwo anders sein!", die Worte purzelten Leo aus dem Mund, woher sie kamen, wusste er nicht, es interessierte ihn gerade nicht. „Ich auch nicht!", hauchte Steffi sehr glücklich.

Draußen warf starker Wind den Regen ans Fenster, das Prasseln war beruhigend und die kleine Wohnung wirkte dadurch noch heimeliger. Das Bett war weich und warm, neben ihm eine tolle Frau, Bachmann wusste, dass er heute nicht mehr nach Ansbach fahren würde. Er durfte nur nicht vergessen, die Weckfunktion seines Handys zu aktivieren.

Etwa zur gleichen Zeit, an einem anderen Ort, weit weg von Fürth und Neustadt ging ein junger Mann durch die Dunkelheit. Er verließ das Wohngebiet am Rande der Großstadt in Richtung der angrenzenden Schrebergärten. Bei jedem Schritt schlugen die zwei Glasflaschen zusammen, die er in einer Plastiktüte bei sich trug. Still lagen die winzigen Häuschen, eigentlich mehr Hütten als Häuser in der Nacht. Es gab keine Straßenbezeichnungen innerhalb der Gärten, nur Hausnummern und manches Häuschen trug einen Namen, wie „Ponderosa", „Tulpe" oder „Waldesruh".

Die letzte Straßenbeleuchtung lag schon längst hinter ihm. Das richtige Gartenhaus zu finden, war für den nächtlichen Besucher kein Problem. Er steuerte zielstrebig das einzige Fenster an, aus dem ein schwaches Licht leuchtete.

Er musste sich bücken, um das niedrige, hölzerne Gartentürchen zu öffnen. Mit den Augen, die sich an das Dunkel gewöhnt hatten, sah er, dass der Garten ordentlich winterfest gemacht war. Die Sträucher waren zurückgeschnitten, ein großes Beet war umgestochen, die Erde ruhte und das Laub des einzigen Baumes lehnte in Säcken verpackt an der Hauswand.

Bevor er an die Tür trat, lugte er durch das kleine Fenster und sah einen Mann auf dem Sofa sitzen. Vorsichtig sah er sich um und stellte beruhigt fest, dass sich nichts regte, erst dann klopfte er drei Mal kräftig mit den Fingerknöcheln an die Haustür.

Die Tür wurde von einem etwa 50jährigen Mann geöffnet. „Servus! Bist Du der Max?" „Ja. Bist Du der Heinz?", fragte der Besucher. Beide lachten. Dies war eines der stabileren Gartenhäuser, es war gemauert und hatte ein gegossenes Fundament. Gleich rechts stand eine alte, von der Feuchtigkeit verzogene Spüle, daneben ein Küchenbuffet im gleichen Zustand. Linkerhand stand ein altes Sofa auf dem mehrere Decken und Kissen kreuz und quer verteilt waren. Die Wand dahinter war mit einer grün-braun karierten PVC-Platte beschichtet, wie man sie früher in Badezimmern fand. Auf dem blanken Estrich lagen wahllos Ausschnitte von Teppichböden, verschiedenster Größe und Muster.

Der Ältere schlug dem Jüngeren freundschaftlich auf die Schulter. „Bei Facebook findet man immer nette Leute. Freut mich, dass Du mich besuchst! Ich wohne nur vorübergehend hier, mir wurde die Wohnung gekündigt, ich musste raus, verstehst Du?! Ein Kumpel hat mir das Gartenhaus angeboten, bis ich was anderes finde. Der blöde Schrebergartenverein hat gestern den Strom und das Wasser abgestellt. Aber der Fritz hat mir den Gasofen gebracht, damit ich nicht erfriere!" Er zeigte auf das Metallgehäuse, in der eine Gasflasche stand, eine kleine Flamme brannte im Inneren. „Ach, das ist der komische Geruch! Ich habe mich schon gewundert!", rief der Jüngere aus und dachte bei sich: „Was für ein elender Sauhaufen!" Er setzte sich auf einen Stuhl und packte den Inhalt seiner Plastiktüte aus. „Du trinkst am liebsten Korn, das hast Du geschrieben. Bitte sehr!" Er stellte eine Flasche Korn auf den niedrigen Couchtisch, auf dem die einzige Lichtquelle, eine Camping-Petroleumlampe, außerdem mehrere Bierflaschen und ein riesiger, überfüllter Aschenbecher standen. Ein mit Asche bedecktes Smartphone lag neben Heinz auf dem Sofa.

„Du bist ein echter Freund, Max!", freute sich Heinz, „Und was trinkst Du?" Max griff nochmals in die Tüte und zog eine weitere Flasche heraus, „Apfelkorn" stand auf dem Etikett. Beide lachten und schraubten ihre Flaschen auf, stießen an und tranken direkt aus der Flasche, als gäbe es keine Gläser auf der Welt. Heinz plapperte munter, angeregt aus seinem Leben: „Man macht schon was mit in 50 Jahren! Aber dafür gibt es ja auch die Freuden des Lebens, wie zum Beispiel den Korn."

Der junge Mann betrachtete sein Gegenüber. Der Mann war angetrunken, seine blutunterlaufenen Augen glänzten und seine Bewegungen waren schwerfällig. Heinz war nicht dick, aber schwammig und sein Gesicht war hochrot und verquollen, die braunen Haare waren von grauen Strähnen durchzogen und hingen fettig bis über die Ohren. Die Jeans, das T-Shirt und die gelbe Sweatshirtjacke waren fleckig und abgeschmiert.

An einem Kleiderhaken an der Wand hing ein Teil, das in die bescheidene Gartenhausromantik so gar nicht passen wollte. Es war ein Damenabendkleid, über und über mit Pailletten bestickt, schmal geschnitten mit einem gewagten, hochgeschnittenen Gehschlitz. Max deutete mit dem Finger auf das Kleid. „Führt die Dame des Hauses einen Nachtclub?" Mit der Kippe im Mund zog Heinz die Augenbrauen nach oben, neigte sich nach vorne, senkte seine Stimme: „Jeder Mensch hat so seine

Vorlieben, wenn Du weißt, was ich meine?" Max schüttelte den Kopf, er hatte keine Ahnung, was ihm der andere damit sagen wollte. Um sich Mut zu machen, zog Heinz kräftig an der Kornflasche an, setzte sie dann mit Schwung auf dem Tisch ab, so dass die Lampe bedenklich wackelte und suchte nach den richtigen Worten: „Weißt Du Max, ich war vor ein paar Jahren der Star im „Moulin Rouge" hier in Frankfurt! Ich habe mir eine Perücke aufgesetzt und ein Make-up aufgetragen, das war erste Sahne! In der Zeit hatte ich einige Kilos weniger. Mit den Silikonkissen im BH hatte ich eine super Figur. Ich sah besser aus, als die meisten Frauen. Ich habe Lieder von Edith Piaf und Milva vorgetragen, natürlich mit Playback, anspruchsvolle Lieder, weißt Du! Und mein Augenaufschlag mit den XL-Wimpern war legendär. Die Bude war am Wochenende brechend voll, sie kamen um mich zu sehen!"

Max klappte die Kinnlade nach unten, mit einer solchen Enthüllung hatte er nicht gerechnet, er war sprachlos. „Ich bin nicht schwul und war es nie!", warf sein Gegenüber lautstark ein. „Natürlich", war das einzige, was Max dazu einfiel. Ein wenig wackelig stand Heinz auf und schmiss sich in Pose vor dem zerzausten Sofa. Drückte Brust und Po nach außen, stellte den rechten Fuß affektiert vor den linken, dabei sprach er von Figur formender Unterwäsche, schwarzen Strümpfen und von der lästigen Rasur der Beine. Von dem Qualitätsunterschied zwischen billigen und teuren, künstlichen Fingernägeln. All das sollte aufreizend auf ihn wirken, soviel verstand Max, aber er hatte sich von dem Überraschungseffekt noch nicht erholt. Er hatte das Gefühl eingeschlafen und plötzlich in einem Film von Pedro Almodovar aufgewacht zu sein, völlig surreal.

Da sein neuer Freund kein Wort über die Lippen brachte, redete Heinz immer weiter: „Das Kleid hat mir damals perfekt gepasst, wie eine zweite Haut. Viele sagten, dass ich mit der blonden Perücke aussehe, wie Claudia Schiffer! Aber mein Vorbild war Brigitte Bardot, die Frau war die Verführung pur, mit ihren lasziven Bewegungen, dem unschuldigen Blick, der alle Männer um den Verstand brachte! Und der Mund!" Er redete sich in Euphorie, streckte eine Hand in die Höhe, formte bizarre Schnuten mit seinem Mund und wippte mit den Hüften, bis er das Gleichgewicht verlor und zurück aufs Sofa krachte. Die Zigarette fiel auf den verdreckten Teppichboden, aber Heinz fand sie, hob sie auf und steckte sie wieder in den Mund.

„Ja! Das waren Zeiten, vielleicht habe ich ja bald ein Comeback! Verdammt, das wäre geil!", Heinz prostete Max zu. Dieser griff nach seiner Flasche, setzte an und wünschte, es wäre wirklich Apfelkorn drin! „Wie nennt man das, was Du bist? Transvestit?" „Genau, ich bin ein Travestiekünstler. Das ist ein Lebensstil, nur wenige haben das verstanden! Am Tag haben die kleinkarierten Arschlöcher mich auf der Straße absichtlich übersehen, nachts haben sie sich mit hochgestelltem Kragen in die Vorstellung geschlichen. Transvestiten sind nicht schwul, es ist die Lust an der Verkleidung, das Spiel mit der Geschlechterrolle!", die Zunge wurde schwerer und die Lider flatterten.

„Wer hätte das gedacht?", der junge Mann kämpfte mit der Verwirrung in seinem Kopf, was in Gottes Namen, sollte er dazu sagen? Ungebremst und enthemmt sprach Heinz davon, dass er in den goldenen Zeiten einen Agenten hatte, der seine Auftritte organisierte, von Angeboten im Ausland, Champagner zum Frühstück und den Avancen der männlichen Gäste, die er selbstverständlich ablehnte. Bis auf einige Ausnahmen. Immer wieder führte er die Flasche zum Mund, steckte sich eine Zigarette nach der anderen an. „Der Korn haut voll rein!", lallte er. „Für meine Freunde nur das Beste!", antwortete Max. Er trank rauschlos von seiner Flasche. „Hast Du Familie, Heinz?" „Nein. Hatte ich nie, hätte zu meinem Leben nicht gepasst! Was hätte ich damit anfangen sollen?", tönte er mit tiefer Überzeugung und rollte mit den Augen.

Es dauerte nicht lange und die Schnapsflasche von Heinz war halbleer. Seine Worte machten keinen Sinn mehr, die Augen schlossen sich und wollten nicht mehr aufgehen. Schließlich sank er schwer atmend seitlich in die Kissen. Die brennende Zigarette noch zwischen Zeige-und Mittelfinger der rechten Hand.

Der junge Mann sah den älteren lange an, dann wanderte sein Blick auf die Petroleumlampe. Er starrte minutenlang in das gedämpfte Licht, bis ihm die Augen wehtaten. Ganz langsam hob er das linke Bein und stieß die Lampe vom Tisch. Sofort ergoss sich das Petroleum wie ein schmaler Fluss aus Feuer über den Tisch und tropfte auf den Boden. Seelenruhig stand der Facebook-Freund auf, steckte seine Flasche in die Tasche und ergriff das Handy, das auf dem Sofa neben dem röchelnden, bewusstlosen Heinz lag.

Er verließ das Gartenhäuschen und schloss hinter sich sorgsam die kleine Gartentür. Erst nachdem er ein Stück gegangen war, blickte er sich noch einmal um. Im Inneren des Häuschens war der Lichterschein heller geworden. Die Gartenkolonie lag schon hinter ihm als er den Knall hörte, auf den er gewartet hatte.

D er Wecker klingelte, ein penetrantes Piepsen, das nicht aufhören wollte. Bertram grunzte: „Mach doch endlich den Wecker aus!" Anne Strauch erwachte aus einem tiefen Schlaf, schaltete die Weckfunktion aus und konnte es nicht glauben. Sie hatte ganze zehn Stunden am Stück geschlafen! Langsam kam die Erinnerung an den gestrigen Abend und die fürchterlichen Kopfschmerzen, die sie schließlich in die Knie gezwungen hatten. Sofort prüfte sie ihren Kopf, war der Schmerz noch da? Nein! Sie rollte den Kopf, der noch auf dem Kissen lag, vorsichtig nach links und nach rechts. Auch der Nacken war leicht und ohne Schmerz beweglich. „Gott sei Dank!", stöhnte sie erleichtert. Es war noch dunkel und sie ließ sich noch einige Minuten Zeit um aufzustehen.

Nach dem Duschen ging sie in die Küche und machte für sich und Bertram einen stinknormalen Filterkaffee. Sie öffnete den Kühlschrank und bemerkte, dass sie richtig Hunger hatte. Am Herd stand noch der Suppentopf, sie wärmte sich den Rest der Nudelsuppe auf, dann schnitt sie einige Scheiben vom dunklen Roggenbrot auf und stellte Butter und Käse auf den Tisch. Mit gesundem Appetit und einem Auge auf die Uhr setzte sie sich an den großen Küchentisch und aß bis sich ein Sättigungsgefühl einstellte. Die Kommissarin räumte gerade ihre Tasse und den Teller in die Spülmaschine, als Bertram im Pyjama und mit verworrenen Haaren in der Tür stand „Bei mir ist es gestern etwas später geworden." „Das macht nichts. Schönen Tag, bis später!", verabschiedete sie sich mit einem flüchtigen Kuss.

Nach dem Tag in Rot, hatte sich Strauch heute für ihren Lieblingspullover entschieden, er war dunkelblau und hatte ein kleines, weißes Muster, das sich von einer Schulter zur anderen zog. Im Flur schlupfte sie in die neue Jacke und warf einen Blick in den Spiegel. „Das sieht gut aus!", dachte sie bei sich und fand in der rechten Jackentasche die Schmerztablette des Kollegen. Die hatte sie total vergessen. Inzwischen war es hell geworden und die Sonne schien freundlich vom Himmel, zauberte Licht und Schatten auf die langgestreckte Häuserzeile. Sie reckte ihr Gesicht mit geschlossenen Lidern der Sonne entgegen, das fühlte sich gut an. Selbst so war das Licht wahrnehmbar, floss beruhigend und heiter ein. Natürlich hatte die Sonne wenig Kraft, aber ein klein wenig Wärme war dennoch spürbar. „Dieser Tag ist gut!", sagte sich Strauch mit Überzeugung und fuhr ins Präsidium.

Das Tosen des Wassers ist ohrenbetäubend, meterhohe Wellen werfen sich auf, bedrohlich, lebensgefährlich für das kleine Boot, das nicht mehr ist als eine Nussschale im weiten Ozean. Am Ruder sitzt der Träumende und kämpft mit all seinen Kräften und darüber hinaus gegen die Naturgewalt an. Mit ihm im Boot sitzen noch andere Menschen, zwei davon kann er gut erkennen, die anderen Gestalten sind ihm unbekannt. Trotzdem fühlt er sich verantwortlich für jeden einzelnen. In welcher Richtung mag wohl das sichere Land liegen? Doch kann er nur Wellen sehen, ihm ist die Aussichtlosigkeit der Lage bewusst, trotzdem rudert er weiter. Dann geht die erste Person über Bord, gleich darauf die zweite. Er versucht sie noch festzuhalten, sie entgleiten ihm, werden unbarmherzig fortgerissen von einer übernatürlichen Macht, unwiederbringlich. Der Sturm und die Wellen verschlucken gierig die Schreie der Menschen.

Wieder ergreift er das Ruder und plötzlich fühlt er die totale Erschöpfung, er keucht und da ist sie wieder, die vollkommene Ohnmacht, die Lähmung des Körpers und Willens. Er muss mitansehen, wie einer nach dem anderen aus dem Boot fällt, ein Opfer des dunklen, vor Wut schäumenden Wassers wird. Verzweiflung übermannt ihn und er weint hemmungslos.

Unbeweglich sitzt er nun alleine in dem Boot und das Wasser beginnt zu brennen. Hochlodernd schlagen die Flammen um das kleine Boot und entwickeln große Hitze. Wo gerade noch kalte Nässe war, greifen rote Flammen in rasender Geschwindigkeit um sich. Es dauert nicht lange und das Boot wird von der Glut ergriffen und glimmt an mehreren Stellen. Seine Panik steigt ins Unermessliche. Der Träumende erwacht, schwitzend am ganzen Körper, Kissen und Bettlaken sind durchnässt. Sein Herz schlägt, als würde es gleich aus dem Körper springen.

Michi erwachte mit dem Geräusch der Toilettenspülung. Er wusste, dass sein Vater immer als erstes aufstand. Beinahe wäre Michi wieder eingeschlafen, doch dann erinnerte er sich, dass ihm der Vater gestern etwas erzählen wollte. Etwas Geheimes, das niemand anders hören sollte. Jetzt konnte Michi nicht mehr schlafen, er sprang aus seinem warmen Kinderbettchen und ging über den Flur zum Badezimmer. Sigi war überrascht, als sein Junior plötzlich in der Tür stand. Im gestreiften Flanellpyjama stand er vor dem Waschbecken und nahm die Zahnbürste aus dem Mund: „Michi, warum bist Du schon auf, habe ich dich geweckt?" „Papa, Du hast gesagt, Du musst mir etwas erzählen! Erzähl es mir jetzt!" Sigi spuckte die Zahnpasta ins Waschbecken und lachte: „Komm her, Michi!" Er setzte sich auf den Toilettendeckel und nahm seinen Sohn aufs Knie. „Gestern Nachmittag haben der Josef und ich doch an der Hütte gearbeitet. Und wie wir da so am Nageln waren, hörten wir Geräusche, die aus dem Wald kamen", begann Sigi. Michis Augen waren weit aufgerissen und sein Mund formte ein großes „O". „Zuerst haben wir nichts gesehen", sprach Sigi weiter, „doch dann trat aus dem Dickicht ein Reh, ein weißes Reh! Und das blieb stehen und hat uns angeschaut!" „Was? Das Reh war weiß? Und es ist nicht weggelaufen, es hat euch zugeguckt, wie ihr gearbeitet habt?", Michi war ganz aufgeregt.

Sigi erinnerte sich sehr lebhaft an den Moment: „Das Reh war wunderschön und weiß. Nicht so weiß wie ein Blatt Papier, etwas dunkler und ja, es hat uns angeschaut mit seinen schönen, großen Augen. Der Josef und ich waren so erschrocken, wir standen einfach da wie zwei Deppen." Michi war fasziniert: „Was ist dann passiert, Papa?" Sigi zuckte mit den Schultern: „Nachdem das Reh uns eine Weile beobachtet hatte, drehte es sich in aller Ruhe um und verschwand wieder im Wald." „Aber warum hat es euch angeschaut, Rehe sind scheu, sie laufen vor den Menschen weg!", fragte Michi. „So genau kann ich dir das auch nicht sagen", Sigi strich dem Kind übers blonde Haar, „Du kannst dir nicht vorstellen, wie schön die Augen waren, die haben geglänzt! Das Reh war stolz und selbstbewusst. Das habe ich in seinen Augen gesehen!"

„Habt ihr das Reh angefasst?", Michi brannte vor Neugier, er fand die Geschichte toll. „Nein, Michi. Der Josef und ich standen wie angewurzelt im Wald und konnten uns vor Erstaunen keinen Zentimeter bewegen!", Sigi musste beim Gedanken daran herzlich lachen.

„Ich habe noch nie ein weißes Reh gesehen", sagte Michi enttäuscht, nicht dabei gewesen zu sein und Tränen kullerten aus seinen Augen. „Vielleicht kannst Du es ja mal sehen. Wir sagen ja immer, dass der Horst spinnt, wenn er behauptet, dass er mit den Tieren sprechen kann. Inzwischen bin ich mir da nicht mehr so sicher! Vielleicht kann er das wirklich und das Reh wollte Horst besuchen. Nur der war nicht da. Ich meine, wenn Du mal mit Horst zu seiner Hütte gehst, könnte es sein, dass das Tier wieder auftaucht!" Jetzt strahlte Michi wieder. „Ja, das mache ich!" Sigi hob seinen Sohn auf den Arm und trug ihn zurück in sein Zimmer, legte ihn ins Bett und küsste ihn auf die Nase. „Du kannst noch eine Stunde schlafen, träum was Schönes." „Ja, Papa. Von dem weißen Reh mit den schönen Augen!", sagte Michi und kuschelte sich unter die Bettdecke.

Strauch saß an ihrem Schreibtisch und las Berichte, als Bachmann hereinkam. „Guten Morgen Anne, geht es Dir wieder besser?" Sie deutete mit dem Kugelschreiber auf ihre Stirn und sagte: „Der Kopf ist wieder ok. Ich habe heute Nacht geschlafen wie ein Murmeltier, das hat mir gut getan. Danke, der Nachfrage, Leo." „Ich hatte gestern noch die Ehre mit Dr. Bräuer zu sprechen, weil Du nicht mehr da warst", klagte Bachmann, „er meinte, wir sollten Gas geben, er fragte ernsthaft, was wir in den letzten drei Tage getan hätten!" Seine Vorgesetzte musterte ihren Assistenten, er hatte tatsächlich die gleiche graue Jeans und den gleichen schwarzgemusterten Pullover wie gestern an. Wie konnte das dem „Fashionvictim" passieren? Wenige Theorien kamen dafür in Frage. Strauch war eine routinierte Ermittlerin, für sie war klar, Bachmann hatte die Nacht nicht zuhause verbracht und vergessen, neue Ersatzklamotten in seinem Spind zu deponieren. Sie unterbrach Bachmann, der schimpfte wie ein Spatz auf der Dachrinne: „Ich hatte mit Bräuer telefoniert bevor ich nach Hause gegangen bin, mir hat er das Gleiche gesagt."

Frustriert nahm Bachmann an seinem Schreibtisch Platz und fuhr seinen Computer hoch. Frau Späth kam herein und legte Strauch ein Papier auf den Schreibtisch. „Das kam gerade per Fax von den Kollegen aus Fürth." Erstaunt blickte die Kommissarin darauf. „Danke, Frau Späth." Strauch erinnerte sich, griff nach ihrer Handtasche, die auf dem Boden stand und wühlte darin. Schließlich fand sie es. Das Foto aus dem Familienalbum von Konrad Decker. Das Foto auf dem Fax war identisch.

Gleich darauf klingelte das Telefon. „Hallo, Frau Strauch, do spricht Kästner aus Ferth." „Ah, Kollege Kästner!" Sie erinnerte sich sofort an den sympathischen Polizeihauptmeister, der das Saufaus ausfindig gemacht hatte. „Hom Sie des Foto scho kriegt?", wollte Kästner wissen. „Ja, ich halte es gerade in Händen", bestätigte die Kommissarin. Kästner wusste nicht recht wie er es erklären sollte: „Des Foto hob ich gestern bei der Rita Liebig im Album gfundn. Ich waas net warum, ober ich maan, des wär wichtig. Sin ja beide Opfer drauf, wer die Fraa is, hat die Liebig net gwusst. Die Fraa von äm andern Freind, oder so." „Kästner, ich finde das hochinteressant, wissen Sie, ich habe gestern das gleiche Foto in dem Fotoalbum der Familie Decker gefunden!", Strauchs Interesse war geweckt. „Ich waas net, was Sie damit ofanga kenna, ober vielleicht kenna Sie´s braung", drückte sich Kästner ungeschickt aus. Strauch musste grinsen. „In den Fernsehkrimis nennen sie das „Bullenintuition". Sie sind ein alter Fuchs, Kästner! Sie und ich machen den Job schon lange und wir hatten beide das gleiche Gefühl, als wir das Foto sahen. Ich kann Ihnen auch nicht sagen, was ich damit machen werde, aber ich bin mir sicher, dass uns das Foto in unserem Fall weiterbringen wird." Kästner wusste, das war ein Lob und verdammt, es stimmte, er war ein alter Fuchs: „Des wär doch klasse, Frau Strauch, und viel Glück!"

„Warum grinst Du so? Was hat Dir der Kästner erzählt? Dem darfst Du nicht alles glauben, mir hat er damals Rita Liebig als „heißen Feger" angekündigt! Ha!" Bachmann verzog das Gesicht und streckte die Zunge heraus. Strauchs Blick haftete weiter auf den Fotos, sie reagierte nicht auf seine Frage. Nach einer Weile hob sie den Kopf und meinte: „Hast Du das gestern mitgekriegt? Der Hegendörfer hat in Neustadt einen Gast aus dem Blauen Engel vernommen, der wusste sehr viel über Liebig und Decker. Alte Geschichten und so!" „Welche alte Geschichten?", fragte Bachmann, „Glaubst Du, dass uns alte Geschichten helfen werden, den Fall aufzuklären?" „Kennst Du irgendwelche neue Geschichten, die uns bei der Aufklärung helfen?", antwortete Strauch mit einer Gegenfrage.

„Tja, neue Geschichten haben wir nicht. Wir finden weder in Liebigs noch Deckers Leben in den letzten Jahren etwas Spektakuläres oder Illegales. Aber wir haben Martin Decker! Er hat das beste Motiv von allen!", Bachmann stützte sich auf den Schreibtisch. „Was habt Ihr gestern noch besprochen, Leo? War etwas Interessantes dabei?", fiel es Strauch ein, sie brauchte ein Update.

Bachmann holte einen großen Block aus seiner Schublade und warf einen Blick darauf. „Die Informationen über Martin Decker sind bis jetzt sehr dürftig. Er wohnt in einem Hochhaus mit Tiefgarage. Die Kollegen in Stuttgart haben keinen Nachbarn gefunden, der mit Sicherheit sagen kann, ob Deckers Auto am Sonntag und Montag in der Garage stand. Niemand will ihn gesehen haben an diesen Tagen. Wahrscheinlich ist das so ein Haus, in dem Menschen sterben können ohne dass es jemand bemerkt! Echt heimelig! Dagegen ist er Montag und Dienstag pünktlich zu Arbeit erschienen." „Dies ist ein Fall ohne Spuren und Zeugen, das ist der Wahnsinn!", Strauch schüttelte den Kopf, „Sollten wir nicht weiterkommen, müssen wir ihn observieren, vielleicht hätten wir das schon gestern veranlassen sollen!" „Ja, vielleicht. Riedl sichtet weiter Videomaterial von der Bahn auf der Strecke Neustadt-Fürth. Ich fand den Ansatz für den ersten Mord sehr hoffnungsvoll. Und, stell Dir vor, Anne, der Fischereiverein hat wirklich das Wasser im Bleichweiher abgelassen! Eigentlich wäre es für die nächste Woche geplant gewesen, aber auf Anfrage der Neustädter Polizei haben sie den Termin vorgezogen. Um den Tatort herum haben unsere Leute im Schlamm gestochert und alles Mögliche und Unmögliche gefunden, aber nicht Deckers Handy", Bachmann suchte weiter in seinen Notizen.

„Was ist mit der Druckerei, der Arbeitsstelle der Opfer? Gibt es da nicht Aktivitäten, die nicht ganz astrein sind? Oder keine Hinweise auf Streitigkeiten unter Kollegen? Vielleicht wollte am Dienstag keiner Geheimnisse verraten? Kann da deine Freundin nicht aus dem Nähkästchen plaudern? Das kriegen Kollegen doch mit, wenn es Zoff gibt! Das wäre doch die einfachste Lösung!", wünschte sich Strauch.

„Darüber haben wir gar nicht gesprochen!", wunderte sich Bachmann selbst. Weder vorgestern am Telefon noch in der gestrigen Nacht hatten sich Steffi und er über den Fall unterhalten. „Dieser Mann kann noch abschalten!", dachte Strauch fast neidisch. „Du hast Recht, Anne, ich werde Steffi danach fragen. Illegales konnte in der Druckerei nicht gefunden werden. Der Geschäftsführer hat sofort seinen Rechtsanwalt eingeschaltet und uns sind die Hände gebunden. Der Reichelt ist total sauer!", Bachmann stand auf und streckte sich.

„Frau Späth!", rief Strauch über den Schreibtisch gebeugt, „Sagen Sie Riedl, Reichelt und Mayer, dass die Arbeitsbesprechung um 8.30 Uhr entfällt. Bachmann hat mich informiert!" „Mach ich!", echote es zurück.

„Lass mich raten. Wir fahren nach Neustadt", grinste Bachmann. „Ja!" Strauch klatschte in die Hände, „Wir fahren nach Neustadt." „Wir graben in alten Geschichten", wahrsagte er, „ich muss zugeben, alte Geschichten haben etwas. Sie sind faszinierend. Die Gegenwart ist weniger faszinierend, sie ist alltäglich und ein wenig schnöde. Es steckt mehr Geheimnisvolles in alten Geschichten, sie sind wie Märchen aus vergangener Zeit. Um sie zu verstehen, muss man anders denken, weniger verstehen, eher Bilder und Symbole deuten."

Anne Strauch nahm ihre Jacke vom Haken und hielt einen Moment inne. „Leo, das hast Du sehr schön gesagt. Es gibt Momente, in denen habe ich noch Hoffnung!" „In Wirklichkeit willst Du nur hier raus, weil erstens, draußen die Sonne scheint und zweitens, Du deine neue Jacke ausführen willst!", meinte Bachmann und alles Geheimnisvolle hatte ein jähes Ende. Strauch nickte nur und steckte die Fotos in ihre Handtasche, dabei blickte sie auf ihre Schuhe. „Ich brauche neue Stiefel, die passen nicht zu der Jacke." „Oben hui, unten pfui!", war das kurze und präzise Urteil des modekundigen Kriminalbeamten. „Danke, für die Info!", zischte Strauch, „Ruf den Hegendörfer in Neustadt an und sage, dass wir kommen."

Horst war wie gerädert, er hatte in der Nacht kaum geschlafen. Gegen 5.30 Uhr hatte er gehört wie Sigi und Michi gesprochen haben, danach war er für zwei Stunden fest eingeschlafen. Jetzt fiel Licht durch den Vorhang, es war schon hell. Die trockene Luft im Raum reizte seine Schleimhäute, er hustete trocken. „Ich will nicht krank werden!", wiederholte er ständig. Trotz der Müdigkeit und der schweren Glieder stieg Horst aus dem Bett und ging zum Fenster. Er musste sich recken um Richtung Wald sehen zu können. Die Sonne schien und warf einen hellen Schein über die Bäume. Während im Nebel das Grün einfach nur grün war, leuchtete es im Sonnenlicht in den unterschiedlichsten Nuancen, ein Farbenrausch in grün. Dass es in der Nacht heftig geregnet hatte, konnte Horst an den großen Pfützen auf dem Hof und den Feldwegen sehen. Er öffnete das Fenster um den nassen Wald zu riechen, doch der angrenzende Kuhstall dominierte. „Pfui! Viele eingesperrte Tiere stinken!" Er schloss das Fenster schnell.

Über dem Waschbecken hing ein kleiner Spiegel. Horst hatte gestern geduscht und die Haare gewaschen, sein Spiegelbild sah viel schöner aus als gestern. Leicht und weich fielen die langen, dunkelblonden Haare auf die Schulter. Er knipste die kleine Lampe über dem Spiegel an und ergriff eine Strähne, die er über den Finger drehte. Er führte sie unter die Nase, sein Haar roch gut und zeigte gesunden Glanz. Die Haut im Gesicht war noch trocken, aber noch schlimmer waren die Hände. Die einfache Fettcreme stand am Waschbecken, er schraubte den Tiegel auf und schaufelte eine ordentliche Menge auf seinen Finger. Dann rieb er mit beiden

Händen sein Gesicht, auf und ab, durch seinen spärlichen Bartwuchs. Obwohl sein Bart wenig hermachte, mochte Horst ihn nicht aufgeben, weil Waldbewohner eben Bärte trugen. Rübezahl hatte einen mächtigen Bart und dachte nicht daran, jeden Tag in seinem Gesicht herum zu schaben. Sigi rasierte sich täglich, aber das tat er wegen Moni, die wollte nämlich keinen kratzigen Mann. Sonst hätte Sigi einen Bart, da war sich Horst sicher!

Die Creme roch gut, er genoss die eigene Berührung seines Gesichts. Die überschüssige Creme verteilte er auf seine Hände. Er würde Moni bitten, ihm eine eigene Creme zu kaufen. Die Creme tat ihm gut und der Winter stand vor der Tür.

Von seinem Fenster blickte er auf den Stall, Sigi war noch bei den Kühen. Horst wollte endlich seine Hütte sehen! Nach dem Frühstück würde er hingehen.

Die Kommissare parkten den Wagen direkt vor der Polizeistation in Neustadt. Kleinlein nahm sie in Empfang, er sah heute besser aus, Strauch konnte es sich nicht verkneifen. „Na Kleinlein, sind Sie wieder unter den Lebenden? Gestern haben Sie ausgesehen wie eine Leiche. Ich weiß, wie Leichen aussehen!" „Ja, das wissen wir und zwar in allen Variationen. Ich sehe es einer Leiche sofort an, wenn sie länger als zwölf Stunden tot ist, man sieht es an der Haut. Außer es ist eine Wasserleiche, die sehen total anders aus. Oder man hat, wie in unserem aktuellen Fall, ein Kohlenstück!" Bachmann genoss den Anblick des Kollegen, dessen Augen immer größer wurden. „Lass es gut sein,

Leo. Der Kollege wird auch seine Erfahrungen machen", sie klopfte Kleinlein freundschaftlich auf die Schulter. Der versuchte ein Lächeln.

Der Dienststellenleiter erhob sich von seinem Sessel, als die Kommissare eintraten. „Guten Morgen! Ich dachte mir, dass die Sache sie interessieren wird. Während der Befragung hatte ich ständig das Gefühl, dass er noch mehr weiß. Sie müssen wissen, dieser Eckhart Schmiedinger, alle nennen ihn Ecki, ist seit einem Schlaganfall rechtsseitig gelähmt. Zwar nicht komplett, er kann noch gehen, aber es fällt ihm schwer. Den rechten Arm kann er kaum gebrauchen."

Kleinlein stand noch im Türrahmen und sein Gehirn war im Suchmodus. Die Beschreibung des Mannes und der Spitzname „Ecki" weckten in ihm, wenn auch nur dunkel und schemenhaft, Erinnerungen.

Hegendörfer fuhr fort: „Ich sage das, weil er deshalb als Täter nicht in Frage kommt. Er könnte einen erwachsenen Mann nicht in die Bleich schleifen. Aber er hat beide Opfer seit der Kindheit gekannt und gemocht hat er sie beide nicht!"

„Er hat Decker und Liebig gekannt? Das ist interessant. Was hatte er zuletzt mit Ihnen zu tun?" Bachmann zog seine Jacke aus und warf sie auf einen der Besucherstühle. „Er sagt, dass er nur noch Decker gesehen hat, im Blauen Engel eben, wo die beiden Stammgäste waren. Zu Liebig hatte er nach seinen Angaben keinen Kontakt", meinte Hegendörfer und goss sich eine Tasse Kaffee aus einer kleinen Filtermaschine ein, die auf einem niedrigen Aktenschrank stand, „Wollen Sie auch?" Die Gäste lehnten ab.

„Ich will mit ihm sprechen. Haben Sie eine Telefonnummer von dem Mann? Vielleicht ist er bei Frauen gesprächiger", hoffte Strauch. Hegendörfer suchte auf seinem Schreibtisch. „Ja, ich habe eine Handynummer. Er wohnt in der Kirchgasse, das ist nicht weit von der Würzburger Straße." „Er kennt Sie, rufen Sie ihn doch bitte an und fragen, ob wir gleich vorbeikommen könnten", bat Strauch den Kollegen, der nickte.

Der Beschreibung des Beamten folgend, gingen die Kommissare stadteinwärts über den Plärrer, Bachmann ging kurz in den Drogeriemarkt und kam mit einer Tube Zahnpasta und ein Paar Herrensocken wieder heraus. Beides verstaute er sorgfältig in der Innentasche seiner Jacke. Vor dem Blumengeschäft lagen noch einige winterliche Grabgestecke aus, in der letzten Woche war Allerheiligen gewesen. Auf den Marktplatz traf das Sonnenlicht und der spärlich bekleidete Neptun blickte nachdenklich von oben herab. Strauch kramte in ihrer Handtasche nach der Haarbürste und fuhr sich ein paar Mal durchs Haar. Nach dem Marktplatz bogen sie links in die Kirchgasse. Es war eine schmale Gasse, in der sich Autos mit größter Vorsicht an der Reihe parkender Wagen vorbeiquetschten. „Als Fußgänger muss man hier den Bauch einziehen!", stellte Bachmann empört fest.

Nach dem Läuten dauerte es eine ganze Weile, bis ihnen geöffnet wurde. Im ersten Stock lehnte Ecki im Türrahmen und bat die Beamten herein. „Sorry, ich brauche zu allem lange, auch zum Anziehen und Waschen", meinte er und schlurfte voraus in die Wohnküche. Es war Bachmann nicht entgangen, dass der Mann einfach ein braunes Fleece Shirt über das dunkelblaue Pyjama gezogen hatte. Die grauen Locken klebten verdrückt am Kopf und seine Füße steckten in karierten Pantoffeln. Der volle Aschenbecher stand auf dem niedrigen Tisch und die Wohnung roch schlecht gelüftet, besonders nach abgestandenem, kalten Rauch. „Herr Schmiedinger, mein Name ist Strauch, das ist mein Kollege Bachmann von der Kriminalpolizei Ansbach. Gestern war ein Neustädter Kollege bei Ihnen, der hat Ihnen Fragen gestellt", begann Strauch das Gespräch. Ecki nickte nur und setzte sich auf sein Sofa, Strauch nahm neben ihm Platz. Ecki zeigte mit der Linken in eine Zimmerecke. „Sie können sich den Hocker nehmen."

Dann kam Ecki die absurde Idee höflich sein zu müssen, was sonst gar nicht seine Art war. „Ich könnte Kaffee machen, aber das würde auch lang dauern." Die Kommissare winkten freundlich ab. Auch Strauch musste sich auf die verwaschene Aussprache Eckis konzentrieren.

„Herr Schmiedinger", begann Strauch, „Sie haben den Kollegen gestern erzählt, dass Sie Karl Decker sowie Manfred Liebig kannten und oft mit den beiden unterwegs waren." Ecki nickte. „Das ist aber schon lange her." „Mich interessieren die alten Geschichten, Herr Schmiedinger", Strauch sah den Mann von der Seite an, sie hätte gerne frontal in sein Gesicht gesehen, „Gestern haben wir Deckers Sohn vernommen, Martin. Der konnte sich gut erinnern, dass sein Vater oft mit Manni unterwegs war. Martin Decker meinte, dass ab und zu noch ein dritter Mann dabei war, dessen Name er nicht mehr weiß. Könnten das Sie gewesen sein?"

Jetzt drehte sich Ecki zu ihr um, ehrlich erschrocken sagte er: „Was, daran kann sich der Bub noch erinnern?"

Sein Kinn fiel ein Stück zur Brust und der Blick wanderte zum Fußboden, bei dem Gedanken, dass sich das Kind, das heute erwachsen war, an eine Zeit erinnert, die er am liebsten vergessen würde.

Bachmann saß mit seinen knappen 1,80 m auf dem Hocker wie der Affe am Schleifstein und empfand Mitleid mit dem Mann. „Er schämt sich!", dachte Bachmann, die Scham des Mannes war sichtbar, fast greifbar. „Was können Sie uns über diese Zeit erzählen?", bohrte Strauch. Ecki sagte erstmal nichts, er sah versonnen aus dem Fenster, dem Fenster zugewandt, die Finger am struppigen Schnurrbart meinte er: „Diskotheken und Kneipen. Weiß nicht mehr genau." Die Kommissarin hatte kein Wort verstanden. „Herr Schmiedinger, ich verstehe Sie schlecht, bitte sehen Sie mich an!" „Wir waren in Diskotheken in Fürth und Nürnberg, aber ich kann mich nicht erinnern", wiederholte Ecki ungeduldig und wurde ein wenig laut: „Es ist verdammt lang her! Wissen Sie alles, was Sie vor 25 Jahren gemacht haben?"

Mit der brauchbaren Hand nahm sich Ecki eine Zigarette aus der Packung, die neben dem vollen Aschenbecher lag. „Darf ich auch rauchen, Herr Schmiedinger?", fragte Anne Strauch freundlich und setzte dabei voll auf das international geltende Solidaritätsgefühl aller Raucher: Wir haben etwas gemeinsam! „Klar", gab der Hausherr seine Erlaubnis, im Grunde seines Herzens war es ihm scheißegal. Strauch nahm ihre Zigaretten aus der Tasche und das Foto. Mit der Zigarette im Mund schob sie das Foto vor Eckis Nase.

Jetzt lachte Ecki, das Lachen verzog sein Gesicht asymmetrisch: „He, ich glaube, auf der Fete war ich auch!"

Die Sitzbeinhöcker in Bachmanns Hintern kratzten auf der kleinen, runden Sitzfläche des Hockers. Ächzend stand er auf, rieb mit beiden Händen sein Gesäß und lugte über den Tisch auf das Foto. Strauch griff in ihre Tasche und nahm das gefaxte Bild des Fürther Kollegen heraus und drückte es ihm in die Hand. Dann ging ihre Aufmerksamkeit zurück zu Ecki, der das Foto intensiv betrachtete. „Kennen Sie die Personen auf dem Foto?" Strauch zog an der Zigarette und platzte fast vor Neugier. „Klar!", er legte das Bild auf den Tisch, „Der Manni und der Konny, die Frau dazwischen ist die Rosi." „Welche Rosi? Wissen Sie auch einen Nachnamen?" Jetzt war auch Bachmann neugierig. Ecki lehnte sich zurück und überlegte: „Die Rosi war die Frau von einem anderen Freund, die hießen ähnlich wie ich, Schmiedler oder so." In Strauchs Kopf ratterte es. „Haben die auch in Neustadt gewohnt?", Bachmann hatte sich wieder auf das Folterinstrument gesetzt. „Der Rosi ist der Mann davongelaufen, ich weiß nicht wann, aber sie ist in Eggensee wohnen geblieben." Für die zwei Kriminalbeamten war das wie ein elektrischer Schlag mitten ins Hirn. Strauch drückte die halbgerauchte Zigarette in den Aschenbecher und hatte es plötzlich eilig. „Endlich! Das ist doch ein konkreter Hinweis! Leo, wir müssen nach Eggensee! Der erste Tatort war doch kein zufälliger Ort!"

Ecki war die Wichtigkeit seiner Aussage in keiner Weise bewusst, er schmauchte seine Zigarette und sah wieder aus dem Fenster auf das gegenüberliegende Gebäude. Nicht, dass es dort etwas zu sehen gab, aber es gab ihm das Gefühl, dem Raum zu entfliehen, es beruhigte ihn. „Hoffentlich hauen die beiden endlich ab! Mir hängen die beschissenen, alten Geschichten aus allen Hälsen!

Von mir erfahren die nichts mehr!", dachte Ecki und fühlte einen Kloß aus Ärger in seinem Hals, „Soll die Kripo doch fragen, wen sie will. Wüsste ich, wer die zwei Arschlöcher verbrannt hat, ich würde ihm eine Glückwunschkarte schreiben oder eine auf der „Danke!" steht!"

„Danke!", sagte Strauch und riss Ecki aus seinen Gedanken, „Sie haben uns sehr geholfen!" In ihrem Kopf herrschte Aufregung, sie wusste genau, es gäbe noch einige Fragen an Schmiedinger, aber die würde sie ein anderes Mal stellen. Sie sah ihren Assistenten an, der sah sie an, er wiederholte: „Rosi Schmiedler. Eggensee." Die Beamten verabschiedeten sich schnell, Strauch hätte beinahe das Foto auf dem Tisch liegen lassen. „Ah, das Foto! Auf Wiedersehen."

Ecki sagte nichts, er hob die Hand, lehnte sich zurück und schloss die Augen. Das Bild von Doro erschien vor seinen Augen. Er war sehr müde, es war noch früh am Tag und trotzdem war er fix und fertig. Wenn Greta da wäre, würde sie ihm jetzt helfen. Aber die war schon längst schuften in der Bäckerei. Anziehen, Zähneputzen, Haare kämmen, Kaffee wäre auch nicht schlecht, aber das alles musste warten, zuerst musste er sich ausruhen. „Scheiße, meine Tabletten habe ich auch noch nicht genommen!", fiel ihm siedend heiß ein. Mühsam stand er auf und schlich ins Bad.

Strauch und Bachmann polterten die Treppe nach unten. „Anne, wir fahren nach Eggensee und suchen diese Rosi! Ich bin gespannt, was die uns erzählen kann! Am besten wir fangen wieder bei den Schaders an!" Bachmann riss die Haustür auf, „Endlich kommt Schwung in diesen Fall!" „Ja, das ist eine echte Spur. Jeder kennt jeden in Eggensee, diese Frau zu finden dürfte nicht schwer sein!", keuchte Strauch während sie hinter Bachmann über den Marktplatz hetzte. Vergessen war der leckere Espresso, den sie eigentlich trinken wollte. Adrenalin war wirklich ein besonderer Saft, einmal freigesetzt, sauste es durch den ganzen Körper, durch die Muskulatur bis ins Hirn und von da in die Haarspitzen.

Horst stand neben dem Wäschetrockner in dem kleinen Waschraum hinter der Küche und war am Rande der Verzweiflung. Moni hatte noch am Abend seine einzigen zwei Hosen gewaschen. Es war schon nach 9 Uhr und er konnte weder in den Wald noch in die Stadt gehen! Als ihm Moni die zwei klatschnassen Hosen auf dem Wäscheständer zeigte, wäre er um ein Haar ausgetickt!

„Wie kannst Du denn beide Hosen auf einmal waschen?", rief er verständnislos. „Ich habe eben eine Trommel vollgestopft mit allen Hosen, die da waren!", verteidigte sich Moni, „Du kannst doch mit der Jogginghose rausgehen." „Nein! Das geht nicht, das ist meine Schlafhose, mit der kann ich nicht rausgehen!" Moni drehte am Rad bei der Vorstellung, dass Horst den restlichen Tag neben dem Wäscheständer verbrachte. Deshalb hatte sie seine Hosen in den Wäschetrockner gesteckt. „Wie lang dauert das noch?", jammerte Horst laut aus der Waschküche. Moni klapperte extra laut mit dem Geschirr, in der Hoffnung sie würde ihn nicht mehr hören. „Oh, meine Nerven!" „Monii! Wie lange!", Horst gab nicht auf. „Er ist krank", versuchte Moni sich zu beruhigen. Der Arzt in der Klinik hatte mit ihr gesprochen, über Horst, seine Traumatisierung, seine dissoziativen und zwanghaften Störungen. „Zwangsgestörte rauben ihrem Umfeld oft den letzten Nerv!", hatte der Arzt gesagt. Und der Mann hatte Recht!

Sie atmete tief durch und ging nach nebenan. Horst stand neben dem Trockner, eine Hand stützte sich auf das Gerät. Moni schaute auf die Anzeige. „Horst, es dauert jetzt noch zwanzig Minuten. Mit oder ohne deinem Geheule. Danach kannst Du fortgehen. Komm mit in die Küche und trink noch einen Tee." „Ich habe schon Tee getrunken!", meinte Horst entrüstet, „Ich würde lieber zur Hütte gehen, der Josef ist schon dort! Und in die Stadt muss ich auch, wegen der Breze!" „Ich mache Dir noch ein Brot. Willst Du lieber Wurst oder Käse? Oder lieber Marmelade?", bot ihm Moni mit der Geduld einer Heiligen an. „Nein. Ich gehe aufs Klo", sagte er und verschwand.

Moni beschloss die Minuten ohne Horst zu genießen, schenkte sich noch eine Tasse Kaffee ein und lehnte sich neben das Fenster zur Straßenseite. Sie sah, dass bei Schaders ein BMW in den Hof fuhr, sie wusste, dass es der Wagen der Kommissare war. „Schon wieder!", seufzte sie. Seit dem Mord am Waldrand herrschte eine unterschwellige Unruhe im Dorf. Es wurde nicht viel über die Sache gesprochen, aber die Leute fühlten sich nicht wohl. Der Sigi meinte gestern Abend, dass sogar die Kühe im Stall nervös wären.

Anne Strauch klopfte an den Glaseinsatz in der großen Holztür des Hauses und trat sofort einen Schritt zurück. Das Stimmvolumen der Bauersfrau war ihr noch gut in Erinnerung. Ihr Kollege grinste unverschämt. Die Tür wurde von Herrn Schader geöffnet, er hielt eine weiße Tasse mit roten Punkten in der Hand. „Sie scho widder!", entfuhr es ihm, ließ die beiden aber gleich eintreten. Schader war alles andere als erfreut von dem amtlichen Besuch und ließ es sich auch anmerken. In der Beziehung hatten die Kripobeamten eine Art Hornhaut, sie waren es gewohnt zu stören und zu nerven oder aufdringlich zu sein. „Auf der Suche nach Wahrheit müssen wir die Menschen stören. Die Lüge kann nur ungestört überleben!", hatte Strauch mal philosophiert.

In der Küche war es warm und es roch gut nach frisch gebrühtem Kaffee „Wir halten Sie nicht lange auf, Herr Schader. Sie müssen sich nur ein Foto anschauen", versuchte Bachmann den Waldbauern zu beruhigen. Mit einer Geste bot ihnen Schader Platz am Küchentisch an und protestierte: „Ober, ich hob doch scho ä Foto anschaun missen!" „Es ist heute ein anderes Foto, Herr Schader. Ist ihre Frau auch zu Hause?", Strauch legte das Foto in die Mitte des Tisches auf dem eine zweite Tasse stand und ein selbstgebackener Marmorkuchen. In dem Moment kam Frau Schader in die Küche. „Sie scho widder!"

Bachmann zwinkerte ihr frech zu und deutete auf den Tisch: „Noch ein Foto, Frau Schader. Sagen Sie uns, ob Sie darauf jemanden erkennen!" Neugierig schielte die Frau auf den Tisch und holte ihre Brille. Ernst Schader stierte auf das Bild. „Ja. Äh." Seine Frau riss ihm das

Foto unsanft aus der Hand: „Du brauchst scho lang ä Brilln, Ernst. Gib mol her!" Sie blickte auf das Bild und lachte: „Des sin doch widder die zwa Nosen und in der Mittn, des is die Rosi."

„Yes!", dachte Strauch, sie war angespannt wie ein alter Regenschirm. „Wohnt diese Rosi noch in Eggensee?", fragte Bachmann hoffnungsvoll. „Die Rosi is vor zwa Joarn gstorbn, oder vor drei?", sagte Frau Schader ruhig, „Wissen´S, die Rosi woar ä arme Sau!" „Die Rosi woar die reinste Katastroph, gsoffen hat die, ober wie! Und do dron is sie a gstorbn!", berichtete Schader kopfschüttelnd. „Scheiße!", dachte Strauch und sah ihre heiße Spur verschwinden. „Ober der Horst wohnt nu do, ihr Sohn. Glei zwa Häiser weider, bei die Haussmann", wusste Frau Schader und betrachtete noch immer das Foto. „Der Sohn von dieser Rosi wohnt hier?", rief Strauch erleichtert. „Ja, kloar. Der is ober ä bissla, äh, durcheinander. Net normol, halt!", Frau Schader tippte mit dem Finger auf ihre Stirn, „Wos kaa Wunder is." Jetzt hob Herr Schader den Zeigefinger. „Der Horst woar in der Nacht unterwegs, wie des Auto brennt hat. Er hat des Feier gseng, ober es woar ihm wurscht.", Schader musste seine Verwunderung einfach loswerden.

Strauch schnappte sich ihr Foto. Die beiden Kommissare hielt nichts mehr in der guten Stube, im flotten Laufschritt verließen sie das Haus und nahmen Kurs auf den zweiten Hof auf der rechten Seite.

Moni sah die zwei Beamten auf den Hof laufen und ging zur Tür. „Bachmann und Strauch von der Kripo Ansbach. Sind Sie Frau Haussmann? Wohnt hier ein Horst?", Bachmann sprach schnell und aufgeregt. Moni hatte das

Gefühl, an der Haustür überfallen zu werden und was zum Henker wollten die von Horst. In ihr kroch ein ungutes Gefühl hoch. „Was wollen Sie vom Horst?", fragte sie fast ein wenig schrill. „Wir wollen ihm ein paar Fragen stellen, reine Routine", log Bachmann und hörte schon die Handschellen klicken. „Moni! Die Maschine hat gepiept. Sind jetzt meine Hosen trocken?", rief es aus der Wäschekammer.

Moni wusste nicht genau warum, aber sie hatte gerade Stress, tierischen Stress. Die Kommissare standen noch immer vor der Haustür. „Dürfen wir eintreten, Frau Haussmann?", fragte Strauch freundlich mit ruhiger Stimme, sie hatte das Gefühl, dass etwas nicht stimmt. Moni trat beiseite und rief nach hinten: „Ich komme, Horst!"

„Wir bleiben hier stehen, der Horst ist da hinten!", flüsterte Bachmann. „Ganz ruhig, Leo. Wir wissen nicht, ob dieser Horst der Täter ist, vielleicht ist er psychisch krank. Frau Haussmann ist supernervös, hast Du das bemerkt? Also ganz ruhig, ok?", pfiff Strauch verbal ihren jungen Kollegen zurück.

Moni und Horst kamen jetzt aus der Wäschekammer. Bachmann wäre ein kriminell aussehender, brutaler Kotzbrocken mit Tätowierungen lieber gewesen, jemand, den man eindeutig als Täter identifizieren konnte. Aber stattdessen stand da ein schmaler Mann mittlerer Statur mit langen Haaren und spärlichem Bart. „Was ist das denn, ein Reserve-Christus?", fragte sich Bachmann verwirrt, aber er blieb in Alarmposition. „Wären Sie so freundlich, sich ein Foto anzuschauen, Sie beide? Wir ermitteln in den beiden Mordfällen, Sie könnten uns behilflich sein!", bat Strauch ausgesprochen höflich.

Wortlos führte Moni die Herrschaften in die Küche und Strauch legte gleich das Foto auf den Tisch. Horst hatte sich noch nicht gesetzt, sein Blick fiel auf das Bild und die gesunde Waldfarbe wich aus seinem Gesicht, er blieb stehen. Moni sah auf das Foto: „Schau Horst, das ist deine Mutter, wie sie noch jung war!" „Ja, das ist meine Mama", bestätigte er leise und emotionslos. Moni sah ihn an und war erschrocken. „Was ist los, Horst? Du bist ganz blass, ist Dir schlecht?"

„Erkennen Sie die beiden Männer neben Ihrer Mutter, Herr - wie ist Ihr Nachname, Schmiedler?", fragte Strauch weiter in ruhigem Tonfall. „Die Männer sind blöd. Blöd und böse. Ich muss jetzt los!", stotterte Horst und machte einen großen Schritt zurück, stieß dabei an die Spüle. „Sie kennen die Männer? Das sind die beiden Mordopfer. Woher kennen Sie sie?", Bachmann hatte seinen Vernehmungston eingeschalten und machte einen Schritt auf Horst zu. Der stürzte los in Richtung Tür, Bachmann reagierte sofort und packte ihn fest am Oberarm: „Hiergeblieben, wir sind noch nicht fertig!"

Jetzt hielt Moni nichts mehr, sie schrie: „Das dürfen Sie nicht, lassen Sie ihn sofort los! Er ist krank und ich bin seine Betreuerin! Der Horst ist kein Mörder, er kann keiner Fliege etwas zu leide tun. Lassen Sie ihn sofort los!" Horst hatte sich im Türrahmen der Küche angelehnt und rutschte langsam nach unten. Seine aufgestellten Knie zitterten sichtbar und Strauch glaubte, seine Zähne klappern zu hören. Die junge Bäuerin warf sich zu Horst auf den Fußboden, der wimmerte: „Die Bilder. Die alten Bilder." „Dir passiert nichts, Horst! Alles ist gut. Du willst die alten Bilder nicht mehr, sie haben keine Macht mehr über dich. Das hast Du gesagt!", sie nahm ihn in den Arm und weinte.

Das war ein jämmerliches Bild, die beiden Kommissare standen betreten daneben. Der junge Mann in der Jogginghose wirkte zunehmend apathisch, Moni redete auf ihn ein: „Du hast doch den Wald, dort wo es gut riecht und die Tiere, die deine Freunde sind, Horst! Das darfst Du nicht vergessen! Und Deine Hütte, die der Sigi und der Josef für Dich hergerichtet haben und in der Du heute Nacht wieder schlafen kannst!" Horst klapperte weiter. Moni stand auf und schrie Bachmann an: „Was haben Sie da nur angerichtet! Verdammt noch mal! Ich gehe nach oben und hole eine Tablette und Sie fassen ihn nicht an, sonst zeige ich Sie an!" „Sollen wir einen Notarzt rufen?", fragte Strauch. „Nicht in die Klinik!", bettelte Horst. „Bin gleich wieder da, Horst. Ich hole Dir eine Tablette", Moni beugte sich zu Horst und rannte ihm nächsten Moment die Treppe nach oben.

„Das ist doch super gelaufen, Leo!", keifte Strauch leise, sie ärgerte sich tierisch über den Verlauf der Befragung, „Von dem erfahren wir heute nichts mehr." „Er wollte weglaufen!", verteidigte sich Bachmann, „Ich konnte doch nicht wissen, dass er komplett umkippt, bloß weil ich ihn am Arm festhalte!" Moni Haussmann war im Handumdrehen zurück, steckte Horst eine kleine ovale Pille in den Mund und holte Glas Wasser an der Spüle. Sie wischte sich die Tränen mit der Hand aus dem geröteten Gesicht und führte mit unruhiger Hand das Glas an Horsts Mund. „Ich wollte ihn nie wieder so sehen.

Monatelang ist er in der Klinik irgendwo am Boden gesessen und hat mit dem Oberkörper gewippt oder hat sich in Albträumen gewälzt. Ich habe seine Betreuung übernommen und wollte ihn beschützen! Und da kommen Sie daher! Und außerdem, der Horst heißt nicht Schmiedler, er heißt Schindler, Horst Schindler! Die Frau auf dem Bild war seine Mutter, Rosi Schindler, sie ist gestorben, schon vor zwei Jahren." Voller Verachtung spie Moni die Worte aus, sie hatte gute Lust die zwei Beamten mit den Füßen aus dem Haus zu treten.

„Schindler", wiederholte Strauch monoton. „Der Gott der Körperspannung?", brabbelte Bachmann. „Frau Haussmann, hat der Horst einen Bruder?", fragte Strauch und hasste die Frage, die ihr Mund formulierte. Mit einem traurigen Lächeln antwortete Moni: „Ja, Karl Schindler, der Charly, er war meine erste große Liebe. Aber auch er hat seine Kindheit nicht gut überstanden." Sie setzte sich neben Horst auf den Fußboden, nahm seine Hand und fiel in eigene Gedanken.

Strauch rieb sich die Stirn und dachte über das Leben nach, nicht an etwas Bestimmtes, mehr über das Leben in seiner Gänze. An Wünsche und Sehnsüchte und an die Wirklichkeit, die ihr immer wieder den Arsch versohlte. „Jeder in diesem Raum fühlt sich gerade beschissen, jeder auf seine ganz eigene Art und Weise!", stellte sie fest und fing sich damit, „Frau Haussmann, sind Sie sicher, dass der junge Mann keine ärztliche Hilfe braucht?" „Ich werde sehen, wie die Beruhigungstablette wirkt. Dann sehe ich weiter. Helfen Sie mir bitte, ich möchte Horst aufs Sofa legen", meinte sie schon gefasster.

Bachmann und die junge Frau hoben das zittrige Wrack hoch und brachten ihn ins angrenzende Wohnzimmer und legten ihn auf dem Sofa ab. Moni richtete das Kopfkissen und strich über Horsts Haar, er hatte die Knie bis an die Brust gezogen, doch seine Augen schlossen sich und der Atem kam und ging ruhiger. „Es tut mir Leid, Frau Haussmann, das wollte ich nicht. Ich konnte nicht wissen ...", entschuldigte sich Bachmann.

Draußen steckte sich Strauch eine Zigarette in den Mund, Bachmann zog den Reißverschluss seiner Jacke zu, ihm war kalt, kälter als vor einer halben Stunde. Keiner sprach auf dem Weg zurück zum Dienstwagen. „Ruf bitte den Kästner in Fürth an, Leo! Der soll schauen, wo wir den Charly Schindler finden. Und bevor wir den befragen, brauche ich einen Espresso oder besser zwei, sonst kriege ich das nicht hin", bat Strauch und stieg ins Auto ein.

Der BMW setzte sich in Bewegung, langsam lenkte Leo Bachmann den Wagen aus dem Ort: „Das wollte ich nicht, Anne. Ich habe ihn doch nur am Arm festgehalten. Mehr war da nicht!" „Ich mache Dir keinen Vorwurf. Dass der Mann total zusammenklappt, damit konnte keiner rechnen", beschwichtigte Strauch, ihr war zum Heulen. Anne Strauch, die alles im Griff hat, zu jeder Zeit, strategisch, kontrolliert. Sie riss sich zusammen, öffnete das Seitenfenster einen Spalt und atmete die kalte Luft, die scharf einzog. „Dieser Charly ist unser Täter, da bin ich sicher. Er war der letzte Mensch, der Manfred Liebig gesehen hat und wenn sein Bruder Konrad Decker kannte, kannte er ihn auch!", Bachmann sah dabei in den Rück-und Außenspiegel, setzte den Blinker und überholte einen Lastwagen, der auf Höhe von Plankstadt vor ihnen dahinkroch. Rechts der Straße lag ein großer Bauernhof in der Senke, eingesäumt von einem Wäldchen. Die Zenn, an dieser Stelle kaum größer als ein Bächlein schlängelte sich daran vorbei. „Ich fürchte, Du hast Recht", bestätigte Strauch kurz und bündig.

Ihr Handy klingelte: „Hallo Frau Kommissarin, der Karl Schindler is net an seiner Arbeitsstell, der hat sich krankgmeldt. Ich fohr etz zum ihm in die Lilienstraß." Strauch atmete tief durch. „Kollege Kästner, es besteht der dringende Verdacht, dass Karl Schindler für die zwei Morde verantwortlich ist. Ich weiß nicht, wie er reagieren wird, wenn Sie bei ihm auftauchen." „Des muss ich ihm ja net song, dass Sie ihn fürn Mörder haltn, ich froch einfach ä poar Sachn. Lassn' S mich nur machn, ich nehm än Kollegen mit. Damit ich net so allans bin!", Kästner ließ keine Angst aufkommen, er war pragmatisch durch und durch. Jetzt musste Strauch lächeln. „Gut, Kästner, ich vertraue Ihrer Erfahrung und Bullenintuition. Wir sind schon unterwegs. Sagen Sie mir bitte noch Bescheid, ob Schindler zuhause ist oder nicht. Falls er nicht da wäre, müssten wir sofort eine Fahndung herausgeben!"

An einer Tankstelle am Fürther Ortsbeginn fuhren sie ein und Strauch holte sich eilig einen doppelten Espresso im Pappbecher. Zurück im Wagen nippte sie und verzog das Gesicht: „Viel zu heiß und richtig bitter verbrannt. Pfui!"

Mit dem jungen Polizeimeister Beyerlein machte sich Kästner auf den Weg. Er instruierte den jungen Beamten ganz genau, erklärte ihm, dass die Situation haarig werden könnte. Und dass die Entschärfung solcher Momente ein wichtiger Teil seiner Arbeit sein würde. Das neue Wort dafür wäre Deeskalation. Beyerlein lauschte aufmerksam: „Heißt das, dass es gefährlich werden könnte?" Er wurde nervös. Kästner sah ihn an: „Des is etz wichtig! Je nervöser Du do nei gehst, umso schwieriger wird des Ganze. Du musst dei Nervosität beherrschn lernen!" „Ok, das habe ich verstanden, ich muss cool sein!", Beyerlein nickte und zog seine Uniformjacke zurecht. Kästner stöhnte: „Frieher hat des ‚gelassen' ghaßn!"

In der Lilienstraße war es ruhig, nur wenige Menschen waren an diesem Donnerstagvormittag unterwegs. Die Sonne erfasste nur einen kleinen Teil des Parkplatzes vor dem Haus, der Rest lag im Schatten. Beide Kommissare waren angespannt, sie sprachen nicht miteinander, es hatte auch keinen Sinn einen Plan für die Befragung zu schmieden. Für Verhöre und Befragungen gab es richtige Strategien, die psychologisch angelegt waren und in vielen Fällen hilfreich waren. „Wer mit Menschen nicht umgehen kann, wird in Verhören nichts erfahren", sagte Strauchs Ausbilder gerne, ihre eigene Erfahrung zeigte ihr, dass er zu hundert Prozent Recht hatte.

Vor der Haustür sagte Strauch freudlos: „Ich habe das Gefühl, schon jetzt genau zu wissen, was ich erfahren werde. Das ist bescheuert." Ihr Kollege umgriff ihre linke Schulter und schüttelte sie sachte: „Sollen wir ihn laufen lassen? Anne, das ist unser Job und so wie es aussieht, haben wir den Fall geklärt und zwar in Rekordzeit!" Anne Strauch nickte. „Ja Leo, danke!"

Der Fürther Kollege öffnete die Tür, zum Gruß legte er den Zeigefinger an die Kappe: „Alles in Ordnung." Die Kommissare betraten das Wohnzimmer in dem Beyerlein in Habachtstellung stand und Karl Schindler bewachte. Der saß matt auf dem Sofa, seine Augen waren gerötet. „Guten Morgen!", krächzte er, „was verschafft mir den Menschenauflauf in meiner Burg? Sie müssen entschuldigen, ich bin krank, total erkältet und Fieber habe ich auch. Keine Ahnung, woher ich das habe, gestern war ich noch vollkommen auf dem Damm!" Schindler betrieb Konversation.

„Wir haben vor einer Stunde mit ihrem Bruder gesprochen oder besser gesagt, wir haben ihm ein Foto gezeigt. Danach hat er nicht mehr viel gesagt", Strauch nahm die Gerade, es war nicht die Zeit für Zaghaftigkeit. Schindler erschrak sichtlich: „Sie haben mit Horst gesprochen? Wie geht es ihm?" „Bevor wir gingen, habe ich geholfen, ihn auf dem Sofa abzulegen", berichtete Bachmann absichtlich kühl. Der Befragte griff sich an die Stirn, während die Kommissarin das besagte Foto auf den Wohnzimmertisch legte. „Dieses Bild habe ich ihrem Bruder gezeigt." Kästner schielte neugierig von der Seite auf das Foto und erkannte es sofort. Die müden Augen Schindlers blickten nur für den Bruchteil einer Sekunde darauf und gleich wieder weg. Er sagte nichts.

„Herr Schindler, Ihr Bruder hat die beiden Männer erkannt, der Anblick hat ihn umgehauen. Sie haben Manfred Liebig und Konrad Decker auch gekannt, Sie haben die Männer umgebracht. Sie können es gleich zugeben oder warten, bis wir die Zusammenhänge ermittelt haben. Es wird uns, mit dem was wir wissen, ein Leichtes sein", die Kommissarin setzte sich auf das Sofa und sah ihn an. Karl Schindler lehnte sich zurück und bedeckte seine Augen mit den Händen. Er war so müde. Kurz dachte er noch daran, alles zu leugnen, abzustreiten, was nicht durch handfeste Beweise gesichert war. In der Hitze seines Gehirns kollidierten Ausflüchte, Widerstand und die Last der Schuld mit dem Gedanken an seinen Bruder. Eine Explosion und alle rationalen Gedanken waren verpufft. Übrig blieb nichts als graue Asche ohne Substanz, flüchtig und unbrauchbar.

Alle Kraft hatte seinen Körper verlassen, seine Augen brannten, die Nase tropfte, Kopf und Hals schmerzten und das Atmen fiel ihm schwer. Was sollte er jetzt sagen? Gegen was sollte er sich erwehren und wollte er das überhaupt? Frei sein? Was war Freiheit und war er jemals im Leben frei gewesen? Das Vakuum in seinem Kopf ließ ihn keine Antworten finden. Seine Gegenwehr erlosch wie eine Kerze im luftleeren Raum. Es war still im Zimmer, bedrohlich still, das machte ihm Angst, schnell öffnete er die Augen und sagte: „Ja." „Heißt das, Sie gestehen die beiden Morde an Liebig und Decker?", fragte Bachmann nach um ein Missverständnis auszuschließen „Ja. Ich war es. Ich habe die Schweine umgebracht und ich finde keine Reue in mir", gestand Schindler leise.

Beinahe hätte Bachmann in die Hände geklatscht, er grinste zufrieden wie ein Honigkuchenpferd als er sein Handy aus der Jackentasche zog. „Wir werden Sie jetzt mitnehmen, Herr Schindler", kündigte Strauch an, „Packen Sie ein paar Klamotten und ihre Zahnbürste ein, der junge Beamte wird Sie dabei begleiten." Sie gab Beyerlein ein Zeichen und er folgte Charly Schindler, der in sein Schlafzimmer schlich wie eine Schnecke. „Kästner! Sie haben in diesem Fall wirklich sehr gute Arbeit geleistet, dafür möchte ich mich bedanken. Würde mich freuen, mal wieder mit Ihnen zusammenzuarbeiten!", Strauch hatte das ehrliche Bedürfnis diese Anerkennung auszusprechen. Kästner war regelrecht ergriffen von ihren Worten, er nahm die Kappe ab und drückte sie gegen seinen respektablen Bauch. „Danke, Frau Kommissarin! Immer widder gern!"

Leo Bachmann musste umgehend die Kollegen informieren: „Reichelt, wir haben den Mörder! Organisiere einen Transport für Karl Schindler von Fürth nach Ansbach. Bestelle Pizza für alle, in einer Stunde müssten wir im Büro sein. Ich nehme eine Quattro Stagione, Anne mag die mit der scharfen Salami. Wer setzt den Staatsanwalt von der Festnahme in Kenntnis?" Anne Strauch tippte ihm von der Seite auf die Schulter. „Das mache ich, Leo!"

Gemeinsam warteten sie noch auf den Transport in der Wohnung. Schindler hing auf seinem Sofa und hielt sich den Kopf: „Werde ich jetzt 24 Stunden lang verhört? Ich glaube, das stehe ich nicht durch. Mir geht es beschissen." „Ich werde veranlassen, dass Sie vorher ein Arzt untersucht, Herr Schindler. Der kann Ihnen etwas Fiebersenkendes verabreichen. Wenn Sie geständig sind, müssen wir heute kein stundenlanges Verhör führen. Ersparen Sie sich unnötige Quälerei, es wäre in ihrem eigenen Interesse!", beschwichtigte sie. Auf einen Verhörmarathon hatte Strauch selbst keine Lust.

Der Polizeitransporter fuhr vor das Wohnhaus, Schindler wurde vorschriftmäßig dahinein verfrachtet. Der Transporter und der BMW der Kommissare verließen gleichzeitig den Parkplatz. Es gab keine Menschenansammlung, keine wackelnden Gardinen und kein großes Aufsehen, einfach gar nichts. Kästner klopfte dem Jungpolizisten auf die Schulter. Beyerlein wusste, er hatte seine Arbeit gut gemacht, keiner seiner gleichrangigen Kollegen war jemals bei der Verhaftung eines Doppelmörders aktiv beteiligt gewesen. Auf dem Weg zurück ins Fürther Präsidium überlegte er, wie er den Kollegen die Verhaftung schildern würde. Natürlich spannend, reichlich ausgeschmückt und in allen Farben des Regenbogens.

Gleichzeitig mit den Kommissaren trafen die Pizzen im Ansbacher Polizeipräsidium ein. Die Stimmung war besser, als auf der letztjährigen Faschingsfeier, auf der Strauch beinahe eingeschlafen war. Der Kollege Röder hatte „Roland, die Stimmungskanone" engagiert. „Roland" wäre die richtige Besetzung für den Tanztee im Alten-und Pflegeheim gewesen. Röder musste sich herbe Kritik an seiner Auswahl anhören und wurde seines Amtes als Organisator der Faschingsfeiern zeitlebens enthoben.

Die Kollegen wirbelten ins Büro, Hände wurden geschüttelt und Schultern geklopft. Frau Späth trug die Pizzen in den Besprechungsraum und legte sie auf den großen Tisch, dann rief sie: „Es ist angerichtet!" Strauch griff nach der Pizza Diavolo: „Danke für die Pizza, ich bin richtig überrascht! Ich habe das nicht mitbekommen, wann hast Du die Pizza bestellt, Leo?" „Noch in Schindlers Wohnung, ich habe Reichelt gebeten zu bestellen", Bachmann warf seine Jacke auf einen leeren Stuhl und war mit der Gesamtsituation rundherum zufrieden.

Nach dem Essen marschierten Strauch und Bachmann zum Staatsanwalt. Dr. Bräuer zeigte sich hochzufrieden über die Verhaftung, damit seine Worte nicht zu positiv wirkten, fügte er hinzu: „Ich möchte ein lückenloses Geständnis, das sich mit unseren Ermittlungen deckt, damit ich nicht im Prozess ins Schwimmen komme. Sie verstehen, was ich meine!"

Die Vernehmung wurde für 14 Uhr angesetzt, vorher ging Strauch noch einige Schritte in der Sonne. Sie spürte die Wärme im Gesicht und versuchte sich zu sammeln, als ihr Handy klingelte. „Hallo Anne, hier ist Bertram. Ich wollte Dich heute Abend zum Chinesen einladen, wann hast Du Feierabend?", Bertram klang gut gelaunt. „Ich weiß noch nicht, wann ich heute nach Hause komme. Wir haben den Täter", antwortete Strauch. Bertram war begeistert: „Wirklich? Ihr habt den Mörder?" „Ja, aber es ist der Falsche", sagte Strauch. „Wie? Ihr habt einen Täter, aber der war es nicht?", Bertram war verwirrt. Strauch schüttelte den Kopf, was Bertram natürlich nicht sehen konnte: „Nein. Wir haben den Täter und er war es, er hat beide Männer umgebracht. Aber es ist der Falsche, manchmal ist es der Falsche! Es wäre mir lieber, es wäre ein anderer gewesen, kannst Du das verstehen? Der Mann ist so alt wie Saskia!" „Ach so! Ja, dann gehen wir doch morgen zum Chinesen und feiern Deinen Erfolg!", schlug Bertram vor. Strauch war einverstanden und legte auf. Dann dachte sie kurz nach und wählte die Nummer ihrer Tochter mit der sie kein schlechtes, aber ein kompliziertes Verhältnis hatte: „Saskia? Hallo, ich bin es. Hast Du heute Abend Zeit, ich würde Dich gerne sehen." Die beiden vereinbarten, spontan am Abend Zeit und Ort für ihr Treffen zu wählen.

Um 14 Uhr schaltete Bachmann das Aufnahmegerät im mausgrauen Vernehmungsraum an. Zumindest hatte der Raum ein großes Fenster und die Stühle waren einigermaßen bequem. Die Kommissare hatten vorher vereinbart, Schindler einfach erzählen zu lassen. Wenn er ins Reden käme, würden sich die Fragen erübrigen. Schindler sah ein wenig besser aus, wirkte nicht mehr ganz so matt wie am Vormittag.

„Der Arzt hat eine Mandelentzündung festgestellt. Ich habe eine mächtige Dosis Ibuprofen bekommen und Halslutschtabletten!", Charly Schindler zeigte auf den Tablettenstreifen, der vor ihm auf dem Tisch lag.

Leo Bachmann lehnte sich nach vorne. „Herr Schindler, am Sonntagabend gingen Sie in das Bierlokal „Saufaus" und trafen dort auf Manfred Liebig. Waren Sie mit ihm verabredet?" „Nein! Das war ein zufälliges Treffen. Ich kam in die Kneipe und habe ihn sofort erkannt, als er auf mich zukam. Er hatte sich nicht viel verändert. Aber er hat mich nicht erkannt. Sein blödes Säuferlatein ging mir auf die Nerven, seine aggressive Art, er riss die alten Erinnerungen in mir auf! Ich fühlte mich immer elender. Als er dann noch von den Weibern früher sprach, hatte ich das Gefühl den Verstand zu verlieren." Schindler machte eine Pause und schloss die Augen. Er zögerte, wusste nicht recht wie er beginnen sollte, holte ein paar

Mal Luft. „Er sprach über meine Mutter. Sicher hatte er mehr ‚solcher Weiber'. Er sprach über die Schlampen, die die Beine breit machen, wenn man ihnen Schnaps einflößt. Die erst lachen und dann schreien und doch nicht genug kriegen können. Nicht genug von ihm und nicht genug vom Schnaps!

Genau so war es bei meiner Mutter. Der blöde Manni war der erste dieser Besucher, später kam der Konny dazu und noch später andere. Der Manni und der Konny haben meine Mutter zu dem gemacht, was sie am Ende war. Alkoholkrank, heruntergekommen, misshandelt und missbraucht. Ein körperliches und seelisches Wrack.

Für Horst und mich waren der Manni und der Konny der Albtraum unserer Kindheit. Sie klopften mit einer Flasche und einem Beutel voller Pillen in der Hand an unsere Tür. Unsere Mutter öffnete bereitwillig, sie freute sich über ihre Besuche. Dann wurde gesoffen und gelacht. Die sexuellen Praktiken unserer Mutter und ihrer „Freunde" haben wir live miterlebt! Das alte Haus, in dem wir wohnten war nicht groß, die Räume winzig und die Türen verzogen. Wir hörten das Lachen, das Stöhnen und die Schläge und Schreie. Wir hatten Angst! Horst noch mehr als ich. Horst war schon immer anders, sensibler, körperlich schwächer und sehr ängstlich." Schindler hustete, trank einen Schluck Wasser. Bachmann fragte, ob er einen Tee haben wolle. „Das wäre gut", antwortete Schindler. Während Bachmann den Kollegen nach einer Tasse Tee schickte, fragte Strauch: „Wann hat das begonnen mit den Männern in ihrem Haus?" Schindler lachte freudlos auf: „Das begann nachdem mein Vater sich aus dem Staub gemacht hatte. Ohne Witz, er ging aus dem Haus um sich Zigaretten zu kaufen und kam nie wieder zurück! Dieser blöde Sack! Wir hörten nichts mehr von ihm, nicht mal eine Weihnachtskarte! Meine Mutter war schwach, sie kam damit nicht zurecht, sie verlor jeden Halt. Und sie riss uns mit in die Tiefe! Eine Nachbarin, die Mutter von Moni hat Horst und mich regelmäßig von der Straße eingefangen und uns eine warme Mahlzeit verpasst. Wer weiß, ob wir ohne sie nicht verhungert wären?" Bachmann dachte an seine Mutter, eine biedere, ordentliche Hausfrau mit hohen Moralvorstellungen. Das Bild der Mutter, die Schindler beschrieb, konnte sich Bachmann nicht vorstellen.

Schindler sank mit der Erinnerung tiefer in den Stuhl und rappelte sich plötzlich wieder auf. „Es war alles so einfach! Ich ging mit dem Manni raus und bot ihm an, ihn in eine andere Kneipe zu fahren. Er war schon voll angesoffen und hatte sich ja noch eine Flasche Asbach gekauft. Ich stieg also in seinen vermüllten Golf, zwischen den Pedalen lag die Flasche Spiritus, ich hob sie auf und warf sie auf die Rückbank. Und schon da hatte ich die Idee, ihn anzuzünden und je länger ich darüber nachdachte, umso mehr gefiel mir die Idee! Der blöde Manni, Horst und ich hatten ihn immer so genannt, zog bis zur Südwesttangente die halbe Flasche leer und schlief einfach ein. Unterwegs überlegte ich noch, ob ich direkt nach Eggensee fahre, mitten in den Ort oder vor unser inzwischen verfallenes Haus. Aber ich hatte Angst beobachtet und erkannt zu werden. Der Platz am Waldrand schien mir geschützter. Ich parkte und nahm die Flasche Spiritus, in der Konsole lagen drei Schachteln Streichhölzer. Es gab keinen Plan, alles war da, ich musste es nur nehmen. Manni schnarchte und röchelte, er kam vor seinem Tod nicht mehr zu Bewusstsein, auch nicht, als ich den Spiritus von oben bis unten über seinen Körper verteilte und das Streichholz auf seine Wampe warf.

Danach drehte ich mich weg und sah auf die Uhr, ich wusste, dass um 0.38 Uhr ein Zug von Neustadt Richtung Nürnberg fuhr, der hielt um 0.46 Uhr in Emskirchen. Aus sicherer Entfernung sah ich wie das Feuer um den Wagen schlug, der blöde Manni hatte keine Chance, da kam er nicht mehr raus! Ich joggte auf dem Trampelpfad neben den Gleisen nach Emskirchen, das war kein Problem, ich bin echt fit und der Mond schien hell in der Nacht. In Emskirchen stieg ich in den Zug, ich kaufte mir sogar einen Fahrschein am Automaten. Alles ganz einfach." Er zuckte mit den Schultern.

Der Tee kam, Schindler bedankte sich. Strauch war sehr zufrieden mit dem Verlauf, Schindler hatte das Bedürfnis zu reden, er wollte das alles loswerden, darauf hatte sie gehofft. „Wie kamen Sie auf Decker, wussten Sie, dass er in Neustadt wohnt?", wollte Bachmann von dem unscheinbaren Doppelmörder wissen.

„Nein!", wehrte er ab, „Ich hatte an die beiden lange nicht mehr gedacht. Der blöde Manni hat schon im Saufaus von seinem besten Kumpel gesprochen mit dem er die Schlampen dieser Welt beglückt hatte. Er sagte, der Konny ist ein Supertyp und sein Arbeitskollege. Überhaupt der Einzige mit dem er so richtig einen saufen kann. Er hat geredet wie ein Buch. Dass der Konny in Neustadt wohnt, hat er gesagt, er hat mir die Ecke an der Würzburger Straße und den Hauseingang, der dahinter im Hof liegt, ganz genau beschrieben. Nur hatte ich keine Telefonnummer! Was kein Problem war, der Depp war wirklich bei Facebook!"

„Sie haben ihn über Facebook kontaktiert?", Bachmann war ehrlich überrascht. Im Schnelldurchlauf durchkämmte er gedanklich seine Freundeskreise im sozialen Netzwerk. „Sie finden in Facebook alles und jeden. Wen ich da schon gefunden habe!", Schindler zeigte aufgesetzte Fröhlichkeit. Dann warf sich seine Stirn in Falten und er strich eine Haarsträhne hinter sein Ohr. „Am Montag bin ich früh aufgewacht und habe mich gefragt, ob ich das alles nur geträumt hatte. Ich habe meine Schuhe angeschaut, die vom nächtlichen Lauf total verdreckt waren. Beim Zähneputzen habe ich mir in die Augen gesehen und darauf gewartet, dass es mir Leid tut, aber es kam nicht. Stattdessen musste ich dauernd an Konny denken. Auf Station konnte ich mich nicht auf die Arbeit konzentrieren, da war nur der Konny in meinem Kopf. Da habe ich Facebook durchsucht und ihn gefunden. Der Konny hat in einer Nacht den Horst geschlagen. Meine Mutter kreischte hysterisch und der Horst begann zu schreien und hörte nicht mehr auf, er war nicht zu beruhigen. Da ging die Tür auf und der Konny stürzte wie ein Besessener herein, riss meinen Bruder aus dem Bett und schlug auf ihn ein. Ich schlug auf den halbnackten Konny ein, ich könnte zehn gewesen sein und habe nicht viel erreicht. Ja, die dumme Sau, ich habe ihn kontaktiert und so etwas geschrieben wie, dass ich voll geschockt wäre wegen dem toten Manni. Er hat gleich geantwortet und selbst ein Treffen vorgeschlagen."

Charly Schindler trank seinen Tee, vorsichtig Schluck für Schluck. Er sah aus dem Fenster, dann wieder in die Teetasse. „Sie sind nach Neustadt gefahren, Montagabend und haben sich mit ihm getroffen", half ihm Bachmann auf die Sprünge. „Ja, ich bin mit dem Motorrad nach Neustadt gefahren. Dieses Mal hatte ich einen Plan, ich habe eine Flasche Korn gekauft und zehn Beruhigungstabletten darin aufgelöst. Das war mein Geschenk an ihn, he-he!", spottete Schindler, der Ausdruck auf seinem Gesicht wirkte fremd, er passte nicht zu ihm. „Woher waren die Tabletten? Es fehlte nichts in den Beständen auf ihrer Station, das haben wir überprüft!", Bachmann blickte auf seine Notizen.

„Tja, wie soll ich das sagen? Vor einem Jahr ging es mir nicht so gut. Ich fing an, Tavor zu sammeln bei den Medikamentenausgaben. Mal da eine und dort eine, das fiel niemandem auf. Der ein oder andere hatte mal eine unruhige Nacht! Ha!", er lachte und trank Tee. Strauch hatte bis jetzt nur zugehört. „Wollen Sie damit sagen, dass Sie sich vor einem Jahr das Leben nehmen wollten, Herr Schindler?" Er seufzte und winkte mit der Hand ab: „Nicht wirklich, das war mal ein Gedanke, der aber wieder verschwand. Wie Sie sehen, lebe ich noch! Wo waren wir? Ja, mit der Flasche Korn kam ich bei ihm an. Seine Wohnung sah aus wie Mannis Auto. Eine Mülltonne von innen kann nicht schlimmer aussehen, ich hasse das! Es hat mich gegraut, mich auf das verschmierte Sofa zu setzen, ich habe sogar versucht, nicht zu tief einzuatmen. Der Gestank!" Bachmann nickte eifrig. „Deckers Wohnung war wirklich das Letzte, ich weiß nicht, wie man so leben kann!" Schindler sah Bachmann an: „Die hatten kein Gefühl fürs Leben, für die hatte Leben weder einen Wert noch einen Sinn." Er sah auf seine Hände und überlegte angestrengt: „Fast zwei Stunden habe ich in dem Misthaufen verbracht. Welchen Scheiß ich mir in der Zeit anhören musste! Der Idiot hat erst Bier getrunken und den Korn später aufgemacht. Der hat dann aber schnell und gewaltig gewirkt! Zur Bleich musste ich ihn schleifen, er konnte nicht mehr gehen. An jeder Ecke habe ich mich vorsichtig umgesehen, aber es war kein Mensch unterwegs. Am Weiher habe ich ihn auf dem Baumstamm abgelegt. Diese Weide hat mir schon als Kind gut gefallen, weil sie anders war, als die anderen Weiden. Als der pralle Konny auf dem Baumstamm lag, dachte ich an die Azteken, die Menschen auf Altären geopfert haben, um die Götter milde zu stimmen. Feierlich habe ich ihn mit dem Spiritus begossen und angezündet, dazu habe ich eine Melodie gesummt, ich weiß aber nicht mehr welche. Ein Stöhnen habe ich noch gehört, bin aber schnell weggegangen. Das Motorrad hatte ich auf dem Großparkplatz direkt an der Aisch geparkt. Ein schneller Weg aus der Bleich über die Umgehungsstraße zum Parkplatz. Um 0.30 Uhr war ich zuhause."

Schindler sah wieder schlechter aus, er wirkte müde und krank. Er hustete trocken und drückte eine Halslutschtablette aus der Packung. Strauch musste ihr Mitgefühl in Schach halten. „Sie haben zwei Menschen umgebracht, wie geht es Ihnen damit?" Der Geständige lehnte sich auf den Tisch und verzog das Gesicht. „Wissen Sie, was der schlimmste Tag in meinem Leben war? Es war der Tag, als ich mit 16 Jahren das Haus verlassen habe und meinem Bruder sagen musste, dass ich nicht mehr komme und ihn auch nicht mitnehmen kann! Sie hätten sein Gesicht sehen müssen! So beschissen habe ich mich nie mehr gefühlt! Das ist nicht zu toppen!"

„Warum sind Sie denn gegangen, wenn es Ihnen so schwer gefallen ist?", meinte Bachmann provokativ. Schindler sprang vom Stuhl und schrie: „Weil ich kein Leben hatte! Jahrelang war ich die Mutter meines Bruders und der Betreuer meiner Mutter. Ich habe Horst geweckt, die Zahnpasta auf die Bürste gedrückt und ihm die Haare gekämmt, an die Hand genommen und zum Bus gebracht. Habe die Wäsche gewaschen, wenn meine Freunde Fußball gespielt haben! Horst war über Jahre Bettnässer, seine Angstzustände wurden immer schlimmer! Meine Mutter hatte kaum eine nüchterne Stunde am Tag, manchmal hat sie tagelang geheult! Ich konnte nicht mehr!" Er fiel zurück auf den Stuhl und vergrub sein Gesicht in den Händen.

„Gut", beschloss Strauch „machen wir Schluss für heute. Das Wichtigste wissen wir. Morgen ist ein neuer Tag, vielleicht geht es Ihnen morgen besser und mir auch!" Sie wollte das Aufnahmegerät ausschalten.

„Warten Sie noch!" Schindler hob den Kopf, „Wissen Sie, wen ich auf Konny Deckers Handy unter seinen Freunden bei Facebook gefunden habe? Meinen Vater!" Die Kehle der Kommissarin schnürte sich augenblicklich zu, sie schluckte trocken und ihr wurde heiß. Die Kommissare wechselten einen erschrockenen Blick. Strauch zerrte nervös am Halsausschnitt ihres dunkelblauen Pullis, während der junge Mann weiter plauderte. „Diese fiese Ratte war all die Jahre, in denen wir nichts von ihm gehört hatten, in Kontakt mit Konny! Mich hat es vor Wut beinahe zerrissen! Die blöde Sau, die aus dem Leben seiner Frau und Kinder verschwunden ist wie eine Rauchwolke, tauscht Mitteilungen mit Konny Decker! Hammerhart! Ich musste nicht lange überlegen und habe ihn kontaktiert. Ich habe mich Max genannt und ihm einen Abend mit einer Flasche Korn angeboten. Er hat ohne Zögern akzeptiert!"

Bachmann wurde zappelig, er rutschte auf dem Stuhl hin und her und kratzte sich am Kopf. Seine Chefin hatte hektisch rote Flecken am Hals. Charly sprach weiter, es war ihm ein Bedürfnis. „Er wohnt in Frankfurt, wohl schon seitdem er uns verlassen hatte. Gestern bin ich mit dem Motorrad nach Frankfurt gefahren, heimwärts hat es nur geregnet, ich wurde nass bis auf die Haut. Bestimmt bin ich deswegen heute krank." In Bachmann sickerte langsam die Erkenntnis ein, dass der Gott der Körperspannung nicht zwei, sondern drei Menschen getötet hatte. Der Streit, den er mit seiner Chefin am Straßenrand hatte, erschien ihm plötzlich entsetzlich lächerlich.

„Ich hatte wieder eine Flasche Korn gekauft, in die habe ich die restlichen Tavor geworfen, die ich noch zuhause fand", führte Schindler seinen Bericht weiter. Strauch atmete flach. „Ich habe mich als Max vorgestellt. Er hat mich freundlich begrüßt und mich nicht erkannt. Mein Vater hat mich nicht erkannt! Der Scheißkerl war genauso angesoffen, wie die anderen. Er wohnte in einem Gartenhaus in einer Schrebergartenkolonie." Schindler dachte kurz nach. „Ja, er wohnte dort. Er saß versifft in der verdreckten Hütte wie eine Laus im Pelz. Ich hasse verdreckte Wohnräume! Über den Korn hat er sich voll gefreut", Schindler lachte und schlug sich auf den Oberschenkel. „Aber das Beste kommt noch, mein Alter war eine Transe! Klar musste er abhauen, eine Transe in Eggensee! Das geht gar nicht! Das war fast menschlich, ich fand sogar ein wenig Verständnis für ihn und sein

Verhalten. Er sprach von seinen Auftritten in irgendwelchen Clubs, wie toll er aussah. Ha! Sein Vorbild war Brigitte Bardot, mir hat es fast den Vogel rausgehauen! Mein Alter auf Stöckelschuhen mit Schmollmund!" Charly Schindler warf seinen Körper vor und zurück und lachte sein seltsames Lachen.

Strauch atmete flach und rang nach Fassung, sonst war es immer Bachmann, der aktiv wurde, wenn seine Chefin verstummte, aber selbst der saß angespannt und wortlos auf seinem Platz und wartete auf das, was kommen musste. Bereitwillig und hemmungslos plapperte Charly weiter. „Irgendwann fragte ich ihn, ob er Familie hätte. Was glauben Sie, was das Arschloch sagte? Er sagte nein! Das hätte zu seinem Lebensstil nicht gepasst! Ich frage Sie, kann man wirklich so viel saufen, dass man seine Familie vergisst? Damit hatte er sein Schicksal besiegelt! Kurz darauf ist er mit der brennenden Zigarette auf dem Sofa eingeschlafen. Ich saß ihm gegenüber, auf dem Tisch stand eine Petroleumlampe, die Lampe hat mit mir gesprochen, sie hat gesagt: Nimm mich! Nimm mich! Da habe ich sie vom Tisch gestoßen und bin gegangen!"

„Leo, checke mal einen Brand in Frankfurt, gestern", bat Strauch, sie ging ans Fenster, sie hätte es gerne geöffnet, aber es ließ sich nur kippen. Bachmann stand auf und verließ den Raum.

Die Frankfurter Polizei bestätigte einen Brand in der Schrebergartenkolonie mit einem Toten, sie gingen von einem Unglücksfall aus.

Bei der anschließenden Pressekonferenz gaben die anwesenden Kommissare eine präzise und knappe Auskunft an die zahlreichen Journalisten: Der Täter ist in vollem Umfang geständig. Er ist verantwortlich für die Tötung von Manfred Liebig und Konrad Decker. Darüber hinaus hat er eine weitere Tat in Frankfurt eingeräumt.

Anne Strauch verließ nach der Konferenz das Präsidium, Leo Bachmann ging eine Stunde später und fuhr direkt nach Fürth zu Steffi.

Horst hatte mehr als drei Stunden auf dem Sofa geschlafen. Moni machte den Abwasch in der Küche und hörte Geräusche aus dem Wohnzimmer. „Ich glaube, er wacht auf!", sagte sie zu Sigi. Die Lider waren schwer, Horst rieb seine Augen, wälzte sich dabei hin und her, schließlich öffnete er ein Auge. Neben dem Sofa standen Michi, Sigi und Moni, die sich ein wenig hinter den breiten Schultern ihres Mannes versteckte, damit Horst nicht als erstes ihr besorgtes Gesicht sah. „Du hast lange geschlafen, dabei ist es noch nicht Nacht!", meinte Michi vorwurfsvoll. „Wie geht es Dir?", fragte Sigi. „Bin total im Eimer, müde, aber ich habe Hunger!" Horst griff auf seinen Magen und rieb ihn kreisend. „Ich mache Dir das Mittagessen warm, Linseneintopf mit Speck und Würstchen!", rief Moni schnell und eilte in die Küche.

„Was? Du musst erst noch essen!", Michi war total empört, „Deine Hütte ist fertig! Wir müssen sie anschauen gehen!" „Deine Hütte ist wie neu!", sprach Sigi feierlich, „Deine Möbel stehen auch wieder an ihrem Platz. Durch den Holzfußboden sieht der Raum wie ein richtiges Zimmer aus. Dir wird der Kinnladen herunterklappen, wenn Du das siehst, Du wirst aus dem Staunen nicht mehr herauskommen! Am liebsten würde ich selbst einziehen!" Jetzt erschrak Sigi, schnell blickte er sich um, aber, Gott sei Dank, Moni war in der Küche. Ihr hätte der letzte Satz nicht gefallen!

Horst rappelte sich auf und strich das lange Haar glatt. „Mir ist ein wenig schwindlig." Schon kam Moni mit einem dampfenden Teller in der Hand: „Du kannst gleich hier essen." Der Eintopf roch deftig nach dem Gemüse und dem Speck. „Hmh! Das riecht aber gut!", schnüffelte Horst und begann reinzuschaufeln. Das sah Moni als gutes Zeichen, sie lächelte. „Lass es Dir schmecken!" Zu dritt standen die Haussmanns im Wohnzimmer und beobachteten jeden Bissen, den Horst unter die Nase schob. Horst hatte den Löffel noch im Mund, als Michi rief: „Und jetzt gehen wir los zur Hütte!" Der Junge zerrte ihn am Ärmel, Horst blieb nichts anderes übrig als aufzustehen.

Im engen Flur stiegen alle in ihre Stiefel, Sigi half Horst, der noch sehr benommen war in den Parka. „Vielleicht ist es besser, wenn wir mit dem Traktor bis zum Waldrand fahren, was meinst Du Moni?", schlug Sigi vor. „Das ist eine von deinen guten Ideen!", zwinkerte Moni ihm zu. Michi riss die Arme in die Luft und jubelte, er war der erste, der auf dem Traktor saß. Am Waldrand war er der erste, der vom Traktor sprang. Michi hüpfte um Horst wie ein Flummi. „Bist Du gespannt? Du musst gespannt sein und auch aufgeregt! Ich bin sehr gespannt und Du?" „Ich bin ein bisschen gespannt", antwortete Horst lasch. „Das reicht nicht, das ist zu wenig!", schrie das Kind. „Hör jetzt auf, Michi, Du drehst total durch!", wies Moni ihren Sohn streng zurecht.

„Aber, aber, der Horst ist nicht gespannt, also freut er sich auch nicht! Und das ist blöd, ich will, dass er sich freut!", protestierte Michi, er gab nicht auf. Horst war die Strickmütze ins Gesicht gerutscht, er blieb stehen, schob die Mütze nach oben und lachte Michi an. „Ich glaube, es geht gerade los mit dem Gespannt sein und mit der Freude." Michi ergriff seine Hand, so wie es nur Kinder tun und befahl: „Mach Deine Augen zu, ich führe dich das letzte Stück!" Es war ein ziemliches Gestolper über den holprigen, feuchten Waldboden, aber Horst blieb eisern, er machte seine Augen erst auf, als Michi es ihm erlaubte.

Da stand sie nun, seine Hütte in neuem Glanz! „Meine Hütte hat ein neues Kleid!", rief Horst erstaunt aus. Die Verkleidung aus Fichtenholz war hell und hatte eine markante Maserung, Horst fand das Holz sah wertvoll aus, so wie ein Edelstein! Sigi öffnete die ebenfalls verstärkte Tür und bat Horst mit einer schwungvollen Geste herein. Neugierig schlüpften Moni und Michi hinterher. Moni konnte nicht anders, sie war begeistert. „Mensch, Sigi, das habt ihr aber schön gemacht!" Sie küsste ihren Mann und strahlte. Michi sprang mit beiden Beinen auf dem Fußboden, der aus den gleichen Holzbrettern bestand wie die Außenverkleidung. Wo vorher der blanke Waldboden war, lag jetzt ein richtiger Fußboden. „Das sieht aber anders aus!", bemerkte Horst leise, er war von dem veränderten Bild des Raumes ein wenig überfordert. „Das Holz habe ich vom Schader, er wollte kein

Geld dafür nehmen. Bei Gelegenheit könntest Du vorbeigehen und dich bei ihm bedanken, Horst", schlug ihm Sigi vor. „Ich gehe danke sagen", versicherte Horst, der Dinge leicht vergaß.

Sigi hatte den gusseisernen Ofen angeschürt, der stand auf der Steinplatte, darunter war ein größeres Stahlblech genagelt. „Sicher ist sicher!", hatte der Josef gesagt. Das Ofenrohr hatte der Josef verlängert, der Austritt lag nun, so gut als möglich isoliert, weiter oben in der Wand. „Es ist warm hier drin. Ich muss nicht mehr frieren!", Horst ging zum Ofen und fasste an die Holzwand. Die Wärme im Raum war spürbar, es war nicht mehr die zugige, ungeschützte Hütte, es war ein beheizbares Zimmer.

„Kommt mit raus, es gibt noch mehr zu sehen!", Sigi ging nach draußen und zeigte auf die Dachrinne, „Schau Horst, wir haben das Dach ausgebessert und Du hast eine Dachrinne!" Teile der Dachrinne hatten Dellen und dennoch zogen sie in geraden Linien ein Rechteck um das Dach. Sigi ging auf die Rückseite des Hauses: „Und hier hast Du eine Regentonne, die Dachrinne leitet dir das Wasser hier herein. Josef meinte, das könnte für dich praktisch sein." Jetzt erwachten die Lebensgeister in Horst: „Ich habe eine Regentonne, ich habe mein eigenes Wasser! Jetzt muss ich nicht mehr Kanister tragen und...und die Tiere können bei mir trinken! Die Vögel und auch die Rehe!" Horst lachte und fasste die Regentonne an. „Das passt viel Wasser rein." „Genau 120 Liter", prahlte Sigi. Horst steckte den Kopf in die noch leere Regentonne: „Die Tonne ist toll. Jetzt muss es regnen, ja, es muss viel regnen!"

Michi war glücklich, das war die Freude, die er sehen wollte. Er trommelte auf die Regentonne und es schepperte hohl und metallisch: „Horst hat eine Regentonne und die Tiere kommen zu ihm trinken!" Sigi und Moni umkreisten die Hütte. Moni erinnerte sich an einen Teppich auf dem Dachboden, den könnte Horst in die Mitte seines Raumes legen, sie würde ihn vorher ordentlich lüften und ausklopfen.

Horst stand neben der Regentonne und blickte in den Wald. Die Sonne warf ihr Licht zwischen die Bäume und ließ den Wald dampfen. Abgesehen von Michis Gesang selbsterfundener Lieder war es still. Die Luft roch feucht und satt, mischte sich mit dem Rauch, der aus dem neuen Schlot stieg, der nichts anderes war, als ein gewundenes Ofenrohr mit einem Metallhütchen an seinem Ende. Horst wollte nirgendwo anders sein, nur hier. Michi zog so heftig an seinem Hosenbein, dass die Jogginghose in Rutschen kam. „Wann kommt dich das weiße Reh besuchen? Papa hat es gesehen. Ich will es auch sehen. Papa hat gesagt, das Reh hat ganz schöne Augen, stimmt das?" Horst bückte sich: „Seine Augen sind so schön wie ein dunkler See, in dem Du voller Freude und furchtlos ertrinken möchtest!"

Noch vor Prozessbeginn bekam Karl Schindler einen Brief in die Untersuchungshaft:

Hallo Charly,

mein Name ist Martin Decker, ich bin der Sohn von Konrad Decker, den Du umgebracht hast. Vielleicht haben wir uns sogar mal gesehen, als Kinder auf irgendeiner

Feier, auf die uns unsere Eltern oft mitgeschleppt hatten. Aber wir waren wahrscheinlich zu jung damals und können uns nicht mehr daran erinnern.

Der Tod meines Vaters hat in mir die uralten Geschichten, die alten Gespenster nach oben geholt, die ich hoffte, längst vergessen zu haben. Übrigens stand auch ich in Verdacht. Man hat in meinem Leben herumgeschnüffelt, Nachbarn über mich befragt, sogar der Besitzer meiner Lieblingspizzeria wurde ausgequetscht! Verdächtig zu sein, hat mir nichts ausgemacht. Schlimmer waren die alten Schuldgefühle, die hatte ich schon als Kind. Ich dachte immer, ich müsste meine Mutter und Schwester vor „ihm" beschützen und das habe ich nie geschafft. Für mich war ich der größte Feigling des Universums! Ich träume heute noch von den Schwellungen und Prellungen meiner Mutter. Mit 13 Jahren hatte ich den Plan, „ihn" im Schlaf zu erschlagen und konnte es doch nicht tun.

Als ich von dem Mord hörte, war mein erster Gedanke, dass jemand meinen Job getan hatte. Dass es meine Aufgabe gewesen wäre, ihm den Schädel einzuschlagen, die Kehle durchzuschneiden oder auf die Knie zu zwingen und eine Waffe auf ihn zu richten. Ganz ehrlich, auf verbrennen wäre ich nicht gekommen!

Nachdem deine Verhaftung bekannt wurde, konnte ich an nichts anderes mehr denken: „Er hat meine Aufgabe erledigt!" Ich habe dich bewundert, Du wurdest mein Held und ich musste mehr über dich erfahren. Hoffentlich nimmst Du mir das nicht übel, aber ich bin nach Eggensee gefahren und habe dort deinen Bruder getroffen. Eine echt schrille Begegnung! Dein Bruder ist ziemlich abgefahren, aber ich bin selbst verrückt genug, um ihn nicht als verrückt zu bezeichnen. Er lebt nach seinen eigenen Vorstellungen und das macht er gut. Die Idee in einer Hütte im Wald zu wohnen, finde ich klasse. Warum nicht? Ich glaube, das würde mir auch gefallen.

Horst selbst hatte keine Lust über alte Zeiten zu sprechen, aber diese Moni, die auf ihn aufpasst, mit der habe ich lange gesprochen. Es gibt so viele Parallelen in unser beider Leben, viel zu jung haben wir Gewalt und Schmerz, die Wirkung von Alkohol und Drogen erfahren und das Schlimmste, der Feind stand in den eigenen Reihen! Obwohl Gequatsche nicht mein Ding ist, hat mir das Gespräch gut getan.

Danach hat es mich beschäftigt, warum Du „es" tun konntest und ich nicht. Jetzt weiß ich nicht, ob es dich überhaupt interessiert? Aber ich schreibe es trotzdem. Es war die Liebe meiner Mutter! Sie hat mich daran gehindert, die blöde Sau umzubringen. Du hattest niemanden, der dich so geliebt hat, deshalb konntest Du drei Menschen töten. Ja, das glaube ich, es war die Liebe meiner Mutter, die mich gehindert hat zum Mörder zu werden. Diese Liebe ist es auch, die es meiner Schwester möglich macht, ihren Mann und ihr Kind zu lieben. Und mich! Sie liebt sogar mich und es ist verdammt nochmal nicht leicht, mich zu lieben!

Und jetzt ist Schluss mit dem sentimentalen Gefasel!

Ich möchte dir noch sagen, wenn ich der Richter in deinem Prozess wäre, würde ich dich freisprechen. Alles, was Du getan hast, kann ich sehr gut verstehen und ich kann dich nicht verurteilen. Ich wünsche dir einen Richter, der deine Vergangenheit versteht und sie im Urteil berücksichtigt.

Von Jura habe ich null Ahnung, aber ich hoffe, dass Du keine Ewigkeit einsitzen musst. Was macht man eigentlich den ganzen Tag im Knast? Ist das nicht langweilig? Kann man da Sport machen? Wenn Du wieder draußen bist und ein kaputtes Auto hast, kannst Du mich anrufen, ich bin ein ziemlich guter Autoschrauber!

Viele Grüße von Deinem größten Fan

Martin Decker